趙　季
葉言材　輯校
劉　暢

日本漢詩話集成

十一

中華書局

高岡詩話

津島北溪

《高岡詩話》五卷，津島北溪(一八一三——一八六二)撰。據竹田市立圖書館(日本國大分縣)藏本校。

按：津島北溪(つしま ほっけい TSUSHIMA HOKKEI)，江户時代末期漢文詩人、醫師。高岡(今屬富山縣高岡市)人，出生於高岡著名町醫世家之一津島家，津島玄逸之子，名信，字叔閑，號北溪，世稱「彦逸」。自幼諸方才能優秀，天保二年(一八三一)十九歲遊學江户，入昌平黌增島蘭園門，修研學業三年間交往諸多名流，並隨幕府醫官小島寶素習醫學。天保四年(一八三三)赴京都數月，聆聽諸家學説。自天保五年(一八三四)至天保十年(一八三九)復折返江户學習。天保十年(一八三九)因其兄病而返高岡，繼承醫業。詩文優秀，乃漢詩吟社「娱分吟社」之一員。其所著《高岡詩話》應完成於安政五年(一八五八)至萬延元年，詳細記述海保青陵、大窪詩佛等漢文詩人、文人墨客於高岡之詩作與逸話。文化十年生，文久二年歿，享年五十歲。

其著作有《高岡詩話》等。

凡例

一、篇中稱人多用其號，間稱字，或稱通稱，便人易知，非有意於褒貶。

一、人之稱謂不厭煩，且稱某幾世之類，要後世人易辨認耳。

一、事出傳聞者，不保無訛，待博雅是正。

一、此篇所收之人，有美事可傳，予别有《高岡佳話》，不關詩者，此不復贅。

高岡詩話卷之一

北溪居士津島佶著

高岡本云關野古作志貴野，或稱關野原，慶長十四年己酉，瑞龍公新築城，改號高岡。當時藩士之從而徙者四百三十餘員，富山守山木舟之工商搬宅者六百三十户，遂成一都邑，其所以名高岡者，蓋取「鳳鳴高岡」之義，文政、天保間有詩社稱「鳳鳴社」，亦由此云。

南郭先生爲一代之山斗，而實出於我邑，世人罕知，今特表出之，邑之服部氏稱天野屋二世曰正和，稱三郎左衛門，有十子。第三子曰正則，稱傳兵衛。第八子曰元矩，稱龜屋後稱天野屋。《間散餘録》云稱北國屋，《修三堂湯話》云稱越中屋。理或然彦龍衛門《間散餘録》云稱善右衛門，《修三堂湯話》云稱半六，誤。法謚中正院元矩日法，其妻法謚妙榮，實爲先生之考妣。

南郭之在繈褓也，父母挈而至京師，遂住焉。年十三失父，十四至江户，是以先生亦以京師爲故鄉。故其《投老歸遊》詩云：「五十年前出上京，今遊猶作客中情。別長何處尋桑梓，祚薄無家問弟兄。認得山川疑夢寐，想來多少自分明。共知流轉人寰裏，愧似劉郎返赤城。」

今檢服部氏家譜，元矩以元禄八年乙亥殁，妙榮以享保十五年庚戌殁。先生有兄稱忠藏《間散餘録》稱善助謬，後稱彦龍衛門，以正德三年癸巳殁。共先是時數十年，宜有第三、四之嘆。

先是邑中之歌詩上木者，曰《高陵風雅》，曰《高陵風雅後集》，曰《春藻錦機》。《高陵風雅》，釋自然撰，五言律凡二十首。明和四年丁亥，春風館張永賴子功上梓，卷首名譜不載通稱。且當時蘐園之餘習未除，省清水氏稱清，省內藤氏爲滕之類，遂使後人不知適爲何人。今將百年，無文獻可徵，唯所知者六人録于左。

曰釋自然，字子牽，號云云開正寺宣明講師之義父。清少連，字子城，號荆山清水六世，稱楨屋藤右衛門，初稱北野屋半右衛門。曰崎群，字敬業，號大樸一號莊河，又號菊主，初稱義助、澤田屋，今稱高原屋，六右衛門之第三子，三木屋半左衛門義子，因稱半左衛門。蚴洲翁之父。曰滕順，字子卿，號海橋一號彼丘，又緑竹堂，稱內藤彥輔。曰日下鶴，字萬年號雄上稱茶木屋，曰日下昭，字成卿，號才城稱茶木屋莊兵衛。

其不可知者七人，存姓名字號於此。曰臭良臣，字子相，號月軒。曰岡直温，字君玉，號昆山。曰島濟，字公美，號丹岳。曰木雲，字子龍，號藍淵。曰宇紘章，字子光，號北郭。曰釋義静，字大安，號善護。曰福安道，字士琴，號神和。俟他日之考。

清水少連第六子爲淳卿名輗，一字叔信，號楓簃，稱天野屋三郎左衛門，出繼爲服部氏後。能詩能畫，工篆刻。《上酒井永光寺》云：「幾踏白云尋梵宫，藤蘿路暗水淙淙。奚僮驚殺魂將絶，虎樣怪岩龍樣松。」佳句《惜花》云：「初知憎雨如憎老，元是愛花緣愛詩。」佈施圓山碑，是人之所建。不特工詩，又頗有吏才云。

《大樸遺草》一卷，存於其家，風調頗高。《下石城舟中》云：「白日秋風静，蕩舟下石城。山村連樹靄，江水接天明。晋代子猷思，吴湖范蠡情。逍遥猶未盡，裊裊暮雲生。」《納涼》云：「夏日城南古梵臺，同調詞客倚崔嵬。共携書帙多幽趣，競把彩毫見賦才。楚地風流争日月，越中景色絶塵埃。人間何厭炎天苦，自有清江灑檻回。」警句《野望》云：「草間幽徑直，林表衆山懸。」《觀獵》云：「鳥駭空中翼，獸潛原上邨。」

《内藤彦輔遺稿》一卷，不啻詞藻之美，筆勢遒勁，實可欽也，今録于左。《午睡》云：「午睡昏昏輕車臻，五雲湧出黄金輪。有人憑軾顔如舜，犀帶鶴氅翡翠中〔一〕。朱芾丹璋躡赤舄，自稱臣是義和人。幸將日御過鄉閭，僅僅嘗憐處士星。爲贈瑯環書百厨，屬車翼翼雲冥冥。縹緗玉軸如山積，逸典奇篇文最靈。寶惜分陰須努力，殷勤名譽似雷霆。搏桑未昳南薰動，冷冷北窗夢始醒。」《次井圭齋惠韻》云：「凝碧秋將半，星臨照草堂。鷗眠徒累世，龜手守單方。賣藥知康伯，含春愧子桑。羨君仙豫遍，浩浩白雲鄉。」《梅雨》云：「鬱鬱苑中草，愁霖又過旬。看來書逾暗，老去酒滋親。蝴蝶花如睡，金錢色少貧。陶然締短夢，欲效漆園顰。」

《高陵風雅後集》，寛政十年戊午，日下青河名明，字子明、雄上子，稱茶木屋智平之所輯刻，所載之詩十七首，間所謂俳歌發句者，不復載作者之字號，是以距今僅六十餘年，有不可考者。曰高資訓，曰原之驥，曰山清致，曰岡維謙，曰松村庸是也。其可知者，清少連、服淳卿、日下昭，見前。曰滕履吉，號王福號青梧，又號宋愚，彦助子，稱内藤貞孺，後流所謂狂詩。貞孺無子，養元鑑爲嗣，父子不

〔一〕中：似當作「巾」。

諧，更養金圃復稱貞孺。金圃無男，有一女，以桐城復稱貞孺，今稱彦輔爲壻。松田慶，號龍門，稱三知，李安山長子。龍門無子，養粟田庸齋名秀，字成實弟丁夢名以正，稱三知爲子。丁夢無男，養山本道齋名奎弟良順爲嗣。良順早歿。后滕璜，號白雪又號菊亭，春秋園，稱内記，畑久平弟白雪子，稱藤九郎。文政初年情死。長蓬洲名壽，字萊福，稱長崎玄庭。浩齋老人之父。崎一貫字孟恕，一字伯道，號蚴洲又號紫苑齋，大樸子，稱三木屋半左衛門。蚴洲子女青翁名敬孝，後合兩字號婧園。初稱二二郎，後稱清作。

長浩齋名健，字中止，稱願楨云：「予學文于翁，翁自幼爲吏，不勉呫嗶。然讀書精細，能讀世人難讀之書，且晚嗜地理學，補《采覽異言》，約其增譯本十三卷，而記之于原書上層云，蓋駁重訂新約之陋也。女青無男，養山本道齋弟寬所又號春窗，復稱半左衛門爲子，其家藏《上杉景勝軍扇檄書》，賴鴨涯名惟醇，字子春，稱三樹三郎歌云：「一麾席捲三越道，二麾偃壓八州草。掀天韜略溢襟懷，三麾中原期一掃。可惜北山冰雪深千尋，雪未曾消身先倒。彼何爲者皮履兒，侮我孤弱乘我危。我有傳來一義膽，詐譎豈師吉法師。赫然煽動舊士氣，此扇莫是乃翁遺。魚津城廢海雲黑，想公叱吒如霹靂。分佈群雄扞京畿，手題麾扇代檄札。敵中曾誇鬼柴田，逢公一戰輒蠕伏。竭來風雲幾變遷，宗祀血食自儼然。此扇亦有英靈護，晴窗披見太平天。字畫雄闊無虚飾，慫恿鼓舞語綿綿。末書天正十歲四月日，知在乃翁死後第四年，不怪書中往往稱祖先。君不見乃翁河中擊老賊，扇遮白刃忽中折，棄埋沙中朽不出。」自注云：「右上杉公景勝金扇檄書歌，越中高岡寺崎氏所藏。」按天正六年，霜臺公歿，景勝以三歲勘内亂，始出兵復越中諸城。今考此扇，蓋當時獎諭將士、處分軍事之書也。

富恒亨，號德風又號冬青，稱富田。八十右衛門之三祖父。澤田詩字義六號龜年，稱高原屋義左衛門。龜年之子米年名之篤，八世義左衛門，初稱孫太郎，米年無子，養雪窗名方綱，九世義左衛門爲嗣子。

《風雅後集跋》，侄皆吉書。蚴州翁娶内藤彦助女，生元鑑，元鑑幼稱皆吉，于宋愚爲侄。宋愚後無子，養皆吉爲嗣，於是稱内藤元鑑。而父子不諧，出居片原街。元鑑之伯母適内藤宗安，宗安子曰宗純。宗純歿無子，以元鑑爲嗣。元鑑號愚山字孟章，頗有才學，善書。佈施圓山碑，其所書也。《春藻錦機》，文政四年辛巳，半樵亭主稱板屋小右衛門之所輯鐫，今所存之人僅五人。僧玄妙字大玄，號癡主，誠處名興，字凡民，稱高島莊助，法隆字周濟，光樂寺老僧，赤松青時稱松井藤馬，後爲高峰鼎亭義子，稱高峰玄臺及浩齋老人而已。予尤與老人親，是以得質其人物。

緑處小堀，八十太夫弟，爲西村氏後，稱西村與三男。樫園名篤稱山本一覺。浚庵米屋，八十兵衛弟。石雲竺立道，笹河廣濟寺先住。北陵雄，鴨島教恩寺先住。佐野成章，六渡寺村佐野屋年次郎。林檎主人，吉野屋嘉兵衛。蕗園名叔斐，字子章槙屋貞助。桃里名信照稱大阪屋武左衛門。僧詩天名師子，字王吼，下牧野東弘寺先住。烏郊名楨，字某，百姓町上野屋嘉右衛門，戊午春歿。其弟子羽宗，乞碑銘未果。法周，開發村妙專寺先住。彦玲名維，初稱藤甫，稱和田彦齡，櫟堂妙國寺先住。木舟，松田丁夢別號。容齋，稱粟田庸齋。如齋，東林別號。

文化三年丙寅，富田德風使其友長崎篷洲、氏家玄兔稱關屋八右衛門、宮崎斗百稱太田屋甚右衛門、篠原花溪稱增山屋善兵衛、田代呑丹稱棚田屋小兵衛、田代樸亭稱棚田屋小右衛門、田代菊史稱棚田屋小左衛門、市山青羽稱下村屋吉右衛門、橫山雀梅稱米屋伊右衛門，各出錢百緡，買地于無影井之東，以創一堂，謂之修三堂。是邑中講堂之創也。時海保青陵來遊，後二年脅阪義堂來遊寓焉。原松洲之來，亦講書于此。文政初年，以折橋清狂又號雄川，稱甚助弟桐陰名寬，稱三郎，後稱喜三右衛門爲女婿，使居之。時邑中之從學者百餘人，予兄弟亦就受句讀。後德風無嗣，桐隱入受其後，此堂遂廢。

文政八年乙酉，宰大橋君稱作之進命建講堂於邑社之前，蓋毀養老軒而增廣之也，使桑山玉川稱梅染屋武兵衛次主其事。堂成，稱敬業堂，請村井豐州君書匾額。聘富山侯臣小塚南郊名之則，稱外守爲講師，十一月朔始講《孝經》，使邑中子弟就學，宰時蒞之。我邑文學，於是爲盛，明年二月祭文宣王，奏以明樂。後大橋君免職而去，講堂漸廢。今飯野屋仁右衛門之宅，是其址也。

弘化初年，上田幻齋名耕，稱作之進築講堂於大佛之後，以其在桑田中，稱之曰桑亭，一時稍盛，至嘉永末年遂廢。此事雖不關於歌詩，亦足以觀文學盛衰矣。

曩昔詞客之所優遊偃息，曰「臨江亭」，在馬喰街，今青木伯養所居之西。曰養老軒，一稱淨光庵，在谷內，今板屋長助所居之地是也。曰是性庵，一稱春宵庵，在阪下街，今中村屋治右衛門所居之地是也，寺崎蛎洲《養老軒》詩云：「雖在通衢裏，後園緑野深。何須借蓑笠，山村遠幽尋。」桑山石蘭《養老軒夏日》云：「風清雲起寶池頭，夏景無塵品物幽。遊賞披襟忘俗累，滿林緑葉氣如秋。」若臨江亭，是性庵之詩，他日當收録。

寺崎蛎洲翁學村瀨栲亭，又學皆川淇園，自寛政年間至文政初年，仰爲詩壇主盟。尤好稗史小説，有《蛎洲餘珠》二卷，《困譚》一卷，及《狐茶袋》等著，刊行於世。其《戲和某琴湖竹枝詞》云：「苜蓿花飛春已稀，秋千格五惜斜暉。雛姬亦識阿娘意，兩手叉扉不許歸。」「螢節既過蟬序迎，玉欄幹外藕花香。曉風殘月佳光景，占盡琴姬與笛卿。」村瀨栲亭評云：「風調鬆靈，恰爾得竹枝體。上頡頏劉隨州，下壓倒楊誠齋。」

蛎州翁好用新奇字，蓋平生仰慕六如上人，故自然習染者歟？其《春初雜題》云：「香入梅花水自妍，耳根眼識兩相憐。歸來高卧詩窗下，夢在青聲白影邊。」皆川淇園批云：「青聲、白影，奇則奇矣，頗涉怪僻。」

海保青陵贈翁詩云：「吾兄構思没他情，英筆雄詩兩有聲。如取古人來比著，直兼萬里與元章。」蓋屬溢美之辭。時翁爲邑正，勢自使然耳。

富田德風學皆川淇園，蛎洲、德風，雖同爲淇園門人，兩人各異趣向。德風不事歌詩，專主經義，是以有講堂之舉。報時鐘之銘，初，邑宰寺島君使中島半助作之，冗漫失體，於是請皆川淇園，蓋出於兩人之周旋也。其稿傳於德風之家，往年爲某邑宰所奪去，因録于左：

「越中高岡新造報時鐘銘並序，平安皆川願撰並書。金澤侯封内，越中高岡，本名關野，自瑞龍公老後營菟裘焉，改今名。其民屋數千，實爲封内一大都。先是天明二年春，其宰寺島某以其未有報時鐘，欲作之以惠民，時請之於公府，既獲聽允，未果，會免職，其事寢。文化元年，其孫寺島兢，復來宰高岡。以祖志之所在，因與同官荒木直哉，相共謀之，以其地金匠街民及木街民，舊有蒙恩恤賜宅地之故，咨以其鎔鑄建造之事。二民喜奉其旨，乃僉自乞爲之。官乃爲貸費資，不日而就。既而其鐘生璺而聲嘶矣，阪下街民有綿賈號鍋屋者，本出自金匠街民之族，心愠其工敗，奮任其事，自請廨署，更設冶場于梅山，又募民户錢，既復督鑄，再之而竟成。其質純完，聲又洪亮。官吏歡欣，民庶抃躍。蓋凡用銅五千六百二十五斤，工千一百人，十一日畢云。鐘口徑三尺七寸，唇厚六寸，高五尺四寸，並鈕高六尺五寸，重三千七百五十斤。於是總閭正富田宏、寺崎一貫，以其素爲余門人，馳書京師，乞予爲之銘，銘曰：欠字十三良宰孝思，善繼祖規。賢僚輔贊，致彼嘉咨。金木竭力，鑄建是孜。其功既就，惠同天施。一都衆庶，獲莫失時。兹勒厥績，徵之萬祀。文化三年丙寅四月既望。」

從清水氏，觀蛎洲翁《櫻廟雜詠》十首，有朱批，係皆川淇園批。紙尾云：「皆川先生非惟一代龍門，實風流教主也。足下嘗遊于先生之門，伏冀拙作十首，介足下而汙電覽，但恐朽木糞墻，不足煩先生之雕鏝也。其舍而不顧，固其分也。萬一先生有所言，則其永爲家輝。幸足下炳察。丁巳正月人日，埼一貫拜衡德風主盟。」乃知蛎洲翁介富田德風，始乞正於淇園者。按寛政九年丁已，蛤洲年二十五，德風年二十，時遊學于京師。後藤白雪亦學皆川淇園，其歸鄉也，淇園送詩云：「京城浪速恨離居，豈念乖離更又疎。北地秋風將發日，莫忘鴻雁數行書。」自注云：「後藤璜本居浪華數年，更又歸越中，書之贈。」予曾於蠹簡中，得祖父冰水君與叔父俊五君書云：「頃日後藤白雪自京師歸，説《水滸傳》，每夜從聽者七八十人云云。」當時事體可想矣。如其學術雖不可得而知，意拘拘于師説耳。海保青陵《和後藤氏韻》云：「不特先生即越人，兼令孔道再回春。幸假透視心腸眼，偏照古今贋與真。」暗有所諷，蓋斥唯知有淇園而不知其他也。若其詩，不多經見，《虎贊》云：「嗚汝於兔，能乳子文。誰言殘害，慈心拔群。」《雪佛》云：「風冷隆冬日，兒童作佛諱。未施黄金色，頭上散天花。」

《今道集》一卷，丹楓之遺草也，安永乙未丙申之作。《河東夜坐》云：「鴨河東望翠樓臺，銀燭清流夜色開。檻外歌聲何所惹，少年遲步去還來。」「緑卍河畔美人家，殘燭清流月欲斜。但看微風翠簾動，不教蕩子到西涯。」《送山蘭卿名有香，號封山，稱山本中郎歸省》云：「驊騮朝發鴨河東，愛日鳴鞭向越中。客路應争飛鳥去，苑林風静對尊翁。」丹楓稱礪波屋伊右衛門，世但傳其巧雕鏤，惜哉不知有此詩量也。

蛤洲翁遺稿，載與梅辻春樵唱和詩十餘首，因謂當時春樵之所作，或傳於寺崎氏。乃訊諸寛處，寛處云：「我家不存一紙，吾聞大橋侗齋稱鷲塚屋八左衛門，後稱八三郎執贄於春樵之門，必存彼家。」乃使人問侗齋，侗齋曰：「我受業於村瀨栲亭，春樵之來，以同門之故耳。且我適在病，不能相見，是以無有片楮尺紙。」予後於津田半村名操，字子薫，稱鹽屋彌右衛門家觀一册子，題曰《梨春風雅》，輯刻春樵門人之在加越者，中載侗齋《雨後涉園》云：「風嗔雨妒碎芳菲，蝶舞鶯歌事已非。獨有牡丹猶帶露，今朝向日曝紅衣。」則知侗齋之爲春樵門可證矣。蓋侗齋爲人傲矜自高，不欲落人後，是以爲此不經之説，以欺人耳。且其詩似全經蜐洲翁之粉脂者。侗齋春來患舌疽，入夏歸泉下，只惜生前不質之。

觀逸見龜年初稱澤田氏，後復本姓遺墨，蓋經内藤彼邱添削者。《登野田山》云：「一徑斜通三兩村，松風聲裏欲黄昏。溪邊山上英雄塚，今日惟看野鳥翻。」《須磨懷古》云：「南海荒墳二月風，濤聲如馬月如弓。瑶花一落黄泉路，竹笛空存古寺中。」

文化十一年甲戌，長崎蓬洲與粟田佐久間良繼，庸齋之父相謀，聘富山島林文吾名文，字季華，號雄山，又自省稱林文，借聖安寺寺中安乘寺令處之，以其與内藤王福舊知也。講《孟子》及《唐詩選》，又以詩誨人，就學者頗多。浩齋、庸齋之徒日往學詩，津田半村、稱念寺懶外名海導，字濟生爲舊相識，其他予叔栗齋稱玄勇、渡邊玄碩本姓渡邊氏，後冒津島氏、松井藤馬高峰梧門之舊稱、内藤義子伊織、佐渡龍齋稱養順，葆齋父皆受業云。蓋今邑中所存之老詩人，多出此人之槖籥中。

高岡詩話卷之一

高岡詩話卷之二

北溪居士津島信著

蛎洲翁社中爲長崎浩齋、清水蕗園、桑山石蘭稱梅染屋專助、妙國寺櫟堂、澤田等岳稱澤田屋，後冒扇子屋、石川雪崍名憲，稱新保屋周平，上原龍圃名師古，初稱貞順，後稱迂齋，及桃里鳥郊，而等岳結廬於社前，曰松映房，社中之人以吟詠會於此，是鳳鳴社之所濫觴也。

浩齋老人，博識多聞，其《壽大槻盤水先生七十》，五言百句，不重用一字，其筆力可見矣，老人好千字文，蓋效其體也。新宫涼亭評曰：「大作驚老眼，與中島棕軒所贈碩之五言一百韻相敵。」篇長不能録。浩容《春興》廿首，文政紀元戊寅刻，石堤東林評云：「風韻灑脱，殊覺奇警。」今摘其最者。浩齋老人《春寒》云：「寒風吹雨打茅茨，社日清明前後時。猶愛蒲團兼火閤，只愁櫻朵點燈遲。」自注，櫻將開花，邑俗稱之點燈。粟田容齋《春月》云：「良夜與吾如有期，穿簾春月十分奇。閑吟獨坐書窗下，無限清光浮硯池。」《早春》云：「健竹穿煙吟步來，江頭十里獨徘徊。客冬爲是無深雪，兩岸梅花花已開。」今兹老人題其後云：「四十年前舊拙詩，看來堪愧又堪嗤。」

清水蕗園次纓廂先生云：「園林清影引清風，紅去緑來春事空。要識問中光景好，新鵑鳴過一聲中。」「雨餘吟杖到幽棲，蒿雀聲中將麥秋。把筆聊要賡玉韻，涓涓碧水繞欄流。」「清談縷縷夕陽斜，論自劉家至李家。忽有幽螢呈熠燿，歸程送我照連波。」「竹徑望中曲似蛇，清風過處影還斜。

時携吟伴探詩料，夏色方登錦帶花。」

桑山石蘭本津幡人，閑云禪師名國常，字真巖，初號雪莊之在能州也，有事於金城，路必由津幡，是以與禪師久相知。禪師之至高岡，石蘭最舊知云。有《石蘭遺稿一卷》，鈔出其尤者。《春江泛舟》云：「山頭春色百花時，山下泛舟江水湄。今日共君遊物外，塵襟好是濯漣漪。」《水樓避暑》云：「三伏炎蒸日，尋涼上水樓。長松清籟起，重嶺積陰浮。碧浪涵虚闊，輕舟繞曲流。斜陽多勝事，避暑好遨遊。」

妙國寺櫟堂《應櫻厢先生招，與諸子同賦》云：「煙雲深處老松斜，占盡清間便作家。午睡醒來何所見，畬丁影落水之涯。」又云：「吟朋來到水邊樓，麥畝緑殘方作秋。酒酌醍醐筍烹玉，優遊不覺夕陽流。」《同次先生韻》云：「欄外清流曲似蛇，東阡南陌暮煙斜。非唯螢火流庭際，涼風催興筆生花。」《夏日簡櫻厢先生》云：「霪霖濛密濕窗櫳，蝸篆流銀看最工。忽憶水南吟社興，幽螢早已入詩中。」

上原龍圃《次櫻厢先生韻》云：「遲吟未就月光斜，僧舍蕭條隔市家。最愛田頭總如畫，柔秧戰戰動青波。」安政丁巳年七十九，猶矍鑠，一日過予，示《元旦》詩云：「椒酒酌來心豁然，世塵一洗迓新年。年豐便覺民家好，聖代謡聲街裏連。」去年秋，病虎狼痢而歿。

蝸洲社中又有櫰齋者。《應櫻厢先生招，與諸子同賦》云：「養老軒前流水長，煙籠楊柳蘸詩腸。紙田耕倦日方暮，代燭幽螢繞小厢。」《初夏雜詠》云：「聞得一聲新杜鵑，雙鬟碧杪與雲連。願隨吟伴至幽地，飽領風光及暮天。」不知何人號，詩稍足觀矣。

文政五年壬午春，詩佛先生來寓於陸舟樓樓主稱越後屋太助。同七年甲申秋，先生再遊，又寓此樓，題詩云：「間關經過路悠悠，客路不知風已秋。鮮膾何疑細於縷，越中晚飯陸舟樓。」自是而後樓名愈顯，凡文人墨客來遊，必登此樓。文政天保際，極其隆盛，嘉永末年漸衰，今乃爲凡物之居。

文政八年乙酉，松映房社移會于陸舟樓，當時社中，爲長崎浩齋、粟田容齋、釋懶外、津田半村、富田桐隱、松田木舟、澤田恭堂稱周謙、金子觀水、江尻讓齋稱宗叔，富山人，時寓於高峰氏、釋台巖名信成，字義倩，時稱超願寺左衛門、釋惠藏蓮光寺弟、津島帆齋先兄橋東君別號及鳥郊。時購《略韻大成》爲社中之藏，是時蝸洲翁既殁，浩齋老人爲領袖，自是每月會于此樓。至明年，高峰犀江名清臣、逸見雪窩、川上軌齋名秀實，字士穀，稱菱屋二郎四郎、石川九齋名□□□、浚庵、釋教界入社，而邑中之能詩者或入或出，連綿不絕，至天保年間而廢。

文政五年壬午，閑雲禪師雪莊住瑞龍寺。禪師尤善書，海内名家交友頗多，舊住揚州伊勢寺，時柏如亭寓鳩居堂樓上，禪師以《題梅圖詩》乞正，詩云：「三年曾住梅溪寺，今日卻從畫裏看。記得東軒春月下，滿林香雪獨憑欄。」如亭改二字，「卻」作「翻」，「下」作「夜」。又曾問詩於大典和尚，和尚曰：「凡作詩者，忌浮躁之字。」

長崎倚松云，名敬勝，稱長崎言定。石崎小洲曰：言定，浩齋子。予一日訪閑雲禪師，談次及詩，禪師曰：「吾不能詩。」曾率雲水僧徒登江州中山，時得一絶，因爲予誦之云：「步上中峰臨太湖，雲生腳下白糢糊。須臾變幻没蹤迹，笑看天然活畫圖。」可謂絶妙。

大菅二岳稱二上屋吉助，上某大夫一篇，頗似李令伯《陳情表》，上子心竹名衡，字竹王，稱元城持來，道：「倘得採録入詩話中，則傳不朽矣。」夫詩之述性情，無與文有二途，今收此一篇，不爲有害於理。文云：「臣因薄命，幼丁險迫。行年五歲，慈母逝矣。尋慈父亦罹疾病，在于床蓐三年。而臣微弱，未能任湯藥之勞，年十歲，遂爲孤矣。方是時，外既無親戚之顧，内又無朝夕之芻米。茫茫宇宙，唯有伯父上子心竹之父之在耳。而臣之祖，家於越中，六十有七世，其先大和之人也，其故事暨欠字先侯，賜山地等之事，且載家譜，而六十六世無有事。及至臣身，家脈縈縈如瀉漆之將絶也。然幸伯父上子，閔傷臣孤弱，自援撫養，既而上子亦窮甚矣。雖然，情義益堅，不令臣驅馳生理，唯教以書數，磨策駑鈍，日希望臣成立。若非上子愛顧之厚如斯，則臣安得至於斯乎？而前宰主荒木氏，亦憐臣孤苦，以故十一歲而得上宦塗，頻蒙恩惠。雖然，臣天稟之駑才，不能一堪其職，動輒顛覆困躓，而不以臣之如斯，令閣下以臣家之故事，奏吾欠字國公，令臣得拜欠字階下焉。是千歲之一遇，而人世之望無過焉，草莽之榮莫盛焉。真不朽之盛事也！瀉漆之家勢，於是乎始大；上子多年之辛苦，於是乎始顯。是皆閣下獎成之餘澤也。臣先鬼共鑑，亦當結草。臣之肺腑，非毛穎所能盡。聊綴蕪詞以上問，伏惟不堪感惕謹敬之至也。」

八橋山通仙名古岩，又號茶顛，文政丙戌之歲，來寓於廣乾寺，自稱高遊外之流。使僕負一茶籃，高四五尺，凡煎茶之具盡滿其中。能書，又能明樂，從學者十數人。新田節齋稱米屋亮藏爲高足弟子，越歲而去。《丁亥元旦》云：「新陽遠領北溟隅，曉汲井華放轆轤。賀歲客歡披緑髮，侍茶童笑撚銀鬚。旅林先奏慶春樂，禪室已舒南極圖。屈指七旬添得一，趙州無味當屠蘇。」

貫名海屋，以文政己丑來，寓津島東亭生春堂。時逢九日，賦一詩云：「客窗風雨濕重陽，酒畔黄花未點黄。不必著登山屐去，酣歌相對即高岡。」

長浩齋書樓，名清風明月樓，詩佛先生之所署。先生、浩齋及野村空翠名圓平，稱八田屋圓平詩並載《再北遊詩草》。小塚南郊《寄題》云：「高樓設宴張興時，清風明月兩相宜。豈是尋常塵間賞，更上一層一段奇。」「結構百尺摩九霄，眺望萬里究四陲。造物幻出風與月，無盡藏中無盡期。」「有客來過經營後，清風明月名者誰。江都詩佛以詩鳴，先題清風明月詩。」「孤舟横江坡翁賦，不如白傅充家資。吾曹一攀猶未得，聊向風月寄所思。」浩齋五十，開壽筵於樓上，會者賦詩詠國歌，余綴五十韻，作《藥能蒙求》爲之壽。惜哉！嘉永癸丑之災，樓亦歸烏有。

詩佛先生《飲清風明月樓》云：「今日老夫真贏得，坐有瘧後老松洲。」聞是，日原松洲名簡，越後人終席默默，若無爲者，時人以爲不及詩佛遠矣。以予見之，松洲蓋讓他一著，不敢争鋒也。其《題山水圖》云：「自作江湖客，世榮付一漚。若問心中事，久忘魏闕愁。」又云：「名利場邊些不關，一心閑了一身閑。閑中别有多忙處，朝見清江暮見山。」其所自持可想耳。

山本樫園嘗爲予賦《納涼》詩云：「霜侵葛屨沙溪月，波洗紗巾松塢風。」恨不記全篇耳。

稱念寺懶外遺稿一卷，前日借而觀之，前後錯亂不可讀，爲繕修還之。其《秋夜》云：「被惱吟蟲夢不成，滿庭風露月三更。夜來無句酬時節，一段詩愁結作城。」《舟行》云：「飛雁聲哀落日幽，鏡光十里水悠悠。扁舟直下汀洲曲，一樣蘆花兩岸秋。」皆可誦。

懶外子玉棧名乘海問詩于余，壬寅晚春，示松田良順云：「九十春光僅是旬，櫻殘梅落耐傷神。欲期來歲鶯花節，何計人間朝露身。」余見其詩曰：「詩則可矣，恐爲讖。」翼年果歿。

蝸洲翁《送松窠道人》云：「書畫風流罕匹儔，廿年萍迹一囊收。」自注云：「洛陽松窠道人善書畫，挾技以遊四方。嘗客吾邑，近聞税居於江州和爾村。甲寅臘月，道人復來，留敝廬數日。臨別賦贈，予聞道人舊爲禪派僧，還俗稱社瀲字瀲公，著《盛世翰藪》四卷，文化紀元所刊，摹刻之精、拓裝之美，真可供文房之清玩。

津田半村之詩載在《北遊詩草》及《再北遊詩草》，今年六十餘，縷縷善談，予此詩話多所資考云。

松田丁夢，灑灑落落，真一奇人也。《春日有感》云：「鴻雁日温歸北天，風輕柳絮點清漣。春光冉冉落梅後，復有櫻花花正鮮。」晚年以和歌自樂，不復賦詩。

津島東亭之詩多載《北遊詩草附録》，《秋扇》云：「盛夏炎埸隨此身，起居時作握中珍。撲螢節老不當賞，防暑功成卻混塵。窗外秋深方失寵，枕頭風冷已無因。如斯榮辱君知否，今古人情易負真。」

邑之西南，稱下屋敷。文政己丑，歲有蛙鬭。上子心竹記其事云：「江頭欲雨泬寥天，陰霧濛濛望渺然。忽聞蛙鼓四面起，非風非波又非蠶。訇訇閣閣閧聲似，亂鳴怒號響村田。奮勇厲氣欲攫敵，飛起如雲幾百千。勝敗未定進退切，孫吴擬兵守後前。一陳伏草一陳鬭，南北散亂似舉鞭。就中滅亡漲流血，逐奪沙城將安全。」

上子心竹所藏《林谷梅花卷圖》，比諸齋藤拙堂《月瀨紀行》，頗有雅味。只惜漏污鼠嚙，殆不可讀。圖上題云：「辛卯仲春廿又一日，與山陽、樫園、春琴、百谷及子□、君達等，約探梅於月瀨。予同山陽早發京洛，憩伏水梅林邊，而待諸子之到。山陽時唱第一句，予乃續成數絶句，亦唯一時偶興耳。」詩云：「銜雨探梅亦一奇，山陽呼杯遲伴伴來遲。暗香吹送天將曉，正是遊人得句時。」「畢竟此行元在梅，梅花不必待人開。南都名勝暫休問，鄉導報知時節來。」「聞言月瀨滿林梅，好日好風花正開。投宿山村村嫗喜，幾多高客出都來。」「雲耶雪耶總是梅，漸步漸行一徑開。昨夜羅浮□現在，此身卻入夢中來。」「莫訝出梅還入梅，入梅投宿爲門開。我元清潔與渠比，詩句猶曾不盜來。」「坐雨恍然猶説梅，除非杯酒意何開。歸舟偶爲溪流漲，閑卻吟身一夜來。」「繞山沿水路高低，萬樹梅花望欲迷。月瀨因緣今果了，玉香香裏醉如泥。」原十又三首，今節録七首。

浩齋老人贈埜邨空翠云：「三尺藍輿新學舍，一擔行李小文房。」殊爲精妙。末句云：「悠然盛世漫遊王。」空翠酷喜此句，遂刻入其印。

高峰犀江名清臣，一號梧門，又雲翁性沉默，有義氣。今年六十七，猶矍鑠。《甲寅歲旦》云：「少壯修武事，技拙無一長。致仕隱於醫，才劣如捕影〔一〕。今迎華甲春，合族相慶賞。憮然蒲柳質，不覺屆鄉杖。兒年將三十，治生較可掌。治生非求富，齊家欲不枉。且喜知仁端，事業亦勉强。只虧未舉孫，熊魚難並享。晨起學五禽，晚飲仿三養。殘生能有幾，優遊脱世網。」

土肥知言名伯敬，稱恭藏，其爲人鳳眼龍準，骨格甚偉，以醫興家，好賦五言絶句，當時人作五絶者，戲稱知言體。雖然，非五絶之外不能作。其《雪後尋梅》云：「尋梅未識梅何處，右擲左投路不同。認雪迷來幽谷底，聽鶯誤到小橋東。幾行過雁迎春月，兩岸垂楊動晚風。岩角初看香馥鬱，冰珠千點淡煙籠。」

土肥松軒名敏，字遜志，稱俊造，知言男。嘗遊京師，學劉石秋。其賦詩，刻苦自勵，是以往往可傳。《梅花》云：「不愁深雪壓，豈待惠風吹。寒蕊疎無影，横枝老益奇。江頭春暗處，林下月明時。清夜難成睡，逍遥伴玉肌。」惜哉去年之夏，歸於泉下，是詩蓋爲絶筆矣。廣瀬旭莊題其肖像云：「温温氣象，翩翩彩筆。惜哉惜哉，秀而不實。」

松軒弟秋香名儉，稱儉次，能書能畫，皆出天然，非别有師受，又能吟詠，先松軒而殁，所謂苗而不秀者也。《壬子元旦》云：「東窗漸微白，今日是鷄晨。松竹千門雨，江山萬里春。滿斟椒柏酒，酬醉太平民。得句時成字，淋漓墨色新。」

〔一〕影：失韻，似當作「罔」。典出《莊子·齊物論》「罔兩問景（影）」。

富田南山名思孝，字維則，又號奈園，稱平田屋土左衛門能畫，又好吟詠，少於余七歲，嘉永元年病歿。今得遺稿於其男秋芳稱五左衛門，採録二三，以存懷舊之意。《秋夕閒居》云：「一壺村酒夜孤斟，滿苑蟲聲和醉吟。皎皎簾前山月白，飽收風露入胸襟。」《緑陰垂釣》云：「岸樹森森柳作行，蘆葭深處釣滄浪。晚來江上涼如洗，好坐苔磯對夕陽。」《雨後坐月》云：「雨晴前苑晚涼佳，竹榻移來騁雅懷。日落方知幽事足，一輪明月照苔階。」

一日過富田氏，觀德風遺稿，有《修三堂湯話》三卷同附録一卷，記邑中之有善行者數十人，實可傳之書也。南氏集數卷，雜收詩及倭歌，今採録經皆川淇園改竄者二首。《登樓》云：「燕待樓簷暖，好爲花客媒。園桃妝水去，山靄帶風來。荷鍤老農返，繫書賓雁回。世間都各好，臨酒笑悠然。」《同諸子會春宵坊即事》云：「吟侶携來春宵坊，携來各自探詩腸。詩腸如錦如花月，休訝今宵酒更香。」

《雪窗遺草》一卷，雪窗桐隱別號，稱幸舍單思於經義，詩非其所長，今摘一二，見不忘之意。《冬晴》云：「江村雪後始清新，滿野風光總似春。吟杖淩寒乘霽去，梅溪先我有遊人。」乙酉之冬，與社友同遊于丁字街。夜半，予先歸，詰朝戲賦似浩齋云：「雪裏同臻野水濱，爛漫眩目百花春。恐他公盧昔日笑，怏怏不折一枝新。」《通仙禪師見訪喜賦》云：「奇緣千里客，一夜打柴荊。剪燭陪清淨，煮茶忘世情。山川談亘盡，詩句意頻傾。禪老如不厭，何關到啓明。」《送通仙翁還於三河》古風一篇，殊覺優美，篇長不備録。

江尻宗叔名温，號讓齋賀三井文卿玄孺君六十云：「千里傳聞橘井香，起民君本有丹方。惟今耳順延遐筭，高壽尚期陵與岡。」

閑雲禪師之師爲活湛禪師，頗能吟詠。《題萱草》云：「緑葉黄花抽百草，幾回雨露借恩光。長年特愛忘憂色，能使惠風向北堂。」

閑雲禪師老于川口谷昌寺，窗前多栽芭蕉，欝葱成林，其高者過於屋。自題肖像云：「芭蕉窗下老禪和，八十一年無事過。最是緑天涼影裏，烹茶獨樂淡生涯。」

高岡詩話卷之二

北溪居士津島佶著

菊溪服玄伯《高岡春興八首》曰《分霞橋》，曰《無影井》，曰《青雲館》，曰《櫻馬埒》，曰《卧麟墓》，曰《瑞龍寺》，曰《古城迹》，曰《新渡》。享保丁未所作，距今百卅四年，最古而且可誦矣。《分霞橋》云：「分霞曉色板橋寒，司馬柱題後未看。兩岸鷄聲常送客，春風添恨淚闌干。」今所稱中島橋是也，蓋當時自是以西無有人家，送行人者，必至此而别，轉結所以云云也。《無影井》云：「欲汲水花泉井深，春暄幹下古苔侵。卻憐一面影無照，柳眼空開鏡裏心。」超願寺鄰有泉。俗云，正月二日瞰此井無影者，其年必死，因稱無影井。虚誕可笑。聞曩昔時松柏繁茂，欝葱掩井，暗然不照物，是所以稱無影也。且此井舊在今堂前，移寺時，泉亦隨改。號寒泉，又戲號池之元成，皆因之云。水甘美，尤宜釀酒，又宜煎茶。井東十數步有碑，題曰「孝子動地遇異人處」，碑側勒曰：「動地者，石瀨屋六兵衛之渾名也。賜俸於州，寛政紀元七月卒，年卅五，其一代事迹在《修三櫝志》。」《修三櫝志》，未審爲何書。今按《修三堂湯話》，乃知湯話，當時或有此名。昨過而視之，「動地者」以下數字猶可讀，其他刓滅不可辨，謂係超願寺其葉之筆，當時官褒賞六兵衛書劄，今猶存。安政三年，逸見方舟名在綱，字有秋，稱高原屋文九郎命加裝潢。往年，上子心竹募諸人之詩，予賦一絶云：「可憐斯道日陵夷，閭巷無人談孝子。文字苔埋一片碑，讀來今日情何已。」自碑傍左折而入，爲修三堂舊址。

《湯話》卷第一記修三堂創營事，隨傳聞録之，因致有誤，余質諸富田氏。文化三年丙寅，富田德風借下關之地百餘步以創一堂，三月下旬經始，至五月落成，助之者，内藤王福出八丁費。宫島雪香稱室屋次大夫、大橋侗齋、氏家玄兔、佐渡金作阿波加春塘曰：金作，養順之兄，早世、筱原花徑稱增山屋善兵衛、粟田季勃稱小間物屋勘右衛門、市山青羽、田代朴明稱棚田屋小兵衛，朴又作卜，藤村壺仙稱開發屋莊右衛門、鷲十、井又、蠟七，各出五丁費。長崎蓬洲、藤田千城稱廣瀨屋八兵衛、室屋素千稱平右衛門、飴屋二峰稱清左衛門、石川牛窗稱新保屋次郎右衛門、桑山堯民稱梅染屋源三郎、後藤白雪、岡島玄隆、澤田涼河稱澤田屋藤兵衛、横山雀梅一號棣棣軒，稱米屋伊右衛門、富田春吴稱平田屋善左衛門，及王福、雪香、朴明、青羽、秀勃、花徑、叔父鷲橋名有祥，字子吉，各以户席簾燈器什贈之。富田德風費銀凡二千八百五十錢，其他木石席箔之類不在其數。時海保青陵適來，五月三日，講《論語》於堂上，就聽者六十三人。

後二年戊辰冬，脇阪義堂來寓，義堂題山水云：「寂莫孤村夕，漫漫雪滿天。寒威侵枕席，爐畔酒杯傳。」

修三堂後歸日下氏稱茶木屋右衛門。嘉永中，山本溪山名章夫，稱藤十郎來寓，其遊能登，借余所藏《能州名跡志》，謝以一絶云：「沙徑泥途六十郵，晴望佳處幾回休。依君兩册舊藏卷，福海壽山

自注：福浦、蓬萊山，並爲内外洋絶景得縱遊。」

無影井南爲超願寺，超願寺對門爲廣乾寺，無准禪師所開基。天保二年辛卯，浦上春琴來寓，

從遊者頗多。其去也，津田半村、津島東亭，送至冰見，和半村所送韻云：「來時緑樹笑相迎，今日秋風已作聲。炎氣半消起涼氣，山程漸過入村程。攜樽遠送故人意，分袂方寒羈客情。共就茅家謀一宿，微陰滿地草蟲鳴。」

天保十年己亥，諫山夕翠名哲，稱鐵藏來寓，頗善詩。《聞新雁》云：「昨雨新晴秋信通，滿林黄葉傍西風。江頭一夜南歸雁，聲落愁人夢寐中。」《石州途上》云：「依微鐘響隔林聞，缺月引人石徑分。長劍斬狼天未曙，腥風吹斷滿山雲。」《春柳》云：「春入橋門多遠征，一枝曾動幾人情。東風不使愁根斷，復向前年折處生。」

夕翠寓寺，逸見之方名一實，一號可都美，又號蕉窗，稱高原屋久左衛門之所周旋。之方資性寛弘，尤善俳句，又能畫及和歌。其所畫墨梅題長歌者，存於家。夕翠之去，余賦一絶云：「雪擁寺門春未晴，一杯薄酒餞君行。從茲分手不相送，恐我酒消愁又生。」夕翠携驛妓緑李走歸國，病歿，緑李伶仃還來，説其艱苦之狀。衆憐之，每月四日，以詩會廣乾寺，蓋追悼夕翠，是爲五分會所由起云。

是歲，岩原逸庵名任，稱二作，大聖寺人來寓。《桃樹村途中》云：「驅馳衣食步霜暉，半世勞勞事自非。孤驛把杯無限恨，寒山斜日鳥飛歸。」《高岡留別》云：「交朋新舊遍天涯，相遇每歡別每悲。即是一般公共理，不何離席淚雙垂。」今年春又來，書稍老鍊，詩則依舊拙矣。《見梅》云：「東窗朝日一枝開，玉潤冰清無點埃。心賞略同王氏帖，千迴觀過又千迴。」安政五年，劉冷窗名昇，字君平，稱三郎來寓，六年四月將去，同人祖行，賦一律云云。

今年春閏三月，石崎小州曰：萬延紀元有閏三月，因知曰「今年」者，斥萬延紀元。廣瀨旭莊來寓，《越中矚目》云：「白山西峙立山東，一帶高峰插碧空。四月中旬猶積雪，橫張千里玉屏風。」長光寺南塘詰之曰：「白山非正西。」旭莊曰：「既曰東，不得不曰西。」方位差誤，非詩所關。」予則曰：方位差誤姑舍之，既云「西峙」，又云「東峙」，而云一帶高峰，語脈不連屬，且「橫張」字不若「橫陳」之妥貼。

《青雲館》云：「百里青雲飛館流，春風朝駐我華騮。金衣公子花間曲原作樂，幸奏綺筵何不留。」按《三州志》云：「瑞龍公以豐太閤所賜伏見秀次遺館良材，造殿閣於城中。元和元年，大阪役後，殿廢。以其故材，作亭館於邑之東邱，所謂御旅屋是也。寬文四年甲辰五月，以亭館朽頹，再作之。享保戊申三月，亭館廢，以其遺材造夏月曝書亭。寬延戊辰六月，遂廢之云。」乃知此詩，亭館未廢前之作也。今唯有武器庫，樹木蕃茂，古藤纏繞，春晚夏初，紫茸滿圃，文人墨客，每所遊賞云。

《櫻原作白花埒》云：「櫻花滿埒映長欄，調馬樹陰汗血寒。故有春風回玉勒，天邊白雪帶香看。」馬埒凡三百六十間，兩傍植以櫻樹，凡五百株，皆吉野山之種，曩昔瑞龍公命所移栽云。相傳，當時中間有亭子，遺礎猶存，謂之圓山。此詩云「映長欄」，蓋斥此矣。花時，爲高岡第一之壯觀。兒玉旗山《高岡留別》云：「馬埒花飛昨日酒，舉杯共惜欲歸春。旗亭柳暗今朝酒，獨恨身同昨日春。」是歲三月廿八日，與笹原北湖名辰省，字不争，又號雀齋，稱絹屋權九郎賞花，時南風多蟆子，將歸，忽遇上子心竹伴廣瀨旭莊至，因俱登高田蕙圃稱欣右衛門櫻花村舍舍在馬埒西。予先得一詩云：「朝來驟暖促花開，一望埋林紅霧堆。要以芬香滿身上，移筇故自下風來。」録示旭莊。旭莊曰：「佳，余亦思詩耳。」有間，羽瑟泉稱羽廣屋宗左衛門携酒看來，同傾至夜，旭莊畢席而無詩。

《卧麟墓》云：「高岡墓上石麒麟，松柏聲寒過萬春。豈止人間殘祭拜，碑文自與日星新。」

《瑞龍寺》云：「遲日金田白玉闕，重重寶塔聳雲間。極知二梵原成福，會上雨花靈鷲山。」《三州志》云：「慶長十八年，瑞龍公聘廣山恕陽、陽和尚於金澤佶按越前高瀬也，作金澤，誤作一刹居焉，稱寶圓寺寶當作法。公薨後，增營之以爲祠堂，因號瑞龍寺，殿宇宏麗，門闕巍然。第二世曰快翁芸悦，寬永八年寂，第三世曰奉室正寅，承應二年寂，第四世曰在田春龍小洲曰，壬申六月瑞龍寺明細書上帳，春龍作俊龍，寬文七年寂，第五世曰易天元周，天和二年寂，此間有雲山愚白富田震風記録白作伯，事在《高岡佳話》，第六世曰央山玄中，寶永二年老于手洗野信光寺，第七世曰無紋良準，享保十六年寂，第八世曰鈍翁雪護，延享四年老于立野長久寺，第九世曰兀翁普禪，第十世曰機王虎關，十一世曰大袓玉麟，十二世曰大安空王，十三世曰高玄德淳，十四世曰洞峰富仙，十五世曰達觀良穎，十六世曰靈源活湛，十七世曰天外大亮，十八世曰真岩國常，十九世曰大機覺道，二十世曰齊焉勖道，廿一世曰獨遊橘仙，小洲曰：明細帳云廿二世雪岩、廿三世王岡。是歲來住，天保二年辛卯，浦上春琴訪閑雲禪師，七月十二夜，登瑞龍寺佛閣，《即事》云：「夜上禪樓四顧幽，一輪月照自松頭。僧寮連殿無人語，唯有蟲聲滿地秋。」

愚伯禪師，《貞享元年甲子歲旦》云：「金鷄催歲五更天，泰運方開生瑞煙。自是太平安樂主，山河大地永齊年。」貞享二年請退休，二月獲聽允，老于泉州成合村成合寺，元禄十五年歿，年八十五。《解瑞龍寺住持印》云：「衲僧佳處本無因，一鉢隨緣物外身。辭謝國君歸舊隱，天恩不隔百花春。」

《古城迹》云：「百雉返車絶路塵，山高水緑滿清濱。今宵來對松間月，苦問城樓舊日春。」《三州志》云：慶長十年，瑞龍公老於富山，十四年富山城災，公命築新城於關野，是歲八月殿閣成，公徙居焉，十九年薨，殿閣廢。余聞此城命高山南坊所經營焉，距今二百五十年，塹壘依然，野村空翠。詩云：「自嘆居諸容易移，眼邊陳跡有誰知。殘荷花冷涼風度，荒草天清朝露滋。豪傑生前三尺劍，聲名身後幾行碑。吾來日暮寂寥處，一陣松濤蟲語悲。」詩雖佳，第五六句恐失詠藩宗之體，兒玉旗山《古城即目》云：「草滿春塘無點埃，踏青半日醉徘徊。逢人睡鴨驚飛去，慕舊須臾掠水來。」劉冷窗安政己未，與杉谷清漪稱兩左衛門遊古城，有感云：「芳草萋迷鳴蒼庚，夕陽幾人傍城耕。城門鎖在松影外，下有晚花臨水明。極目江山多殘壘，春天悠悠雁南征。吾來非弔昔年跡，愛此越山日日晴。人間陵谷何足計，豈無再復舊經營。眼前突兀起樓櫓，幽叢荒蕪變旗旌。畫船東守大門渡，雲堞北接雙鬟城。梨花香動合陣色，楊柳陰遮洗馬聲。春光何避行陣際，吾邦名將多風情。他年若有横槊者，鶯花相對尋吾盟。」津田半村《九月十三夜古城賞月》云：「松林千尺古城頭，四顧山光掌上浮。待月今宵多快意，蟾宫磨出十分秋。」「寬平遺事至今傳，遥望清秋九百年。來坐松濤深樹下，夕陽沉處月嬋妍。」城東爲中河村，有南氏之莊，半村所生處。林蓀坡題云：「修竹茂松清影遮，滿庭深緑蘚生花。檐階古色多真趣，便識淳風累世家。」城北畔爲小松原，蓋曩昔後宮之趾也。林蓀坡名瑜，字孚尹，一號清癡詩云：「八尺氍毹襯草鋪，松陰清處置風爐。坐來最愛幽閒地，一點紅塵到此無。」今石動内山壺谷名充積，字高仲《題春興八首後》云：「聞道古城多勝遊，一時和筆入心頭。檻前風雨山川異，水上煙花日夜浮。珠樹鳥傷香雪落，玉臺客見彩云收。陳遵殊有滄浪興，醉後還驚春色流。」

《新渡》云：「雨水瀠洄渡口催，風横雲斷喚舟來。春流分散行人思，直向武陵千里回。」《三州志》云：「或曰，往昔千保川尤廣大。瑞龍寺草創時，其水勢如建瓴，激流所注，寺後爲深淵者數處。恐殿閣爲之傾覆，因命築堤於上户出，自此水勢減半云。」余按當時，水減則架橋，謂之横田小橋，今中島橋稱大橋，若水漲，則非舟不能濟。相傳，五十年前所架。

千保川沿邑而流，上自横田中島，下至木街。泛舟泝之，至木津佐埜，頗有風致。從流而下，景色殊佳。至木街西，與親部川合流，漸爲廣闊。里許，至米島津，丹崖聳左者數千仞，謂之赤壁。稍北，與莊河合流，雅客喚作三叉江，直至海門。春多膾殘魚，夏宜納涼，秋宜賞月，多打月香魚、松魚之類，冬宜觀雪，實爲文人韻士賞詠之地。天保乙未之年，林蓀坡與邑中諸子遊於赤壁下，有詩二首，序云：「同盟邀余，泛舟江上。絶壁枕岸，名赤壁，繫舟於其下。入夜東山月上，風景奇絶，舉網得鱸魚。」詩云：「幽討尋常費賞心，偶逢奇勝得新吟。西邊夕照東邊月，月浪鎔銀日湧金。」「入網巨鱗舉白浮，風清月白送吟舟。今宵豪興君知否，併得蘇仙兩度遊。」又以「白露横江，水光接天」爲韻，詩載《篋中集》。是夏，大聖寺阪井梅屋亦來遊，《伏木舟行》云：「老向殊方事漫遊，新知舊識共孤舟。天高嶽嶽皆羅立，地闊川川盡合流。千里賈帆來海表，百年禪刹據崗頭。無邊畫景磨吟眼，到處教人散旅愁。」《舟中歸路》云：「百丈牽舟掠一汀，蒹葭蔌蔌水泠泠。斜曛映海波初紫，淡靄籠山樹益青。話熟親疎同接膝，交深老幼共忘形。篙師莫使歸來急，市上塵囂又恐聽。」

邑中聲妓之所居曰瞽女街，雅客稱絃樓。曩昔，開正寺對門官倉後有二樓，曰仙姑，曰藏佳，今則亡矣。寺側有一樓，曰石垣，今移在下衢丁字街似撞木，故稱撞木，因喚在横川原者爲上句，今改作上衢下衢。下千木屋街，過橋左折，先得者曰阿閭，又稱小梅，扁曰玉雪，米庵之所書。其次曰新川端，扁云「一場香夢樓」，賴立齋所書。又扁云「觴月詠花樓」，中島棕軒所書。其次曰川端，以其在街梢而沿川流也。扁云「花園深」，皆川淇園書。折而西去曰角院，其次凹者曰松古，對門曰清香樓。此三者，今則亡矣。其東凹者曰茶釜，又稱古藤，扁云「紫雪樓」，山陽所書。此數樓喚做上衢。下川原之西有丁字街。其極北曰一本杉，其次曰二本杉，扁云「雙杉窩」，西崖所書，其次曰石垣，扁云「棲鳳樓」，棕軒所書，其次曰延對寺，扁云「鴉亭」，山陽所書，其次曰中，扁云「芭蕉樓」，棕軒所書，又云「芙蓉樓」，内藤元鑑所書，又云「致雨樓」，青霞所書，其次曰阿箇，又稱松代，其次曰小寺，扁云「松月亭」，西崖所書，其次曰論田，扁云「魯夢亭」，松洲所書，其次曰西院，扁云「西園」，研齋所書。此數樓喚做下衢。服淳卿《竹枝》云：「鱗次樓臺千保東，嬌紅婉緑笑春風。誰尋台嶽桃花路，無限歡娛滿此中。」山本道齋《竹枝》云：「治郎灑去别離淚，結作川原滿埜霜。」亦佳。故老動輒説絃樓往昔麤朴，然服淳卿《竹枝》云：「時樣髻鬟時樣衣，齊乘新霽踏芳菲。瑞龍寺裏昏鐘早，折取櫻花踏月歸。」以此詩想像，其風俗不與今時太相遠矣。不破氏之宰邑，嚴禁奢侈，遂及狹斜，且曰：「元來瞽女之所居，故稱瞽女街，是以其能彈絃也。今非瞽女不得彈絃。」於是盡逐聲妓反諸其里，而令別理生產。但西院一樓，以有一瞽女，不在此例。不破氏去後，每樓畜一瞽女，聲妓稍稍復故云。

萬延紀元之春，廣瀨旭莊與田代琴岳名孝，字子德，稱棚田屋甚右衛門登芭蕉樓，賦一絶云：「蕉葉陰陰動午風，群芳轉眼忽成空。寒暄適體清和候，恰在春過未夏中。」後自富山客舍寄懷琴岳云：「連旬賓館食無魚，單葛沾濡汗有餘。記得芭蕉亭裏飲，一庭新緑袷衣初。」自注云：「琴岳兄閏三月邀飲芭蕉亭，別後八十餘日。」

上子心竹丈池樓，在服部氏對宇。文政九年，高島雲溟名時外，稱莊兵衛來寓。《詠雨》云：「渾爲空情獨鎖扉，更看石丈著新衣。絲絲暫與柳條挂，點點忽兼花片飛。雲幕寒來護巫女，淋鈴風送夢楊妃。甌窶春滿膏將動，不用堯天千日晞。」兒玉旗山名慎，字士敬，稱三郎來遊，予初遇此樓。《甲午重三有感而賦》云：「五風十雨九春酣，堪喜天公恩澤覃。梅白桃紅豐歲事，菜黄麥緑好重三。」《訪高島誠處名興，字凡民，稱左兵衛途中》云：「春風料峭雨斜斜，一醉葉舟離水涯。五十里村三月近，落梅踏雪到君家。」後心竹移居於谷内，丈池樓亦廢。

心竹天尺樓在于關社西，天保五年甲午夏，林谷名君潔，字冰壺來寓。《畫蘭》云：「明皇何太陋，唯知有牡丹。佳人逃幽谷，不近玉闌干。揮蘭于高岡，任流千萬里。秋風動清香，觀者奈其美。」林谷灑落有仙骨，其後以鐵筆來遊者，羽倉可亭初稱駿河守，後稱伊豫守《初夏偶成》云：「花夢無痕緑四圍，羈中歲月早於飛。縱身何肯憶窮達，玩世不曾論是非。去意連留隨處計，感思雜慮與人違。蓬頭半白疎慵客，膩垢生光舊弊衣。」後松陵、青山六雄名璋、轟松居，皆以鐵筆來遊。六雄一號霞舟詩云：「已聞啞啞鴉，時渡潺潺水。轎裏識天明，猶貪殘睡美。」

邑中醫家，相會講醫事，謂之「神農講」。蓋創正德年間，其人不可詳，寶曆年間所記，大方脈本邦稱本道：津島元俊、内藤元鑑居利屋街，據明和二年婚儀赤飯配覺記之，以下傚之、瀧元綱同、金子玄仙居御馬出、上田玄鄰住横街。兼瘍科本邦稱外科：玄鄰子玄政、闕玄的住御馬出、大島玄騰、藤岡玄釣、生島玄單住中島、伊藤周哲、杉山休庵、息全慶住袋街、大久保壽澤、小竹元舸、小芝正仙住下川原、櫻井玄安。婦人科：佐渡養順住利屋街。眼科：松田三知、息鐮隆住木舟街。鍼科：岡田玄達住御馬出、闕全順住木舟街、岡島玄隆、息順隆住阪下街。瘍科：長崎玄貞、息玄周住一番街、津島右膳、大島玄叔住一番街、藤岡玄正住片原街、案摩島長育住木舟街、中條三達。口齒科：大門屋次兵衛、八十島屋安右衛門、岩見屋四郎右衛門。明和二年所記，「玄鑑」作「玄漢」，「玄的」作「玄迪」。此會廢絶殆三十年，文化十二年乙亥，先考再興之。時會者，長崎玄庭時年五十一、松田三知時年四十七、金子玄仙時年四十三、澤田早雲時年三十八、粟田柔齋時年三十七、上原貞純時年三十七、内藤貞孺時年三十六、小竹玄透時年三十五、岡田元達時年三十四、佐渡養順時年二十一及先君時年三十八。長崎蓬洲賦一絶云：「宜帆齋主取牛耳，繼絶會盟十二仙。論古驗今期濟世，相期長勿破斯筵。」松田敕李安山詩云：「神農講會獻酬觥，八十年來同社盟。飲食日奢終廢絶，慎旃酒澤肉林榮。」文政四年災後，此會復絶。天保十一年庚子，余與長崎浩齋、松田丁夢相謀復興之，十二月八日，上原迂齋時年六十二、高峰玄臺時年四十七、土肥恭藏時年四十六、津島玄碩仝甲、長崎願禎時年四十二、松田三知時年三十九、内藤貞孺時年三十六、金子恕謙時年三十四、上子元城仝甲、粟田太逸時年二十九、粟田作磨時年二十五、小竹修三時年十八、澤田龍貸時年十三，共會予宅，是時，佐渡養順辭以他故不會。時高峰梧門賦云：「大少又軒岐，尊崇萬世師。漢和雖異域，今古豈殊規。精意依誰覓，臨機勿自欺。折肱同志士，應有大成期。」從此而後，連綿不絶。惜哉今復廢矣，後來有志者應復興之，予特表之，聊存餼羊之意云。

高岡詩話卷三

高岡詩話卷之四

北溪居士津島佶著

余竹馬之友尤親者二人，曰寺崎山窩名文敬，字元吉，一號苔園，又號貞所，稱三木屋源右衛門，曰山本翠溪名奎，字仲章，稱道齋。山窩本姓川上，鶯宿稱中條屋作郎右衛門弟，爲寺崎女青女婿，因冒其姓。其爲人質直而好義，殊有氣慨。《春雨》云：「楊柳含煙暗四鄰，園花香散雨中春。可憐細細霏霏裏，李白桃紅總作塵。」《初夏》云：「萬紫千紅跡渺然，池涵新緑叠清漣。窗前午睡醒來處，初聽松頭一個蟬。」《出游》云：「林垌暮色翠煙含，隔水茅茨家兩三。耦語人歸斷橋畔，夕陽猶照落花潭。」《山行遇雨》云：「漠漠濛濛望叵分，山中驀地雨紛紜。樵童取路無迷誤，知是平生慣踏雲。」

山本道齋，幼而穎悟，人稱智囊，好歷史學。《過栗殼嶺》云：「栗殼山中雨始晴，水光山色一般清。老牛飽向松陰卧，不獨人間遇太平。」是幼年之作，才藻可見矣。道齋之於彦助爲玄孫，蓋血脈之所傳也。遺稿一卷，逸見方舟所撰録。《案山子歌》云：「案山子，汝形何所似？頭載箬笠身蒲蓑，手持竹弓與茅矢。伶仃炎暵烈日間，彳亍荒煙寒雨裏。一生守人田，可憐案山子。案山子，汝生何所比？居無屋廬坐無茵，暑無繖蓋寒無被。竟日在田無人饁，形容憔悴羸如鬼。猶嚇烏鳶與鵶雀，嚴其防禦護耒耜。一生代人勞，可憐案山子。案山子，汝業何所竢？秋禾穰穰滿溝湲，復果壘壘盈筐匭。豐稔有兆由汝力，蕃殖能成稼穡美。卻怪功名終不成，笠破蓑敗身已斃。

朔風滿埜霜露降，殘骸遺棄同馬菌。薄命終無尺土封，累功積勳徒爲耳。一生無人賞，可憐案山子。」案山子，遽遽然而起。啞然而笑向我曰：吾子之言皆不是。大哉天地化育恩，造物猶是不歸己。矧吾蕞爾小勳勞，褒賞爵禄豈可企。天使百司各執職，擇才任能有定規。上自宰輔下胥卒，尊卑等異分賢否。吾此微躬世所棄，天與鄙職奏薄技。一蓑一笠亦天恩，吾守天分遵天理。行藏顯晦固由時，吾復誰咎復誰毀。若挾小恩思小德，吾於天地多所耻。喜噫案山子，斯言汝似有道士。」《紙鳶歌》云：「紙鳶挾長風，飄然飛且沖。直到青雲上，軒軒薄蒼穹。金眼光炯炯，碧羽響瓏瓏。勢欺九皋鶴，心比千里鴻。無人擬金丸，誰復設樊籠。揚揚而自得，跋扈大虛中。烏鴉難爭食，鳩雀不同叢。志滿意太驕，自謂百鳥雄。豈思僥倖福，勢與浮雲同。朝來狂風如簸箕，紙鳶摇蕩難自持。茫茫氣海無涯涘，顛覆狼狽任所之。此時所恃唯一縷，一縷之絲繫安危。須臾風怒絲忽斷，翻身飄墮郊之岐。楮翼竹骨裂且破，殘骸挂在夕陽枝。烏鴉來喙鳩雀笑，前榮後辱一瞬時。君不見世間恃權怙勢者，不知權勢危於絲。」右二首録示方舟，題其後云：「辛亥梅月，偶作長歌二篇，以遣雨中之悶，固一時之戲而非有意而作也。恐兄誤以爲其多比興之語，而含風刺之意，故告焉。」《贈中田嘉平號瀨水》云：「吴歌越曲新詩卷，蜑雨蠻煙舊夢魂。鞅鞨天連三越路，勾吴雨送九州秋。行按地圖尋古迹，汎投名刺訪時賢。擔上策書無處試，腰間刀劍有時鳴。」皆佳。遺稿所載《新雪簡方舟》云：「夜來折竹壓柴關，曉見前溪雪一灣。恍想曾游湖畔路，夕陽寒靄比良山。」聞方舟卧病，送蕈花一籃，副以詩云：「病窗知是不堪閑，索莫詩思澀且慳。何藥須教吟骨爽，紫煙濃翠一籃山。」山寓長於余一年，道齋少於余一年，雖趣向不同，情義殆如兄弟。道齋歿，余哭之云：「往年喪元吉，若失吾左手。今又喪仲章，若失吾右手。噫旻天不慭，奪吾左右手。」

堀田松籟稱太順。初，小竹玄透無子，養松籟爲子，既而有二子，因之厭松籟，松籟乃去，結廬于於伏木。業醫家道漸隆，爲人温厚，好詩，又能倭歌，惜哉已成異物！今掇筐底，得一紙，和余《舟中聽蟲》云：「鼓吹蟲聲秋一川，水風清冷月中天。醉來舟裏曲肱卧，兩岸聽過管與絃。」和《北湖作》云：「避暑山溪裏，清陰松下留。苔深茵冒石，雲散月登樓。茶鼎評新水，詩囊收早秋。幽花要折去，蓼岸繫輕舟。」

服部有年稱天野屋外與次，卓犖不羈，沉毅而有宏才，善書，能詩，詩稿散佚，俟他日收録。有年弟清水梅顛名晃，字天民，稱槙屋藤右衛門，柔順而才，好吟哦，惜哉天不假年！《秋江晚泊》云：「沙禽拍拍夕陽收，眺望維舟古渡頭。潮没江洲知月上，水光雲影盡鄉愁。」《江軒》云：「一帶江流霽色開，清風洗暑氣佳哉。晚望好有添詩興，點點螢光入坐來。」《晚步》云：「夕照斜斜落，前村未掩關。風吹嫌醉薄，露冷覺衣單。林樹籠煙没，布帆截浪還。不妨歸路遠，山外月彎彎。」《海樓望月》云：「風收洲渚片帆懸，過雁聲聲破暮煙。好是海樓清賞處，波心月湧水連天。」山本道齋評云：「首首平穩恬雅，如君之爲人，楊子云『書者心畫也』。今讀此詩，可謂詩亦心畫也。」

曾以金蘭印譜爲衣上彩，同作納涼衫。泛舟於射水川，舉酒賦詩，或命打魚，獲鮮擊膾，實一時之盛會也。顧而憶之，恍若夢寐，僂指二十餘年。時同遊者十三人，爲河原柳亭、山本道齋、寺崎山窩、服部有年、小竹松籟、川上菅根又號草風，軌齋父、笹原北湖、氏家慎齋名之弘，字士毅，稱關屋八左衛門、田代琴岳、小川北峰，及余。其二人忘之，而今存者，北湖、慎齋、琴岳與余四人而已。

河原柳亭《喜晴》云：「江上有山山正静，江心無路路分明。晴波八萬四千頃，鷗與扁舟尋舊盟。」《鳥影度寒塘》云：「一從醉夢認玄裳，江上斜陽蹤跡長。依約繫船風浪曲，偶逢翅影度寒塘。」《早春喜晴》云：「北地從來少此晴，江山和氣夙分明。白雲片片横殘雪，摇動東風幾許情。」服南郭解唐詩云「其妙在可解不可解之間」，予於柳亭之詩亦云爾。

笹原北湖好讀書，不求甚解，博涉群籍，尤有見解。《樹間石》云：「從爲桃李伴，桃李幾時榮。縱是春風好，頑然不復争。」《初夏》云：「金爐煙盡日方長，滿架薔薇曬錦裳。深院無人晝岑寂，一簾涼氣午風香。」《秋日即事》云：「爛晴天氣屬深秋，紅蓼白蘆思出遊。兩箇促來兩般事，東鄰採蕈北鄰舟。」

笹原翠處名孟省，字子行，稱權之助，前人男，詩極風韻。《片原橋上》云：「雨洗殘炎夜氣清，新涼殊覺葛衣輕。街頭人定水聲静，二十三橋秋月明。」《秋夜》云：「清宵霜氣肅，孤雁過寒皋。多思人猶坐，中天月色高。」《悼六雄贈其妻小波》云：「同行人不見，子獨去何之。落木秋聲咽，孤墳夕露悲。愁邊越水遠，到處信雲垂。往事且休問，長流無盡時。」

氏家慎齋爲人清楚，有士人之風，善書，好諷詠。《春曉聞鶯》云：「獨立簷前未敢行，滿眸春色總詩情。彩霞段段天將曙，聞得新鶯第一聲。」《密雪望行人》云：「溪上模糊天未晴，閑排窗户遣幽情。何人早要問梅信，篛笠莎蓑帶雪行。」

田代琴岳名孝，字子德，稱棚田屋甚右衛門風流好事，雖在市人之部，絶無機巧之意，有《賣茶庵詩稿》數卷。《十六夜無月》云：「幽鳥投林夜色催，清談相對共銜杯。欄頭忽聽風吹雨，一道浮雲掩月來。」《風竹如水聲》云：「數十琅玕繞一庭，萬枝風動響玎玎。恰如流水過灘上，頓使詩人得意聽。」《嘗吴魚》云：「雪後初登市，沽來自當庖。讒人三尺喙，大口莫佗嘲。」《山夜聞鐘》云：「不知何處寺，鐘響度雲間。孤枕眠難得，月高落葉山。」《詠老妓》云：「對鏡無由飾玉簪，匆匆老色若相侵。山盟海誓已無跡，秋月春風猶管心。往事思來情自亂，衆芳零落夢難尋。空房寂莫没人識，多少離愁淚作霖。」琴岳殊愛老妓，所以有此佳作也。

琴岳所藏趙子得書李太白《友人會宿》詩，况著遒勁可愛。但「良宵宜且談，皓月未能寢」，作「戾宵且宜談，皓月誰能寢」。

佐渡葆齋名邦，字達夫，一號山梁詩癡，稱養順爲人温厚，博學吟詠，其詩平淡有味。《信玄公分字得陀》云：「四海洶湧揚白波，群雄振劍斫蛟鼉。大並小兮强制弱，虎吞狼噬竟如何。武田起此紛亂際，膽略超衆勇番番。精熟弓馬探厥賾，孫吴兵法蔑以加。出軍信野破諸城，勢若輕車下陂陀。後越殊有一敵手，屢角技倆交干戈。鼓螺震地河中島，左右急擊奇功多。十有二年兵未解，麾下輻湊幾爪牙。欲向中原伸威力，引兵西征入三河。此時信長頗握權，猶且禮聘乞親和。惜哉一夜大星隕，陳營從是政令差。孺子不肯守遺誡，漫寵二嬖窮矜誇。天日寥寥冤鬼哭，血淚化露滴草花。唯有軍法傳不朽，士民尚懼武田家。」

坪井柊里名良，字信良，稱信良，葆齋弟，性謹愨而有節概，最長西洋學，今仕大府。《臘月無雪》云：「爲是仁恩遠達天，看來霰雪不專權。川無汎水梟眠穩，野有遺稊雀食全。一任苔衣薄如紙自注：霰雪苔不厚，何論魚腹瘦連肩自注：魚不肥。聞言江左近多事，偏喜寄身在北邊。」佐葆齋評云：「『霰雪』二字起後聯來妙。」柊里曾仕福井侯，是時從侯在福井，結末故云爾。《記夢》云：「魯船墨舶列危檣，東海新開互市場。轟耳磧聲聞不怪，眩眸服彩視爲常。煤薪煙裏舟行駛，喇叭響中人影長。閑卻腰間三尺劍，夜深枕上放奇光。」佐保齋評云：「結末勇氣凜凜。」《十二月十四日賜雁一隻，不堪感謝，記喜》云：「殊恩何幸及微臣，況賜巨鴻元絶倫。翮可臨書將作筆，肉堪養老好呈親。節堅避熱追涼志，生淡雲飛水宿身。恍覺寒厨頓回暖，先期早領一團春。」佐葆齋評云：「第三句真蘭家韻事。第四句，《家語》所謂『食美者思其親』之意。五六頗有寓意。」

建部琢齋名楨，字士寧，稱堅隆，前人弟。宇津木太一郎，曾納爲女婿，其才學可知矣。《竹窗聽雨》云：「小廬卜來未幾年，比鄰人物情相牽。晨夕省老意始保，生計悠悠付旻天。牽牛花開小菊未，草卉培養素偶然。鼴鼠處處穿泥土，蛛網狼籍又蝸涎。一笑刀圭半閑卻，几邊唯有詩債纏。十日未晴雲漠漠，竹窗閒卧聽雨眠。」《冬曉》云：「慵起曉來寒意加，紙窗猶暗聽啼鴉。石爐灰盡三更火，園樹看來六出花。開落過時籬下菊，苦甘適口鼎中茶。無端又憶阿兄事，今日如何天一涯。」《點燈會友》云：「三五約來池上菴，楊花半落緑毵毵。一宵輕雨春蕭寂，無數鳴蛙供話談。」《初夏晚晴》云：「連日昏昏雨未收，鈎簾一醉倚高樓。無端雷電呼晴去，洗盡吟腸萬斛愁。」

阿波加春塘名穎，字士栗，稱修造，前人弟，恂栗而有穎才。《偶成》云：「黑白輸贏夢幾場，人間局局手談長。傍觀苟會斯中趣，別有乾坤了我狂。」「醉倚海樓望豁然，風光一一入新篇。就中尤愛浮鷗樂，上下任波隨處眠。」

佐渡緑窗名景行，稱立策，前人弟，幼而有詩才，惜哉天不假年，没時僅十七。《夏日即事》云：「六月炎天日正長，過門酷吏使人狂。唯期薄暮園林下，閑煮清茶卧石床。」《雪中訪友人》云：「短蓑團笠步徐徐，村外雪深人跡疎。折竹斜斜横路上，卻穿林下到幽居。」《雪後訪友》云：「曳笻吟步弄新晴，得得尋君踏雪行。修竹門前何用問，徐聞茅屋讀書聲。」《乙卯元旦》云：「鐘聲送殘臘，晴旭鼓新正。竹外梅初笑，林邊鶯正鳴。合家皆健壯，四國總昇平。好酌椒花酒，欣然遺世情。」是歲就木。「遺世情」本作「遺俗情」，乃兄改作「遺世」，似暗爲詩讖。

逸見方舟性慎密而善書，最嗜吟詠。道齋曾云：「我輩作詩以爲酒資，方舟嗜詩以代酒。」《柳灣歸舟圖》云：「千株又萬株，楊柳水西東。蔭密礙暮月，沙灣淡濛濛。欸乃一聲夕，舟移别浦風。依稀篝火影，影落水煙中。」廣瀨旭莊評云：「風神肖漁洋。」《秋館雨夜》云：「香銷茶冷悄無人，一穗寒燈自可親。梧葉蕉心秋已老，從教夜雨滴叢筠。」《冬夜》云：「酒醒寒月落，四境夜沉沉。忽有山陰想，開窗雪滿林。」旭莊評云：「高古，邦人所無佳句。」《詠煙艸》云：「將他湘竹一枝細，吹出巫雲幾朵多。」又云：「鑽燧野邊春試屐，吹煙郭外曉憑鞍。」《贈坪井柊里》云：「二越往還三日路，兩回歸省十年心。」《題畫》云：「楓葉繽紛撲篷背，有人枯坐補漁罾。」

宮島如雲名□□□□□□，稱室屋次左衛門溫厚好詩，能書善畫，又妙鐵筆。《曉行江上》云：「燈火誰家漏竹扉，曉行何厭露沾衣。江寒殘月猶浮水，如雪白鷗凝不飛。」《客去》云：「客去小齋眠未成，茶爐火盡没由烹。時聞一板青頭雨，欹枕無聊數滴聲。」

高峰槐窗名紳，字張書，稱元稑，犀江男，頗有才氣，精于究理學，今仕本藩。《春江曉景》云：「微微殘月挂山頭，曉靄模糊四顧幽。江上梅花猶未落，數聲横笛起何樓。」

弘化年間，娱分吟社爲雀齋、廬山、葆齋、方舟、槐窗、逸齋、李逸、分齋、莎洲及余。今逸齋、莎洲皆歸於泉下，槐窗、廬山俱移于金澤。

釋廬山名周玄，字周民，稱慶圓寺，今稱乘敬寺磊落有奇才，《倶利迦羅途中》云：「幾樹蟬聲風已秋，行程十里客情浮。輿窗聽雨眠方足，直自加州入越州。」

松田逸齋名晋，稱良順，山本道齋弟。丁夢無子，養爲子，因冒松田氏。頗有才學，惜哉夭折。《送諫山夕翠》云：「君曾來訪百花時，纔到秋風忽别離。他日笑談都是夢，從今文字奈無師。孤身萬里留遺迹，瘦馬獨吟勞所思。倶上江亭天將晚，一杯杯酒更遲遲。」

福尾莎洲稱井波屋太助稍有詩，差可觀。《遊能州》云：「青青兩岸幾重山，杜宇聲中出海關。新月滄溟波不駭，扁舟晚泊甲村灣。」《雨後訪清足軒》云：「埜橋半板夕陽斜，驟雨洗炎涼氣加。藥草滿畦花正好，香風一路到君家。」《初夏即事》云：「半輪殘月落林西，翠靄模糊杜宇啼。昨夜山中桃李雨，紅波一道漲前溪。」

嘉永庚戌，半健浩齋老人別號、松軒、梅顛、東竹入娛分社。松軒□□云：「萬樹溪南梅，忽看一枝發。夜來衾枕寒，夢繞孤山月。」梅顛詩已録數首，今又獲遺稿於其男，《題赤壁圖》云：「扁舟棹去載壺觴，此是當年古戰場。收拾江山風月美，一痕明月水茫茫。」《暮投山村》云：「雪滿山間小徑迂，寒窗岑寂夜燈孤。樵家閑話無塵趣，風味方佳芋一盂。」佳句，《秋夜》云「一夜竹窗眠不得，寒砧響送月明時」，又云「金風寂寂吹秋葉，月和蟲聲到竹欄」。

天保辛丑人日，賣茶庵小集聯句：「人日多風雪，琴岳種松猶白頭。柳亭詩成各感慨，知言醉熟共優遊。北溪烘硯呵毫處，雀齋窗前月一鈎。起雲」

粟田起雲名文，稱太逸，後稱文機倜儻有氣概，以醫起家。嘗賦《詠龍》詩爲世所稱，因自號起雲。詩，他日當收録。《西方寺速滿嵐山花》云：「閑知某邊某地花，春光總屬此山花。勝於吉埜知何倍，影照清流水亦花。」

得天保甲午、乙未鳳鳴社吟稿於氏家慎齋，中載松籟雀齋、三龍葆齋，一號、冠齋、慎齋、山窩、有年、敬介、隆介、宗明、謙齋、南山、有峰、蘭窩、梅圃、由齋所作。既經著録者居多，今收前所遺。服部冠齋名信，字履吉，稱修道《秋日登古城》云：「吟會古城萬水中，眼前池水色青葱。西風一陣偶回首，栗殼山頭夕日紅。」《秋夜不寐》云：「閒敲窗紙動愁情，不是雨聲是葉聲。撫枕終宵眠不得，更更數盡到天明。」《雪後出遊》云：「門外雪晴雲又收，醉中乘興作閒遊。放歌一曲斜陽路，獨木橋邊駭睡鷗。」服部有年《晚景即事》云：「晚逃炎暑趁涼飆，三兩吟朋到埜橋。時有漁夫繫舟去，幾多螢火逐波飄。」《秋夜枕上》云：「夜雨蕭蕭燈火昏，芭蕉葉上滴聲繁。閑眠一覺難重覓，曉下階除步小園。」《秋晚閒居》云：「門前幾株樹，紛紛落葉深。白蘆半汀雪，黄菊滿園金。窗下試新茗，松陰調玉琴。頃來無客到，又見夕陽沉。」《秋夜不寐》云：「一雨晴來夜氣清，詩魔惱我到殘更。風吹古木琴音細，月上書窗樹影明。遠寺鐘於枕邊落，鄰家鷄隔屋頭鳴。定知征客侵晨發，認得門前馱鐸聲。」《雪晴晚望》云：「晚際風收雨雪微，閒人乘興出柴扉。水仙花發香方動，松樹枝垂聲已稀。漁叟斷崖霑醉立，樵童小巡印痕歸。前山添得好詩料，幾樹著花明夕暉。」佳句如《冬日郊行》云「方識牧童吹笛去，黄牛繫在晚楓陰」，《雨夜小集》云「席上薫香是何事，主人笑指一瓶梅」，皆妙。澤田君亨稱敬輔，早雲義子《紅葉》云「霜林染出一庭中，光景幾般黄又紅。日日品題情不盡，唯愁夜雨與朝風。」《聞落葉》云：「門外無人夜寂寥，唯聞落葉逐風飄。颼颼颯颯眠難得，騷客如何此一宵。」《牧童》云：「驅牛叱叱傍溪流，蓑笠風寒山色幽。短笛數聲斜日裏，歸來一路石橋頭。」富隆介名元敬，字謀人《晚景即事》云：「黄昏眠覺思深哉，簾外微吟帙未開。忽喜鑾童能解意，桔槔取水灌青苔。」南謙齋一號旦里，稱建齋，今住冰見《紅葉》云：「清霜染出滿林紅，不用飄飄舞晚風。過雨無妨卻增色，晴來如洗映秋空。」《秋夜聞落葉》云：「寒風幾陣逼秋衾，顛轉難眠夜正深。軒外蕭蕭楓葉落，恰如輕雨打窗音。」《江村雜興》云：「霜嚴兩岸草皆枯，處處園林葉似朱。静景詩人尋句去，江頭沽酒又沽罏。」川上有峰名秀實，字士穀，一號軌齋，稱菱屋二郎四郎《冬日遊山寺》云：「淒風滿山岳，霜葉染如丹。塔影跨溪冷，磬聲度水寒。既看修竹瘦，又愛菊花殘。共約來春日，探花又結歡。」《春晴登樓》云：「以詩會友陸舟樓，席上探題分韻籌。雪解連山帶雲聳，水添新漲抱欄流。喜晴野雀群相唤，向暖庭梅香正浮。偏愛軒前幽味足，共傳杯酒倚窗頭。」《早起涉園》云：「閒夢醒來醉尚存，一伸一欠涉前園。蹣跚直爲驅踈懶，緑樹陰中又出門。」《雪中聞鶯》云：「從來北越深寒氣，正月梅花猶未開。忽聽黄鸝三兩囀，誤看雪片作殘梅。」山本蘭窩時稱禮造，今仕本藩，稱内藤宗安《竹笛》云：「龍孫迸出破苔紋，雨後數竿緑十分。粉籜斑斑如玳瑁，庭前屹立欲淩雲。」《夏日宴池亭》云：「一樽呼客坐池亭，酬酢頻煩醉又醒。今夜不妨纖月暗，分明照水數群螢。」桑山梅浦名仁山，字粥糟，稱梅染屋浦之丞，今稱吟左衛門《冬日遊山寺》云：「一望田園紅葉深，登來古寺醉高吟。暮煙籠處鳴鐘起，倚遍闌干送斷鴻。」《遊是性菴》云：「獨步春園柳蔭風，黄鸝日暖囀幽叢。茅堂寂寂松濤起，雲外連山斜照紅。」津田由齋名景完，字苟好，稱鶴來屋喜三次《山村書所見》云：「山村雪霽暖於春，屋後屋前堆玉塵。開户時望灞橋趣，吟行緩緩是詩人。」《春雨》云：「鳩聲何處去求雌，煙霧濛濛雨若絲。墻角梅花玉肌濕，池邊楊柳緑眉垂。」《詠柳》云：「數株煙鎖野橋湄，裊娜新枝掃岸垂。滌雨染成千縷緑，含風織出萬條絲。差池紫燕時藏影，宛轉黄鸝不見姿。好景何妨日西没，更懸纖月最清奇。」

一日訪橋仙禪師，見示閑雲禪師偈云：「閒雲閒適是仙寰，月白風清閒復閒。茶三昧又詩三昧，瞻仰儂家第一關。」予即和之云：「脱卻塵寰入梵寰，蕉陰鎮日領清閒。幾多談笑幾多意，憶得當年前度關。」

高岡詩話卷之四

高岡詩話卷之五

北溪居士津島信著

曾祖父景山先生名祇董，稱元俊，叙法橋弟彭水先生名久咸，字桂庵，一號洞虛，又號如蘭軒，稱恒之進。石崎小洲曰：按《蒹葭堂雜録》，彭水受物産學於松岡玄達，以物産學鳴於京攝之間，新井白蛾、中井竹山、蒹葭堂小洲曰：木村孔恭，字世肅，號巽齋，又蒹葭堂，小字太吉郎，家號坪井屋，以元文二年生於浪華、山脇東門、藤林玄覺、福井立啓，皆出其門。寶曆四年歿於浪華，有《攻玉本草》十卷、《異魚録》三卷存於家。《岩子島夕照》云：「暮日返照曲，景明孤島邊。煙雲低極浦，波浪接南天。新月東山上，殘霞北渚鮮。坐看無限興，總在寸眸前。」《鯨島皈帆》云：「煙嵐抱曲灣，鯨島出雲間。蜃吐氣成市，龍移雨致山。懸泉千丈岸，喬木一汀閑。日暮征帆遠，幾人得便還。」

景山先生所藏《炎帝像》，雪村所畫，《法印玉翁贊》，松岡恕庵先生小洲曰：《蒹葭堂雜録》云，松岡玄達字成章，號恕庵，平安人，以物産學繼稻若水而興書。贊云：「嘗草分藥，勸農促耕。大哉聖業！萬代權衡。」

嘉永六年，丁彭水先生百回忌辰，上子東竹名格，字物卿，稱坦庵賦一絶云：「日月如飛箭不如，百年往事事方疎。即今蹤跡覓無處，只看遺香數卷書。」予亦得一絶云：「三尺美髯今尚存，英風百歲想容言。年過四十未稱世，碌碌此身慚後昆。」先生有美髯，詳見予所著《高岡佳話》。

祖父冰水君名□□，稱景俊之詩，求之未獲，今姑録《與佐渡養順書》。書云：「昨夜與諸子會生島宅，不圖歡晤移時，聞足下將投樂令建中湯。明察賢慮，非不佞所及。雖然，不佞退而按其方證治身體消瘦、潮熱自汗、將成勞瘵。退虚熱，生血氣，而未嘗説療咳血吐血也。然則，樂令建中湯，身體消瘦、欲生血氣者，與之可矣。今夫順碩者，三四年之沉痼，非將成勞瘵症。不佞性狂學麤，不能解之，足下有高論，乞幸見示。草草不宣。津島景俊拜，佐渡養順公梧右。」

叔父北岳君名之篤，字子信，又號一笠齋，初稱俊五，後稱元桂。學山本中郎於京師，又學村瀨栲亭。《上家大人》云：「奉命辭來北越間，即今無恙入逢關。茫茫學海認難得，題柱駟車何日還。」《歲晚》云：「徒重犬馬歲，春色客中催。縱無添華髪，慷慨肝膽摧。」《山家看雪》云：「草堂人不到，偶坐養天真。偏愛滿籬雪，總如花樹新。」《賞雪》云：「六出翻簾外，隨風落玉杯。難分庭裏樹，幾個是真梅。」《午睡夢友人》云：「曲肱夏日午時初，夢裏逢君又別君。落枕鐘聲北窗下，舉頭几上讀殘書。」《中秋與山中郎及諸子遊廣澤》云：「萬里異鄉客，來遊廣澤傍。誰言秋月好，總是斷人腸。」《塞下曲》云：「胡天秋色夜淒淒，蕭瑟悲風征馬嘶。月下霜寒三尺劍，人傳虜在陰山西。」《花月吟，送建養益歸鄉》云：「新月映花夜如霜，花梢月影照離腸。賦花弄月春宵短，嘯月感花別恨長。花月看時爾憶否，月花餞宴何時忘。月前花下吟詩客，花月吟成空斷腸。」《伏見途中》云：「冬風何處來，颯颯塵埃起。回首望北天，雲重千萬里。叡嶽何隱秀，鯨音古寺邊。暮過千里客，所思湧如泉。轣轆牛車去，大陽復已斜。寒風吹六出，忽見滿林花。」又云：「篁間深鎖兩三家，墻下柚橙自發香。

返景青苔相照去，東山削出一寒光。」仝《有感》云：「少年學劍一書生，來往幾回功未成。水上月明難悟得，不知何日止斯行。」蓋君學擊劍於伏見河田伏水稱左助，先生畢究其薀奧，同門有孫福齋宮者，演戲伊勢音頭，福岡貢是也。□□□嘗來訪君，時新雪降數尺，兩人揮劍馳驅于雪上，恰如走平地。予家文政火災前，宅櫳内隙地，雪深二尺餘，東西四間。兩人時在此間演武，若飛鳥在空相搏，毫無所支梧。祖母妙順君時話次及之。君以其長武事也，旗下之士有欲薦幕府者，於是潛至江户，開演武場，教以劍法，及門者三百餘人云。偶病而還，歿於越後梶屋敷，時年二十六。

叔父鷲橋君名有祥，稱玄俊，又號鐵研真人學于池田錦橋稱瑞仙先生，其善行載于《修三堂茶話》中。鷲橋君男帆齋君名敬之，字子吉，幼稱猪吉，後稱玄俊學浪華三井棗洲名善之，字文卿，稱玄濡先生。其歸也，棗洲先生有送之序，文長不録。渡邊知足字叔富《送别》云：「柳花飛盡石榴紅，北望嗟君返越中。落日暫斟長命酒，促來渡口一帆風。」文政七年，病歿於家，時年二十二，有遺稿一卷，今佚，他日當追録。明年中秋，同社諸子會陸舟樓祭之，各賦詩。澤田周謙早雲男，龍岱兄詩云：「憶君傷悼淚如流，此夜樓中感舊遊。十分明月十分興，唯恨一人欠好儔。」津田半村詩云：「欲訪浮雲薤露緣，沉痾叵奈赴黄泉。何圖交態金蘭友，别恨寥寥已一年。」金子觀水名進，字盈科，稱原泉，後稱恕謙詩云：「年臻重二忽歸空，吊慰今宵思不窮。感淚沾巾慵眺望，玲瓏明月似朦朧。」超願寺孤松名信成，字義倩，後號台巖，今號鄰泉詩云：「可惜光陰若水流，憶君仙去又逢秋。秋宵第一好時節，欲慰吟情卻起愁。」稱念寺懶外詩云：「蟲聲切切月娟娟，更憶故人轉慘然。每歲一般今夜興，風情不復似當年。」松田丁夢詩云：「良友豈圖早夭殤，簷前細雨淚千行。蟲聲更助慘悽意，空奉寸心一炷香。」浩齋老人詩云：「嗟子爲孤從叔父，勉承庭訓報殊恩。家人未見憤争色，社友不聞誹謗言。曾在浪華逃厲疫，卻歸關埜厭塵煩。乘雲問歲纔重二，空使吾曹爇返魂。」帆齋爲人温順，老人之詩，可以當小傳。所稱「厲疫」，乃當年三日虎狼痢流行，浪華最劇。三井棗洲哭云：「北陸雲鴻不惜聲，遠傳書信到江城。開緘泫淚如兒態，非爲夫人誰爲傾。」自注云：「津島玄俊君凶訃到，哀愕之至，賦以弔。」三井檀橋名正之，字伯龜，稱孝孺哭云：「驚聞好友赴黄泉，擲事兩眸淚泫然。君去今來何所見，遺編往往在床邊。」

叔父栗齋君名玄勇，又作玄又，字子仁，又字子禮，稱玄勇《文政紀元歲晚》云：「冰雪不看寒力微，荒園手種緑葱肥。近來風氣如斯少，墻角梅香撲鼻飛。」栗齋君，先君弟，最長本草學，吟詠非所好，是以其詩甚少。文政四年病疫而歿，時年二十九。友人挽詩集爲一卷，浩齋老人爲之序，稱與蚴洲翁，東林、玄妙、寶樹、懶外四師，誠所、容齋、龍齋、元良、敬周諸子交，優遊唱和云云。蚴洲哭云：「難將鴻牘寄幽冥，唯見孤墳秋草青。君是奇才誰不惜，葩經最恨十年螢。」最光寺東林名雪象，字公鮮哭云：「年來吟社最相知，內外操心更不移。清夜逢君常戒酒，浄窗迎我共論詩。看書敏捷成功速，臨事殷勤然諾遲。永訣誠如失一臂，從今風月又尋誰。」予幼稚受句讀於君，因想此詩後聯，盡其爲人矣。君最好酒，東林不愛飲，第三句得實。國分癡王名玄妙，字太玄哭云：「不向冥冥泣哭來，靈床今日供樽罍。西方縱有無量樂，卻欠人間般若杯。」稱念寺懶外哭云：「君去墓前春草新，同盟今日薦蘩蘋。悲愁豈啻惜吟手，奈爲醫家欠此人。」南當時未贅津田氏，故稱南氏半村哭云：「結交風月好因緣，逝水之傷乍一年。今話舊遊真似夢，不知何處接神仙。」長崎浩齋哭云：「研精多識笑時珍，一病遂爲泉下身。噫是從今涉山水，草名華號問何人。」東林《看花憶亡友子仁》云：「可嘆時光似急流，春風復作去年遊。嬌桃依舊呈妍笑，吟友新亡欠唱酬。夢暗江村楊柳路，望迷山寺白雲頭。斜陽影裏蕭蕭雨，不止花愁我亦愁。」

先考竹山先生諱之恒，字子産，一號藤樹園，稱玄逸，鷲橋君之弟，栗齋君之兄，學山脇東海名豹，字子斑，稱道作先生，殊通脈理，著《傷寒類症》一卷、《名家方類》十卷、目録一卷、《詠草》十數卷。文政十年歿，年五十。《江風明月吟》云：「乘月探春棹碧潯，江風吹醉興尤深。花含香露月明下，月吐清光花樹陰。水上落花翻泛泛，江邊孤月影沉沉。嘯風共酌扁舟裏，賦得江風明月吟。」《春日山居》云：「庭前苔緑石泉清，山上不聞笑語聲。終日黄鸝啼繞舍，飛來飛去自多情。」

竹山先生所藏《炎帝像》，曾我暉一稱真田平之進所模，東海先生讚云：「生民嬰疾苦，嘗草與醫方。宇宙盡尊仰，同塵萬古光。」

津島東亭，竹山先生門人。東亭本姓渡邊氏，養順子。曾欲爲富山侍醫木村東詮女婿，以養順微賤，與東詮門地不相敵，乞先君爲義弟，遂成東詮婿，因冒木村氏，《北遊詩草附録》稱「木村東亭」是也。資質輕浮，是以父子不諧，去寓七尾，又寓冰見，後寓金澤，遂來住高岡。其去木村氏也，當復本姓，而漫冒津島氏者。浩齋老人《賀東亭六十》云：「聞君至耳順，浩嘆烏兎遷。人賀以龜鶴，或祝比神仙。皆是舊套語，百首如一篇。我常尚真率，壽言亦淡然。只願十歲後，從心所欲年。主客俱無恙，再開若箇筵。」

先君交友中最親者，爲超願寺其葉、長崎蓬洲、藤村鳥翁、粟田花岳、大橋侗齋、長樂寺爲樂庵。蓬洲、侗齋詩，前卷既著録。鳥翁、花岳能俳句，其葉、爲樂庵好和歌。前年丁爲樂庵某忌辰，其子民部卿稱西勝寺，住金澤廣募歌詩，予詩云：「偶開先君手澤書，中得上人雙鯉魚。墨痕淋漓筆勢穩，數行文字意有餘。因想先君平素事，情與上人最深至。來往不厭閭里遥，且往且來厚交誼。當時佶也猶髫齔，時時在側分明記。上人爲人尤温淳，風流好事是天真。于花于月詠倭歌，往往愛茶會其倫。嗚呼如今非無愛茶、詠倭歌者，風趣絶不似當年雅。居諸逝矣不可追，潸然收卷淚如瀉。」

亡兄橋東君諱俊，字邁夫，稱嚴俊資性英邁，書尤遒美，殊嗜酒，惜哉年不盈三十而歿。浩齋老人哭云：「叔兮姪兮相後先，英才扶我是何緣。享齡未卅皆仙去，俱會鷹山一處泉。」琴岳哭云：「吟社變遷詩失律，騷壇零落酒虧行。」君有《古方藥注適意鈔録》之著，《橋東居集》一卷，豚兒子文所輯録。

《橋東居集》中美不勝收，摘其尤者。五古如《水亭觀螢》云：「趁涼無月夜，觀螢水亭中。珠撒幾千顆，星流一陣風。咽咽又嗚嗚，幽聽柳橋東。有人忽歌曰，妾身與彼同。有口不能訴，夜夜焦其躬。」七古如《題畫》云：「山峥嶸，水回縈。山如佛頭磊塊秀，水如鏡面玲瓏清。下有茅屋五六個，一半傍山一半瀛。低橋可以通幽客，如何無人作吟行。」七律如《聞雁》云：「世務營營秋又冬，長嘘連夜五更鐘。弟爲萬里關東客，身是廿年溪北農。壯志同林間葉委，白毛下砌與霜濃。逍遥何事來兹地，水緑沙明爲汝供。」《訪北湖》云：「偶脱塵煩訪舊盟，相逢相喜十分情。多時閒話與茶熟，幾陣微風共體清。白菊鮮鮮有香送，丹楓燦燦向窗横。欲歸預約鏡山畔，一兩日中探蕈行。」七絶如《春曉》云：「煙暖林園曉色融，黄鸝宛轉五更風。兩妍相鬭小樓外，斜射梅花月一弓。」《秋日間居》云：「秃木蕭條細徑斜，一般紅繞野人家。生憎昨夜風兼雨，落葉賽於惜落花。」皆有清微淡遠之音。其他名句，如《秋日偶成》云「窗間良學雙鈎帖，溪上時罾數口魚」，《遊古城》云：「連環群嶺猶籠緑，空闊平田已作黄」，又如「臍下安置六大洲」，雖一時戲語，而可想見其胸宇矣。

橋東君《次道齋偶成》云：「雁聲頻促居人淚，冷氣可臻羈客襟。」予時客於荏土，同胞情懷，觸筆流露，讀之潸然。予丙申春寄家兄云：「鄉關一去已三年，渺渺江山里隔千。多少苦辛唯自嘆，幾重懷抱有誰憐。新芳春美轉傷思，舊被夜寒不易眠。若遺歸鴻人語得，當將此事報君邊。」

天保辛卯，予遊于江户，入增島蘭園先生稱金之丞之門，留學三年，每月與諸子以詩會于龜井户大衍菴。一日，與奈須柳村先生、武田道安君，赴會而歸，過龜井橋，柳村先生唱第一句云：「仰見嫦娥印爪痕。」道安君續之云：「晚煙籠水過寒村。」予足之云：「此時此景摸難得，共倚橋欄詩役魂。」

壬辰春，送服部敬作今稱三郎左衛門、本間才輔今稱山本元春，住于今石動共遊鎌倉，有《湘中記程》

一卷，是歲秋與奈須玄竹、山本宗洪君，及鹿埜得三，從小島葆素先生時稱喜庵，後稱春庵遊日光，有《日光紀遊》一卷，俱載詩數十首，今佚，他日當補録。

癸巳之歲，自江户經東街道游京師。《發江户》云：「書劍飄然遊學身，幾多風月墨江濱。即今不似北歸雁，卻向南程作去人。」《過間遠津》云：「布帆風緊海煙晴，幾叠亂山頻送迎。一箇青樽傾未盡，舟師先報九華城。」

四月入京師，時上子心竹、本間才輔，亦在京師。才輔詩云：「寂寂風聲月色斜，移來孤榻卧窗紗。休言萬里關山遠，一夜身歸夢裏家。」既而才輔忽歸，予贈古調一篇，篇末云：「高陽諸子若相問，爲言佶也在京師。依舊麤狂猶未已，抛卻儒冠今學醫。若問皈期又爲言，自道學不成不歸。」當時少年疎放之氣象可笑。是歲秋九月，祖母病篤，因是歸省。天保甲午，予復遊江户，入葆素先生之門。先生與松崎慊堂先生善，因屢得謁焉，以《籠雕》詩乞正，詩云：「雕乎嗚呼雕，自古不爲群。雙睛争日月，六翮能凌雲。一舉三萬里，衆鳥徒紛紛。忽爲籠中物，萬方不可脱。霜爪無所用，哺餌向人乞。卓犖懷中氣，如何能忍屈。春風又秋風，終年定鬱鬱。請汝暫勉之，將有遭遇期。天既生此物，在累又幾時。」先生曰：「『雕乎嗚呼雕』作『雕乎雕乎雕』，『争日月』作『炯争日』，『懷』作『臆』。」且曰：「《文選·鵩鳥賦》云『請對以臆』。」

戊戌之春，與北小輔名由之從葆素先生遊墨水，聯句云：「金波如練蕩嫦娥，葆一片扁舟渡墨沱。縹緲江煙籠遠浦，佶依微漁火隔平沙。由之平沙阡陌行求句，葆略約柳塘徐吟哦。迴趁暗香尋野寺，佶漫踐踈影涉荒坡。慶曆郎官誰比得，昌泰賢相奈讒何。葆妍妍明月雲容掩，灼灼春花風每多。幾許塵寰有歡樂，且逢良夜可酣歌。佶林間相見不期友，笑把詩章囑唱和。佶」第九句初作「慶曆郎官清徹骨」。時夜將半，遇宮户得所稱寬司，素不相識也。問曰：「公等何許人？」先生戲云：「吾曹江户近村者。」又曰：「公爲誰？」先生答以予名。又問：「爲何？」先生云：「乘月尋花。」因舉所得聯句誦之。至「慶曆郎宮清徹骨」，令得所續之，得所吁喁久之，卒不能成一句，告別而去。

是夏病疫，殆瀕死。病間，三宅昆享君稱小太郎見訪，座間賦云：「往事回頭総作空，竹陰堂上坐春風。别來三載無他故，子善沉痾吾善窮。」蓋竹陰，增島先生堂號。昆享君，增島内君之弟也。丙申之春，有崎嶼之役，飲别于增島先生宅，第三句斥此事。

病後不堪無聊，謀諸山本學半稱彦十郎，北山孫。學半曰：「游於総房之間，我爲之介。」於是泛海達於上総，遂游于房州。《保田途中》云：「石橋茅店醉相過，𢥞懼人煙細徑斜。自入房州風氣異，村林無處不桃花。」此游有《蓑笠餘滴》一卷。歸程至于上総金谷，宮田氏强留之，寓其金波樓，新井子恕名忠，稱三太夫，仙臺人、柳下子柔名温，稱宗寬，相州人有事來，共登鋸山，歸飲于金波樓。入夜，予先眠，賦云：「一醉同歸日暮天，縱横緇帙短檠前。今宵好似舊時樣，枕手讀書聲裏眠。」子恕，蘭園先生之門人，子柔，葆素先生之門人，偕爲舊同門。

己亥之春，歸于江户，賦呈先生，先生和其韻云：「逸生浮海去，無人監藥房。忽遭歸棹日，相伴入書藏。滿架香溢帙，討論究濫觴。倦來命尊爵，試爾酒力長。對酌興情酣，陶陶入醉鄉。笑問上池妙，定知窺垣墻。」

是歲冬，橋東君病篤，因是歸，北呑花由之送云：「今宵斯送君，情緒紊紛紜。應盡青樽酒，明朝隔白雲。」後寄詩云：「東台明月墨川花，買醉幾回過酒家。豈料匆匆忽分手，江雲渭樹各天涯。」「偶爾詩成又與誰，旅窗寂寂獨呼巵。遥知白雪擁山水，故園風光又一奇。」庚子之歲，有家子準名貞繩，稱倉平，豐前中津人寄書云：「新井子恕復其兄讐於白石。」予去年與子恕飲别于不忍池，因寄詩云：「池亭喚酒談忼慨，言笑恍乎既過期。豈料當時腰下劍，一朝報怨血淋漓。」

壬寅之冬，佐田筑水稱修平，筑後久留米人來寓予家數日，談及奥州浮島，其事甚奇，予贈云：「東窮奥羽割浮島，世若先生知幾人。」仝筑水會田琴岳坦坦亭琴岳亭名，席上以「飲啄隨緣度歲華」爲題，予賦云：「已兒娼吶忽超歲，昨日能行今日言。我豈四方無志者，放歌一曲且開樽。」蓋是歲己巳太郎今稱彦後二歲也。

仝族津島如柏名之成，稱小右衛門，後稱休作性質直，不阿諛，爲里老十數年，罷官而後，植菊自樂。男陶園名之篤，稱清五郎，後稱小右衛門殊能和歌，築水□□□□□□□。

辛亥之歲，兒酉五死，有一奇事，詳見《山道齋詩序》云：「辛亥之秋，友兄北溪島君，手開菊圃，植菊數十種，作藩作蓋，以竢花期。至秋杪，黄白齊發，頗爲美觀。次子酉郎，年甫三歲，常游嬉花畔，愛翫不已。入冬而來，偶罹惡痘，荏苒不瘉，經旬而逝。殯葬既終，菊節亦過，人亡花萎，俱成夢境。島君之情，真可悲也。後數日，島君登菊圃，撤藩撤蓋，將爲禦冬之計。乍有黄蝶一箇，翩翩飛來，宿于殘叢荒葉上，忽然而死。因謂此是吾兒愛花之魂，化爲胡蝶而來耶？不然，則此風霜沍寒之節，不宜有此物也。乃取黄蝶遺骸，副以詩一首，且詳記其事，遍告社友，請賦詩。余亦聞之，不堪愴然，聊賦一律，以呈島君，併弔胡蝶郎之靈魂云。」詩曰：「愛菊人亡月，未期芳魂化。」

高岡詩話卷之五終

高岡詩話補遺

北溪居士津島佶著

從前遊寓邑中詩人，詩佛先生爲最乘，次之爲中島棕軒，棕軒《高岡留別》詩云：「客冬臨別自思量，縱得再遊經十霜。不啇歸程遇大雪，羸馬蹭蹬滯僻鄉。入春奮起强辭舍，冰山猶堅進無方。回轡還投前度地，桃花未開奈劉郎。幸是詩酒同盟侶，相逢欲尋舊歡場。各各争問有詩否，爲媿奴背荷空囊。爾來埋首雪蛆似，冷盡老殘文墨場。而今氣蘇雖解凍，重待株兔癡耶狂。癡狂至此真可笑，敢將通塞托彼蒼。行李又將明日發，兩回分携一河梁。去者如風留者雪，眼前景情一水長。請君且罷陽關曲，只須爲我唱滄浪。」小引云：「乙未春初發福光，再游高岡，意有所感，賦之，示前日眷顧之諸詞盟，且以留別。」

松下碧海名罴，字仙鶴，江户人，天保庚子冬來寓丁夢宅，能詩能畫。《宿山家》云：「溪雨蕭條睡未成，孤燈挑盡待天明。山中賴做飛泉響，免聽窗前蕉上聲。」

江尻翁松名章啓，稱勇左衛門，能州人，數來寓瑞龍寺。《秋日過山家》云：「踰嶺初看老氣横，秋林秋果熟秋晴。山深來會歸牛下，過澗啼禽不識名。」

上田龍郊致仕，不遇，屢來遊邑中，專意於經濟，詩非其所長。《松任驛别逸見方舟》云：「自解塵營縛，老來益漫遊。相逢松任下，分手粟津頭。以我西傾月，待他錦繡秋。别離非所惜，爲爾片言留。」

榊原蘭處名典，字子常，又號拙處，稱三郎兵衛，前人弟，善書善畫，尤善詩。《偶成》云：「偶爾問風趣，忽遇無語言。滿地梅花影，仰看月一痕。徘徊淺水畔，夜深坐小軒。相對爲一醉，壺盡傾乾坤。静默有真意，此境如何論。」

高澤菊澗名達，字原夫，稱仙之助又數至邑中，教授子弟。《題桃源圖》云：「借問當時幾葉孫，不知有漢晋無論。長城萬里渾閑事，輸卻洞前雲一屯。」「兩岸桃花洞裏春，垂髫黄髮去逃秦。無端借得漁翁口，傳語羲皇以上人。」

佐田竹水名直道，稱修平，筑後人，天保壬寅冬來留予家數日。其爲人骯髒，音吐如雷。《題畫》云：「二人同行絶澗底，暮山空濛風雪餘。一人倒耳聽水聲，一人傾笠望碧虚。清溪路轉三百曲，峨峨雪峰壓頭顱。頗有吾行前日致，鳥海山兮天一隅。曾與有孚同登眺，風雲暴起奪道途。雪上顛然四五僕，兩人狼狽生氣無。長杖忽然下大麓，還望雪峰在天衢。歸來此遊不敢語，一念至胸粟生膚。世上何人我相識，寫出當年行旅圖。二客裝色粗相似，青蓑有孚白蓑吾。」《隱岐雜詠》云自注：大山雷雨：「鯨背千山莫大焉，奇雲終日不離巔。忽逢雷雨一聲吼，黒盡朝鮮韃靼天。」又云自注：火山絶頂，與贊岐荒川齋同賦：「東讚筑南風馬牛，萍蹤浪跡作同遊。豈圖絶島岐山頂，並膝交論五大洲。」《自隱岐還作》云自注：先是，會津松本來藏歿於八丈島，江州岡廉平死於佐渡，皆予友也：「某沈北海某東海，仝是漫游探島時。喜吾才拙還多幸，安穩先歸自隱岐。」《某席上》云：「家在天涯久别離，稍逢北地沍寒時。傍人爲説前途事，膽落越中親不知。」

天保己亥夏，宫原栗邨名龍，稱健藏來。《落梅》云：「香氣全殘粉已乾，此花謝盡懶憑欄。從今夜夜窗前月，只作尋常一樣看。」

栗村之來，與佐伯櫻谷稱健藏共至，櫻谷今既爲異物，不知栗邨猶存否。櫻谷《乙卯元旦》云：「地爐猶暖去年灰，貪睡若忘傳壽杯。稚子迎春初六歲，曉窗先起誦書來。」

嘉永紀元，仙台中田嘉平名綱弘，號瀨水來寓聖安寺，《贈鑑湖》云：「隔岸青山新雨過，臨湖白屋夕陽多。風光在眼同舟興，共奈曾遊屬逝波。」

嘉永壬子，森華陽名恕，字仲仁來謁賴山陽墓，賦贈其子子春云：「史學文章人已遥，柳梅如故二條橋。唯留一片苔碑在，長樂春鐘撞寂寥。」

是歲，羽州金子得所名謙，稱與三郎來。《夜歸過舟橋》云：「鐵鎖號風□急流，橋身月黑樹崖幽。連環穩渡神通水，不是老瞞横槊舟。」「河是神通城一方，鐵條鎖斷水波狂。好隨漲勢浮沉去，六十四舟橋影長。」《詠史》云：「濟世有人吾别藏，犯他帝坐是清狂。漢家廿八雲臺傑，不及客星一點光。」詠史之作，尤覺俊秀。一日，過松葉堂稱鍋屋六右衛門觀雲華院大含書畫，往年寓堂上所作云。《題富士》云：「曾經東海道，便上玉芙蓉。披圖雲起坐，更欲駕金龍。」

今春蝦夷教諭大熊時雨太郎來名道勝，號有泉，《過仙臺途中》云：「野日將沉堠樹陰，斷雲流水送歸禽。秋風一路行人絶，唯有馬頭觀世音。」

八月四日，會于坦坦亭，適石堤長光寺公溪至，余賦云：「飄然時至山中客，偏喜吟哦三世交。」蓋公溪之父爲南塘，南塘之父爲東林，共爲舊相識。東林贈余詩載《清浄閣集》，東林既爲異物，南塘安政乙卯在京師，《奉觀皇上遷幸之儀衛》云：「咄哉祝融威焰獰，狂風助虐上承明。乾坤豈欠回旋氣，卻向燒痕青草生。災後踰年新殿就，子來民庶力經營。自從倉皇移繡扆，率土人心慘不寧。惟歲乙卯律黄鐘，昨日雪兮今日晴。乃知天意同人意，須臾光景冬春更。家家禁火如寒食，滿城虔肅寂無聲。通衢洒掃官令遍，杖矛排列護門閎。誰歟啓行大相國，牛車衝夜行宫迎。儀仗整齊明萬燎，清道幻成不夜城。頃之鳳輦御初陽，五雲摇曳向天庭。隊合千官列萬馬，護衛三公與九卿。噫嘻聖恩如海大，縱觀夾道蚩蚩氓。北陲貧道何倖倖，雲遊偶爾客天京。敝裟委地經夕坐，滿袖恩霑沐餘清。」其前夕欲拜儀衛，與貫名菘翁、池内陶所、鬼島廣陰、荻原廣道，及三井敏鈴江曼，集于畑柳平醫學院。時官令禁酒，衆顔蒼然。南塘竊携一瓢，衆爲歡然。因賦一絶云：「大醉菩提狂遠公，憐佗陶陸一顰長。縱令官令禁杯酒，携得自家般若湯。」南塘名藏海。

服部芙蓉名友憙，稱秀太郎，作州人。嘉永壬子秋，來寓津田半村清足軒，有《土佐野根山産杉引》，篇長不録。《奠木下君均稱仁平桃》云：「詞園爰啻碎蘭悲，七世栽培忽絶萎。遺恨猶應九京瞑，一根芳蘖有清姿。」自注云：「君均以今春下世，自曩祖錦里先生，七世襲儒，至此殆絶。只有一男兒，年可六歲，未知善繼箕裘、不隕家聲否。予故賦此，聊慰幽魂。」

高岡詩話補遺終

讀北溪先生高岡詩話謹題卷尾

道德文章海内名，高風誰不慕先生。有時琴酒歌招隱，餘澤芝蘭見育英。著述等身問富貴，箕裘傳世久安榮。遺編歷歷音容在，惹起卌年無限情。

明治癸卯九月十四日，舊辱交晚生阿波加穎再拜敬書。

柳東軒詩話

日　柳燕石

《柳東軒詩話》一卷，日柳燕時（一八一七—一八六九）撰。據昭和二年（一九二七）香川新報社排印本校。

按：日柳燕石（くさなぎ えんせき KUSANAGI ENSEKI），江户時代末期志士。讃岐（今屬香川縣）人，名政章，字士焕，世稱「長次郎」「耕吉」，號燕石、柳東、春園、白堂、吞象樓，十四歲師事琴平（今屬香川縣仲多度郡琴平町）醫者三井雪航，從三井雪航、巖村南里學經史詩文，從奈良松莊學國學及歌學。用功史學，善詩文書畫。勤王之志深厚，結交吉田松陰、久坂玄瑞、河野鐵兜、森田節齋、木户孝允、西鄉隆盛等，明治維新時期因擁戴仁和寺宫而從軍，任史官。病逝於越後柏崎（今屬新潟縣柏崎市）。文化十四年生，明治元年八月二十五日歿，終年五十二歲。

其著作有：《柳東軒詩話》一卷、《柳東軒略稿》一卷、《柳東軒雜話》一卷、《吞象樓遺稿》八卷、《吞象樓詩鈔》一卷、《吞象樓雜纂》一卷、《吞象樓消夏録》一册、《山陽詩註》一册、《象山竹枝》一卷等。

自序

柳東軒消閑之具，飲酒之外，讀書而已矣。酒不喜獨酌，客至則飲；客不擇雅俗，不問文武。待之以墨子兼愛之道，遇之以柳下焉浼之量。是以其讀書之法，亦不選雅俗，不拘文武，其中可喜可笑者記之。其涉韻語者曰詩話，涉雜事者曰雜話，要是醉人之語，不足以傳也。讀之笑者，爾爲爾，我爲我。

嘉永庚戌夏日柳政章識

目録

輦下之詩、鎮西之詩

方今詩風大開，海内作者斗量車載。而輦下之詩新麗縟艷，其弊流於猥鎖，譬猶千金小姐買一把之菜，妍美之中帶鄙吝之氣。鎮西之詩雅澹簡潔，其弊失於拘縮，譬猶潔癖茶博掃四席之室，雖清楚可喜，不可以迎大賓。後生學詩者，宜先脱此二椿也。

星巖翁

享保之詩，氣局雖大而失於粗笨，其最精妙者，唯有蜕巖梁翁。近代之詩，風氣稍開而流於靡弱，其最清雅者，獨有星巖梁翁。予嘗有詩云：「風流才子調多纖，博洽鴻儒句卻凡。如把黄金鑄遺像，蜕巖以後只星巖。」

蜕巖翁

一書生誦蜕巖詩云：「道學先生迷道學，風流才子醉風流。山鐘驚破二家夢，萬壑雲收月滿樓。」結句頗似禪家語。是蓋一時戲作，非其本色也。故集中不載焉。

清田儋叟

清田儋叟名絢，號孔雀樓，曰：「將作僞唐詩乎？黄金鑄歷下生。將作真唐詩乎？鐵鞭打歷下生。」可謂旨言。

物徂徠

物徂徠、伊藤東涯皆有豐公故壘詩，云：「絶海樓船震大明，寧知此地長柴荆。千山風雨時時惡，尚作當年叱咤聲。」

伊藤東涯

東涯云：「叱咤時移霸業空，百年葵麥動春風。金湯變作桃花塢，遠近霞籠十里紅。」物詩雄豪，藤詩温厚，各似其人而頗有甲乙。

宇士朗

宇士朗《燕子花》詩云：「池頭花折媚餘春，卻憶當年洛水神。若問人間何所似，鄴宫千騎紫綸巾。」當時詩家專唱明七子，千篇一律，陳腐可厭。士朗此詩别出一機軸，其才可見矣。

秋玉山

秋玉山《富士》一絶，膾炙人口。然崑崙者，黑色之山也，比之玲瓏玉芙蓉，恐不倫也。嘗戲賦一絶洗其冤云：「玉肌絶艷質，三國真無倫。如何秋翁眼，誤比黑美人。」

妄評：崑崙之事，未聞西書之詳説。然論六出之有無，以山之高卑不以地之南北，以崑崙當暖帶，疑其無雪，恐不免夏蟲之見。

石川丈山、尾池梅隱

石川丈山《富士詩》云：「雪如紈素煙如柄，白扇倒懸東海天。」巧則巧矣，未免異論。尾池梅隱演其意云：「雪染三峰白作堆，怪看摺扇自天開。應是玉皇憐溷濁，爲他下界掃塵埃。」

栗翁富士詩

富士之詩佳者少，唯栗山翁云：「誰將東海水，濯出玉芙蓉。蟠地三州盡，插天八葉重。雲霞蒸大麓，日月避中峰。獨立原無競，自爲衆岳宗。」句格清高，與嶽相抗。

六如師

六如師以新奇清麗一變詩風，當時角力者，唯有葛子琴。子琴之詩多散佚不傳，可惜也，今録其一二。《章魚》云：「龍宮曾賜紫袈裟，手挂念珠珠有瑕。波底對明雙眼目，藻邊舉結八趺跏。春風波暖貝爲艇，秋雨夜寒壺作家。身在俎頭何罪業，缽中猶捧玉蓮花。」《豆腐》云：「桂叢人去術逾精，脩用般般炙或烹。花裏旗亭春二月，松間香刹夜三更。斑斑瑇瑁紅爐色，隱隱雷霆鐵鼎聲。今日王公疏澹泊，卻欣方璧不連城。」

中井履軒

中井履軒詩亦寥寥不傳，有人誦其一絶曰：「聞説大明兵，十萬渡鴨緑。壯士怒髮衝，夜磨十字戟。」

頼翁詠史

山陽頼翁《詠史》十二律多用典故，湊合得宜。蓋滿腹經史，溢而爲韻語。後輩空疏之徒如傚之，則暴富之家誇器玩，雖珍奇驚目，絶無古色矣。

本邦學士大率詳于漢而略于我，至其甚者，則止識捕熊之爲金時，七物之爲辨慶耳。自頼翁唱《詠史》，而後白面黄口尚能知議論國史，翁之功于文壇可謂偉矣也。

菅茶山、源平戰

菅茶山翁《題源義經像》云「將略固稱楠氏守，金剛恨不使君攻」，先輩皆稱其妙。予意頗不滿於此。夫楠公之用兵也，先謀后戰，以獲萬全。義經反之，攀鳥道，冒颶風，一意衝突，猪鹿不啻。幸會平氏之衰運，唾手成功，是非義經之知兵，唯由宗盛之怯懦無謀也。設使義經與楠公同世而生，亦不過宇都宫公綱耳。且「恨不使君攻」二語最不可。何則？金剛之守，中興之業所開基，而今言如此，是所謂助桀者也。菅翁温厚之人，而作此悖逆之言，予之所不解焉。源平之戰，兵法無可觀者，如屋島扇的近兒戲，然亦一時權謀，蓋使敵軍猶豫，以緩追兵急躡之患耳。

武人綽號

武人綽號稱「惡」者，蓋自標其驍勇也。世俗以爲凶惡之稱，恐非也。今試舉數條，天正中，赤井惡衛、芥田惡六之類皆是也。

礒禪師、佛御前

礒禪師、佛御前、吉法師、筑阿彌等之名，頗似奇怪。然西土亦有類之者。《隋書》煬帝長女名禪師，《南史》劉宋孝武帝長子小字法師，蓋俗間佞佛徒之陋弊。

西土先賢

本邦祀西土先賢者甚多，京師禹廟及皐陶像、城州大興寺關羽像、熊野徐福祠、羽州蘇武祠等，皆人所知是也。其他日向泰伯祠、奥州蘇武祠等，土俗好事者所建，殆可付一笑。禹廟今爲地藏，見于《鴨東雜詞注》。皐陶像爲閻王，見于《過庭紀談》〔一〕。蘇武祠見于《東遊記》。京師紙屋川有一小祠，俗稱之綸祠，恐祀蔡倫乎？又城州大興寺有關羽像，足利尊氏所祭云，好事者所建也。

南畝莠言

《南畝莠言》載尾州熱田楊貴妃墓之事。頃閱《侗庵筆記》，又載王昭君墓在奥州事，更奇。足利學校聖像之圖，又似浮屠氏之狀，可怪。

〔一〕見：底本訛作「兄」，據上下文改。

咏項王

宮原某《咏項王》云：「七十餘戰終敗北，鬭智果然勝鬭力。此意重瞳曾不知，當初只學萬人敵。」議論雖當，恐未免頭巾之氣，因戲次其韻云：「叱咤生風捲河北，史家艷説拔山力〔一〕。請看虞兮一曲歌，風流亦是萬人敵。」

原古處

原古處《陔下行》詩，鎮西人傳誦以爲絶唱。其詩云：「西楚霸王渥丹面，鬢如蝟毛眼如電。烏合僅提三户衆，席捲天下捷於箭。子嬰菹醢太公羹，喑啞叱咤七十戰。漢將秦兵崩厥角，欻如回飆狂飛霰。時不利兮可如何，泣擁美人相和歌。烏江深，深可厲。漢軍多，多可殪。甲帳月白秋風嗚，楚歌散聲騅不逝。」

吉良鶴仙

吉良髯翁《咏項王》云：「會稽斬守通，帳中誅宋義。命矣在鴻門，不忍擊劉季。」

〔一〕力：底本訛作「刀」。按此出項羽《垓下歌》「力拔山兮氣蓋世」，據改。

賴山陽、織田信長、小倉氏

賴山陽少時有《讀項羽傳詩》，其一聯云：「河北諸侯十餘壁，江東子弟八千人。」備中人小野某泉藏歟《咏織田公》云：「吉豎阿瞞何似甚，但輪横槊賦詩人。」予謂織田公戡定禍亂，戴翼王室，功業皎然如日月，而比之狐媚奸賊，可謂不辨薰蕕也。且右府軍馬之間頗好文學，相傳安土城中屢開詩筵，招諸公卿，我讚多度津藩士有小倉氏藏當時詩稿，然則横槊之才亦未讓曹瞞也。唯未得聞其藻志雅言之詳爲憾已。

稻葉一徹

野史載，右府欲殺稻葉一徹，而延之茶室。時壁上挂數行書，一徹覽之，輒琅誦，右府憐其才，遂赦之，是好文之一證。又稻葉一徹性急，俗呼短氣者曰「一徹」，創于此人云。

右府諫足利公義昭書中，亦有儒人可親之語。

帆足萬里

帆足萬里以織田公比曹操，蓋謂其挾天子以征伐四海也。當時國勢有大不同者，腐儒不察焉，作謬論。予作詩辨之云：「鳳詔高擎撥戰塵，蜻洲政令復維新。狗儒何物眼如豆，枉比銅臺狐媚人。」

萬里又曰：「織田公之用兵，專尚詐謀。猶村野善棋者，常爲詐譎以欺人，一遇國手，不可復行。公畏甲越如虎，然蓋不止遠交近攻以拓其土疆，亦自知其不能勝也。」予謂不然。公之於甲越也，非畏也，愚之也。二禿不覺陷其術中，終不得逞雄志於中原也。然則國手之名，不得不推之織田公也。

足利義昭

足利義昭詩云：「落魄江湖暗結愁，孤舟一夜思悠悠。天公似憫羈愁客，月白蘆花淺水秋。」

佐佐木承禎

又佐佐木承禎讀此詩，大罵曰：「落魄於江湖，何懦矣。」蓋以「落」字爲脱落之義也。武人木强，往往不知一丁字，此不獨一承禎也。

伊達政宗

伊達政宗性豪爽，傲睨一世，平生行事多出人意之表。寬永中，從台廟入洛，行裝華麗，驚愕人目，其馬蹊皆編以紅線。又騎士皆以紅線編馬履云。俗稱美服爲「伊達」，蓋創於此時也。

木村重成

大阪四將，木村重成年最少，而節最峻。其絶命之詩云：「殺氣衝天風雨惡，兩軍蹙處壓雷音。忠功何論夷吾力，節義定知召忽心。雖當泰山身命重，孰如蒼海主恩深。結纓欲死孤城下，聊訴衷情此一吟。」此詩出於後人僞作，亦不可知，姑録以待後考。

木村長州、板倉伊賀、本多平八、森田節

木村長州《與姊夫猪飼野左馬介俗牘》，辭氣慷慨，文理快通，可以察當日之事情。本書在宇治平等院，雪航翁譯之曰：「某白，足下金瘡頻痛少減否？夙夜綣綣，鄙心何忘？但軍務多事，絶無寸暇。音問疏闊，乃坐於此。幸勿咎之。城中形勢日漸不振，決知天下遂爲家康之有矣。石川肥後守昨夜私來云：『軍中指揮約束，皆出於太夫人之意，故不肯聽其號令矣。』則亦同某意。其前一夕五更，實不待命，獨抵鷊野。多時鏖戰，頗驚兩軍之人目。當時已決意受命，而迄今日，猶同衆人坐消日月，暫偷餘命。太非某之本意。某元爲□□之通家，故板倉伊賀以密旨相招數度。雖然，某蒙君恩之日久，人臣豈可以二其心乎？足下入城日猶未久，既能苦戰致創，報國事了，退居舊里，誠無不可，孰能誹笑？來國俊鍛劍一口，贈以爲遺物，箇是某年甫十三加元服日，家康使其臣本多平八齎來，家康所藏，爾來佩之。每戰樹動，因名大波，聊以爲祝。今傳之足下，足下宜秘

襲。香爐一座，别奉姉氏，煩致斯意。因悲某辱重任，足下在城之日，不得私出局奉候，情態幾如他人，深知姉氏之怨且恚也。遺憾不可勝言，足下好爲代謝。四月六日。」

雪翁題此書後云：「父雖遭戮子能忠，往史獨推稽侍中。復見東方是公出，千餘年後繼英風。」

貝原益軒、日支同盟

貝原翁益軒曰：「神武以來，載籍歴然。二千年間如目擊，讀之則似有長生之樂。」予曰：西洋蟹行之字、南蠻鴃舌之書，繙之，則十萬里外在目中。然則縮地之術亦在書中也。貝原氏之説使人壽縱長，予説使人智横廣。佛蘭僞帝滅亡之後，西洋諸國各結同盟，互相救援，外禦强國，内除叛賊，此法雖六國合縱之勢，於今日真良策也。如本邦，宜與支那結好，以防洋人也。

巴里、倫敦

西洋都府壯麗者，以佛蘭西把理斯、英吉利龍動爲最然。近代龍動之盛，日增月加。府内有五萬燈臺，飾以玻瓈，光彩爛燦。夜間點火，數十里之外如白晝，蓋防敵國間諜云。

黑鬼、蝦夷人

西洋人以黑鬼爲軍卒，蓋以愚直而易驅使也。本邦宜以蝦夷人而代之也。予題蝦夷人圖詩云：「大海淩濤驅蠟虎，寒嚴冒雪捕緋熊。如編此輩入兵籍，也勝崑崙烏鬼僮。」

琉球

琉球已屬薩，則亦我版圖内也。近來洋船屢出没于南疆，宜嚴鎖鑰而備之矣。

琉球貢使

琉球貢使向錦榮《雪日入江户》詩云：「中山至竟是炎區，冒雪何堪度九衢。騎吹今朝指將墮，不妨謾作凍人呼。」蓋「凍」「唐」邦音相通，邦俗呼外國人總曰之唐人故也。

英吉利紀略、康熙帝

《英吉利紀略》云：彼國稱中國人爲唐人，蓋唐太宗時威德所及，遠夷賓服也。康熙帝殿上對聯云：「日月燈，江海油，風雷鼓板，天地間一大戲場；堯舜旦，湯武末，操莽丑浄，古今來幾多腳色。」此聯睨破古今，愚弄乾坤，真英雄之語。

旦，女妝。末，男妝。丑，滑稽。浄，惡凶。皆俳優中之語。

乾隆帝

乾隆帝詩亦豪壯。《從軍行》云：「三邊烽火照軍營，十萬健兒夜煉兵。只使腰間横寶劍，丈夫何處不成名。」

男女之事

古昔天朝之政，至男女之事則禁綱太疎。降至中葉，賜菖蒲於賴政，與祇園于忠盛之類，皆其餘風也。蓋本邦位於東方，陽氣所生，故開闢之神，感鶺鴒以立教，與彼西方肅殺之國不同也矣。

情史

西施沼吴，拂袖而去。情之輕薄，娼妓不啻。予意久不滿於此。頃閲《情史》有一絶云：「半夜桂公爲戰場，血腥尚雜宴時香。西施不及燒殘燭，猶爲君王泣數行。」

高尾詞

高尾之貞、少紫之烈，娼妓中不可謂無人矣。米澤人山田寸里蠖堂《高尾詞》云：「贖佳人，佳人顰，太守嗔。妾身任君活，妾身任君殺。妾身已有阿郎在，妾心不可奪。鬢髮在手亂如絲，木蘭舟中斬蛾眉。遺恨不知深幾尺，三叉之水終古碧。」

播州皿邸詩

俗間俚話，一經才人之筆，乃可誦。稻垣硯岳《播州皿邸》詩云：「一二三四五六七，數到八九哭聲急。天陰雲暗月吐稜，色鬼隱隱井欄立。鬒髮如蓬亂闌珊，一陣怪風毛骨寒。一呼一吸氣如霧，他爲青燐碧團團。君不聞，主家曾藏十枚皿，珍重何數博山鼎。主婦準擬少婢罪，私把一枚投古井。修綆汲井井可罄，此恨綿綿深滄海。于今夜夜呼皿數，雲渺渺兮風冷冷。」

結城宗廣、岡田墨樵

載結城宗廣墮地獄事，齊東野語，固不足辨，然忠臣之冤亦不得不洗也。頃讀阿人岡田墨樵詩，先獲我心，因喜而録之。詩云：「南朝三木是三雄，報國勤王誓始終。一旅縱横回駕策，百舡飄蕩打頭風。鯨鯢未斬生前恨，鐵石逾堅老後忠。死作閻羅應自足，誰將罪業辱斯翁。」墨樵名豹，阿波儒臣，頗名于其國云。

足利高氏、楠河州、新田義貞、大塔王、正成義貞、菊池肥州

源氏賴朝以下，皆王室之罪人，而以足利高氏居其第一。予每醉，毒罵以取一快。嘗作一戲

文云：「柳氏讀史，至南北朝之際，不堪憤懣，廢卷而睡。忽見卷中字字昂然而立，漸而視之，則南朝忠義諸將也。英風颯爽，生氣襲人。楠河州意色甚厲，慨然按劍曰：『高氏凶賊，恨不斬作萬段，我今再生殺之。』新田左將曰：『公之軍一敗，非戰之罪。因廷議沮其策耳。今與諸公併力一戰，以雪宿世之耻矣。』即使備後三郎草檄募四方義軍，鐵騎百萬頃刻而集，直搗鐮倉。鐵騎百萬，聲動天地。賊軍殲矣，八州皆血。衆先拯大塔王于土窖，王攘臂而起，距躍三百，其喜可知也。諸將奉王以爲元帥，正成義貞副之，士氣益奮。足利直義面縛而降，哀泣乞命。結城宗廣以手加額曰：『我在冥府，久不洩不平之氣，今獲好下物，可以浮一大白。』即臠其肉，膾其肝矣。高氏在京畿聞而大懾，嘆曰：『良王之勇，翼以楠氏之智，譬猶虎生翼，我難共角一旦之力也。』即夜航海竄于鎮西。義貞率輕騎躡之，短兵急接，高氏僅以身免。菊池肥州屯兵於太宰府，嚴陣以待。高氏進退維谷，兩股戰戰，幾不能走。遂投民舍，匿於床簀之下。菊池氏邏騎執之，肥州一見大罵曰：『汝狗鼠輩，不足以污乃公之劍。』張拳打之，面皮裂破，鮮血淋漓。肥州笑曰：『今日可謂赤氏。』高、赤二字，邦音頗混。柳氏觀之，連聲叫快，遽然而覺。蓋南柯一夢也。于時寒燈焰死，冷風壓窗。」

高山彦九郎

高山彦九郎過高氏墓，鞭之三百，可謂快士。彦九郎登叡山，下瞰皇城，慨然作和歌，而嘆王室之衰。往時平將門亦登此山，見宫闕之壯，始起覬覦之心。一順一逆，相距何啻霄壤。

蒲生君平

彦九郎和歌云：「比叡之山，見下ス方ハ憐也。今九重之數シ足ラネバ。」譯云：「比叡之山，下瞰可憐。九重城闕，不似當年。」

蒲生君平，彦九郎一輩之人也。有詩云：「武藏曠野雖非古，寧樂諸陵不勝秋。」君平嘗賣故衣以爲業，口不二價。適有人來曰：「小人有母冬無衣，先生願賜一紡袍？」君平惻然與之。黠者聞之，皆效其言，君平悉與之云。亦一畸人。

煙草

淡婆姑之行于本邦二百餘年，官再禁之，而遂不能除其害矣。予固憎之，黄蘗隱元有偈云，先獲我心，因録云：「一管狼煙吞復吐，恰如炎口鬼神身。當年鹿苑生此草，不説五辛説六辛。」鴉片煙比淡婆姑，其害更甚矣，清人阮元《題牛痘全書》詩云：「阿芙蓉毒流中國，力禁猶愁禁未全。若把此丹傳各省，稍將兒壽補人年。」

酒之害

麴蘗之害甚於眉斧。亡友祭士彦久坐長飲，杯不離手，遂咯血而死。我輩蒲柳之質，豈可不戒乎？巖村南里翁《醉鄉移文》，實酒人頂上之一針也，録以代座右之銘。其文云：「青州從事奉醉鄉侯旨，移檄酒泉守糟邱長，及州郡縣道大小釀户。《漢志》有之曰：『酒者，天之美禄』，又曰『百藥之長』。先王以之事鬼神，養耆老，饗賓客。故《詩》云『爲酒爲醴，烝畀祖妣，以洽百禮』，又云『爲斯春酒，以介眉壽』，又云『有酒湑我，無酒酤我』，酒之用大矣哉。其飲之也，立監使以審其度，適可而止，温克而不困。方其蓬蓬入腦，瀝瀝注腸，盎然暖然，浹洽於四支百骸，形釋神融，如坐和風愛日之中。可以頤神，可以養生。諸葛武侯曰：『夫酒之設，合禮致情。適體歸性，禮終而退〔一〕，此和之至。主意未殫，賓有餘豪，可以至醉，無致於亂。』善乎言也，可以爲飲酒之法矣。異哉今之人飲酒也！或踊躍登筵，舉大杯，引巨觥，濡首霑袍，顛倒淋漓，自以爲酒豪。或沉湎酣嬉，連日夜而不倦。其未得飲也，流涎咽唾，唯酒之求。既得醉也，痿肺淫支，迷悶累口。或以己之善飲嗤之，不能飲辭，不能漏觴，必强灌之。或陽誇健飲，陰謀藏拙，千鍾百觚，多多益辨，比筵啁哳無節，聞者代耻。或頓足屢舞，奮袖低昂，據地指天，醜態百出。或商肴核之精粗，論品位之多少，既厭飫於口腹，又包裹其餘。或酗興嫚詈，怒目相視。明發酒醒，噬臍靡及。凡斯數者，不腐腸爽口以釀疾病，則怠事廢務以來悔尤，不費財傾産以至窮困，則愆儀失容以取笑侮。昔人所以合歡講禮，適以足爲墜名失德之媒。酒之設，豈端使然哉？昔孔北海之嫚書以折孟德之氣，温太真之佯醉

〔一〕禮：底本訛作「靈」，據《諸葛忠武書》卷九改。

以驗王敦之逆〔一〕，王允之卧於吐中以逭死也，禰正平之歷詆坐人以抗志也。嵇康、阮籍、劉伶、李太白之流，皆籍酒以全其天真，寓其倜儻不羈之氣。其餘簡棄禮法，脱衣露頂，號叫喧呶者，率皆值亂世，仕危朝，沉湎韜晦以圖自全。豈有生修明之世，居不諱之朝，内有父母，外有官長，身總官職，行表鄉里，而乃沉酣終歲，不問俗流，不論非類，唯好飲者之與居，銜盃之與遊乎？如斯之輩人，爲吾黨之累，不爲不多矣。儀狄之獲罪於大禹，正座此輩也。自今以往，宜痛絶斯輩，不得餘貰。或强乞不止，宜固關深垣，使宋人之犬守門。若或貪獲錢之多，私圖闌出，則當椎其釀器，削其户籍，投其人窮山絶谷，不生秫稻之地，終身不齒。檄到，其榜示遠近，毋有遺漏。」

巖村南里

七八年來，社中師友相次登鬼籍。每憶往事，銜盃無歡。今就其遺集，各録一二首。巖村南里，名秩，字大猷，圓龜儒官也。《春曉》云：「東風料峭入簾櫳，起擁紬衾夢半空。宿雨初收暾未上，海棠花外霧濛濛。」《水亭夜坐》云：「水亭把酒晚從容，滿坐清風荷氣濃。粘草大螢知幾點，飛颺月裏忽無蹤。」《煙波即事》云：「生長煙波不記年，獲魚換酒日陶然。荻花楓葉湖邨晚，釣罷歸來月滿船。」

〔一〕温：底本訛作「漫」，據《晋書》卷六十七温嶠本傳改。

户祭鷗邨

户祭鷗邨，名彦，字士彦，龜城隱士也。《驪入嶺》云：「遠登峻嶺夕陽明，下瞰人家夾水横。生怪幽禽鞋底語，路穿黄葉樹梢行。」《早春寄予》云：「梅碧柳黄春意稠，久無麗句向吾投。遥知日逐冶遊侶，醉倒象山歌舞樓。」士彦風流愛客，文人墨客來遊者皆主其家。乙未之冬咯血而死，惜哉！

牧古愚

牧默庵，名古愚，字直卿，高松儒臣也。住江户，入池五山之社。《嵐山即事》云：「飛花亂點舞溪風，兩岸何殊雪滿空。俄頃風收花亦定，錦波鋪作幾灣紅。」《北窗高卧》云：「北窗高卧竹風涼，至竟難名趣自長。可惜前賢多一言，向人謾説傲羲皇。」

三井雪航

三井雪航，名清，字士潔，象山醫員，予學詩之師也。《梅雨所見》云：「迎梅霖雨日昏昏，窗外芭蕉緑已繁。大葉恰成連筧狀，受將簷溜灌鄰園。」《溪橋弄月》云：「蓼穗摇風墜露明，追涼人向澗橋行。清泉石上流無響，蟾影鱗鱗碎復生。」

鄭成功

鄭成功寄朱舜水書，文字巧拙則姑置不論焉，其慷慨激烈之氣自溢于紙上。本書浪華蒹葭堂曾藏之，後獻大府。其石刻本傳于世，今録之云：「一別萬里，雲外常望東天，眷戀不休。俯以忠孝之道，原於君寵父慈之德。剩森家世厚上帝鴻恩，森微身而其中生成也。然則忠孝併單，在奉君主無餘矣。此以森不肖，荷光武重興之義，不得舍于寢食之間。雖然，力微勢疲，無奈狼狽。今欲遠憑日本諸國侯假多少兵，恭望臺下代森乞之諸國侯，便是與臺下曾謀之處也。臺下今傚採薇之客，而莫忘國恩，懇懇。若托諸庇，得復運之勢，森之功皆出臺下手裏者也。黄泉朽骨，不敢空忘。備賜明鑒，至戰至慄。」

「春風得意馬蹄輕，滿月青歸細柳營。横槊賦詩曹孟德，詞鋒先奪鎮江城。」是鄭大木《金陵詩》云。

清康熙帝有詔云：「朱成功，明室遺臣，非我亂臣賊子。」水户義公以石田治部爲忠臣，英主見解彼是一轍。

方孝孺

明李應昇下獄卒之前一日，寄詩别親友云：「白雲渺渺迷歸夢，春草萋萋泣路岐。寄與兒曹焚筆硯，好將犁犢聽黄鸝。」情至之語使人慘然。方孝孺弟孝友，亦烈士也。其被戮時，孝孺目之淚下。孝友口占一詩云：「阿兄何必淚潸潸，取義成仁在此間。華表柱頭千載後，旅魂依舊到家山。」明鑑紀事本末

宋蕙湘，秦淮女也。兵焚流落〔一〕，被擄入軍。至河南衛煇府城，題絶句四首於壁間云：「風動江空羯鼓催，降旗飄颭鳳城開。將軍戰死君王繫，薄命紅顔馬上來。」「廣陌黄塵暗鬢鴉，北風吹面落鉛華。可憐夜月箜篌引，幾度穹廬伴暮笳。」「春花如繡柳如煙，良夜知心畫閣眠。今日相思渾似夢，算來可恨是蒼天〔二〕。」「盈盈十五破瓜初，已作明妃别故廬。誰散千金同孟德，鑲黄旗下贖文姝。」又山東剡城縣之李家莊〔三〕，旗亭壁間題絶句云：「不畫雙蛾問碧紗，誰從馬上撥琵琶？驛亭空有歸家夢，驚破啼聲是夜笳。」末書云：「吴中羈婦趙雪華題。」右二則見於《板橋雜記》，其詩芊綿可誦，故抄録以傳好事士。

〔一〕焚：似當作「燹」。
〔二〕算：底本訛作「莫」，據《板橋雜記》附録一改。
〔三〕莊：底本訛作「生」，據《板橋雜記》附録一改。

都良香

世傳都良香得「氣霽風梳新柳髮」之句，苦思連日，未得佳對。忽有鬼續吟云「冰消浪洗舊苔鬚」，遂成妙聯。按菅公曾贊此詩云「下句鬼詞爾」，言其妙如鬼神之語也。而世俗訛傳以爲牛角而虎褌者，可笑矣。

六如上人、五山堂詩話

六如上人《葛原詩話》，詩家有益之書也。池五山駁之以爲「骨董簿」。然五山所著詩話，唯載一場閒言語，以爲賣名釣利之媒，然則翁之所著，可稱一部之「化緣簿」乎？

岡本花亭

岡本花亭曾作信山吏，有狼食人，即作詩書榜云：「毛物蕃生國土恩，在山只合愛山民。拆看狼字是良犬，告汝從今莫害人。」從此，狼不復出云。亦近世一佳話。森田謙藏話

大窪詩佛

詩佛《春寒》云：「百萬艨艟屯赤壁，阿瞞氣勢捲江東。從來此敵非難當，難當春寒一味風。」是

其得意之作云。然陸放翁五絶與此太類，唯以五爲七耳，不知古人之詩又誆今人乎。放翁《春寒》云：「滔天來洚水〔一〕，震死戰昆陽。此敵非難禦，春寒不可當。」

放屁

放屁固不可入詩，不雅。茶翁餐芋之詩，似遺臭於紙上。然古人亦有咏之者云：「聽之不聞名曰夷，視之不見名曰希。非啻如自其口出，人皆掩鼻而過之。」一篇全用經傳之語，可謂至巧矣。

放屁詩見於元林觀過《山房隨筆》〔二〕。

僧天海

東海寺僧天海亦長壽，大猷公曾問攝生之方，天海即獻和歌以奉答，其譯云：「長生之方，蔬食早起，日日飲湯，時時放屁。」

長生ハ朝起，蔬食白湯バカリ時時御屁遊バサル可シ。

〔一〕洚：底本訛作「降」，據《劍南詩稾》卷八十改。

〔二〕林觀過：《百川學海》及《四庫全書》均作「蔣子正」。

志賀隨翁、渡邊幸庵、僧覺圓、赤松沙鷗

近代長壽不乏其人，然多在村野粗朴之人，故其顯者唯有志賀隨翁應、渡邊幸庵等數輩耳。獨江村專齋以儒流滿百歲，可謂奇矣。近時播州僧覺圓亦百二十餘，强健如少壯時云。赤松沙鷗亦壽一百歲，見《先哲叢談》後篇。

王建《宫詞》

王建《宫詞》云：「密奏君王知入月，喚人相伴洗裙裙。」月事入詩，亦頗不雅。王建詩見於《輟耕録》。

西土詩、堯山堂、鳥山輔寬

西土以詩賦取人，故學士用全力於詞章，與本邦人出於遊戲之餘者不同也。然本邦前輩文字巧妙不讓西人者，往往在焉。《堯山堂外紀》載中〔一〕，無名氏《雨中過曹娥江》叠字詩云：「天連泗水水連天，煙鎖孤村村鎖煙。樹繞藤蘿蘿繞樹，川通巫峽峽通川。酒迷醉客客迷酒，船送行人人

〔一〕堯：底本訛作「老」，據《堯山堂外紀》卷一百改。

送船。此會應難難會此，傳今話古古今傳。」烏山輔寬次清周元會《閨怨》詩用「一二三四五六七八九十百千萬丈尺雙兩半」十八字云：「二六峰巒五丈溪，築臺百尺望遼西。十年七病終歸佛，一夢三驚動聽鷄。萬樹秋聲雙杵亂，半庭春草兩眉齊。九重城外八千路，時復回頭再四啼。」葛子琴回文詩，正讀情妓寄情郎，倒讀情郎酬情妓云：「樓鎖翠煙水柳垂，巧文錦字寄何誰。鈎懸夜月片簾捲，牖隔寒鴉隻枕欹。幽燭蕙情餘涕淚，小箋芳意著歌詞。秋江半夢爲雪雨〔一〕，愁莫思朝一別離。」

西島蘭溪

西島蘭溪論《玉樹後庭花》曰：「玉樹，槐也。後庭，鷄冠花也。蓋比張孔二貴嬪也。」予按玉樹，美男之稱也，世説「蒹葭倚玉樹」之語、《飲中八仙歌》如「玉樹倚風前」之句，皆是也。後庭，即男色隱語也。蘭溪博覽，長考證，失之目睫，可怪。

宫禁之詩、柴栗山、梁星巖

唐人好咏宫禁之事，邦人之所絶無也。唯柴栗山翁《月夜步禁垣外聞笛》云：「上苑西風送桂

〔一〕雪：失律。似當作「雲」。

香，承明門外月如霜。何人今夜常寧殿，一曲霓裳奉玉觴。」梁星巖《南洞公席上》云：「宫溝流水凍無聲，燎火摇光雪忽晴。知是移來仙蹕近，依微風遞玉鑾鳴。」

兒島高德

兒島高德詩見於《芳野拾遺》云：「東風吹暖入家家，遥想九衢塵裏譁。不識世間春色遍，舊爐殘火去年花。」

上杉憲政、毛利秀元

上杉憲政欲伐北條氏，命駕而止者再三，東人稱猶豫者曰「管領命駕」。關原之役，毛利秀元託傳餐而緩戰期，時人謂不得已之計曰「宰相傳餐」。二事一雙好對語。

北條高時

北條高時九歲而立，兵權始衰，北條氏得之幼沖而失之幼沖。天道好還，不虚語也。武田之家滅于勝頼，豐臣之祚盡于秀頼，二子皆仇家之種也。天之應報亦巧矣。

蠻鶏、鷲

漢人以蠻鶏爲鳳，邦俗以鷲爲天狗，亦同一妄傳矣。

鸚鵡杯

鸚鵡杯，螺杯也，以其形名焉，見於《本草》。予嘗創意作《一清二高圖》，曰薇曰菊曰蘭也。蓋標伯夷、陶潛、鄭思肖，其節操相似也。頃命畫人製此圖以爲一幅，又作贊云：「西山之薇，東籬之菊。鄭蘭繼之，千載争馥。」

鄭思肖

鄭思肖號所南，宋遺民也。思肖即思趙之意，平生坐卧不北向，聞北語則掩耳。扁其室曰「本穴世界」，以「本」字之「十」置下，文則「大宋」也。精墨蘭，自更祚後，爲蘭不畫土，根無所憑藉。或問其故，則曰：「地爲蕃人奪去，汝猶不知耶？」

鄭所南

鄭所南咏寒菊云「寧可枝頭抱香死，不曾吹落北風中」，亦寓意也。

黄菊白菊

漢人賞黄菊，邦人皆愛白菊，和歌者流所咏皆白菊也。五行家以白配秋，則菊花宜以白爲本色，且幽韻清艷之趣亦白者似勝。

蚤夫婦

邦俗呼夫瘠妻肥者爲「蚤夫婦」，漢土亦有類之者。《五雜俎》載田元鈞狹而長，夫人闊而短，石曼卿戲目之曰「龜鶴夫妻」。

青田之辨

邦俗取其物而不償其價者謂之青田，漢人乃謂之白。陳白沙曾嘲俗士爲「烏音之客」，或問其故，則曰「鴉聲是白晝」。白晝，即青田之晝也。

片山北海

片北海飲一門人宅，盤中見神馬草，即吟曰「初見神馬草」，未得其對。沈吟之際，座隅一少年續之曰：「未識佛牛花。」北海驚嘆，以爲妙對，因問曰：「佛牛花是何物？」答曰：「小子亦不識其物

之有無，唯對神馬草耳，故曰『未識』也。」座客閧然一齊笑云。三浦安貞詩轍

「白川鄰黑谷，紫野近丹波」，祐長老聯句也。或曰一休老之句。

南部國華

南部國華景衡之子年十四賦《長相思》云：「君是池中藕，妾乃藕中絲。藕折絲不斷，綿綿長相思。」才藻如此，惜哉早世矣。雪航翁話

金田氏

紀藩士金田氏秖役于江户，其妻年甫十八，作詩寄其夫云：「夜雨野梅瘦，春風萱草肥。借問章臺柳，幾條纏客衣。」首説空閨之苦情，第二報母之平安，三四及夫之行樂，僅僅二十字括盡。婉曲有味，可謂妙作也。

張氏紅蘭

星巖妻張氏年十七，時星巖出客駿州，賦《無題》詩云：「階前栽芍藥，堂後蒔當歸。一花還一

草，情緒兩依依。」亦頗妙。李賀詩云「酒酣喝月使倒行」，司空圖詩云「女媧但解補青天〔一〕，不解煎膠粘日月」，喝月、粘日，真奇語。

白月黑月

印度俗自朔至望爲白月，自十六日至晦爲黑月。李北海戰場詩用「白月」字，甚妙。東坡硯詩用「黑月」，更奇。

東坡詩

東坡《雪聲》云：「石泉凍合竹無風，夜色沉沉萬境空。試向静中閑側耳，隔窗撩亂撲春蟲。」妙在不著雪字。張實居《夜雪》詩用此法云：「斗室香添小篆煙，一燈静對似枯禪。忽驚夜半寒侵骨，流水無聲山皓然。」本邦俳歌者流亦有此技倆，其角山人咏雪云「猿飛一枝青嶺之松」。

佛教禁色慾

佛教嚴禁色慾，而其祖釋迦及龍樹之徒皆犯之，鸞家浮屠公然蓄妻孥者有以哉。一休師亦有子

〔一〕媧：底本訛作「娼」，據《石倉歷代詩選》卷一百二改。

名紹貨，事見于《大日本史》。趙甌北詩云：「拈花一笑問沙門，何事圓顱髮不存？我見如來非老禿，青螺滿髻未曾髡。」可謂善謔。

伊勢貞丈

伊勢貞丈嘲《阿彌陀經》措辭之拙曰：「已有晝夜，又有六時，極樂亦一塵界矣。」予咏蓮云：「如是我聞極樂國，蓮花大者似車輪。我願移之池水上，納涼時節載吟人。」賴山陽自比李崆峒，池五山自比袁倉山，其見孰高孰卑。

楊大年

楊大年以杜詩爲村夫子，其言似誇。然細論其氣象，亦非無理。

北條子讓

北條子讓詩，雅淡可愛。《秋日早起》云：「秋來愛晨起，和露折園葵。絡緯聲將斷，牽牛花漸萎。農過談歲儉，婢懶慣朝飢。世事無相迫，悠然又得詩。」結處頗似陶淵明。賴山陽《蒙古來》詩原七古，後改爲樂府以入六十六闋之内，今録其原作云：「筑海颶氣連天黑，千艘艨艟來自北。笑殺碧眼蒙古兒，功成意氣何自得。嚇得趙家孤與寡，持此來擬男子國。相摸太郎膽如甕，防海將士人各力。君不見，風伯一驅附雲濤，不使羶血皪日本刀。」

求塚詩

求塚詩原作亦然云：「腰間雙龍繞頭舞，電影横截箭如雨。珍重七尺係安危，鎧胄肯受蝟毛聚。不可無君授馬奔，一死不啻感舊恩。無奈重瞳太翳昏，不庇克用庇朱温。君不見，天子雖醉天不醉，雲仍却領此天地。」

尾池梅隱、鶴仙

南里先生亡後，龜藩詩社唯有梅隱、鶴仙二翁耳。鶴翁姓秦，名亮，其學出於二洲先生，以經術文章自任，詩殊爲其緒餘，今録其五絶若干首。《諸葛武侯》云：「莘野躬耕老，傅巖夢賚人。清氣千年在，合作此公真。」《趙雲》云：「竭忠敗軍際，能保呱呱者。一綫四十年，繫得漢宗社。」《項羽》云：「血流紅蓼水，刃接白茅風。慘矣當年迹，宛然在目中。」皆可誦。

御製太平歌

寬政中，宫闕落成，御製太平歌云：「遥慕周文囿，不羨漢武臺。舊章一是從，新築本非催。百工忽告竣，整駕自東回。拭目向城雉，城雉亦美哉。兩殿應規矩，四門總崔嵬。委佩群寮會，將幣九州來。素心既已足，起卧感鹽梅。欣然歌思動，乙夜薄言裁。」帝王氣象自然莊重。

《古今集》「稻負鳥」，說者紛紛，率牽强附會。友人富山淩雲曰：「『鳥』，蓋『馬』字誤寫耳。」此說有理明快。

稻負鳥

和歌者流，各家有秘說，大率膚淺不足信也。天朝列聖大寶授受之際，以傳《古今集》秘訣爲故事。至今上始破此例云，可謂英明矣。

和歌秘說

今上賜征夷府御製和歌云：「蒼生仁露乃憐於，懸與加志，治世於，主身波。」譯云：治世之主，宜憐蒼生。聖主憂國之義可仰可欽。帝叡藻巧妙，雖專門之士瞠若于後。齒脱御製云：「散初留此一葉葉、齒，邦音通，古曾惜計禮登我身仁秋之來登思婆。」

今上御製

唐劉感鎮涇州，與薛仁果戰敗，仁果擒感，復圍涇州，令感諭降。感至城下大呼曰：「逆賊飢餒，亡在旦夕。秦王帥數十萬衆四面聚集，城中勉之。」仁果怒，埋感至膝，馳騎射之。與本邦鳥井强衛事酷相類。

鳥井强衛之死甚激烈，後人有畫其被磔像以爲旗號者，蓋亦慕其義也。高季迪《登金陵雨花臺》詩「坐覺蒼茫萬古意，遠自荒煙落日之中來」，悲壯淋漓可謂妙句也。然亦有所本也。柳子厚《西山記》云：「蒼然暮色，自遠而至。」

漢人苗裔

漢人苗裔在于本邦者亦多，秦劉宋諸葛之類是也。武林唯七之於孟子、心越禪師之於關帝，亦遥遥華胄也。人皆所知也。或傳燕丹之裔住丹波，遂爲穢多，此事奇僻更甚，録以供一噱，備後考。

燕丹、穢多，邦音相近。穢多，屠兒也，此説見於松井某所著書。

酒之意義

酒清者白，濁者紅，邦俗呼美酒爲「諸白」，蓋取此義也。建仁寺僧河清《酒樽贊》云：「見時如白水，飲則勝丹沙。八十老翁面，春風二月花。」亦言白酒之美也。《老學庵筆記》載「唐人喜赤酒」事，然則李杜亦低户。

《老學庵筆記》云：唐人喜赤酒、甜酒，皆不可解。李長吉云：「琉璃鐘〔一〕，琥珀濃，小槽酒滴珍珠紅。」杜子美云：「不放香醪如蜜甜。」白樂天云：「荔枝新熟鷄冠色，燒酒初開琥珀香。」或曰：諸白麴米，諸物潔白之義也。蓋言釀法之精也。

酒之和訓美幾，出於《漢書》酒退寒三寸之語。「三寸」和訓即「美幾」也。

蜀山人、飲酒約

蜀山人國字戲文有《飲酒約》，戲譯之云：「酒可以飲，不可以飲。有賓則飲，有肴則飲。佳辰美景，及解酲之朝則飲。其他連日之宴、長夜之飲，皆須禁之。童謡不云乎『君之嗜酒，不類猩猩；猩猩善飲，不免禽獸』。人豈不如禽獸乎？」

燕石翁酒詩

予有酒詩云：「古人皆愛酒，今人豈負酒。可憐無福人，一生不飲酒。」頗爲麴生作諛語。

〔一〕琉璃：底本訛作「玩瑠」，據《箋註評點李長吉歌詩》卷四改。

東坡之詩、山崎宗鑑

人家多客亦俗累之一也。東坡訪佛印詩「又得浮世半日閑」之句，佛印曰：「學士閑了半日，老僧忙了半日。」客如坡公，猶有此嘲，况俗賓乎？山崎宗鑑晚隱于讚西，號其室曰「一夜庵」，留客之法不過一夜，題國歌于壁，其譯云：「上客早歸，中客不宿。一夜留連，下之下客。」一夜庵在西讚觀音寺。

足利高氏、義滿、義昭

足利高氏呼赤松圓心曰父，義滿稱細川賴之曰父，皆本於齊桓之「仲父」、項羽之「亞父」也。足利義昭賜信長書亦稱父。

曹操、孔明

曹操能詩，兒女猶識之。諸葛武侯善畫，人或不知。本邦如平相國、武田晴信、足利高氏，皆善繪事，亦人之所不多知也。柴碧海文云：「二公者，雄武之餘，甲則善繪事，今甲州惠林寺所傳自畫肖像等，可見其梗概也。」

平相國、高氏

平相國描曼陀羅圖事見於《平家物語》，高氏所畫地藏像見於《先進繡像》。

藤原經房、菅茶山

檀浦之役，藤原經房者擁護安德帝，乘舸而遁，潛于但州，帝遂崩于其地事，頗似明建文帝。菅茶山《檀浦懷古》云有「秖聞波底皇居在，寧信人間老佛存」之句，蓋指之也。山崎之戰，賊光秀得脱，後以壽終云。是亦與唐黄巢之事相類，皆好奇者之妄傳。

大楠公、小楠公

或人傳，楠公湊川之役其實不死焉。後潛居河内陰輔正行，蓋赤坂之故智佯死以欺敵。不然，六尺遺孤豈能守彈丸孤城乎？此説頗奇，不知何據，姑録以備異聞。

一説，楠公脱湊川，潛于東國，變姓名稱櫻井左兵衛云。

建文帝詩

建文帝出亡後詩皆可誦，今録其二三。「牢落西南四十秋，蕭蕭白髮已盈頭。乾坤有恨家何在，江漢無情水自流。長樂宫中雲氣散，朝元閣上雨聲收。新蒲細柳年年緑，野老吞聲哭未休。」「風塵一夕忽南侵，天命潛移四海心。鳳返丹山紅日遠，龍歸滄海碧雲深。紫微有象星還拱，玉漏無聲水自沉。遥想禁城今夜月，六宫猶望翠華臨。」

方孝孺

方孝孺議論正大，字句齊整，似其爲人。予最愛其《赤壁圖贊》云：「群兒戲兵，污此赤壁。江山無情，猶有慚色。帝命偉人，眉山之蘇。酹酒大江〔一〕，以滌其污。揮斥玄化，與造物伍。哀彼妄庸，攘敚腐鼠。明月在水，獨鶴在天。勿謂公亡，公在世間。」

明楊慎

明楊慎有《梅花》九言律云：「玄冬小春十月微陽回，緑萼梅蕊蚤傍南枝開。折贈未寄陸凱隴頭去，相思忽到盧仝窗下來。歌殘水調沉珠明月浦，舞破山香碎玉淩風臺。錯認高樓三弄叫雲笛，無奈二十四番花信催。」六言律作者已少，况九言乎？如此詩，實所謂吉光片羽也。

〔一〕酹：底本訛作「酬」，據《遜志齋集》卷十九改。

俗語之出處

俗間日用之語，往往有出於漢典者。「不快」出於陳壽《華佗傳》，「臆病」出於《通鑑》，按王莽太師王舜愚癡恐慓，病臆病死。「散錢」出於韓文公《佛骨表》，散錢俗呼賽錢。「道具」出於《釋氏要覽》，按道具，蓋人之具也。「拙者」出於潘安仁《閑居賦》，「勘當」出於《唐書》。

五德

邦俗煎茶之具有五德者，三宅萬年嫌其名不雅，改曰鐵龍爪。

雪隱

學隱之名創于雪竇禪師，師在靈隱寺，爲司厠之職。雪隱見於《櫻陰腐談》。玄關之名創于建仁寺僧榮西，蓋玄玄關門之義云。

大師

本邦浮屠賜大師號者六人，而其半在我讚岐，即弘法、理源、智證也。按大師猶言天子之師也，漢土崇張道士，稱天師，亦此意也。

硯海、筆山

西讚之海名硯海，又有筆山，可謂好對。八島一名硯屏山，五劍山一名筆架山，見於《讚留禮記》。

讚之人物

近代讚之人物顯於天下者，不爲不多矣。儒家後藤芝山、柴野栗山、良野平助平助名芸之，字伯耕，號華陰，那珂郡良野村人。其學與宇明霞雁行，時人呼曰宇三良平。閨秀則井上通，技藝則平賀鳩溪、錦織勘七。

勘七，粟島人，自幼遊京師，學織錦，其術巧妙，名聞四方云。文政四年歿。

藤原保則

藤原保則傳云：我讚岐國多紙，且多能書者。當赴彼國書寫修多羅、阿毗曇等。然則讚俗好文，自古而然也。

元弘中，大塔王欲走熊野，路梗不可通，乃竄于我讚，潛匿于丹生山八幡祠内，見於《三代物語》。此事正史之所不載，因標出於此。

大塔王

後光明帝御製、藤惺窩

後光明帝尊崇儒術，嘗讀藤惺窩文集，賜御製序，今録以傳。文云：蓋聞文者，貫道之器也。自昔年大昊八卦書契之作，延延綿綿如天地之不可易，如日月之不可息矣。禮樂政令之經緯乎？穹壤洞轍乎？古今法度教化之融液乎？遠邇周遍乎？内外者不亦基乎？是哉。近世有北肉山人惺窩先生者，寬仁大度之君子也。幼而穎悟，一覽千言，七過萬句。弱冠而蚤通經史及諸子百家之書，無事不備，無物不詳。其爲學也，博聞强記，故其爲理也，精察明辨，其爲文也，范袁張彪之徒、王戎仲容之屬。朝馳鶩乎書林，夕翺翔乎藝園。非其道，雖高車駟馬不顧焉，棄之如敝屣；從其道，則簞食豆羹亦足以頤神而保年也。義士仁人慕德望風，出入其門，往來其道者，不可勝計。於乎！空谷之足音，晦瞑之日月歟？而彼精微妙渺，雖猶不可階天而升也，儘亦得先生之一體者數輩，日新月盛，自此以後，百姓尊信聖賢，誦説仁義，其恩惠德澤所以蒙天下後世者，至矣盡矣。斯時也談士雲起，狙詐星聚，然道德之説罕有所聞也。

先生獨悼斯民之墜於塗炭，苦此道之湮於塵俗，屢遊説諸侯，上述堯舜，下陳周孔，然滑稽口給之士皆以爲迂遠而闊於事情，故不爲世用。乃退廬市原，隱居放言，恣思丘岳，任情山林，沉吟小詩，作爲文章。而其遺稿餘篇紛紛籍籍，惜其無統紀者。其子爲景採而輯之，間亦竊附己意，所以裨補其闕略紕謬者數卷，名曰《惺窩文集》。朕偶請而觀之，則忘食忘寢，萬慮以澄，百節以通，耳目以融，肺腑以清，猶如龍護珠不釋，造次必於是，顛沛必於是。噫嘻！朕於先生，不見顏色，不通言語，而百年神交，如合符節，果何之謂也。所視所言，所勤所蓄，庶幾乎其不差也焉。詠嘆之餘，聊託管城子，妄爲之書，乃譬彗星之繼朝陽，飛塵之集華嶽云爾。慶安四曆辛卯九月十三日。

菅信卿

菅信卿三閘《少年行》云：「下馬同傾酒一樽，侍兒匕首擘蒸狐〔一〕。生平不著黄金甲，醉祖貂裘數箭痕。」豪爽俊逸才鋒見，惜哉不載其集。

田沼意次

天明中，田沼侯之事頗涉物議，菅茶翁《郢都篇》蓋指此事也。以其觸忌諱，不載本集，因録於

〔一〕狐：失韻。似當作「豘」。

此云。「三年巨靈擘衡嶽，數洲栽桑没沙淤。六年漢水貌城郭，都人百萬半爲魚。子元當國廿歲强，父子共政亂朝綱。樠木心蕩時事變，餘殃未弭更旱蝗。今年繹騷遍海内，斗米十千市莫賣。都下連日人蟻結，廬舍到處争撞壞。古謀身是肉食〔一〕，滿朝坐嘯無寸策。大鳥不飛亦不鳴，雌風激怒勢飛石。咸謂亂本既已成，庸材難支大厦傾。豈料國氛暝濛裏，忽睹鄉雲五色明。首擢循良事救賑，西成計日民忘忿。借問何人能紓難，鬪穀於菟爲令尹。」

尾藤二洲

尾藤二洲翁《移居》云：「昌平橋北泮宫西，倚坂一臨樹色低。欲就館中知我舍，柳垂猶似隱時栖。」澹泊幽雅，可以見其襟懷。翁嘗曰：「不愛陶靖節詩者，是其人必俗物。」此語有味。賴杏坪追懷二洲先生詩，有「車馬不維門前柳，在官猶似在山時」之句，蓋用此詩也。

中井竹山

中井竹山翁《漢陰略稿》有《華燭引》四首，善寫新婚情景，委曲纖悉，不似翁他作。今録其二云：「户外初更迓彩輿，青衣左右笑相扶。雲屛暗處人如蟻，細語新孃認得無。」「畫燭雲屛夜未央，

〔一〕此句似脱一字。

侍兒瞻主引新孃。傳酒翩翩雙蛺蝶，對筵默默兩鴛鴦。」

中井仙坡

中井仙坡《送人》云：「來時情如潮，去時淚如潮。自此幾來去，來去亦如潮。」仙坡通稱遠藏，竹山子也。

原古處

往時筑豐詩派，多陷於龜井氏圍範，率直無味，其下者大聲壯語，虛喝嚇人矣。獨古處原翁別開生面，可謂樹漢幟於趙壘也〔一〕。

藪孤山

西肥孤山藪翁，近代醇儒也。其人固不可以雕蟲小技論之，而其詩溫厚幽雅，儼然一作家也。《山水謠》九首皆妙，今録其二云：「孤山南畔水西頭，水媚山明接素秋。山籠水氣雲常潤，水泛山

〔一〕壘：底本訛作「叠」。按《史記·淮陰侯列傳》「則馳入趙壁，皆拔趙旗，立漢赤幟二千」，壁、壘義近。是叠、壘形近而訛，據改。

光翠欲流。水徑近連山徑轉，山禽時與水禽遊。不用登山浮水去，山屏水帶繞高樓。」「水繞孤村山繞扃，貪看水緑與山青。時滴水墨圖山景，或向山窗註水經。水路山蹊宜緩步，山歌水唱入閑聽。山翁於我情如水，日抱山樽過水亭。」

村井琴山

村井琴山，亦西肥豪傑也。然世唯知其善醫耳。因録其《題畫》一絶云：「獨釣蘆花淺水秋，生涯心事寄扁舟。孤村十里清江暮，遮莫游魚不上鈎。」

服南郭「扁舟不止天如水，兩岸秋風下二洲」之詩，稱藝苑三絶唱之一。龜井南冥「皓月南溟波不駭，秋高一百二都城」之詩，鎮西三絶唱之一也。二首頗雖帶唐氣，要是明七子之餘唾也。世人爲大名所眩，吠聲以稱妙耳。

平金華

平金華《早發深川》云「月落人煙曙色分，長橋一半限星文。連天忽下深川水，直向總洲爲白雲」之詩，所謂摸擬飣餖，僞唐詩者也。世人眩于徠翁之語，後人以爲絶唱，何吠聲之甚矣乎。

村上友佺

相傳，村上友佺每得新詩必題扇頭，一字不穩，則以濕紙揩之改之，意安而後止，前輩於詩可謂用意矣。嘗作《梅花》詩云：「宴罷瑶池王母回，月寒素袂立青苔。仙妝難著人間語，姑唤暗香疎影來〔一〕。」末句「姑」字，再四所改云。西島蘭溪《慎夏漫筆》載此詩云：「末句『來』字原作『梅』，推敲數四遂作『來』字。」此説恐非。

新井白石

予久疑新井白石心術，秖南海以王安石目之，蓋得其實矣。

七言律五十六字，金聖嘆謂之五十六座星辰。五言律四十字，劉昭禹比之四十個賢人〔二〕。然則一字豈可苟下之乎？

〔一〕疎影：底本倒錯作「影疎」，失律。據改。

〔二〕昭禹：底本錯作「禹昭」，據《唐詩紀事》卷四六改。

趙魏公

趙魏公曰：「作詩用虚字殊不佳，出處纔使唐以下事，便不古。」此語大有益于詩家，勝一部《隨園詩話》遠矣。趙魏公語見於《輟耕録》。

《敕勒歌》短節勁韻，大有古色，賴山陽以謂勝半部《文選》。抄出以示後世云：「敕勒川，陰山下，天似穹廬蓋四野。天蒼蒼，野茫茫，風吹草低見牛羊。」

善相公

延喜時内宴，「菊散一叢金」爲題，善相公咏曰有「酈縣村閭皆富貨，陶家兒子不垂堂」之句，頗以爲得意。菅公評之曰：「『富貨』二字無據，宜作『潤屋』。」相公欣然改之云。古人論文可謂細矣。

獨嘯庵

獨嘯庵曰：「偃武以來，豪傑之士四人：伊藤仁齋、物徂徠、山鹿素行、熊澤了芥。」予則欲以林子平、高山正之等代之。

高山彦九郎

高山彦九郎服母之喪，廬于塚上三年，有《墓前日記》一卷。賴山陽《彦九郎傳》不載此事，因標出于此。

蒲生君平

洋夷之朵頤于我，蓋非一日也。蒲生君平《上沼津侯書》詳論其事，鑿鑿有理文云。皇國瓊矛之威，卓絶萬國。日本武之東征、神功后之西伐，功業之烈炳于青史。北氏龍山之捷、豐相鷄林之役，亦足接其武矣。近世薩摩侯之降琉球、武田氏之開松前、山田長政之救暹羅、濱田彌兵之刼紅夷，皆可謂爲本邦吐氣也。

高山右近

或傳高山右近入海，其裔割據于吕宋。其事未知出何書，録以待博雅。

伊藤侯

日向伊藤侯有咏山田、濱田等詩四首，今録其二云：「盛世無由試錯盤，遠懷利器去求餐。峨冠重見同舟客，非復當時袴下韓。」「螫毒横流蠢爾蠻，片帆敵愾入台灣。一身是膽胸吞賊，虎穴從容獲子還。」

天保中，西邊有警，鍋島肥前侯有詩云：「紅島結團意氣豪，西南决眥萬重濤。羯奴若有侵邊事，羶血飽塗日本刀。」

宋璘玠

宋吴璘與兄玠並有將略，璘嘗傚車戰遺意，新立疊陣法，以遏金人之衝突。其法以長槍居前座不得起。本邦兵家折敷者暗與此同揆。予嘗咏毛家兄弟云：「一隊長槍新疊陣，誰知璘玠是前身。」

六如上人

六如上人《蟻》詩云：「幽階群曳蜻蜓翼，静極似聞邪許聲。」可謂纖功也。伊勢鷹羽某有「階蟻收花挽似車」之句，旨趣相似。予少時亦有「藻動蟻舁花苔上」之句。

尾池梅隱

尾池梅隱翁有「愛月欣逢觀月月，親人敢狎噬人人」之句，可謂奇對矣。上句蓋用俳歌之意，

「噬人人」三字見於元稹《蜂》詩。

梁星巖、島棕軒

梁星巖、島棕軒皆有《楊妃教鸚鵡心經圖》詩。梁云：「金籠妖夢馬嵬魂，是色是空休復論。只好琅琅相對誦，花枝解語鳥能言。」島云：「黄裙雪羽兩鮮妍，一部心經了凈因。色即是空終底處，悲風吹盡馬嵬煙。」功力相敵，然梁詩品格高一等。

釋桃水、僧一休

釋桃水《題彌陀像》云：「我廬聊借汝，非肯願後生。」一休師亦有《彌陀贊》云：「汝有桑願，我無一願。」二首深得佛理，金面叟亦當點頭矣。

真山民

真山民《水墨海棠》云：「不將翠袖卷紗紅，怪得陳玄奪化工。想是太真春睡去，夢魂正在黑甜中。」本邦僧義堂《紅梅》云：「此花清絶似神仙，來自羅浮小洞天。誤被春風吹夢去，長安市上酒家眠。」二詩落想粗同。

項王

項羽《垓下曲》、斛律金《敕勒歌》，皆出於武人一時之矢口，而慷慨悲壯之氣溢于紙上。嚴滄浪曰「詩不關學問」，有旨哉！

古賀穀堂

《水滸傳》，小説中之巨擘也，士太夫亦多喜讀之者。古賀穀堂《長崎竹枝》云：「酒酣拇戰閃春葱，欲判輸贏猶未終。乍報幇間扮水滸，出欄争見黑旋風。」豐前之人恒遠和《長崎竹枝》云：「侏儒鴂舌語難通，鑼鼓聲囂耳欲聾。試問劇場開底事，開他水滸黑旋風。」境同景同，宜哉其詩之雷同。

僧索彦、僧裔然

邦人入西土賦詩者率多佳句。僧索彦入明，彼人延之湖上，相誑謂曰：「汝知此湖何名？」彦答以詩云：「參得雨奇晴好句，暗中摸索識西湖。」正德間，本邦使者某過西湖云：「昔年曾見此湖圖，不信人間有此湖。今日打從湖上過，畫圖還欠著工夫。」僧裔然晾官吏詩云：「棄妻抛子入大唐，將軍何事苦相防？通津橋上澹澹月，天地無私一様光。」嗐哩嘛哈答明主詩云：「國比中原國，人如上古人。衣冠唐制度，禮樂漢君臣。銀甕蒭新酒，金刀膾錦鱗。年年二三月，桃李一般春。」

皆不愧西人。裔然詩見於《日本風土記》，嗜哩詩見於《過庭紀談》。

李東郭

異邦人來於本邦，所作亦多佳句。今抄出數首。朝鮮李東郭云：「文武雄才大都會，詩書舊業小中華。」

王維

王維《送秘書晁監還日本國》詩序中有「正朔本于夏時，衣冠同乎漢制」之語，與嗜哩詩前聯粗同矣。

漢洋之學

漢土之學博，其弊則浮華。西洋之理精，其弊則拘泥。要之，不及本邦之簡易矣。

櫻花鯛魚

本邦卓出於外國者，銅鐵劍弓之外，花則櫻，魚則鯛，海南三四月，紅魚馬鮫陸續上網。海鮮之賤，土芥不啻。陳後山詩有「赤手取魚如拾塊」之句，可移以詠此間之事也。燕石翁金山鯛詩遺稿在五丁。

慈鎮和歌

白居易詩云：「人皆有一癖，我癖在章句。」與僧慈鎮和歌甚相似，然絶非襲踏也。慈鎮和歌云：「人每仁一農癖波有者於我仁波許世敷島乃道。」

支那之説

西洋人呼漢土稱「支那」，箕作省吾曰：「『秦』字之轉音也。」帆足萬里曰：「『周』字唐音之訛者。『周』字唐音如國字『知、禹』二合音。」然按周時西人未知有中土，秦築長城後，蠻人始憚其國威。然則支那者，宜以「秦」字爲允當乎？

漢俗呼人稱漢，癡漢、村漢、英雄漢之類也。或曰，是本于匈奴之語也。匈奴蓋呼漢人稱漢也。

漢之意義

俗呼男子稱漢，蓋出於匈奴稱漢人之語。西洋亦有諧談，大率與此間相同。今譯其一曰：「有酒徒患眼，醫禁飲酒。其人曰，飲則害目，不飲則生憂，我寧塞小窗，不損大宅也。」

海外七奇事

海外七奇之後，造築宏壯者，無如英吉利大樋矣。英國近代大興水利之役，大樋引水以便運送。樋勢穹窿，跨山踰河，小舸在樋内，快帆駛走，其壯觀可想也。

海内七奇事

海内七奇事既屬草昧，其物今不皆存。現今之世，人工奪天工者，當以英吉利水樋爲第一也。

乞兒詩

往時，浪華日本橋有乞兒，題詩云：「不爲梅花入浪華，嗟來食足萬人家。」亦隱君子乎？

武人之文

漢文之弊冗長，使讀者厭焉。本邦中古武人之文簡勁可喜，今戲譯其一二。豐公中國征伐檄云：「中國征伐自備中始，其地諸士宜助先鋒以勵忠戰，其賞因功之多少。」直江兼續檄閻羅王文云：「雖未得拜謁，虔呈尺一。三寶寺家奴某死於非命，其族愬之，因遣三人以邀，願見還彼奴。謹白。」

豐公檄本書，丸龜藩士某家所藏。

豐公之文事

豐公生長干戈中，無遑識字，然《駿州清見寺記》頗有文法，英雄實不可測也。又《香祖筆記》載，華州郭宗昌獲倭帥豐臣書一紙，其體行草，古雅蒼勁，有晉唐之風。然則書亦不凡也。

加藤忠廣

加藤忠廣，世稱爲豚犬之才，然粗知文字，其謫居詩云：「人間萬事渾不定，身似明星西又東。三十一年如一夢，醒來莊内破簾中。」

忠廣有罪，被遷于出羽莊内。

白石、南畝、賴杏坪

白石《容奇》詩湊合國典，可謂巧矣。太田南畝擬之作法之詩云：「朝熊初發一枝花，百世流芳勢海涯。寧樂雲生連吉野，外山霞起隔高砂。舊都寂寂煙波冷，春宴朧朧夜月斜。若得幽魂化爲蝶，他生猶自在江家。」賴杏坪亦有《都紀》詩云：「日域日華原自多，秋洲秋月亦如何。影鮮貢馬關前路，光閃放魚池面波。誰慰客心遊更級，好將謫恨住須磨。今宵不但惜良夜，明旦復教秋半過。」野史載，大江佐國者性太愛花，嘗有「六十餘國看不足，他生定作愛花人」之句。没後，其子某夢父來告曰：「我今化爲胡蝶，每春遊于花園云云。」南畝詩結末用此事也。

讚岐圓座、僧義堂

讚岐圓座之名久顯於世，而入祠章者甚罕，唯僧義堂有詩云：「讚州圓席似圓蒲，宜暖宜寒箇樣無。從此小軒游息處，不愁座客欠氍毹。」予亦嘗咏之云：「曬得菅茅白似錦，編爲茵褥自團圓。誰知明月秋風候，飛入五雲香暖邊。」

芭蕉翁、江村北海

芭蕉翁融液唐詩以爲十七言，詩家亦有此融液手段，尾池松灣翁《牽牛花》云：「井邊移種牽牛花，狂蔓攀欄横復斜。汲綆無端被渠奪，曉來乞水向鄰家。」江村北海《夏日》云：「科頭擁膝葛衣輕，初月已含涼簟明。浴罷盤湯何處覆，梧桐樹下草蟲聲。」亦用鬼貫句也。

行水ノ棄處ナシ虫ノ聲

三井雪航

三井雪航翁《梅雨》云：「迎梅霖雨日昏昏，窗外芭蕉緑已繁。大葉恰成連筧狀，受將簷溜灌鄰園。」亦用芭蕉俳歌之意也。

雨夕リヲ鄰ヘ流ス芭蕉哉

菅茶山

菅茶翁曾語人曰：「東都仙柳樣俳歌率有奇趣，融液爲詩，可得佳句。」可謂知言矣。

燕翁早起詩

予早起詩有「清曉起開窗，新詩手可捉」之句，「捉」字一時漫然所下，固不用意也。後閲類書有「捉詩」字，因録於此云。齊諸暨令袁嘏〔一〕，詩平平爾，嘗自曰：「我詩有生氣，須人捉著，不爾便飛去。」

酒會拇戰

鄉俗酒會多爲拇戰，予屢困于重圍中。近來稍被其浸染，頗通五指屈伸之法，然不堪其喧呶也。又一種有猜三者，其法以箸或菓各三件藏諸掌心，迭射其數，察奇偶於呼吸，決輸贏於瞬息，

〔一〕袁嘏：底本訛作「遠蝦」，據《詩品》卷下改。

比之拇戰，則似稍勝焉。予《長崎竹枝》用之云：「鵝炙登盤幽味長，氍毹氈上侍吴郎。嬌紅潮臉不堪酒，笑把猜三戰一場。」

猜三，邦音「奈無古」，見於《清俗紀聞》。

五井蘭洲、兼好法師

房舍之設，崇儉而雅，李笠翁《閒情偶寄》縷縷言之[一]。五井蘭洲文頗獲其意，文云：「室法，僧兼好云：『以宜夏爲佳。』確言也。余衍其説云：開豁東南，仍設户套而收之如常式，乃環以緣，方言也。户外簷下，連布竹或板以便登降，猶衣有緣。今外置水盤，連筧引水以盥嗽，又以灌庭中草木。室西北必墻壁，壁下鑿低牖以通風，亘席亦設户開闔，或垂垂簾可。北距墻壁五六步，就建書庫。西北隅植竹以遮夏日，東植梧桐數十株以障朝日，厠溷必於室北，異屋别墻，架板爲步。低欄左右防傾趺[二]，溲缸圊在厠外，俱勿及日。即及日，臭甚蟲生，方暑登降圂，穢雜不可耐也，其製以意消息可。浴室必於室東，勿與溷相及。世人與溷相鄰，浴時臭，大不净潔。是皆以燕居之室及書齋四席半、六席、八席而言，若其正堂，自有定法，然不失此意而可。余性苦熱，夏日屈

〔一〕偶：底本訛作「寓」，據《閒情偶寄》改。
〔二〕趺：似當作「跌」。

膝危坐，倦憊殊甚，於是有書齋别式，以四席半六席爲限，營造依前制，不用緣板，磚地設榻或椅，皆傚漢人居。鑿北壁設水盤茶具，茶人謂之水皮者，具噴壺以洒磚，庶可以耐煩敲。冬日别制牀，以排布磚上，仍席如常式以禦寒，至夏則徹去床，是一室二用。嗚呼！此營不費三四十金，事可辨矣。以財乏且居屢徙，故竟不果，可嘆。因以遺好事者，可謂爲他人作嫁衣裳矣。又哂曰：富貴之家，冬夏適居，何必一室二用？窮措大之言往往如斯。」秋成翁擬之文云：「一室僅八席，中以四席爲起卧之處，而左右四席以居，常當有物備焉。南面亘席設户，開闔如常式。户外竹緣，國語云『須乃古』，廣四尺，長九尺，西磚地三尺，以便昇降。緣外以葦竹造矮籬，庇下垂葦簾，蓋炎夏庭地焦爍，煙氣蒸室中，故將禦之。籬上或竹欄，可以倚肱，宜納涼，宜翫月。室中東壁亘四尺，所藏之書畫一二幅展觀焉。其北鑿牖置文機。又北坑火爐，架上置飲器、茶具及米鹽焉。西壁亦鑿户牖以昇降，但使客不入耳。其北，一席垂梅花紙帳，以爲藏褻衣被褥之處。北窗半席開户迎風，户外板緣東庇下，竹架上，水甕湛飲漿，但烈寒之夜不貯，恐堅冰破裂。西北東司别宇，以廊通之。廊間置水盤，且火爐沸香湯，以避臭也。然小室不堪寒暑，故屋上以茅覆之。且東西壁外簷下垂葦簾，簾中蓄柴薪，以防山嵐之氣，唯牖外除之。然春朝秋夕，坐望户外，則粟田獨秀，如意叡嶽低昂斷續，青濛濛，雨隱隱。北窗相對黑谷吉田，峻宇層塔，映帶竹樹如畫，丘陵田野似織。或聞野鶯水鷄，或聽鵑聲鹿鳴。松風颯颯，草蟲嘰嘰，足以爲閑友矣。北籬外泉聲潺湲，恰似枕流，而有乞火唤茶之鄰，扶老最志誠。薄命之病隱，舍此又何處耶？然土木之費，今靡所辨，默而止矣。

噫！斯言爲誰書而遺之，惟是解憂遣悶已。」

柳東軒

予柳東軒亦湫隘，欲營一室未能焉，聊記其概以待他日，蓋倣二翁之作也。其詩云：「柳東主人讀書屋，窗開三面席鋪六。不求華麗不求奇，茅棟松柱吾願足。軒前隙地皆種梅，香葩爛熳雪一簇。春來人在疏影中，窗底咿唔聲亦馥。南栽梧桐西芭蕉，雜以兩竿三竿竹。唯礙炎日不礙風，長夏涼氛滴深緑。軒下鑿渠渠屈曲，藤花壓水紫瀾蹙。赤鯉慣人呼則浮，客來好倚欄干角。假山低橋位置宜，其間不著一雜木。巖桂水仙瑞香花，更向籬邊小養菊。措大所望如此耳，早晚得志了修築。嗟我赤貧囊橐空，欠此瑣瑣小清福。」

安部宗任

安部宗任梅花之咏膾炙人口，近時土岐丹州爲京師尹。時内宴以紅葉爲題，一縉紳徵句，丹州辭之，不可，即咏短歌，其譯云「不懲梅花又紅葉」，風趣雖遜，亦可以續遺響也。

十七字詩：「古の梅にはこりす紅葉哉。」

荒川栗園

友人荒川栗園有詩云：「我邦自古風流足，馬上英雄悉解歌。堂堂四百餘州地，横槊英雄知幾人。」

僧圓月

建武中，僧圓月作《日本史》，以我天朝始祖爲吴太伯之裔，齊東之野語，固不待辨也。然腐儒崇漢者或有主張此説者，殊可笑。西洋人檢夫兒者，以本邦始祖爲韃靼人之種，有主張此説者，殊可笑。

儒學之弊

儒者視佛，仇讎不啻。然儒學之弊，其害甚於佛氏矣。蓋曲學之士，不知國體大異，欲以虞夏禪讓、湯武放伐，行之本邦也。如近代某某博士，學博才卓，猶倡此説，何乎？

燕翁咏史

予咏史云：「唐虞漫禪讓，湯武創奪攘。何似穗瑞國，萬古一天王。」

鄂羅之雪，挫佛帝之鋒也。紫海之颶，覆韃之艦也。皆可謂天幸。然赳赳武人，猶有以神風爲口實者，可笑。

英吉利

英吉利懸居于洋中，四面天塹，鄰邦憚之，無敢侵入者。佛蘭王之以勢，尚不能加寸兵焉。本邦形勢不出英國之下，而人馬精悍過之。輓近議者畏彼如虎，何也？

本邦航海之術

本邦中古精于航海之術，日本甲螺、胡蝶軍，皆以海寇横行于西南疆。近代稍疎其法者，蓋海禁過密之弊也。

諸藩通商

昭代霸府之政，不許諸藩通商，是實萬代不易之法也。清魏源論之云：「紅夷之畏日本者，畏其岸上陸戰也。日本三十六島，港汊分岐，其海口更多於中國。其水戰火攻尚不如中國，止以陸戰之悍、守岸之嚴，遂足讋英夷絶市舶而不敢過問，又止以刑罪之斷、號令之專，遂足禁邪教、斷鴉片，而莫敢輕犯。」由是觀之，清人亦服本邦之良法也。

西洋之英雄

西洋開國以來稱英雄者，除歷山王佛蘭帝之外，寥寥乎無聞矣。蓋其人小黠伶俐，雖貴官猶賈竪，故其用兵，其意唯在「利」之一字。近代英夷之侵支那，其兵實僅僅耳。漢人所置失宜，故自取敗衄也。

紅夷之術

牛皮之地以取吕宋，鹿皮之賂以誘臺灣。紅夷之術，何其狡黠矣。

西洋人之伶俐

西洋人大率小黠伶俐，求特立魁異之士無幾。振古以來稱英雄者，除歷山王佛蘭帝之外，寥寥乎無聞。如支那及本邦，則其人不可枚舉也。亞細亞蓋神之鑾語云，然則彼亦知其不可及矣。

本邦人口問題、移民法

昇平日久，人口日殖，横目之民殆溢宇内，天下窮乏職之由。西籍云：「自我文化十三年至天保元年，歐羅巴洲中增殖三千三百八十四萬零八十人，蓋一年之内百而增一也。然則方今急務在減人口也。」本邦東北接蝦夷，宜闢其新疆而移内地之民焉。其法宜平民百中擇一箇遊惰者以移之，猶準罪人流刑之例也。

駱駝之詩

駱駝之至於本邦也，文人韻士争著詩賦，而其可誦者甚少矣。牧默庵有説一篇，頗爲社中所稱。文云：「天之生物也，必因其性而付以之才，决不生無用之物矣。而盡其性、用其才者，人也。故曰，能盡物之性則可以贊天地之化育。因是言之，物有不用之棄材，蓋人未盡其用而已。是責在人而不在物也。本邦不産駱駝，人未知其色毛。今兹甲申西洋賈胡舶載而來，商某居以爲貨，所在開場取直。觀之，人始識其羊頭牛身、長頸而肉鞍，牝牡相愛而不離行，柔順馴人而不蹄嚙，而未知其才用何如。則議者往往曰，駱駝狀貌獰惡，既非玩目之物，而食蒭太夥，則亦非人家能可蓄也。但以遠方奇獸以資博識，且收看錢爾。誤使之息種，爲常有之物，則耗費頑畜耳。蓋早裘其皮，羹其肉乎？予聞之嘆曰：噫！物之不遇一至於斯乎。考之諸書，曰塗知水處，曰豫占惡風，此其智也。曰背負千斤，日行三百里，此其能也。今居非其地，人非其牧，則其智能未及試，而裘羹之言忽至焉。甚矣人之不思其責，而駱駝之命何其奇也。予兼嘆士之負才能者、處世不遇識者，亦將聞裘羹之言乎？故爲之説以問于世，望責於其人。」

小竹翁駱駝詩

篠崎小竹翁《咏駱駝》云：「西藩雙駱駝，緣底到皇和。三節脛如竹，獨峰毛作渦。柔馴無絏絡，媚嫵可摩挲。牛馬服乘足，其如長物何。」

蚤蝨之詩

蚤、蝨，同種類也。然蝨往往顯于書籍，禹玉之頌〔一〕，佛印之判，皆琵琶蟲一佳話也。而蚤未見入詩者，何其不幸乎？予戲咏之云：「小黠有機智，罪冠蚊蝨蠅。噬時如猛虎，飽處似飛鷹。氈上針無迹，股間錐有稜。如何此醜類，不入甌陽憎。」

中島棕軒

《詩轍》云：卞彬之作《蚤蝨》、《蝸蟲》、《蟆蝦》等賦，《李笠翁一家言》亦載某《捕蚤檄》之事。中島棕軒《咏蝨》有「貧户避人燈下閲，旅衾撩睡夢中捫」之句，雖巧，稍露醜態。

近代才子輩出，指不厭摟，其詩皆清新。麗綺雖乏，排憂沉鬱之力亦不失爲一名家也。今録

〔一〕玉：底本訛作「稱」。按《堅瓠集》卷三載王珪（字禹玉）《蝨虱頌》，據改。

一二于左。

大沼枕山

大沼枕山江户人《春繡》云：「遼陽消息又悠悠，獨撚銀針倚畫樓。繡到鴛鴦交頸處，眉山齊鎖一雙愁。」

矢上快雨

矢上快雨堯佐《嵐山春曉》云：「月落溪頭風未生，何來香氣著衣清。櫻花不待東方白，幾片嬌雲在水明。」

賴三樹

賴三樹山陽翁子《東山賞雪》云：「銀闕瑶臺接座浮，恍然乘鳳入瀛洲。城中大雪抽身去，醉在東山百尺樓。」《早行》云：「落月動茅花，秋風吹嫋嫋〔一〕。莎鷄不惜聲，啼破霜郊曉。」

〔一〕吹：底本訛作「次」，據下文《早行》句改。

菊池秋浦

菊池秋浦五山子《盆田》云：「漠漠清田縮得奇，踏車曾入石湖詩。民家辛苦真如此，輸與城中仔細知。」

生方猛叔

生方猛叔江户人《寒夜》云：「如此寒宵猶賣麪，浮生誰得免營營。檐頭凝火雙鞋雪，鈴語丁東繞巷行。」

江馬細香

江馬細香山陽女弟子《雪夜讀日本外史》云：「黠童奇計夜還兵，士氣衝寒海口城。燈下讀來膚起粟，撲窗風雪近三更。」

森田梅澗

森田梅澗土佐人《郊行》云：「雨露時和秋穫多，吏人旁午撿田過。其田上上將中下，野老争呈九穗禾。」

僧松靄

僧松靄東叡山僧《夏日》云：「雲峰倒影夕陽頹，向水樓臺面面開。垂柳小欄風不斷，歸船時載一僧來。」

賴三樹《早行》云：「落月動茅花，秋風吹嫋嫋。莎鷄不惜聲，啼破露郊曉。」

竹外、鐵兜

藤井雨香、越智鐵兜，各有《芳野懷古》詩。藤云：「古陵松柏吼天飆，山寺尋春春寂寥。眉雪老僧時輟箒，落花深處説南朝。」越云：「山禽叫斷夜寥寥，無限春風恨未消。露卧延元陵下月，滿身花影夢南朝。」二首皆才子之口氣矣。雨香，字强哉，攝州高槻人。

大槻盤溪

大槻盤溪《中庸集字》云：「同文之化日洋洋，金革無聲三百霜。戒慎其唯在蠻貊，南方强過北方强。」

鐵兜楠公詩

鐵兜《楠公》詩，集詩經字云「吉夢維何南有木，自天子所謂我來」，湊合頗妙。

燕翁棋局銘

予《棋局銘》用《論語》字云：「樂以忘憂，猶賢乎已。好謀而成，其争君子。」

隱州鬭牛戲

隱州鬭牛之戲，亦僻境奇觀也。友人荒河栗園曾寓其地，觀此戲，有《鬭牛行》一篇，頗悉其狀。詩云：「群雄争逐中原鹿，犄角事罷民鼓腹。百技競新答太平，舞猴戲馬各自呈。寧知力士角觝外，別有隱州鬭牛會。年年有例一開場，天下奇觀真是最。壬寅仲秋日初七，源子一觀詩記實。郊野爲場岸看棚，遠近堵墻人稠密。村民分隊似軍裝，氈罽製旗閃秋陽。旗上或題牛綽號，牛皆精選南北强。糯米韮汁養幾日，腹堆大毬背屋梁。雙角磨來尖於戟，彩纈帕首丈餘長。更見壯丁稱綱手，手把鼻繩施弛張。隨牛助勢踏險危，進退周旋電影忙。兩兩無端對，覘虛互不遑。黄牛猛虎怒，烏犍獰龍驤。龍兮有蹄虎有角，角角相支并嶽嶽。或示雌伏待其驕，或賈餘勇故騰踔。一敗衝人驀地奔，叵觀相避狼狽頻。喝采聲中金鼓動，奏勝牛主一齊歡。舞旗踴躍回場走，累騎一牛六七人。一番鬬罷一番代，番番千狀又萬態。觳觫憚勁敵，不戰先敗北。蠻觸逢匹敵，輸贏久不決。奮迅蹄欲碎，搏擊角將折。垂涎吐舌氣亦喘，毛蹙如蝟汁耶血。原草蹂躪塵沙霾，酣戰想看火牛怒。奔激觀者皆駭殿師耳，綱丁互逞許緒力。君不聞，魯國驕臣耽宴安，鬬鷄一旦發釁端。又不聞吾國相州府，逆衲鬬獒亡邦土。嗚呼賣刀買犢賣劍牛，民不見干戈二百秋。還鬬耕牛供觀眺，尤物移人恐招尤。爲告預防不忘亂，玩物喪志非良謀。莫罵萬人娱樂際，迂論獨抱丙吉憂。憂也樂也一場散，晚風吹遞歸牛語牟牟。」

高田澹齋

友人高田澹齋，詩才超逸，曾寓于象山，有「巖閣雲迎妓，山門月待僧」之句。近日卜居于南村，又有「柿葉斜陽寺，蕎花明月村」之句。皆妙。

白髮三千丈

李太白「白髮三千丈」可謂奇語，後人採入詩者亦多。「秋風白髮三千丈，夜雨青燈五十年」，「豈將白髮三千丈，坐待黄河五百年」，皆五山僧徒之作也。烏宗成《垂絲櫻》云：「櫛風白髮三千丈，帶雪垂陽十萬株。」予亦有句云：「新愁白髮三千丈，舊夢青樓十二重。」

徐天地

徐天地畫題云：「不負青天睡這場，菜花落盡盡黄粱。夢中有客刳腸看，笑我腸中秖酒香。」頗覺超脱。按胡令能祭列子有年，忽夢有人刳其腹，置一卷書於心腑，遂得通詞藻矣。徐詩蓋借用此典也。徐詩見於芥子園畫譜。

詩家慣用熟字

詩家各有慣手熟字，然屢用之不鮮也，如少陵之「愁」、于鱗之「風塵」，大家亦所不免焉。我鄉一先生好用「奇哉」字，予賦一絶調之云：「鄭谷之僧仲先鶴，詞壇曾貽一時嗤。奇哉我黨村夫子，句句説奇無不奇。」中江岷山每作文章多「然則」二字，人目之曰「然則先生」。

雪航翁

雪航翁《題延平翁遺照》云：翁姓三井，名清，字士潔，象山之人也。家業醫，刀圭之暇，博涉群書，最深於詩。詩淵源于菅茶山，故巧而不纖，奇而能雅。然而其名不顯於世，人目以爲牧詩牛之流亞，可謂鵠鶩同視矣。

後滕漆谷

滕漆谷，東讃詩人也，其人其詩皆澹雅可愛。其集未上梓，可惜也。今録數首。《淺夏書適》云：「躑躅花紅梅子黄，緑陰深處日方長。睡餘思句未裁得，展帖時臨大小王。」「棋子聲中我醉眠，不知客去已蕭然。呼章吹大重湘茗〔一〕，斜日鳥啼深樹煙。」《淵明圖》云：「彭澤先生漉酒巾，東籬採菊獨相親。偶然入畫傳千載，事不必奇奇在久。〔二〕」《題畫》云：「六七牧童池水涯，藉茅鬪草共喧嘩。老牛能慣田間徑，牽犢已歸林叟家。」《溪行》云：「行弄潺湲不道賒，蒼苔白石一溪斜。松篁缺處柴門出，杵臼聲幽製紙家。」《冬日過山村》云：「一溪水繞一村斜，黄葉林中有幾家。伐木丁丁山日冷，飽霜柿子赤於花。」皆幽雅有風趣。

漆谷翁遺言

漆谷翁家世崇日蓮教，翁臨死遺言曰：「祭我勿唱題目，唯誦『仁義禮智孝悌忠信』八字則足矣。」世唯知翁之風流，而無知其卓識有如此者，故標出于此。

〔一〕呼章吹大：似當作「呼童吹火」。

〔二〕久：似當作「人」。

巖村南里

巖村南里翁，性儉讓，而好施予，嘗遇凶年，減其食量云：「方今饑饉荐臻，餓者填野。我輩幸有俸禄，安生飽食，無復飢寒之患矣。今欲分君恩之餘以潤餓者之腸。」此雖瑣事，可以見其爲人。

古賀穀堂

古賀穀堂《京師》詩有「珠簾曉捲宸園雪，玉盞春薰左近櫻」之句，爲世所稱。鐵兜有句云「明媚山河天子國，端莊衣帶大臣家」，亦似不多讓前輩。

劉石舟

豐後人劉石舟亦有一聯云：「王出一門同漢制，統垂萬世異秦人。」

齋藤子德

齋藤子德《河中島懷古》云：「海風吹裂扶桑樹，七道割據亂如霧。英武甲越推二公，餘子紛紛誰得伍。信山秋老枯木藏，乃是二公故戰場。河流震地萬雷怒，如聞陣鼓聲鏜鏜。憶昔五戰此對壘，最後一戰最絶奇。大霧茫茫夜襲天，萬馬無聲曉渡水。應變有機寧足驚，運兵不異臂使指。

叱咤風生三尺冰，笑持白羽凭胡几。正奇百變互相當，流血迸流滿河紫。中原有鹿逐者誰，□□百戰已争疲。龍倒虎斃各自取，不省乘弊有黠兒。君不見本能寺能尺壕，争及越山甲山接天高。」子德名馨，奥州人，曾著《阿片始末》。

柳澤淇園

柳澤淇園嘗燕居作畫，一丐者自窗窺之，淇園怪曰：「汝亦知畫趣乎？」丐者唯唯。淇園奇之，與以其畫，丐者欣然懷之去。越一日又來，曰：「昨獲寶繪，無由奉謝。鄙人住某山某處，願邀相公，供一盞茶。」淇園諾焉。翌日如期而往，涯松之下設一新席，風爐貯火，湯聲沸起，水桶茶具皆極清楚。淇園坐待多時，丐者終不至。席上有遺扇，題一絶云：「這回空過二十年，肉重不能飛上天。抖擻衲頭還自笑，囊中也没一文錢。」淇園視之，爽然自失，後屢以此事與人云。

柳淇園《夏日七快》云：「浴後梳髮，掃塵灌水，枕换新紙，雨晴月出，隔水見燈，淺水魚浮，月光入室。」幽雅之趣似東坡十六事。

鶴仙翁談

鶴仙翁曰：距今三十年前，丸龜土器川有一丐者頗識字。一日畫沙「浮雲日千里」之五字，飄然而去。蓋高尚隱子乎？韜晦風塵中也。

良野華陰

良野平助，名芸之，字伯耕，號華陰，我讚吉野村人。其學與宇明霞伯仲，當時人呼曰「宇三良平」。遺稿散逸不全，予就其鄉人搜得一二册，其詩不免黄金白雪之弊，蓋時勢使然也。

龍草廬

龍草廬年十三賦《思鄉》詩云：「總角辭家客洛陽，秋風一望白雲長。歸心不爲蓴鱸美，衰白慈親在故鄉。」草廬詩大率靡弱淺近，如此等者蓋其上乘。

長野豐山

長野豐山云：「學明七子而極拙極劣，妄竊詩名者，龍草廬之類是也。學宋詩而不解宋詩，多用生字以掩其拙者，僧六如之徒是也。」此語雖過激，頗有益于後生，故抄出。

佐藤一齋

佐藤一齋《咏太公望》云：「誤被文王載得歸，一竿風月與心違。想君牧野潁陽日，夢在磻溪舊釣磯。」優遊有味，大得風人之旨，誰謂學人之詩不免疎硬？

壽詩

博求壽詩，俗間陋弊也。詩家殆不堪其煩。因出一策，預作一絶，貴賤通用，以塞其責。牧默庵亦有此詩云：「好描山與水，以侑賀筵觴。但願先生壽，山高兮水長。」

王乙詩

王乙《送福州吴元輔》詩云：「日本狂奴亂浙東，將軍聽變氣如虹。沙頭列陣煙峰暗，夜半鏖兵海水紅。簞篳按歌吹落月，髑髏盛酒飲腥風。何時截盡南山竹，細寫當年殺賊功。」

南山竹

南山竹，李密檄文中之語。黄泯卿《送馮躋仲之日國借師》云：「整頓飛鳧出甬東，稜稜劍氣吐雙虹。半肩行李河山重，一紙羽書日月通。聲徹秦庭悲夜雨，煙消赤壁借天風。漫誇郭子聯回紇，麟閣今標駕海功。」二詩粗相類，押韻亦同，可謂奇矣。雪航翁話

雪航翁云：「余曾在京中山，自取翁手書馮詩云。本書佐渡州某氏所藏也。曾舉眎于菅茶山一吟，云：『半肩行李等之句，東人之所不能言也。』嘆賞不已云。」章按，馮詩載《柳橋詩話》，「吐」字作「出」恐非。

狸奴

狸能捕鼠，古俗養以代猫云。狸之和訓蓋「田猫」之轉音也。唐山呼猫曰「狸奴」，亦恐此意。

米元章

米元章詩掩于書，而詩亦不多傳。胡應麟《詩藪》載其《咏潮》詩一首云：「怒氣號聲迸海門，州人傳有子胥魂。天排雲陣千鯨吼，地擁銀山萬馬奔。勢與月輪齊朔望，信如壺漏報晨昏。吴亡越霸成何事，一唱漁歌過遠村。」此詩結末不振，可惜。

吉備氏

吉備氏之德不及清麿之節，疑案。

一絃琴

近代俗間有一絃琴者，相傳中納言行平謫居須磨之日所創造。然漢土已有之，世説云，韓熙載作瞽者，持獨絃琴以爲笑樂。

僧空海

僧空海稱苾蒭中之麟鳳，然其詩未能脱和習，但其《獻柑子》詩可稱。詩云：「桃李雖珍不耐寒，豈如柑橘遇霜美。如星如玉黄金質，香味應堪實簠簋。太奇妙珍何將來，定是天上王母里。應表千年一聖會，攀摘持獻我天子。」

乾毒之教

乾毒之教東漸，人皆染被其毒，故往往有以佛命名者。源平之際，有佛姬千手袈裟等。戰國之間，有筑阿彌吉野法師之類是也。因憶人冒佛名猶可也。堂堂神國之神亦有化爲胡鬼者，大巳貴爲大黑，素盞尊爲祇園，熊野稱權現，八幡號菩薩，此類可勝嘆乎。

注：《南史》劉宋前廢帝小字法師，《隋書》煬帝長女名禪師，然則西土亦有此弊也。禹廟化爲地藏，皋陶之像化爲閻羅，亦可笑也。

小寺廉之

小寺廉之簡友人云：「來來君早來，我有黄臘醅。山月今將上，來來君早來。」真率可喜。

賴春風

林清《八音》詩載在諸書，賴春風倣其體，《初冬閑興》云：「金菊錦楓嬉小春，石門柴户未知貧。絲桐彈月留歡客，竹筧引泉分與鄰。匏腹醪盈苦吟處，土毛食足自耕身。革言何聽山林裏，木者田翁我等倫。」

中秋對月詩

《蜀中詩話》載高士某《中秋對月》詩云〔一〕：「隔籬呼酒來烹芋，又恐鄰家索酒錢。不若與妻商榷定，閉門推出月還天。」是因云無酒而推月還天，真奇語也。按宋人小説載秦少遊、蘇小妹之聯句云：「閉窗推出天邊月，投石沖開水底天。」然則此語已有來處也。高士詩見于蜀中詩話。

王荆公詩

王荆公詩「閉户欲推愁，愁終不肯去。鼙鼓轟轟聲徹天，中原廬井半蕭然。鶯花不管興亡事，妝點春光似去年。」是宋逸民詩，惜逸其名。此詩見於詩轍。

〔一〕某：底本訛作「集」字，據《蜀中詩話》改。

和漢聖人

清人以留侯、孔明、郭子儀、岳鵬舉等爲三代以下聖人。如準之，則小松内府、楠廷尉，亦可稱東方聖人也。

實朝、秀賴

源實朝、豐秀賴，其天資非真闇愚也。蓋爲母氏所掩，不得試其才，可惜也。實朝和歌頗多警句，予最愛其「武士乃箭並都久良婦小手乃上仁霰迸留奈須乃篠原」之什。

秀賴英氣

坂城五月七日之戰，秀賴出門觀戰，緋甲黑馬，軍裝偉麗，聞先鋒之敗，親欲决戰。速水時之攬轡止之，遂入城云。亦可見其英氣也。

明智光秀

逆光秀築郭于丹波，號其山曰周山，蓋自比武王也。《太閤記》演戲「武王伐紂」之語，蓋有所本也。

東照公亦號諏訪原城以爲牧野，蓋以勝賴比紂也。

上杉謙信

相傳上杉謙信，軍中不著鐵衣，唯穿黑綿衣，手提三尺許青竹杖以代麾扇。安積艮齋《春日山懷古》有「竹杖生風麾勁騎，鐵槍横月撚吟鬚」之句，用此事也。

賴山陽、梁星巖

名家詩亦有不免踏襲者。賴山陽《冬日》云：「詩力自嘆强弩末，鄉心敢望大刀頭。」是犯于趙甌北「才思漸如强弩末，歸心已折大刀頭」。梁星巖《移居》云「往來不問搬薑鼠，重疊能任負版蟲」，是犯于錢謙益「禰褸自笑搬薑鼠，堆積人嗤負版蟲」。

大槻磐溪

大槻磐溪《咏李白》曰：「世上滔滔醉名利，先生卻是獨醒人。」汪紹焻《咏劉伯倫》云：「利名役役真成醉，只有先生是獨醉。」此詩膾炙于人口久矣，而近時大槻可謂鈍賊。

燕翁少年詩

予髫時得「春如短夢花無跡，日似小年人有愁」之句，頗爲得意。頃閱張船山集，有「春如短夢花無語，潮湧寒江月有聲」之句，上句所異唯一字耳，因悟古人詩亦往往有暗合。

水府義公

水府義公應後西院帝制，賦《雪朝遠望》三律，見于《桃源遺事》，今録其一云：「積雪皚皚擁翠微，四山環曲畫屏圍。烏鴉點破分毛色，白鳳迴翔覽德輝。最喜瑞花天上落，豫知宿麥臘餘肥。朝來休道夜寒逼，起坐遥思脱御衣。」

塙團衛

塙團衛以驍勇聞，而其辭加藤氏也，題床上云：「遂不留江南野水，高飛天地一閑鷗。」亦似識字者。見於常山紀談。

湯淺常山、明國兩少年詩

「千乘萬乘君，零落一棺土。獨有立言士，英名存終古」，是湯淺常山詩，豪宕可喜。《卧雲日

件録》，于寛正五年二月廿三日壽向來話，雲州海賊侵大明，投兩小兒來，兄七歲作詩云：「秖看白鷗群，秋風洒淚三千里，吹滿西山日暮雲。」弟六歲亦作詩云：「煙水微茫歸路長，滄波萬里在他鄉。與人欲語語音別，終日無言送夕陽。」吁！在此方則八十八翁亦道不得乎。《童蒙先習》といふ書に文禄の頃兵を遣し異國をおびやかす事ちりし時人を多く取て歸朝せしうちに七歲の兒のちりしが左の詩を作りしと云。夢裏分明歸故鄉，雙親向我問扶桑。華鯨樓上一聲響，撫枕猶疑在大唐。

僧寂室

僧寂室語其徒曰：「我有一大秘訣以傳汝，汝每旦手摩頭顱，目顧袈裟而咒曰『吾是佛之徒也，誓不失戒律矣』。」此言有味，書以戒世儒無行者。

寂室者，足利氏季年之人，少入明學其法云。見於《駿臺雜話》。

僧正念

僧正念每炊飯，載盤于肩，巡佛前曰「嗅之嗅之，而後喫之」云，真率可喜，佛亦當頷之矣。雲萍雜誌

梁星巖

星嚴有「赤女、青人」之對，赤女蓋紅魚也，見於國史。

男子陽道

男子陽道俗稱魔羅，或以爲梵語，非也。平田篤胤云，「真心」之約語也。取男女真心凝結之義也。真心，和訓「末宇羅」。秋玉山《春宵秘戲圖》詩云：「洞房兩株合歡花，花氣夜透碧窗紗。此夕何夕芳興發，娥眉宛轉嬌態加。蘭燈影暗功引人，無端相擁委錦茵。一緩一急勾雙手，一低一昂彎全身。香汗凝肌芙蓉露，紅潮上臉桃李春。卵有毛兮角有肉，此物由來掇皮真。忽就勝地玉芝肥，漸入佳境裉羅衣。火齊欲吐寶縫綻，幽處墳起芳艸微。檀舌徐徐送又回，縫唇密密粘不開。燕泥喃喃多私語，鸞刀輕輕剖蚌胎。赤水探珠珠出没，丹鼎染指指去來。温柔之鄉吾將老，玄牝之門春登臺。春心揚蕩自不禁，金蓮抛起鴛鴦衾。一戰餓虎當肉嘯，再戰驕龍據腹吟。三戰四戰多秘戲，鳥伸熊經學五禽。鶴俯啄兮尻益高，鹿將死兮不擇音。戰疲膚立全無力，靈龜曳尾泥中深。君不見，此時海棠睡初熟，夢裏猷道盟可尋。鬢雲狼藉亂不斂，珊瑚枕邊有遺簪。」

跋柳東軒詩話

有權而後知輕重，有度而後知長短。學者考古言今，非有權度備于我，則看破萬卷書，亦無爲已。柳士焕長不滿六尺，眇然小丈夫已。而精悍强力，讀書論事，行己胸臆，不顧世之毀譽，而其言多中窾矣。頃者著詩話一編，皆道前人未道及者，可謂奇士也。獨惜士焕生長僻邑，其所朝夕，鯫生雛僧輩而已。使其遊通邑大都，博交天下英俊之士，其所建言，豈止於斯哉！雖然，士焕胸裏之權度既已精功如此，則凡宇宙間事之輕重長短皆無逃士焕之鑑也，所謂「造軌於一室，合轍於天下」者，余於士焕見之矣，於是乎言。

嘉永甲寅之晚夏，友人植田尚義識。

攝西六家詩評

廣瀨青邨

《攝西六家詩評》一卷，廣瀨青邨（一八一九——一八八四）撰。據昭和三年東洋圖書刊行會《日本儒林叢書》本校。

按：廣瀨青邨（ひろせ せいそん HIROSE SEISON），江户時代末期和明治時代初期漢學者。豐前（今屬大分縣）人，名範治，字世叔，號青邨。豐前下毛郡真坂村土田矢野德四郎（安教）之次子，自幼好學，十六歲時師從日田廣瀨淡窻於咸宜園學習。因學業優秀，二十一歲時選拔爲「都講」（注：學生首領）並指導學學生。隨後后成爲廣瀨淡窻之養子，安政二年（一八五五）時繼承廣瀨淡窻任咸宜園第二代塾主（注：補習學校校長）。文久二年（一八六二）四十四歲時，將咸宜園之「塾政」讓位於廣瀨林外（廣瀨淡窻弟廣瀨旭莊之子），應府内藩（今屬大分縣大分市）藩主之邀爲賓師，督導藩校「遊焉館」。明治維新後，赴東京任修史局三等修撰。修史局廢止後，於牛込神樂町（今屬東京都新宿區）開設家塾「東宜園」教授弟子，遂又任教於華族學校（學習院）、山梨縣學「典徽館」。其學宗程朱，晚年好老莊，喜書畫，並以繪蘭竹而得意，最善詩。文政二年生，明治十七年十二月三日歿，享年六十六歲。

其著作有：《攝西六家詩評》一卷、《老子正文》（校）一卷、《青邨日記》、《青邨遺稿》等。

小竹

先生之詩，力贍足而神瀟灑，詞婉折而意串注。無有短促迫切之音，齷齪酸餡之氣，使人想見其襟懷浩浩，無所不容。但甘滑流利者居多，而蒼勁沈著者甚少，此爲可憾耳。顧方今騷壇老宿，世推先生。而春草小山於先生，猶陳蕃、李咸於胡伯始，不得不爲之避席也。今就其諸體分而評之。五古如行脚僧隨緣説法，不必大乘。七古如澗壑奔泉，衝突激怒，噴雪翻花，而瀠洄汪溔，隨物賦形，無科不盈，無淵不蓄。五律五絶如鄉曲善士，無行可議，未可入《卓行傳》。七律如大藩使人，容姿閑麗，辭令安詳。七絶如春水平岸，微波容與，雖無激揚之勢，亦自可人。

淡窗

先生之詩，淡而不薄，峭而不尖，老潔蒼辣，别作天地。覃弱粗豪之態斷乎無有。五古如微雨夜竹，遠鐘暮雲，閑思自生，暗愁忽集。七古如孫知微畫水，營度經歲而成。七律如不識庵圓陣，八面受敵，未嘗敗衄。五律如束帶立朝，不見惰容。七絶如小侯朝覲，器仗扈從無一不備，終乏行色。五絶如煙波空濛，一望無際，而帆飛鷺翻於凝睇中。

珮川

先生以詩爲日歷，出處履歷一寓于詩，其集至萬首已外，此百分之一耳。而有豪放奇逸者，有細膩者，有圓熟自然者，有纖瑣者，有組織精工者，有以詼諧出之者。境廣材贍，愈出愈有。又有墮時調者，是時運之所使然，而非其希世也。五古如老妓洗妝搊絃，既非華街中物，而流利便辟，善承人意。七古如好事家書畫劍陶，雜然滿室，猶購求不已。七律如海鼠，形貌不佳，氣味自好。五律如長蘇作字，用墨太豐，而風度超邁。五絶如秋郊孤芳，時留行人。七絶如弄丸者，高低隨手。

春草

先生山陽高弟，文名夙著。其在浪華，亦與篠翁對峙。其詩著力，多於古體見之。山陽恃才使氣，發乎辭者豪放奇傑。先生爲其所薰陶，勢不能不相似。夫疾行者善蹶，疾食者善噎。欲以豪放壓世者，動隨虛喝空咄。山陽之詩醇疵不相掩，以此也。余故於此卷，喜其聲勢穩順者，而不喜奔放怪譎者。五古如木食道人，舉動輕妙，而骨節畢露。七古長篇如崔子鍾，一舉百餘觥船，呼劉伶小子娘不見我。短古如博浪一椎，萬夫失色，而誤中副車。七律如密畫山水，紙無餘白。五絶五律如千金之子，不垂于堂。七絶如和筆作字，終傷婉弱。

旭莊

先生之詩，援引浩博，驅使史傳，而融洽極至，不見痕跡。奇正互生，巨細皆舉，而俊爽整麗，音節琅然。要皆一氣單行，不生支蔓，豈非以其家範行之耶？五古如武將薙髮，强撚數珠，時張眼攘臂。又如入肉山脯林，反思菜葅。七古如閣龍闢北亞墨利，千古鑿空。視博望河源，真類兒戲。七律如櫻花，清高遜梅，富麗遜牡丹，而有一種氣韻。嫣然一笑，百妍失色。五律如醶蔑一言而善。五七絶如湖魚入井，不免傷鼻。

虎山

先生以經術文章獨步中州，而詩峭拔遒健，自成一家。詞傑如管賴，亦非所懼。蓋將直企最上乘，世之止於聲聞辟支者，宜在下風。但氣骨有餘，而腴膩不足。綺靡卑弱之病除，而從容不迫之旨乏。是勢之必至，不足爲其病。五古如蘭亭帖，摹刻愈多，去神愈遠。七古如埋没古劍，文理暗澀，而鏗然夜鳴。七律如武侯出軍，鎧仗鮮明，部伍整肅。五律如茜袂行酒，村氣反佳。五絶如小城街衢，一見而盡。七絶如茶室結構，似朴而華。

六家總評

予嘗讀宋六家文，知其概略。今試比擬之。小竹似廬陵，淡窗似老泉，珮川似南豐，春草似潁濱，旭莊似東坡，虎山則半山也。抑古賢名價已有定論，而六先生德聲日躋，其所詣不止於此，則其優劣，不宜以今日論。且詩文殊途，勢難吻合。予所比擬，在其風致相類耳。

詩法詳論

石川鴻齋

《詩法詳論》二卷，石川鴻齋（一八三三—一九一八）撰。據竹田市立圖書館（日本國大分縣）藏本校。

按：石川鴻齋（いしかわこうさい ISHIKAWA KOSAI），日本詩文家、漢學者、畫家。名英，字君華，世稱「英助」，號鴻齋、芝山外史、雲泥居士、芝山逋客等。生於三河國豐橋（今屬愛知縣）商家。師事西岡翠園、太田晴軒、曾我耐軒等習漢學。明治十年（一八七七）轉居東京。供職於同爲三河出身之和泉屋市兵衛所經營書店任編集。亦於芝增上寺浄土宗學校開校之際就任漢學教師。同年，清國之全權公使、副使、隨員等宿於增上寺，鴻齋參加筆談，由是以漢學者而聞名，於此時期撰著衆多注釋本，並與小野湖山、前田默鳳、依田學海、富岡鐵齋遊從。天保四年生，大正九年九月十三日殁，享年八十五歲。

其著作有：《詩法詳論》（輯抄中國詩話）、《芝山一笑》（詩文集，一八七八年刊行）、《夜窻鬼談》（一八八九年）、《漢文小説集》、《校正圓機活法·韻學之部》（王世貞校正）、《唐宋八家文講義》（沈德潛評點，石川鴻齋、喰代慎齋講述）、《康熙字典：鼇頭音釋》（石川鴻齋音釋）等。

詩法詳論序

按弘文帝述懷之御製，我國作詩之始也。爾來朝野争賦詩，而白氏之體尤行於世，觀江菅諸家之詩而可知也。蓋當時往來唐山，禮樂文物，往往摸倣焉，勢不得不然。今則異乎此。廣通海外萬國，禮樂文物已一變，則人情風俗亦從而變易。詩其可廢歟？曰：否，萬國皆有詩。或曰，凡物必有則，妙用其則，使人感動者，謂之美術繪畫也、雕刻也、歌詩也、音樂也，皆美術也。今也有美術館之設，以獎勵之。詩何可廢哉！詩不可廢，則成則不可不講也。友人石川鴻齋翁有《詩法詳論》之舉，蓋爲此乎？夫鳥啼于春，蟲吟于秋，皆有所感焉。況人爲萬物之靈，具五性，存五情，豈無感乎？心有感必發于外，抑之則病，故達道者使人永其感焉。虞舜論治國之要曰「八音克諧，神人以和，百獸率舞」是也。今歐、米諸國，美術日盛，互相誇張。我素富于美術，不可不益修之以壓彼也。翁索序於余，聊述宿感，以爲之序云。

明治乙酉三月，從四位秋月種樹撰。

詩法詳論目録

上卷

下卷

詩法詳論卷之上

總論

詩學之行亦久矣，然未見詳其法者。斯編初論作詩大意，而舉五七絶句及律、長篇排律、歌行樂府諸體作例，以審平仄配置。若熟語韻書，其書甚多。然不知作法，則不能免疵瑕也。凡句法之正者莫若唐，至宋元明動流蕪雜，有可取者，有不可取者。故古人論詩，皆以唐爲宗矣。斯編裒古人之論，備幼學之便。然古人之論稍有庭徑者，故選其佳者載之。夫《國風》《雅頌》，孔子選其佳者爲《三百篇》。數變至唐，唐之詩人最多，又選其佳者而爲法爾。至宋明，作者林立，巧則巧矣，然至其法皆宗盛唐。近體之於唐，猶古文之於周，爲萬古不易之法，詩若棄唐，無所法焉。斯編專以唐取法，是古人一定之規蘐也。學者先熟此書，則庶乎其不差矣。

詩辨 抄録《詩人玉屑》

夫學詩者以識爲主。入門須正，立意須高，以漢魏盛唐爲師，不作開元天寶以下人物。若自生退屈，即有下劣詩魔入其肺腑之間，由立志之不高也。行有未至可加工力，路頭一差愈騖愈遠，由入門之不正也。故曰學其上僅得其中，學其中斯爲下矣。又曰，見過於師，僅堪傳授；見與師齊，減師半德也。

詩之法有五：曰體製，曰格力，曰氣象，曰興趣，曰音節。

詩之品有九：曰高，曰古，曰深，曰遠，曰長，曰雄渾，曰飄逸，曰悲壯，曰淒婉。

其用工有三：曰起結，曰句法，曰字眼。

其大概有二：曰優游不迫，曰沈著痛快。

詩之極致有一，曰入神。詩而入神，至矣盡矣，蔑以加矣。惟李杜得之，他人得之蓋寡也。

白石詩説

大凡詩自有氣象、體面、血脉、韻度。氣象欲其渾厚，其失也俗。體面欲其宏大，其失也狂。血脉欲其貫穿，其失也露。韻度欲其飄逸，其失也輕。

作大篇尤當布置，首尾停勻，腰腹肥滿。多見人前面有餘，後面不足；前面極工，後面草草。不可不知也。

詩之不工，只是不精思耳。不思而作，雖多亦奚以爲？

雕刻傷氣，敷演露骨。若鄙而不精巧，是不雕刻之過；拙而無委曲，是不敷演之過。

人所易言，我寡言之。人所難言，我易言之。自不俗。

花必用柳對，是兒曹語。若其不切，亦病也。

難説處一語而盡，易説處莫便放過。僻事實用，熟事虛用。説理要簡易，説事要圓活，説景要微妙。多看自知，多作自好矣。

小詩精深，短章醖藉，大篇有開闔乃妙。

喜辭鋭，怒辭戾，哀辭傷，樂辭荒，愛辭結，惡辭絶，欲辭屑。樂而不淫，哀而不傷，其唯《關雎》乎？

學有餘而約以用之，善用事者也。意有餘而約以盡之，善措辭者也。乍叙事而間以理言，得活法者也。

不知詩病，何由能詩？不觀詩法，何由知病？名家者各有一病，大醇小疵差可耳。

篇終出人意表，或反終篇之意，皆妙。

守法度曰詩，載始末曰引，體如行書曰行，放情曰歌，兼之曰歌行，悲如蛩螿曰吟，通乎俚俗曰謡，委曲盡情曰曲。

語貴含蓄。東坡曰：「言有盡而意無窮者，天下之至言也。」山谷尤謹於此。若句中無餘字，篇中無長語，非善之善者也。句中有餘味，篇中有餘意，善之善者也。

體物不欲寒乞。意中有景，景中有意。思有窒礙，涵養未至也，當益以學。

波瀾開闔，如在江湖中，一波未平，一波已作。如兵家之陣，方以爲正，又復是奇；方以爲奇，忽復是正。出入變化，不可紀極，而法度不可亂。

意格欲高，句法欲響。只求工於句字亦末也。故始於意格，成於句字。句意欲深欲遠，句調欲清欲古欲和，是爲作者。

詩有四種高妙：一曰理高妙，二曰意高妙，三曰想高妙，四曰自然高妙。礙而實通曰理高妙；出事意外曰意高妙；寫出幽微如清潭見底曰想高妙；非奇非怪，剥落文采，知其妙而不知其所以妙，曰自然高妙。

詩體

《風雅頌》既亡，一變而爲《離騷》，再變而爲西漢五言，三變而爲歌行雜體，四變而爲沈宋律詩。五言起於李陵、蘇武或云枚乘，七言起於漢武《柏梁》，四言起於漢楚王傅韋孟，六言起於漢司農谷永，三言起於晋夏侯湛，九言起於高貴鄉公。以時而論，則有

建安體漢末年號，曹子建父子及鄴中七子之詩

黄初體魏年號，與建安相接，其體一也

正始體魏年號，嵇阮諸公之詩

太康體晋年號，左思、潘岳、三張二陸諸公之詩

元嘉體宋年號，顔鮑謝公之詩

永明體齊年號，齊諸公之詩

齊梁體通兩朝而言之

南北朝體通魏周而言之，與齊梁體一也

唐初體唐初猶襲陳隋之體

盛唐體景雲以後，開元、天寶諸公之詩

大歷體大歷十才子之詩

元和體元、白諸公

晚唐體本朝體通前後而言之

元祐體蘇、黄、陳諸公

江西宗派體山谷爲之宗

其他以人論者有

曹劉體子建、公幹

陶體淵明

謝體靈運

少陵體杜少陵

太白體李白等不遑枚舉

又有《選》體

柏梁體漢武帝與群臣共賦七言，每句韻，後人謂此體爲柏梁

玉臺體《玉臺集》乃徐陵所序，漢魏六朝之詩皆有之，或者但謂纖豔者爲玉臺體，其實不然

西崑體即李商隱體。然兼温庭筠及本朝楊、劉諸公而名之也

香奩體韓渥之詩，有裾裙脂粉之語，有《香奩集》

宮體梁簡文傷於輕靡，時號宮體

又有古詩有近體，有絶句有雜言，有三五七言，有半五六言，有一字至七字唐張南丈雪月花草等篇是也，有三句之歌高祖《大風歌》，有兩句之歌荆卿《易水之歌》，有一句之歌《漢書》「抱鼓不鳴董少年」，是一句之歌也，有口號或四句，或八句，有歌行，有樂府漢武帝定郊祀，立樂府，採齊楚趙魏之聲以入樂府，以其音調可被絃歌也。樂府俱備諸體，兼統衆名也，有楚詞倣屈、宋楚詞體，有琴操古有《水仙操》《别鶴操》等，其他有轆轤韻者雙出雙入，有進退韻者一進一退，有一韻兩用、一韻三用、三韻六七用者，不可枚述。

律詩之作，固有定體，然時有變體者，唐人甚多，初學不可法。《玉屑》詳論之，斯編略之。

口訣

三不可

危積逢吉曰：詩不可强作，不可徒作，不可苟作。强作則無意，徒作則無益，苟作則無功。驪塘

八句法

方回言，學詩於前輩，得八句法：平澹不流於淺俗，奇古不鄰於怪僻，題詠不窘於物象，叙事不病於聲律。比興深者通物理，用事工者如己出。格見於成篇，渾然不可鐫；氣出於言外，浩然不可屈。盡心於詩，守此勿失。王直方

四不 下八條並釋皎然述

氣高而不怒，力勁而不犯，情多而不暗，才贍而不疎。

四深

氣象氤氳由深於體勢，意度盤薄由深於作用，用律不滯由深於聲對，用事不直由深於義類。

二要

要力全而不苦澀，要氣足而不怒張。

二廢

雖欲廢巧尚直，而神思不得直。雖欲廢言尚意，而典麗不得遺。

四離

欲道情而離深僻，欲經史而離書生，欲高逸而離闊遠，欲飛動而離輕浮。

六迷

以虛大爲高古，以緩慢爲淡佇，以詭差爲新奇，以錯用意爲獨善〔一〕，以爛熟爲隱約，以氣劣弱爲容易。

七至

至險而不僻，至奇而不差，至苦而無迹，至近而意遠，至放而不迂，至難而狀易，至麗而自然。

七德

識理，高古，典麗，風流，精神，質幹，體裁。

三多

歐公謂爲文有三多：看多，做多，商量多。僕於詩亦云。

初學蹊徑

初學作詩，寧失之野，不可失之靡麗。失之野不害氣質，失之靡麗不可復整頓。呂氏童蒙訓

寧拙無巧，寧樸無華，寧粗無弱，寧僻無俗。詩文皆然。后山詩話

〔一〕善：底本訛作「喜」，據皎然《詩式》改。

學古

大概學詩，須以《三百篇》《楚辭》及漢魏間人詩爲主，方見古人好處。自無齊梁間綺靡氣象也。呂氏童蒙訓

東坡教人作詩曰：「熟讀《毛詩·國風》《離騷》，曲折盡在是矣。」僕嘗以此語太高。後年齒益長，乃知東坡之善誘人也。許彦周詩話

嘗有一少年請益，公諭之令熟讀杜少陵詩。後數日復來云：「少陵詩有不可解者。」公曰：「且讀可解者。」室中語

勤讀

頃歲孫莘老識文忠公，乘間以文字問之，云：「無他術，唯勤讀書而多爲之自工。世人患作文字少，又懶讀書，每出一篇即求過人，如此少有至者。疵病不必待人指摘，多作自能見之。」此公以其嘗試者告人，故尤有味。東坡

不可彊作

或勵精潛思，不便下筆；或遇事因感，時時舉揚：工夫一也，古之作者正如是耳。惟不可鑿空

彊作，出於牽彊，如小兒就學，俯就課程耳。呂居仁

詩文不可鑿空彊作，待境而生，便自工耳。每作一篇，先立大意。長篇須曲折三致意，乃可成章。山谷

先意義後文詞

詩以意義爲主，文詞次之。意深義高，雖文詞平易，自是奇作也。世人見古人語句平易，仿傚之而不得其意義，便入鄙野可笑。劉貢甫詩話

須先命意

凡作詩須命終篇之意。切勿以先得一句一聯，因而成章，如此則意多不屬。然古人亦不免如此，如述懷、即事之類，皆先成詩而後命題者也。室中語

意在言外

聖俞嘗語余曰：「詩家雖率意，造語亦難。若意新語工，得前人所未道者，斯爲善也。必能狀難寫之景如在目前，含不盡之意見於言外，然後爲至。」金陵語録

誠齋論造語法

初學詩者須用古人好語，或兩字，或三字。如山谷《猩猩毛筆》「平生幾兩屐，身後五車書」，「平生」二字出《論語》，「身後」二字，晉張翰云：「使我有身後名。」「幾兩屐」，阮孚語。「五車書」，《莊子》言惠子。此四句乃四處合來。又「春風春雨花經眼，江北江南水拍天」，「春風春雨，江北江南」詩家常用。杜云「且看欲盡花經眼」，退之云「海氣昏昏水拍天」，此以四字合三字，入口便成詩句，不至生硬。要誦詩之多，擇字之精，始乎摘用，久而自出肺腑，縱横出没，用亦可，不用亦可。案若《詩語粹金》《幼學詩韻》皆集二字三字成者，初學宜讀是等之書備坐傍。妄用私製之語，有不成語者，邦人往往不免此病。

陵陽論用禪語

古人作詩多用方言，今人作詩復用禪語。蓋是厭塵舊而欲新好也。室中語○案僧徒多用禪語者，稍覺可厭；常人偶用禪語，反有高趣。

詠物詩造語

詠物詩不待分明説盡，只髣髴形容，便見妙處。李義山《雨》詩云「摵摵度瓜園，依依傍水軒」，此不待説雨自然知是雨也。後來陳無己諸人多用此體。呂氏童蒙訓〇案凡詠物詩，詠梅不用梅字，詠鶯不用鶯字爲妙。詠人物亦然。詠豐公不用豐公之名，詠光秀不用光秀之名爲法。如賴山陽《詠史》十二律可以爲法。

六對

唐上官儀曰：詩有六對。一曰正名對，天地日月是也。二曰同類對，花葉草芽是也。三曰連珠對，蕭蕭赫赫是也。四曰雙聲對，黄槐緑柳是也。五曰叠韻對，彷徨放曠是也。六曰雙擬對，春樹秋池是也。

又曰：詩有八對。一曰的名對，「送酒東南去，迎琴西北來」是也。二曰異類對，「風織池間字〔一〕，蟲穿草上文」是也。三曰雙聲對，「秋露香佳菊，春風馥麗蘭」是也。四曰叠韻對，「放蕩千般意，遷延一个心」是也。五曰聯綿對，「殘河若帶，初月如眉」是也。六曰雙擬對，「議月眉欺月，論花頰勝花」是也。七曰回文對，「情新因意得，意得逐情新」是也。八曰隔句對，「相思復相憶，夜夜淚沾衣。空嘆復空泣，朝朝君未歸」是也。詩苑類格

〔一〕織：底本訛作「識」，據上官儀《筆劄華梁・屬對》改。字，底本訛作「樹」，據改。

不可參以異代

荆公詩用法甚嚴，尤精於對偶。嘗云：「用漢人語，止可以漢人語對。若參以異代語，便不相類。」石林詩話○古人有以異代對者。然若以周與漢、晋與唐對，不爲病也。若以秦與唐、漢與宋對，不得不謂拙矣。

煅煉

詩最難事也。吾於他文不至蹇澀，惟作詩甚苦，悲吟累日，僅能成篇。初讀時未見可羞處，姑置之，明日取讀，瑕疵百出。輒復悲吟累日，反復改正，比之前時稍稍有加焉。復數日反出讀之，疵病復出。凡如此數四，方敢示人，然終不能奇。李賀母責賀曰：「是兒必欲嘔出心乃已。」非過論也。今之君子動輒千百言，略不經意，真可責哉。唐子西語録

煉格

煉句不如煉字，煉字不如煉意，煉意不如煉格。以聲律爲竅，物象爲骨，意格爲髓。金針格

詩貴造微

小律詩雖末技之工，不造微不足以名家。唐人皆盡一生之業爲之，至於字字皆鍊，得之甚難。

但患觀者滅裂，不見其工耳。筆談

奪胎换骨

山谷言：詩意無窮，而人才有限。以有限之才，追無窮之意，雖淵明、少陵不得工也。不易其意而造其語，謂之换骨法；規摹其意而形容之，謂之奪胎法。冷齋夜話

誠齋論奪胎换骨

有用古人句律而不用其句意者。庾信月詩云「渡河光不濕」，杜云「入河蟾不没」。唐人云「因過竹院逢僧話，又得浮生半日閒」，坡云「慇勤昨夜三更雨，又得浮生一日涼」。杜《夢李白》云「落月滿屋梁，猶疑照顔色」，山谷《簟》詩云「落日映江波，依稀比顔色」。退之云「如何連曉語，秖是説家鄉」，吕居仁云「如何今夜雨，秖是滴芭蕉」。此皆以故爲新，奪胎换骨。

白道猷曰：「連峰數十里，脩林帶平津。茅茨隱不見，鷄鳴知有人。」後秦少游云：「菰蒲深處疑無地，忽有人家笑語聲。」僧道潛云：「隔林彷彿聞機杼，知有人家在翠微。」其源乃出於道猷，而更加鍛鍊，亦可謂善奪胎者也。

取况

詩之取况，日月比君后，龍比君位，雨露比德澤，雷霆比刑威，山河比邦國，陰陽比君臣，金玉比忠烈，松竹比節義，鸞鳳比君子，燕雀比小人。

誠齋論比擬

白樂天《女道士》詩云「姑山半峰雪，瑶水一枝蓮」，此以花比美婦人也。東坡《海棠》詩云「朱唇得酒暈生臉，翠袖卷紗紅映肉」，此以美婦人比花也。山谷《酴醾》詩云「露濕何郎試湯餅，日烘荀令炷爐香」，此以美丈夫比花也。山谷此詩出奇，古人所未有，然亦是用「荷花似六郎」之意。案「雪滿山中高士卧，月明林下美人來」，梅比高士，鶯比美人也。此例殊多，不遑録。

山谷曰：彼喜穿鑿者，棄其大旨，取其發興。於所遇林泉人物草木魚蟲，以爲物物皆有所託，如世間商度隱語者，則詩委地矣。漁隱

戒訕謗

詩者，人之情性也。非彊諫争於廷，怨忿詬於道，怒鄰罵座之爲也。其人忠信篤敬，抱道而居，與時乖逢，遇物悲喜，同牀而不察，並世而不聞，情之所不能堪，因發於呻吟調笑之聲，胸次釋

然，而聞者亦有所勸勉。比律呂而可歌，列干羽而可舞，是詩之美也。其發爲訕謗侵陵，引頸以承戈，披襟而受矢，以快一時之忿者，人皆以爲詩之禍，是失詩之旨，非詩之過也。山谷

含蓄

篇章以含蓄天成爲上，破碎雕鎪爲下。如楊大年西崑體，非不佳也，而弄斤操斧太甚，所謂七日而混沌死也。以平夷恬澹爲上，怪險蹶趨爲下。如李長吉錦囊句非不奇也，而牛鬼蛇神太甚，所謂施諸廊廟則駭矣。珊瑚鈎詩話

尚意

詩文要含蓄不露，便是好處。古人説雄深雅健，此便含蓄不露也。用意十分，下語三分，可幾風雅；下語六分，可追李杜；下語十分，晚唐之作也。用意要精深，下語要平易，此詩人之難。漫齋語録

詩思

詩之有思，卒然遇之而莫遏，有物敗之，則失之矣。故昔人言覃思、垂思、抒思之類，皆欲其思之來，而所謂亂思、蕩思者，言敗之者易也。

不言其名

用事琢句，妙在言其用而不言其名。此法惟荆公、東坡、山谷三老知之。冷齋夜話

高古爲難

古人作詩，正以風調高古爲主，雖意遠語疎，皆爲佳作。後人有切近的當，氣格凡下者，終使人可憎。李希聲詩話

平淡

欲造平淡，當自組麗中來。落其紛華，然後可造平淡之境。如此陶、謝不足進矣。今之人多作拙易詩，而自以爲平淡者，未嘗不絶倒也。

作詩到平淡處，要似非力所能。東坡嘗有書與其姪云：「大凡爲文，當使氣象崢嶸，五色絢爛，漸老漸熟，乃造平澹。」余以謂不但爲文，作詩者尤當取法於此。竹坡詩話〔一〕

余少攻歌詩，欲與造物者争柄，遇事輒變化，不一其體裁。始則陵轢波濤，穿穴險固，囚鏁怪

〔一〕坡：底本訛作「垞」，據《詩人玉屑》卷十改。

異，破碎陣敵，卒造平淡而已。陸魯望文

點鬼簿算博士

王楊盧駱有文名，人議其疵曰：楊好用古人姓名，謂之點鬼簿；駱好用數對，謂之算博士。玉泉子

本三百篇

朱晦菴曰：《詩》之爲經，人事浹於下，天道備於上，而無一理之不具。學詩者當本之《二南》以求其端，參之列《國》以盡其變，正之於《雅》以大其規，和之於《頌》以要其止。此學詩之大旨也。於是乎章句以綱之，訓詁以紀之，諷詠以昌之，涵濡以體之，察之德性顯微之間，審之言行樞機之始，則修身及家、平均天下之道，其亦不待他求，而得於此矣。

《三百篇》情性之本，《離騷》詞賦之宗。學詩而不本於此，是亦淺矣。

詩須是沉潛諷誦，玩味義理，咀嚼滋味，方有所益。

須是現將那詩來，吟味四五十遍了，方可看註。看了又吟詠三四十遍，使意思自然融液浹洽，方有見處。詩全在諷誦之功。

看詩不須著意去裏面分解，但是平平地涵泳自好。

因論詩曰：古人情意温厚寬和，道得言語自恁地好。看詩義理外，更好看他文章。詩，古之樂也。亦如今之歌曲，音各不同。

大率《國風》是民庶所作之詩，《雅》是朝廷之詩，《頌》是宗廟之詩。

詩學正源 風雅頌賦比興

藝子六曰〔一〕：詩之六義，而實則三體。風雅頌者爲體爲經，賦比興爲法爲緯。凡詩中有賦起、比起、興起者，然風之中有賦比興，雅頌之中亦有賦比興。此詩學之正源，法度之準則。凡有所作，而能備盡其義，則古人不難到矣。

風體　風者，列國里巷歌謡之作，所謂男女相與詠歌，各言其情者也，其言則樂而不淫，哀而不傷，婉而善入，微而不露。言之者無罪，聞之者足以戒，所謂有先王之風焉。

雅體　雅者，朝廷之事，公卿大夫之詩也。有箴規勸戒之心，有忠厚惻怛之情，陳美閉邪之意，而愷切敷陳，明晰正告。能使人悚然而動聽。

頌體　頌者，宗廟之詩，用之歆鬼神者也。主于揚盛德，叙成功，達誠敬。其語和而壯，其義

〔一〕藝子六：依本書引用前人成説體例，當作「游藝曰」或「游子六曰」。按清人游藝字子六，著《詩學入門》。其書題作者格式稍異，作「閩潭游藝　子六氏輯」。日本人或不明其故而致誤。下同。

寬而密，能令人肅然恭穆然而思也。

賦體　賦者，敷陳其事而直言之者也。故謂之賦。

比體　比者，是以一物比一物，而所指之事常在言外。比意雖切而却淺，興意雖闊而味長。

興體　興者，先言他物以引起所詠之辭也。然與比相似，只是有炤應爲興，無炤應爲比也。

絶句

藝子六曰：絶句者，截律詩半首而作爲詩也。凡後兩句對者，是截律詩前四句也。前兩句對者，是截律詩後四句也。全篇皆對者，是截律詩中四句也。全不對者，是截律詩首尾四句也。雖正變不齊，而首尾佈置，亦由四句爲起承轉合，故唐人絶句皆稱律詩。其法要婉曲迴環，删蕪就簡，絶句而意不絶。大抵以第三句爲主，而第四句發之。有實接，有虚接。承接之間，開與合相關，反與正相依，順與逆相應。一呼一吸，宫商自該。然起承二句爲難，法不過要平真叙起爲佳，從容承之爲妙。至如宛轉變化工夫，全在第三句。若於此轉變得好，則第四句如順流之舟矣。

徐伯魯云：五言絶句始自漢魏樂府。如《出塞曲》《桃葉》等篇，皆其體也。唐人始穩順聲勢，定爲絶句，樂府即以此奏之。或前以散起，後二句對結；或前二句對起，後以散結；或四句俱對；或前後俱散。謂截律詩前後、中間、兩頭成詩者，非也。七言同。首尾佈置，起承轉合，須要出以自然，語短意長。愈緩，句絶而意不絶纔好。所謂「題止四語，而倚聲爲歌，能使聽者低徊不倦，旗亭妓女猶能賞之」者是也。其法大抵以第三句爲主。如「打起黄鶯兒，莫教枝上啼。啼時驚妾夢，不得到遼西」，起二句言黄鶯之啼而必打起者，全爲三句驚妾夢故也，則四句自流出矣。故三句爲一詩上下關鍵，最著緊要。前人教人學作絶句，須熟讀此種詩者，亦確是入門第一妙訣。

朱飲山曰：七言絶句亦起自古樂府。徐伯魯云：「如《烏棲曲》《挾瑟》等篇，皆其體也。」又云：「五言尚真質，質多勝文；七言尚高華，文多勝質。五言近於樂府，七言近於歌行。五言難於七言，要皆貴有微旨遠意，語淺清深。」

開合反正，一氣呵成，宫商諧叶，斯爲正宗。

先詩粘平仄

學詩先要知平仄。不然，句雖工巧，不入規式。

五絶 平起受仄者

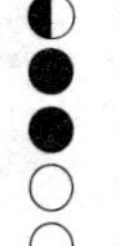

同仄起受平者

◑●○○●
◐○◑●○
◐○○●●
◑●●○○

七絶平起受仄者

◐○◑●●○○此不用韻起，亦是一法
◑●◐○◑●○
◑●◐○○●●
◐○◑●●○○

同仄起受平者

◑●◐○◑●○
◐○◑●●○○
◐○◑●○○●
◑●◐○◑●○

平對仄，仄對平，切要分明。

一三五不論。詩句中第一字、第三字、第五字，或當用平而用仄亦可，或當用仄而用平亦可，不必拘定。

二四六分明。詩句中第二字、第六字，當用平者一定用平，當用仄者一定用仄，不可移易。如五言律，止論第二字、第四字。

○○●●○○

春風昨夜到榆關〔一〕，

●●○○●●○

故國煙花想已殘。

●●○○○●●

少婦不知歸未得，

○○●●●○○

朝朝應上望夫山。

●●○○●●○仄起

〔一〕榆：底本訛作「輸」，據《萬首唐人絕句》卷六十改。

紫陌紅塵拂面來，
○○●●●○○
無人不道看花回。
○○●●○○●
玄都觀裏桃千樹，
●●○○●●○
盡是劉郎去後栽。

以上二首，平仄不差一字，乃絶句正法。欲作律詩，不過依前半四句之平仄，再作四句。

○○●●●○○
勞勞一曲解行舟，
□●○○●●○
紅葉青山水急流。
●●■○○●●
日暮酒醒人已遠，
■○□●●○○

滿天風雨下西樓。

●●○○●●○

綠樹陰濃夏日長，

○○●●●○○

樓臺倒影入池塘。

■○□●○○●

水晶簾動微風起，

●●○○●●○

一架薔薇滿院香。

以上二首，其用圈者，乃不合平仄之字，正所謂「一三五不論」也。其二四六字俱合平仄者，所謂「二四六分明」也。

律詩 七言五言皆八句爲律

藝子六曰：律詩者，調平仄，拘對偶，如法律之嚴也。一二句名起聯，又名發句；三四句名頷聯；五六句名頸聯；七八句名落句、結句。語其體，則一篇之中抒情寫景，或因情而寓景，或觸景以發情。大抵以格調爲主，意興爲經，詞句爲緯。以渾厚爲上，雅淡次之，濃艷又次之。要聲響雄渾鏗鏘，偉健高遠，沉静細嫩。若語其難易，則對句易工，結句難工。七言視五言爲難。五言不可加，七言不可减爲猶難。句要藏字，字要藏意，如連珠不斷方妙。

朱飲山曰：五言近體，即五言律也。開於六朝，備于唐初。對偶平仄，與排律同。作法，起兩句或對景興起，或借物比起，或就題賦起。中對四句，或兩寫景兩言情，或情中寓景，景中含情。結兩句，或就題繳足，或引證咏嘆，總在作者神而明之耳。句法有流水對者，句中對者，分裝對者，倒裝對者，反裝對者，走馬對者，折腰對者，層折對者，背面對者。有借對，又謂之假對。字法有虚眼、實眼、單眼、雙眼。益王潢南云：五言律詩，其句法雖與排律同，而篇法實異。排律或數十韻百韻，任我馳驅。律法描寫情景，只盡於四十字中耳。故貴寬閒醞藉之中，又有嚴密緊奏之妙。

朱飲山曰：七言近體，即七言律也。其難亦在發端及結句。其作法與五言同。其句法有直下者，如杜句「鄭縣亭子澗之濱」是也。其字法亦有虚眼、實眼，有映帶，有關鍵。用虚字多則流利，而或失於弱；用實字多則濃艷，而又難爲工。其發端亦有對起者，其頷聯亦有不板對者，此謂律兼古體之法。八句亦有全對者，律惟全對最難，必以流麗之筆，化板呆之病，一氣呵成，似不對而實對方佳。大抵起承轉結，開合抑揚，總要雄渾，不可卑弱。

五律 平起仄受者

◐○○●●起句單用韻亦一法

◑●●○○要反起句

◑●○○●要粘二句

◐○◑●○要反三句

◐○○●●要粘四句

◑●●○○要反五句

◑●○○●要粘六句

◐○◐●○應起句

同仄起平受者

◑●○○●起句單。飲山曰：單句第三字用平者，以此第五字是仄，不用韻故也。唐人起句用韻，第三字必

換仄

◐○◑●○反起句

◐○○●●粘二句

◑●●○○反三句

◑●○○●粘四句
◐○◑●○反五句
◐○○●●粘六句
◑●●○○應起句

朱飲山曰：律詩音節全在第三字，七言在第五字。又如起句多用韻，單句或因韻而平可也。

七律平起仄受式

◐○◑●●○○起句單
◑●◐○◑●○反初句
◑●◐○○●●粘二句
◐○◑●●○○反三句
◐○◑●◐○●粘四句
◑●◐○◑●○反五句
○●◐○○●●粘六句

◐○◑●●○○反七句

同仄起平受式。七言律止此二式

◑●◐○○●○起句單

◐○◑●●○○反初句

◐○◑●○○●粘二句

○●◐○◑●○反三句

◑●◐○○●●粘四句

◐○◑●●○○反五句

◐○◑●◐○●粘六句

○●◐○◑●○應起句

二三句同，四五句同，六七句同，首尾句同。謂之不失粘。一句差，則全首差矣。

二四六八句，第七字韻是平聲。三五七句，第七字要仄字。若是二四六八句第七字韻是仄字，三五七句第七字宜用平聲。第一句第七字，依二四六八句韻亦可。五言詩論第五字，炤七言例。

起承轉合

起如開門見山，突兀峥嶸。或如閑雲出壑，輕逸自在。承處如草蛇灰線，不即不離。如洪波萬頃，必有高源。合處風迴氣聚，淵泳含蓄。然一句有一句起承轉合，十首有十首起承轉合。今人做詩，十首只是情景反覆，十首只有一首意也。

起法共十五法

寔叙　狀景　問答　頌美　吊古　傷今　懷愁　感嘆　時序　直入　引端　虚發　反題故事　順題故事　或聯句

結法共十七法

勸戒　祝頌　自感　自愛　相思　寓意　欣歡　景慕　故事　激烈　期約　懷感　回顧　繳收　含情不盡　餘意無窮　或用聯對

一二句破題法第一聯謂之破題

或對景起，或引事起、就題起。要突兀高遠，如狂風卷浪，勢欲滔天。

三四句頷聯法第二聯謂之頷聯

或寫意，或書事，用事引證。此聯要接破題，如驪龍之珠，抱而不脱。亦謂之撼聯者，言其雄贍遒勁，能捭闔天地，動摇星辰也。

五六句頸聯法第三聯謂之警聯

或寫意寫景，書事引證。與前聯之意相應相避，要變化。如疾雷破山，觀者驚愕。

七八句繳結法第四聯謂之落句

或就題結，或繳前聯之意，或放一句作散場。如剡溪之棹，自去自回，言有盡而意無窮。

對句法

流水對

將余去國淚，灑子入鄉衣。

層折對

遠水兼天淨，孤城隱霧深。

句中對

江流天地外，山色有無中。

背面對

曬藥能無婦，應門自有兒。

分裝對

屢將心上事，相與夢中論。

借對又謂之假對

厨人具鷄黍，稚子摘楊梅。借「楊」爲「羊」，對上句「鷄」字

倒裝對

亂雲低薄暮，急雪舞迴風。

反裝對

好武寧論命，封侯不計年。

折腰對

不寢聽金鑰，因風想玉珂。

走馬對

野老來看客，河魚不用錢。

實眼句得、收二字是也

共傳收庾信，不比得陳琳。

虛眼句猶、豈二字是也，即單眼也

兵戈猶在眼，儒術豈謀身。

雙眼句臨、動、傍、多四字是也

星臨萬户動，月傍九霄多。

寔字對又謂之分裝體

九天閶闔開宮扇，萬國衣冠拜冕旒。

虛字對

聚散有期雲此去，浮沉無計水東流。

奇健對

五湖歸去孤舟月，六國平來兩鬢霜。

錯綜對又謂之倒裝對

香稻啄餘鸚武粒，碧梧棲老鳳凰枝。

連珠對

穿花蛺蝶深深見，點水蜻蜓款款飛。

人物對

黄公石上三芝秀，陶令門前五柳春。

鳥獸對

玄豹夜寒和露隱，驪龍春暖抱珠眠。

花木對

紫艶半開籬菊静，紅衣落盡渚蓮愁。

數目對

百年莫惜千回醉，一盞能消萬古愁。

功變對

鳥去鳥來山色裏，人歌人哭水聲中。

流水對

但將酩酊酬佳節，不用登臨嘆落暉。

情景對

繫悶豈無羅帶水，割愁還有劍芒山。

懷古對

吴宫花草埋幽徑，晋代衣冠成古丘。

折腰對

不貪夜識金銀氣，遠害朝看麋鹿遊。

三折對

風急天高猿嘯哀，水清沙白鳥飛回

走馬對

晝漏稀聞高閣報，天顔有喜近臣知。

句中對

孤雲獨鳥川光動，萬井千山海色秋。

就句對

白首丹心依紫禁，一麾伍部浄三邊。

詩有情景

作詩不過情景二字。情景兼者爲上，偏到者次之。

露從今夜白，月是故鄉明。情景兼到者

長疑即見面，翻致久無書。情到者

日華川上動，風光草際浮。景到者

水流心不競，雲在意俱遲。景中寓情者

捲簾惟白水，隱几亦青山。情中寓景者

感時花賤淚，恨别鳥驚心。情景相觸而不分者

白首多年病，秋天昨夜涼。一句景一句情者

以上情景之寔證。或一聯景一聯情，或四句景，或六句情皆可。但欲以情結之。惟情可以全篇言。苟無法駐之，易入流俗。故曰融情於景物之中，托思于風雲之表者，非初學之所能也。

詩有三般句

有容易句，有苦求句。命題屬意，如有神助，歸自然。命題率意，遂成一章，歸於容易。命題用意，求之不得，歸於苦求。

詩有魔有癖

好吟而不工者才卑，好奇而不純者格卑。

詩有四不入格

輕重不等，用意太過，指事不寔，用意偏枯。

詩有五忌

格弱，字俗，才浮，理短，意雜。

格弱則不老，字俗則詩不清，才浮則詩不雅，理短則詩不深，意雜則詩不純。

詩有八病

一曰平頭。第一第二字，不得與第六字第七字同聲。如「今日良宴會，歡樂難具陳」，今、歡皆平聲。

二曰上尾。第五字不得與第十字同聲。如「青青河畔草，鬱鬱園中柳」，草、柳皆上聲。

三曰蜂腰。第二字不得與第五字同聲。如「聞君愛我甘，竊欲自修飾」，君、甘皆平聲，欲、飾皆入聲。

四曰鶴膝。第五字不得與第十五字同聲。如「客從遠方來，遺我一書札。上言長相思，下言久離别」，來、思皆平聲〔一〕。

五曰大韻。如「聲、鳴」爲韻，上九字不得用「驚神平榮」字。

六曰小韻。除本一字，外九字中不得有兩字同韻。如遥條不同。

七曰旁紐。八曰正紐。十字内兩字雙聲爲正紐。若不共一紐而有雙聲爲旁紐。如「流、久」爲正紐。「流、柳」爲旁紐。

八種惟上尾、鶴膝最忌，餘病亦皆通。

〔一〕思：底本訛作「意」，據《古詩十九首》改。

隔句詩體

如絶句以第三句對首句、四句對二句也。

拗詩體

律詩平仄不差，則不失粘。一失則爲拗體。或句拗、字拗，亦爲拗體。

朱飲山曰：拗體者，詩之變聲。謂當平反仄，當仄反平，與律相拗而不順也。亦皆有一定平仄，非任意顛倒猶可謂拗。蓋拗處多在關捩間。五言在三四字，七言在五六字，亦須必不得已而用之。如有天然之句，欲别换一字不得，纔以拗成之。故唐人凡拗律詩無純拗者，其中必有諧句。如上四拗下四諧，上六拗下二諧，或中間拗前後諧。上下句亦須帶粘，若不粘不諧，則古詩矣。學者細心參之。古風、雜體，音節俱從此推出。欲學古者，當於此三復。

蜂腰詩體

凡律詩頷聯不對，却以二句叙一事，而意與首二句相貫，至頸聯方對者，謂之蜂腰體。言已斷而復續也。

斷弦詩體

謂語似斷弦，而氣接意存。言雖不接，而脈相承，如藕斷絲續。

偷春詩體

凡起聯相對，而次聯不對者，謂之偷春體。言如梅花偷春色而先開也。

正題十體

正題極多，能知十體意格，則他題格自然知之。藝子六説

榮遇詩體

榮遇之詩，要富貴尊嚴，典雅温厚。寫意宜閒雅美麗清細。如王維、賈至諸公早朝之作，氣格渾深，句意嚴整，如宫商迭奏，音韻鏗鏘。真麟遊靈沼，鳳鳴朝陽也。學者熟之，可以一洗寒陋。後來諸公應詔之作，多用此體。然多志驕氣盈，處富貴而不失其正者幾希矣。此又不可不知。

諷諫詩體式

諷諫之詩，要感事陳辭，忠厚懇惻。諷諭甚切，而不失性情之正；觸物傷感，而無怨懟之辭。

雖美寔刺，此方爲有益之言也。古人凡欲諷諫，多借此以喻彼。臣不得于君，多借妻以思其夫。或托物陳喻，以通其意。但觀漢魏古詩及前輩所作可見，未嘗有無爲而作者。

登臨詩體式

登臨之詩，不過感今懷古，寫景嘆時，思國懷鄉，瀟灑遊適，或譏刺歸美，有一定之法律也。中間宜寫四面所見山川之景，庶幾移不動。第一聯指所題之處，宜叙説起。第二聯合用景物寔事。第三聯合説人事，或感嘆古今，或議論，却不可用硬事。或前聯先説事感嘆，則後聯寫景亦可。但不可兩聯相同。第四聯就題生意，發感慨繳前二句，或説何時再來。

征行詩體式

征行之詩，要發出悽愴之意。哀而不傷，怨而不亂，悲時感事，觸物寓情方可。若傷亡悼屈，一切哀怨，又不取焉。

贈别詩體式

贈别之詩，當寫不忍之情，方見襟懷之厚。然亦有數等。如别征戍，則寫死别，而勉之效忠。送人遠遊，則寫不忍别，而勉之及時早回。送人仕官，則寫喜别，而勉之憂國恤民。寫一時之景以興懷，寓相勉之辭以致意。第一聯叙題意起。第二聯合説人事，或叙别，或議論。第三聯合説景，或帶思慕之情。第四聯説何時再會，或囑付，或期望。於中二聯，或倒亂前説亦可，但不可重複，須要次第。末句要有規警，意味深永爲佳。

詠物詩體式

詠物之詩，要托物以伸意。首二句得物之神情，想意而咏狀也。到第一聯，不妨明白物之出處。第二聯宜合詠其像。三聯説其用，或寓意，或議論，或體證。四聯就題外發意，尾束結本意，而有餘韻者爲佳。

讚美詩體式

讚美詩體，多以慶喜頌禱期望爲意，貴乎典雅渾厚，用事宜的當親切。第一聯要平直，或隨事命意叙起。第二聯意相承，或用事必須實就本題之事。第三聯轉説要變化，或前聯不曾用事，此正宜用引證，蓋有事料則語不空疎。結句則多期望之意。大抵頌德貴平實，若褒之太過，則近乎諛贊矣。不及則不合人情，而有淺陋之失矣。

賡和詩體式

賡和之詩有三體。一曰依韻，謂同在一韻之中，而不必用其字也。二曰次韻，謂和其原韻，而先後次第皆因之也。三曰用韻，謂有其韻，而先後不必次也。此三者，次韻極難。他得情景發之，爲詩自佳。我次其詩腳，下走焉可壓倒元白。必要别出新意，止要結語或中聯歸著者即是。

朱飲山曰：和章者，當看其人之原韻是如何意思，然後下筆。原唱是悲感之意，當作歡欣之詞以慰之。原唱是慶幸之意，當作規戒之詞以警之。原唱是憤懣之意，當作勸勉之詞以解之。原唱是譏諷之意，當作忠厚之詞以愧之。原唱是悔恨之意，當作慰藉之詞以安之。此係應酬偶成之作如是。倘原唱來題是摘古人舊句，和者必定要緊靠題寫唱，至煞二句，或作自謙語，或作讚揚語，或借古成語以和之。亦有起句即寫和意，以後再靠題實詮者。亦難拘一格。但總要照題，不可太泛。故古人和詩，僅和其意，非和其韻。若徒以和韻爲工，亦後人拘腐之見。

哭挽詩體式

哭挽之詩，要情真事寔，于其人情義深厚則哭之，無甚情分則挽之而已。當隨人行寔，作要切題。使人開口讀之，便見哭挽其人方好。中間要隱然有感傷之意。

聯句詩體式

聯句之詩，有人各一句集以成篇。有人各二句者，有人各四句者，有人各一聯者。有先出一句，次者對之。就出一句，前者復對之者。但是同遇情景，而意氣相投、筆力相等者，然後能爲之。

六言體式

藝子六曰：六言者以二四六字定平仄。其句以二字一轉，或四字一換，六事一事者。但不能以三字五字爲一事一轉者。然要字字著寔，聲調鏗鏘，或對或散。惟不可以間散字成句也。此亦詩人賦咏之餘法耳。

五言絶

首尾二句體

秋浦歌　　李白

白髮三千丈，緣愁似個長。不知明鏡裏，何處得秋霜。

後四句體

陪侍郎叔遊洞庭醉後

剗却君山好，平鋪湘水流。巴陵無限酒，醉殺洞庭秋。

前四句體

杜陵絶句

南登杜陵上，北望五陵間。秋水明落日，流光滅遠山。陵、落二字拗體

絶中四句體

清溪半夜聞笛

羌笛梅花引，吴溪隴水情。寒山秋浦月，腸斷玉關聲。

絶前後四句體

勞勞亭

天下傷心處，勞勞送客亭。春風知別苦，不遣柳條青。

拗體說詳七絶

絶句

江碧鳥拗句逾白，山青花拗平。上第三字仄，下句三字必平以救之欲然。今春看又過，何日是歸年。

兩句諧

七　絶

實接體

周弼曰：絶句之法，大抵以第三句爲主。首尾率直而無婉曲者，此異時所以不及唐也。其法非惟久失其傳，人亦鮮能知之。以實事寓意，接則轉换有力，若斷而續。外振起而内不失於平妥，前後相應。雖止四句，而涵蓄不盡之意焉。此其略爾。詳而求之，玩味之久，自當有所得。

宫詞　王建

金殿當頭紫閣重，仙人掌上玉芙蓉。太平天子朝元日，五色雲車駕六龍。

吴姬　薛能

身是三千第一名，内家叢裏獨分明。芙蓉殿上中元日，水拍銀盤弄化生。

虚接體

周弼曰：謂第三句以虚語接前一句也。亦有語雖實而意虚者，於承接之間，略加轉换。反與正相依，順與逆相應。一呼一唤，宫商自諧。如用千鈞之力而不見形跡〔一〕，繹而尋之，有餘味矣。

伏翼西洞送人　陳羽

洞裏春情華正開，看華出洞幾時回。殷勤好去武陵客，莫引世人相逐來。

江村即事　司空曙

罷鈞歸來不繫船，江村月落正堪眠。縱然一夜風吹去，只在蘆花淺水邊。

紗山曰：此第三句虚接法也。首句以「不繫船」三字，翻出一絶佳句。三句一放，末句一收，從「不繫船」三字内便伏此兩句之根。觀此兩句，語意極淺，有一種興味自佳。

用事體

周弼曰：詩中用事，既易窒塞。况於二十八字之間，尤難堆疊。若不融化，以事爲意，更加以輕率，則鄰於里謡巷歌，可擊竹而謡矣。凡此皆用事之妙者也。

〔一〕鈞：底本訛作「金」，據《三體唐詩》改。

秋日過員太祝林園　　李涉

望水尋山二里餘，竹林斜到地仙居。秋光何處堪消日，玄晏先生滿架書。

前對體

周弼曰：接句兼備虚實兩體。但前句作對，而其接亦微有異焉。相去僅一間，特在乎稱停之間耳。

山居　　盧綸

登登山路何時盡，決決溪泉到處聞。風動葉聲山犬吠，一家松火隔秋雲。

後對體

周弼曰：此體唐人用之亦少。必使末句雖對，而詞足意盡，若未嘗對。不然則如半截長律，皚皚齊整，略無結合。此荆公所以見誚於徐師川也。

客食汜上　　王維

廣武城邊逢暮春，汶陽歸客淚沾巾。落華寂寂啼山鳥，楊柳青青渡水人。

拗體

回鄉偶書　賀知章

少小離鄉老大回，鄉音無改鬢毛摧。諧句兒童相下第五字仄，此三字必平見不拗仄相識，笑問客從何客字仄，何字必平，救上句亦救下句處來。

宴城東莊　崔敏童

一年又過一年春，百歲曾無百歲人。能向花中幾第五字仄，第六字必平回醉，十千沽酒莫辭貧。

王堯衢云：三句「能」字最有力，呼起下句，口氣住不得。末句「沽酒」合上「醉」字，「莫辭」合上「能向」字。一轉一合，云「能如是便莫辭貧」。

詩法詳論卷上終

詩法詳論卷之下

鴻齋石川英輯

五　律

四實體

周弼曰：謂中四句皆景物而實。開元、大曆多此體，華麗典重之間，有雍容寬厚之態，此其妙也。稍變然後入於虚，間以情思，故此體當爲衆體之首。昧者爲之，則堆積窒塞，寡於意味矣。

早春遊望　杜審言

獨有宦遊人，偏驚物候新。雲霞出海曙，梅柳渡江春。淑氣催黄鳥，晴光轉緑蘋。忽聞歌古調，歸思欲沾巾。

登兖州城樓　杜甫

東郡趨庭日，南樓縱目初。浮雲連海岱，平野入青徐。孤嶂秦碑在，荒城魯殿餘。從來多古意，臨眺獨躊躇。

徐蓋山曰：此律詩四實之法也。周弼論有四實，謂中四句皆景物而實也；有四虚，謂中四句皆情思而虛也。實宜氣勢雄健，忌呆板；虛宜態度諧婉，忌輕餒。試玩此詩。浮雲、海岱、平野、青徐、孤嶂、秦碑、荒城、魯殿，皆實景也，幾犯堆疊窒塞之病矣。妙在五六一聯，用「在」字「餘」字，便歸到情上，雖實而仍虛。善學者能如此用實，則無患於板。「在」「餘」二虛字神注，末二句並無患于呆。胡應麟論老杜諸篇，雖中聯言景不少，大率以情間之，而體裁絶無靡冗之弊。此初學入門第一義，不可不知。

四虛體

周弼曰：謂中四句皆情思而虛也。不以虛爲虛，以實爲虛，自首至尾，如行雲流水，此其難也。元和已後用此體者，骨格雖存，氣象頓殊。向後則偏於枯瘠，流於輕俗，不足采矣。

陸渾山莊　宋之問

歸來物外情，負杖閲巖耕。源水看華入，幽林采藥行。野人相問姓，山鳥自呼名。去去獨吾樂，無能愧此生。

灩澦堆　杜甫

巨石水中央，江寒出水長。沈牛答雲雨，如馬戒舟航。天意存傾覆，神功接混茫。干戈連解纜，行止憶垂堂。

徐蓋山曰：此律詩四虛之法也。即周弼所謂「中四句皆情思而虛，最忌輕餒」者。蓋氣不沈則輕，詞不雄則餒。此詩三四聯虛搆行舟情事，五六一聯虛揣設色原由，語語空靈，却用意沈著。從來實寫景則句易遒，虛言情則體多弱。熟復此篇，豈有此弊乎？

前實後虛體

周弼曰：謂前聯景而實，後聯情而虛。前重後輕，多流於弱。唐人此體最少。必得妙句不可易，乃就其格。蓋發興盡則難於繼，後聯稍間以實，其庶乎。

秋夜獨坐　　王維

獨坐悲雙鬢，空堂欲二更。雨中山菓落，燈下草蟲鳴。白髮終難變，黄金不可成。欲知除老病，惟有覺無生。

登岳陽樓　　杜甫

昔聞洞庭水，今上岳陽樓。吴楚東南坼，乾坤日夜浮。親朋無一字，老病有孤舟。戎馬關山北，憑軒涕泗流。

徐藎山曰：此律詩二實二虛之法也。胡應麟曰：「作詩不過情景二端。如律體前起後結，中四句二言景二言情。」虛實相間，此爲正則。又或三四句寫景而實，五六句言情而虛，恐前重後輕，多流於弱。試看此詩，三四一聯寫景何等雄壯，五六一聯序情如此落莫，幾幾沓下。妙在七句放開手筆，寫「戎馬關山」句，使尾聯氣勢振起，精神倍奮，但見其雄壯，不見其落莫也。

前虛後實體

周弼曰：謂前聯情而虛，後聯景實。實則氣勢雄健，虛則態度諧婉。輕前重後，劑量適均，無窒塞輕俗之患。大中以後多此體，至今宗唐詩者尚之，然終未及前兩體渾厚。故以其法居三，善者不拘也。

雲陽館與韓外卿宿別　司空曙

故人江海別，幾度隔山川。乍見翻疑夢，相悲各問年。孤燈寒照雨，深竹暗浮煙。更有明朝恨，離杯惜共傳。

全實體

胡應麟曰：律詩句句寫景，而無言外之意，則堆積寡味。

野望　杜甫

清秋望不極，迢遞起層陰。遠水兼天浄，孤城隱霧深。葉稀風更落，山迴日初沈。獨鶴歸何晚，昏鴉已滿林。

徐蓋山曰：此律通首全實之法也。清秋、層陰、水、天、城、霧、風、葉、山、日、歸鶴、昏鴉，自首至尾，無非寫景。而寄託遥深，讀之自悠然可會。

一意體

周弼曰：唯守格律，揣摩聲病，詩家之常。若時出度外，縱橫放肆，外如不整，中實應節，時又非造次所能也。

終南別業　　王維

中歲頗好道，晚家南山陲。興來每獨往，勝事空自知。行到水窮處，坐看雲起時。偶然值林叟，談笑滯還期。

全虛體

徐藎山曰：蓋律詩八句中藏無限情思。若平鋪實砌，則堆垛而不靈；若一味空衍，又薄弱而寡味。大要不出「思欲深厚」「情欲纏綿」二語。

擣衣　　杜甫

亦知戍不返，秋至拭清砧。已近苦寒月，况經長別心。寧辭擣衣倦，一寄塞垣深。用盡閨中力，君聽空外音。

徐藎山曰：此律詩通首全虛之法也。題係擣衣，却不從題面著想。先想其人，想其時，想其心。不但此也，且想及擣衣之音，此思力深厚爲何如乎？篇中用亦知、已近、况經、寧辭等虛字，將搗衣者之幽衷苦況、別緒勞思，曲曲傳出。此情致之纏綿何如乎？學者由此悟入，雖淡淡寫來，覺煙楮間靈氣飛舞矣。

起句

周弼曰：發首兩句平穩者，多奇健者。然聲大重，後聯難稱。

軍中醉飲寄沈八劉叟　暢當

酒渴愛江清，餘酣漱晚汀。軟莎欹坐穩，冷石醉眠醒。野膳隨行帳，華音發從伶〔一〕。數杯君不見，都已遣沈冥。

景疊意二

李夢陽曰：疊景者意必二，謂律詩中四句寫必分兩景，方免重複架疊之病。

禹廟　杜甫

禹廟空山裏，秋風落日斜。荒庭垂橘柚，古屋畫龍蛇。雲氣噓青壁，江聲走白沙。早知乘四載，疏鑿控三巴。

〔一〕音：底本訛作「陰」，據《杜詩詳注》卷十三改。

徐蓋山曰：此景叠意二之法也。三四一聯寫廟中，即承上禹廟秋風二句意。五六一聯寫廟外，即起下疏鑿二字意。不特寫景不犯重複，前後句法亦不可移易。

結句

周弼曰：結句以意盡而寬緩，能躍出拘攣之外。前輩謂如截奔馬，足見四十字，字字不可放過也。

送陳法師赴上元　皇甫冉

延陵初罷講，建業去隨緣。翻譯推多學，壇場最少年。浣衣逢野水，乞食向人煙。遍禮南朝寺，焚香古佛前。

闊大半細

李夢陽曰：闊大者半必細。謂中四句前半寫闊大，後半必須深細，方不流入粗豪一派。

送翰林張司馬南海勒碑　杜甫

冠冕通南極，文章落上臺。詔從三殿去，碑到百蠻開。野館濃花發，春風細雨來。不知滄海使，天遣幾時回。

徐蓋山曰：首二句捴籠全題，三句從去處寫，四句從到處寫，五句從陸路寫，六句就水路寫，末二句就歸時寫。八句四十字中，語悉意周，可抵一篇長序。

詠物

周弼曰：隨寓感興而爲詩者易，驗物切近而爲詩者難。太近則陋，太遠則疎。此皆於和易寬緩之中而情切者也。

山中流泉　　儲光羲

山中有流泉，借問不知名。映地爲天色，飛空作雨聲。轉來深澗滿，分出小池平。恬淡無人見，年年長自清。

對面生情

月夜　　杜甫

今夜鄜州月，閨中只獨看。遥憐小兒女，未解憶長安。香霧雲鬟濕，清輝玉臂寒。何時倚虚幌，雙照淚痕乾。

徐蓋山曰：此對面生情之法也。詩本因對月而思家，偏想到家人看月思己，是進一層。〔一〕併

〔一〕此乃節引，徐原書此下有「至念及兒女不能思，又進一層。鬟濕臂寒，看月之久也。月愈好而苦愈增，語麗情悲」語。按清徐文弼字蓋山，有《彙纂詩法度針》，多引前人文字，此處乃引用明王嗣奭《杜臆》語而稍增飾之。

想到聚首時對月舒愁之狀，是進三層。不寫今夜懷思有淚，反寫後日雙照淚乾，則無時不有淚可知，是進四層。逐層皆從對面寫來。筆法奇別。

一題連章

趙汸曰：凡一題而賦數首者，須首尾照應，有起有結，無繁複不倫之失，乃爲家數。

自京竄至鳳翔喜達行在所三首

西憶岐陽信，無人遂却回。眼穿當落日，心死著寒灰。茂樹行相引，連山望忽開。所親驚老瘦，辛苦賊中來。此首自京至鳳翔

徐蓋山曰：此連章第一首，寫題前體式。先從未達前，極力寫望信奔途。雖達行在，襯筆却爲「喜」字作勢。至末將寫到「喜」字，筆又颺開，以起下次首意。

秋思胡笳夕，淒涼漢苑春。生還今日事，間道暫時人。司隸章初睹，南陽氣已新。喜心翻倒極，嗚咽淚沾巾。此次詠喜達行在所

徐蓋山曰：此連章第二首，寫題正面體式。緊接前首「辛苦賊中來」句。前半四句，皆就賊中想出。五六寫達行在所正面。至末句已點出「喜」矣，猶不寫喜字，却又翻轉，以起下三首意。

死者憑誰報，歸來始自憐。猶瞻太白雪，喜遇武功天。影静千官裏，心蘇七校前。今朝漢社稷，新數中興年。此終詠喜達行在所

徐蓋山曰：此連章第三首寫題後體式。首二仍從悲處跌喜，中四正寫喜處。太白、武功就地寫，千官、七校就人寫。末二結出喜安社稷，乃通篇結完。於此可悟，連吟數首，合之仍是一章，方爲得體。若漫無佈置，任意鋪排，血脈不問流通，先後可以倒置，或其二之外隨數增添，皆不免羊矢狼煙之誚。

七律

平正格

題張氏隱居　杜甫

春山無伴獨相求，伐木丁丁山更幽。澗道餘寒歷冰雪，石門斜日到林邱。不貪夜識金銀氣，遠害朝看麋鹿遊。乘興杳然迷出處，對君疑是泛虚舟。

徐蓋山曰：此首乃老杜七律中極平正之格也。起恰是發端語，結恰是完足語，中二聯恰是前後部位。自首至尾，逐層聯絡不斷，恰是整鍊全局。學者從是入門，則發端不致枘鑿不入，結尾不致收頓不住，中間不致倒亂無序，全局不致雜碎無章。

運用虛字法

曲江陪鄭八丈南史飲

雀啄江頭黄柳花，鵁鶄鸂鶒滿青沙。自知白髮非春事，且盡芳樽戀物華。近侍即今難浪跡，此身那得更無家。丈人才力猶强健，豈傍青門學種瓜。

徐藎山曰：此首乃運用虛字之法。手筆板重少流動之致者，皆坐不善用虛字。然多用虛字，易致句弱。法在發端起得峥嶸，轉落便有勁氣。細玩此詩，連用「自知」「且盡」「即今」「那得」「猶、豈」十虛字，句何嘗弱？非由起語之得勢乎？

八句全對體

登高

風急天高猿嘯哀，渚清沙白鳥飛迴。無邊落木蕭蕭下，不盡長江滚滚來。萬里悲秋常作客，百年多病獨登臺。艱難苦恨繁霜鬢，潦倒新停濁酒杯。

徐藎山曰：此八句全對體式。一篇八句，作整對四聯。若字板句呆，何以成詩？是篇妙在句句貫串，一氣呵成。驟讀之，首尾若未嘗有對者；細繹之，則屹然四聯對伏。排偶中有建瓴走板之勢。

雙起單結體

九日藍田崔氏莊

老去悲秋强自寬，興來今日盡君歡。羞將短髮還吹帽，笑倩傍人爲正冠。藍水遠從千澗落，玉山高並兩峰寒。明年此會知誰健，醉把茱萸仔細看。

徐蓋山曰：此雙起單結體式，謂起對結不對也。二句對處，總宜在有意無意、似對不對之間，方與中聯有別。此篇驟讀之，何嘗覺其爲對句也？欲學之者，須悟其詞排意串之法。

單起雙收體

見王監兵馬使説，近山有白黑二鷹，羅者久取，竟未能得。王以爲毛骨有異他鷹，恐臘後春生，騫飛避暖，勁翮思秋之甚，眇不可見，請余賦詩

雲飛玉立盡清秋，不惜奇毛恣遠遊。在野只教心力破，於人何事網羅求。一生自獵知無敵，百中争能耻下韝。鵬礙九天須却避，兔藏三窟莫深憂。

徐蓋山曰：此單起雙收體式，謂起不對而結對也。對句作結，較對起尤難。稍非意足氣完，便收勒不住，竟似截去下語再續數句，亦無不可者。必如此篇末聯，緊承鷹之材志，再找一層，語意俱是足上，所以兜裹全篇，恰好煞住也。

結語藴蓄體

夜

露下天高秋水清，空山獨夜旅魂驚。疎燈自照孤帆宿，新月猶懸雙杵鳴。南菊再逢人卧病，北書不至雁無情。步簷倚杖看牛斗，銀漢遥接鳳凰城。

徐藎山曰：此結語藴蓄體式。善詩者就景中藏意，不善詩者從意中尋景。此詩論者皆以前半屬寫景，後半屬言情，固也。妙在後半，結二句但言看斗牛、接鳳城而已。其懷鄉戀國多少愁恨，不露一字，使人思而得之。此真藴藏含蓄之極則也。

結語雄偉體

見螢火

巫山秋夜螢火飛，疎簾巧入坐人衣。忽驚屋裏琴書冷，復亂簷前星宿稀。却繞井欄添箇箇，偶經花蕊弄輝輝。滄江白髮愁看汝，來歲如今歸未歸。

徐藎山曰：此結語雄偉體式。凡作詩，最忌結處筆勢沓下，致精神弱而不振。各體皆然，律詩尤爲喫緊。試玩此詩，前衹是喁喁細響，至末忽洪鍾一扣，高韻鏗然。通體得力在此。

雄偉體

登樓

花近高樓傷客心，萬方多難此登臨。錦江春色來天地，玉壘浮雲變古今。北極朝廷終不改，西山寇盗莫相侵。可憐後主還祠廟，日暮聊爲梁父吟。

徐蓋山曰：此仄起雄偉體式。凡詩中發端，氣勢森挺者多係仄起。蓋其句調先有一抑一揚，易於振起，若平起則較難。須細玩此詩，悟其倒裝首句之法。

黑鷹

黑鷹不省人間有，度海疑從北極來。正翮摶風超紫塞，元冬幾夜宿陽臺。虞羅自寛虚施巧，春雁同歸必見猜。萬里長空祇一日，金眸玉爪不凡材。

徐蓋山曰：此仄起雄偉體式。仄起固易取勢，然須振以大筆，一呼一應，已如銅山傾而洪鐘吼矣。結尾一句，從叙畢後忽作想像詠嘆語，此又是一法。

排律

藝子六曰：排律者，唐興始有此體，用此律試士。其對偶平仄與律詩同，其起止炤應與長篇古風同。於八句律詩之外，任意鋪排，聯句多寡不拘。不以鍜鍊爲工，而以佈置有序、首尾貫通爲尚。

朱飲山曰：詩之排律，於時爲特重。律者，法度也。拘對偶，粘平仄，步伍整齊，毫不可亂。對偶起結兩韻猶不太拘，而中聯必不可忽。平仄四句一粘，雖至百韻皆然。排者排之使開，如行軍排陣然。除却起聯尾聯，中間緊從題排入。或從題面排，或在題意排，或分排，或合排，或引古排，不外「情景事」三字。起處有二句總起，有四句分起。結句或作頌揚體結，或就主句結，或含己意結，或引古結。總要照題，不可離根脱節。六韻者如文之六股也，八韻者如文之八股也。故起承轉合，規矩甚嚴。句法最忌板直，古人所以有蜂腰、鶴膝、馬跡三法，令人參差用之，則不板矣。蜂腰者，第三字單讀，如王維《秋日懸清光》二聯「圓光含萬象，碎影入閒流」，含、入二字是也。七言在第五字。鶴膝第五字單讀〔一〕，如陸贄《禁中春松》二聯「雨露恩偏近，陽和色更濃」，偏、更二字是也。如温庭筠《原隰荑緑柳》詩三聯〔二〕「碧玉芽猶短，黄金縷未齊」，猶、未二字，亦可屬單讀。七言在第六字。馬跡者，第五字單讀。如王維詩第三聯「迥與青冥合，遥同江甸浮」，合、浮二字是也。七言在第七字。用料亦忌板直，最宜講究虚字、實字、死字、活字、合字、分字、疊字。字有囫圇讀者，每實而死，如王維詩「寥廓涼天浄」，寥廓二字是也。亦有分折合讀者，每上虚而下實，如

〔一〕五：當作「四」。按前後詩爲三、五字單讀，且本式例詩中「偏」「更」二字在句中均爲第四字。

〔二〕隰：底本訛作「濕」，據《温飛卿詩集箋注》卷九改。

「圓光含萬象」，圓、光二字，光字可分讀，圓光即爲合讀。光字實，圓字又若虚是也。有上實下虚者，如黄滔《明月照高樓》詩起句「月滿長空朗」，月滿二字是也。有叠字者，如馬戴《水始冰》詩第二聯「薄薄流澌聚」，薄薄二字是也，此用在句首者。若趙嘏《觀貢藕》詩第三聯「葉亂田田緑」，又用句中；莫宣卿《聽殘漏》詩四聯「星河猶皎皎」，又用句尾。學者由此可以三反。七言諸體同。總之宜鍊局不宜雜亂，宜冠冕不宜詭僻。益王潢南云：「其要有四：一貴鋪叙得體，先後不亂。二貴隊仗整齊，情景分明。三貴過度明白，不令人沈思回顧。四貴氣象寬大，從容不迫。斯爲得體。」

佈局

朱飲山曰：試帖正格。起二句謂之首聯，先於此點破全題，又謂之破題。或明點，或暗點，或首句未全點，於次句點完。三四句謂之頷聯，以其居首之下也。首聯雖點題，尚渾含未露，此則稍揭題意也。五六句謂之頸聯，乃上承頷而下近體，意義可漸相宣矣。七八句謂之腹聯，此全身畢現，正宜切實發揮。九十句謂之後聯。如題義猶有未盡，當於此聯補足；題義已盡，即照題援引爲證佐；或剔出所命之題來歷，更昭博識。末二句謂之尾聯，宜巧合己身，關照試事。寓命世之意，母太矜張；切知遇之思，勿效乞憐。此全局一定之規矩也。六韻之外，有加作八韻至十二韻者，法亦無異。唯在腹聯加以展拓，不得犯頭重尾大之弊。

五言排律仄起全譜

三字音節交關處，二四粘聯，以二三四字爲主。

首聯●●○○●飲山曰：每單句第三字用平者，以此第五字是仄，不用韻故也。唐人起句用韻第三字必換仄

○○●●○韻

頷聯○○○●●

●●●○○韻所謂四句一粘是也。下俱仿此

頸聯●●○○●

○○●●○韻

腹聯○○○●●

●●●○○韻

後聯●●○○●

○○●●○韻

尾聯○○○●●

●●●○○韻

朱飲山曰：音節交關處名爲關棙，最著緊要，詩家所謂「叶聲調」者在此，若字字論則泥矣。故第一字不按亦可。如云「一三五俱不論」非也。又如起句多用韻，單句或因韻而平可也。至二聯三聯四聯五聯六聯。單句必不可平。律絶近體皆然，此一定之法也。

作例

府試初日照鳳樓　李虞仲

旭景開宸極，朝陽燭帝居。斷霞生峻宇，通閣麗晴虛。流彩連朱檻，騰輝照綺疏。賓寅趨陛後，義駕奉車初。黃道龍光合，丹暈鳥翼舒。倘蒙迴一顧，願上十輝書。

平起全譜

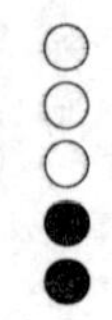
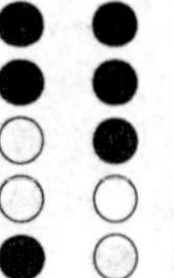

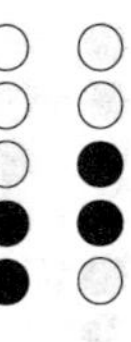

朱飲山曰：法與仄起無甚異，不過將仄起四句粘聯中，下聯移上，上聯移下，合粘耳。餘論俱同，故不贅。

作例

寒雲輕重色　張仲素

佳期當可許，託思望雲端。鱗影朝猶落，繁陰暮自寒。因風方嫋嫋，間石已漫漫。隱映看鴻度，霏微覺樹攢。凝空多似黛，引素乍如紈。每向愁中覽，含毫欲狀難。

賦得秋日懸清光　王維

寥廓涼天静，晶明白日秋。此首聯。破題二句，一題前一題位，用筆高絶渾絶。圓光含萬象，碎影入閑流。此頷聯。人只知此聯承明題中四實字，不知作者正欲承出題中一虚字也。迥與青冥合，遥同江甸浮。此頸聯。拈清字，寫得江天一色。妙妙。晝陰殊衆木，斜影下危樓。此腹聯。拈光字，實發無一語可移向月去。宋玉登高怨，張衡望遠愁。此後聯。補秋字故實。言人見此清光，情緒即生起結意，寓託己志，却用反跌。餘暉如可託，雲路豈悠悠。此尾聯。結束深婉。

徐蓋山曰：此試帖正格。首聯明破秋日，虛含「懸清光」，所謂起雖點題，用意尚渾也。頷頸腹三聯，分疏「懸清光」三字，所謂靠實發揮，精義畢見也。後聯援古，所謂引用故典，貼合暢足也。尾聯寓意，所謂法用祈請也。

李守齊曰：凡題字，前四句不能點盡，或於末聯補點，亦是一法。斷不可於中數聯錯出。

七言排律仄起全譜

五字音節交關處，二四六字粘聯，二四五六字爲主。

●●○○●●○韻七言與五言稍異。五言起猶多不用韻，七言必韻起方叶

○○●●●○○韻

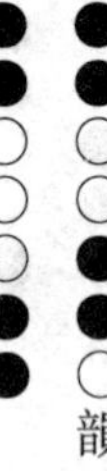

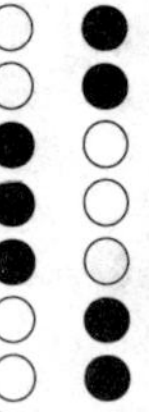

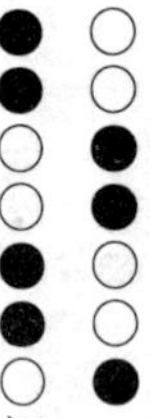

●●○○○●●

○○●●●○○韻

○○●●○○●

●●○○●●○韻

朱飲山曰：以二四五六字爲主，二四六字粘聯，所謂「二四六字見分明」也。五字亦音節交關處，餘可類推。大抵緊要處，亦不外鋪叙得體、隊仗整肅、過度明白、氣象寬大四法。然七言較五言加難者，不難於謀篇，總難於烹句。

作例

泛太湖書事寄微之　白居易

煙渚雲帆處處通，韻起，故第五字仄。飄然舟似入虛空。玉杯淺韻迎初匝〔一〕，金管徐吟曲未終。黃夾纈林寒有葉，碧琉璃水浄無風。避旗飛鷺翩翻白〔二〕，驚鼓跳魚潑剌紅。澗雪壓多松偃蹇，岩泉滴久石玲瓏。書爲故事留湖上，吟作新詩寄浙東。軍府威容從道盛，江山氣色定知同。報君一

〔一〕杯：底本訛作「極」，據《唐詩鏡》卷四十五改。

〔二〕翻：底本訛作「翩」，據《唐詩鏡》卷四十五改。

事應君羨，五宿澄波皓月中[一]。

平起全譜

○○●●●○○韻
●●○○●●○韻
●●○○○●●
○○●●●○○韻
○○●●○○●
●●○○●●○韻
●●○○○●●
○○●●●○○韻
○○●●○○●
●●○○●●○韻
●●○○○●●

[一]皓：底本訛作「浩」，據《唐詩鏡》卷四十五改。

○○●●●○○韻

朱飲山曰：平起譜法亦無甚異，不過將仄起四句粘聯中，下聯移上，上聯移下。下聯上句第五字換平、七字換仄爾。餘同。

作例

清明　　杜甫

此身飄泊苦西東，右臂偏枯半耳聾。寂寂繫舟雙下淚，悠悠伏枕左書空。十年蹴鞠將雛遠，萬里鞦韆習俗同。旅雁上雲歸紫塞，家人鑽火用青楓。秦城樓閣鶯花裏，漢主山河錦繡中。春水春來洞庭闊，此亦拗律句，興到筆隨，大家間有之，不可常也。白蘋愁殺白頭翁。

五言古詩

藝子六曰：五言古詩，不拘平仄，不定對偶。或隨賦比興起，須要寓意深遠，託辭温厚，反覆優遊，雍容不迫。或感古懷今，或懷人傷己，或瀟灑閒適。寫景要雅淡，推人心之至情，懷感慨之微意。悲慨含蓄而不傷，美刺婉曲而不露。要有《三百篇》之微意也。

朱飲山曰：五言興於漢。須用筆嬌健，最忌軟俗。雖句法音節，如看海上煙波，超忽變幻，其實原有一定。但平仄屈拗不順乎律，非不拘平仄也。作者握定關捩，將每樣聲調句法參差用之，則嬌健而古，超忽而變幻矣。不拘對偶，兩句一聯中，斷不得與律詩相亂也。七言古同。韻或兩句一轉，四句一轉，八句一轉，或一韻到底。不論平仄，隨人變換。又按：昔人云作法，長篇必倫次整齊，起結完備，難於鋪叙中有峰巒起伏，長而不覺其漫。短篇必超然而起，悠然而止，不事别綴起結，難於收斂中有含蘊無窮，短而不覺其促。此論甚精，學者宜深味之。

范梈曰：五言長古，法有四要：曰分段，曰過脈，曰回照，曰讚嘆。先要分段，句數要略均齊。首段是序子，一篇之意皆含在其中。以下一段一意，防雜亂也。次要過句，名爲血脈。此處用兩句，一結上，一生下也。三要回照，謂十步一回顧，以照題面。四用讚嘆，每段作一消息語以讚嘆之，方不甚迫促。以上四法，備於少陵《北征》一篇。

譜例

尋魯城北范居士，失道落蒼耳中，見范置酒摘蒼耳李白

雁度秋色遠，飲山曰：古句。日静無雲時。三平古句。即所謂關捩也。客心不自得，拗句。拗在第一字與三字，俱仄則非律矣。浩漫將何之。三平古句。忽意范野人，上四仄，落脚字平。古句。閒園養幽姿。兩頭平，中一字仄。古句。茫然起逸興，拗律古句，亦所謂關捩也。但恐行來遲。三平古句。城壕失往路，拗律古句。馬首迷荒陂。三平古句。不惜翠雲裘，律句。遂爲蒼耳欺。拗律句。拗上句三字用仄，下用平。此係下句。凡上律句，下必拗以救之。不然或用古句，方不落調。入門且一笑，拗句。把臂君爲誰。三平古句。酒客愛秋蔬，律句。山盤薦霜梨。古句。他筵不下筯，律句。此席忘朝饑。三平古句。酸棗垂北郭，古句。寒爪蔓東籬。古句。還傾四五酌，拗律古句。自詠猛虎詞。古句。近作十日歡，古句。還爲千載期。拗

律句。風流自簸蕩，此拗律上句。譃浪偏相宜。三平古句。酣來上馬去，拗律古句。却笑高陽池。三平古句。

飲山曰：古詩平仄不粘不諧，只論句法。三步一關捩，五步一變换。謂「將每樣聲調參差用之」者，此也。凡雜體皆然。學者最宜將譜内句法熟按，握管自有把柄，不致茫然失措矣。至於韻數多寡，任人長短，非比律詩可拘也。

七言古詩

朱飲山曰：古風音節有三：一曰關捩，二曰拯音，三曰變换。關捩，平韻五言，上句第三四五字宜連用平。七言，上句第五六七字宜連用仄，下句第五六七字宜連用平。仄韻照此反之。此乃古風歌行雜體一定之音節，王阮亭所謂天籟是也。關捩在三五字，第總一句中之平仄而言。又有所謂拯音，平韻五言，上句三四五字連用仄，而第一二字必平以救之；下句三四五字連用平，而第一二字必仄以救之。七言亦然。或上五六七字連用仄，而第二字亦用仄，第四字必平以救之；下句五六七字連用平，而第二字亦用平，第四字又必仄以救之。仄韻亦照此反之，纔稱諳古。然步步關捩，而隔句又須知變换。五七言或雜五七字俱仄句、五七字俱平句、拗律拯音等句以變换之，則句古而音協矣。至雜律句，昔人亦興到筆隨，不得已而用之，原非古體中宜有。飲山按：古風用韻，若是一韻到底，開首出句亦宜先協韻起，以後出句斷不可用韻。若是數句一換韻，每換韻處，出句亦宜協一韻，自與一韻到底者不同。又王阮亭云：「七言古換韻，須要平仄相間，亦可用對仗，間有似律句者亦無妨。若一韻到底，斷不可雜以律句」。蓋古詩以音節爲頓挫，音節生於平仄。平仄不合音節，句調豈有頓挫乎？ 欽山按：七言古要以唐爲楷式。其體貴忽疾忽徐，忽翕忽張，忽渟瀠，忽轉掣，乍陰乍陽，屢遷光景，莫不有浩氣鼓蕩其機。故作法，起宜高古，結要斬絶。其始發也，如千鈞之弩，一舉透革。縱之則文漪落霞，舒卷絢爛。一入促節，則又淒風驟雨，窈冥變幻。收之則如柝聲一擊，萬騎忽斂，寂然無聲。或以疊字見巧，或以轉折生姿。須令上下相顧，一起一伏，一頓一挫，而過脈無痕，方見筆力。至於用疊韻或疊在兩頭，或中間，或通體皆是夾寫長短句者，亦古詩而兼歌行體者也。范梈曰：「七言古詩，要鋪叙，要開合，要風度，要迢遞險怪、雄峻鏗鏘，忌庸俗軟腐。須是波瀾開合，如江海之波，一波未平，一波復起。又如兵家之陣，方以爲正，又復以爲奇；方以爲奇，忽復是正。奇正出入，變化不可紀極。」又曰：「七言長古篇法有八：曰分段，過段，突兀，字貫，讚嘆，再起，歸題，送尾。分段如五言。過段亦如之，稍有異者。突兀萬仞，則不用過句，陟頓便説他事。杜詩大多如此，岑參專尚此法，爲一家數。字貫，前後重三疊四，用兩三字貫串，極精神好誦，岑參所長。讚嘆如五言。再起，且如一篇三段，説了前事，再提起從頭説去，謂反覆有情。歸題，乃本末一二句繳上起句，又謂之顧首。送尾，則生一段餘意結末，或反用，或比喻用。長篇有此，便不迫促，甚有從容意思。」吴訥曰：「七言古詩，貴乎語句渾雄，格調蒼古。若或窮鏤刻以爲巧，務喝喊以爲豪，或流乎萎弱，或過乎纖麗，則失之矣。」徐伯魯曰：「樂府歌行貴抑揚頓挫，古詩貴優柔和平。」

譜例

寄韓諫議注　杜甫

今我不樂思岳陽，欽山曰：古句。身欲奮飛病在床。雜律句。美人娟娟隔秋水，拗句。拗在二字平、五字仄、六字平。濯足洞庭望八荒。雜律句。鴻飛冥冥日月白，上四句平，古句。青楓葉赤天雨霜。拗句。玉京群帝集北斗，古句。或騎麒麟翳鳳凰。古句。芙蓉旌旗煙霧樂，上四字平，古句。影動倒景摇瀟湘。第四字仄。落腳三字平，古句。即所謂關捩也。星宫之君醉瓊漿，叠一韻上四字平。第五字仄。落腳兩字平。古詩。羽人稀少不在旁。拗句。拗在在字。似聞昨者赤松子，拗律句。恐是漢代韓張良。古句，與摇瀟湘句同。昔隨劉氏定長安，律句。此落句用平，亦是一法。帷幄未改神慘傷。古句。與思岳陽句同。國家成敗吾豈敢，拗句。色難腥腐餐楓香。古句。周南留滯古所惜，上三平下四仄，古句。南極老人應壽昌。雜律句。美人胡爲隔秋水，拗句。焉得置之貢玉堂。雜律句。

送孔巢父謝病歸游江東兼呈李白　杜甫

巢父掉頭不肯住，東將入海隨煙霧。詩卷長留天地間，釣竿欲拂珊瑚樹。深山大澤龍蛇遠，春寒野陰風景暮。蓬萊織女迴雲車，指點虚無引歸路。自是君身有仙骨，世人那得知其故。惜君只欲苦死留，富貴何如草頭露。蔡侯静者意有餘，清夜置酒臨前除。罷琴惆悵月照席，幾歲寄我空中書。南尋禹穴見李白，道甫問訊今何如。

朱飲山曰：此篇前十二句一韻，言巢父之謝病歸游江東。後六句一轉韻言蔡侯，已相送之情，而兼呈李白，只用二句作收。古風中凡轉韻處，意思必有變换。

七古段落要分明，還題亦同排律。如此篇章分四段。首段「巢父掉頭不肯住」四句，叙巢父往江東，而首句尤起得飄忽。次段「深山大澤龍蛇遠」四句，寫東遊景，其語縹緲恍惚，原出於《騷》。三段「自是君身有仙骨」四句，稱其隱志已決。末段「蔡侯静者意有餘」六句，結出送孔呈李之意。段落還題，極其分明，此學者之正鵠也。

柏梁體

朱飲山曰：漢武帝元封三年，起柏梁臺成，詔群臣二千石有能七言詩者，乃得上座。此七言詩之始也。作法與七古無異，緣其句句複韻而無轉韻，後之作者亦做其韻之重複，别號其詩爲《柏梁體》。却自與七古差别耳。然七古體源寔出於此。煞句亦有單一韻者，要皆柏梁之與七古體制微别處也。

樂府

藝子六曰：古樂府音調有法，聲詞有律。以質古簡奥，氣格蒼峻，而聲韻鏘然。然即事命題，名寔多種。曰歌，曰行，曰吟，曰辭，曰曲，曰篇，曰咏，曰謡，曰嘆，曰哀，曰怨，曰别，皆樂府之流派也，乃詩之變也，而總謂之樂府。

飲山曰：樂府者，繼《三百篇》而起者也，始于漢初。體則有三言如練時日、雷震震等是四言、五言、六言如妾薄命等是七言、雜言。名則分歌放情長言，雜而無方曰歌行步驟馳騁，疏而不滯曰行。兼之曰歌行引述事本末，先後有序曰引曲高下抑揚，委曲盡情，以道其微曰曲吟悲憂深思，以伸其鬱曰吟辭因其立辭之意曰辭篇本其命篇之義曰篇唱發歌曰唱調條理曰調怨憤而不怒曰怨嘆感而發言曰嘆等。篇法古曰章，今曰解。然《三百篇》一首詩中合爲一章，分亦爲數解。故樂府大都不著解者，通爲一章。作法前有束，後有結，有埋伏，有照應，有過渡，有聯絡。有比興賦，有風雅頌。有艷趣亂，艷在曲前，趣與亂在曲後，凡大曲用之。總之，意句不得重複，前後綰應森細。著解者，詞意循環相生。韻或一韻到底，或數句轉韻，隨人便用。至其所以與古詩不同者，蓋樂府兼雜體而用之。寧樸毋巧，寧疎毋鍊。不涉議論酌量於淺深之間，而以峭勁爲高。古詩則有定制。要以嬌健而含古意，少不覺促多不覺煩爲妙。大抵古人作樂府，有辭字句也有聲字之音也，可被管弦。漢以後節奏漸亡，往往以時事創立新題，名爲樂府，而實與漢不同，故謂之「新樂府」。又或借古題以發己意，名爲擬作，並不必論諧音播金石也。

歌體

朱飲山曰：歌者，樂府之流派也，音節平仄與古詩同。然歌之所以異于古者，古詩貴雍容平遠，歌則可用奥辭，著奇想，鍊奇句，抑揚頓挫，其體不同故也。作法前或就題揔起，或就事直起。中分二段，或寫景或言情。後以唱嘆作結。韻要平仄相間每换韻處宜複一韻方叶，或前平後仄，前仄後平。此歌體中平正格也。至於格之變换，韻之重叠，句之長短，神明變化，存乎其人。總要悠揚餘韻，得悲歌慷慨之意。所謂「言之不足而長言之」者也。王世正曰：「歌行有三難：起調一也，轉節二也，收結三也。惟收爲尤難。如作平調舒徐綿麗者，結須爲雅詞，勿使不足。奔騰洶湧，驅突而來者，須一截便住，勿留有餘。中作奇峻語奪人魂者，須令上下脈相顧，一起一伏，一頓一挫，有力無跡，方成篇法。」飲山曰：歌不在短，亦有越短越妙者，何也？短在音節自長也。《大風》《垓下》二歌，果是麽樣音節。歌亦不厭長，又有愈長愈奇者，何也？音節悲哀而意境變换也。讀者須觀其一節一節意，如獅子銜玉，半呑半吐，不一口銜盡，此是何樣奇觀。又曰：歌不厭重，反有幾首歌而句調重叠出之爲妙者，昔人所謂「反覆咏嘆」者是也。又曰：歌内句法，或前五言後七言，或雜以三言、四言、六言、九言，皆是正體。總要錯綜變化中，却局陣整齊不亂。倘補綴湊砌，詞氣不接，成何格調？學者未具此力，切不可妄作。又曰：作歌須胸有書卷，方用筆古峭。雖曰「歌不怕俚」，惟有書卷人，俚語皆古語；無書卷人，古語亦不脱俚氣。

徐卿二子歌

君不見，飲山曰：凡長句平仄只論下七字。此三字是指點調，有用在起結者，有連用者。凡古詩歌行引都有。徐卿二子生絶奇，拗句。感應吉夢相追隨。古句。孔氏釋氏親抱送，古句。並是天上麒麟兒。古句。大兒九齡色清澈，拗句。秋水爲神玉爲骨。拗律句。小兒五歲氣食牛，古句。即六字仄，獨令末一字平亦可。滿堂賓客皆回頭。古句。上二句不用韻，此二句叠韻以救之。吾知徐公百不憂，古句。叠韻妙。積善衮衮生公侯。古句。丈夫生兒有如此二雛者，古句。名位豈肯卑微休。古句。

楊鳴鹿曰：唐人作歌，以七言長短句爲主。

騷體

朱飲山曰：《騷》乃楚詞，其體不拘長短，須用筆古峭、含情婉戀爲妙。沈確士云：「楚詞託陳引喻，點染幽芳於煩亂瞀憂之中，令人得其悃款悱惻之旨。司馬子長謂『一篇之中，三致意焉』，深有取於辭之重、節之複也。」又云：「騷體有少歌，有唱，有亂歌。辭末伸發其意爲倡，獨倡無和總篇中爲亂。蓋言之不足故長言之，長言之不足，故反覆咏嘆之也。」

漢高帝大風歌

大風起兮此一字爲騷體，句中音節關鍵用平韻，「兮」字上一字必仄韻，反之是也。亦有韻平兮字上亦平，韻仄兮字上亦仄，用平平仄仄爲聲調者。學者仿此雲飛揚，威加海内兮歸故鄉，安得猛士兮守四方。

近體歌

朱飲山曰：漢以前近古，如《卿雲歌》《八伯歌》《南風歌》《擊壤歌》以及《飯牛》《鷄鳴》等歌，概謂之古歌。其體製音節，備出天造，未可浪學。後之名士，專宗唐人七言長短句爲之。名雖爲歌，而體實與樂府稍別，故分而名之曰近體歌。

戲題王宰畫山水圖歌　　杜甫

十日畫一水，五日畫一石。能事不受相促迫，王宰始肯留真跡。壯哉崑崙方壺圖，挂君高堂之素壁。巴陵洞庭日本東，赤岸水與銀河通，中有雲氣隨飛龍。舟人漁子入浦漵，山水盡亞洪濤風。尤工遠勢古莫比，咫尺應須論萬里。焉得并州快剪刀，剪取吴淞半江水。

飲山曰：此篇句數參差。始六、次五、次四，作三段看。

行體 法與歌同

朱飲山曰：行者，步驟馳騁之謂。作法，平平叙次中，貴有層折波致，有縮應。前或用起承，中或用轉落，後或用結束，皆是行體中平正格也。亦有通體用比者，亦有通體用比而章末點出正意者，亦有前用比後用正者，又有叙次夾議論行之、正喻俱到者。此亦神明在人。韻或四句一換，八句一换，要平仄相間。每於换韻首句，宜叠一韻。亦可一韻到底。隨人變换。大抵樂府漢魏所作，體製無定，原有四言、五言、六言、七言、長短句，唐人專以七言長短句爲之。總要寫得曲折變化，令人於平平叙次處，覺波濤萬頃，雲雨迷離。即短篇亦宜餘味悠然，方爲佳制。又曰：轉韻初無定式。或二語一轉，或四語一轉，或連轉幾韻，或一韻疊下幾語。大約前則舒徐，後則一滚而出，欲急其節拍以爲亂也。此一天機自到，人工不能勉强。

渼陂行

岑參兄弟皆好奇，拗句。携我遠來遊渼陂。拗律句。天地黯慘忽異色，古句。波濤萬頃堆琉璃。古句。琉璃汗漫泛舟入，拗律句。事殊興極憂思集。鼉作鯨吞不復知，惡風白浪何嗟及。三句俱律。主人錦帆相爲開，古句。舟子喜甚無塵埃。古句。鳧鷖散亂棹謳發，絲管啁啾空翠來。二句拗律。沈竿續蔓深莫測，拗句。菱葉荷花净如拭。拗律。宛在中流渤澥清，律句，少拗。下歸無極終南黑。律句。半陂已南純浸山，古句。動影窈窕沖融間。古句。船舷暝戛雲際寺，拗句。水面月出藍田關。古句。此時驪龍亦吐珠，古句。馮夷擊鼓君龍趨。古句。湘妃漢女出歌舞，拗律。金支翠旗光有無。古句。咫尺但愁雷雨至，倉茫不曉神靈意。二句律調。少壯幾時奈老何，古句。向來哀樂何其多。

引體 法與歌同

朱飲山曰：引者，述事本末，品秩先後，叙而推之之謂。作法貴紆徐有度。或前用推原起，抉出題前來路。中用脱卸陪襯，或借賓形主，或由淺入深，步步養局。後用收束咏嘆作結。皆引體名既爲引，不可一句説盡，必得層層引入。如尋武夷九曲，無方層折，無方幽勝，斯爲合軌。正格也。韻或四句一轉，六句、八句一轉，亦要平仄相間換韻首句與歌行同。亦可一韻到底。摠之，

丹青引

將軍魏武之子孫，拗句。於今爲庶爲清門。古句。英雄割據雖已矣，拗句。文采風流今尚存。律句少拗。學書初學衛夫人，律句。但恨無過王右軍。與「文采」句同。丹青不知老將至，拗句。富貴於我如浮雲。古句。開元之中常引見，承恩數上南薰殿。律句。淩煙功臣少顔色，古句。將軍下筆開生面。律句。良相頭上進賢冠，古句。猛將腰間大羽箭。拗句。褒公鄂公毛髮動，古句。英姿颯爽來酣戰。律句。先帝天馬玉花驄，古句，與「良相」句同。畫工如山貌不同。古句。是日牽來赤墀下，拗律句。迥立門闔生長風。古風。詔謂將軍拂絹素，拗句。意匠慘澹經營中。古句。斯須九重真龍出，古句。一洗萬古凡馬空。古句。玉花却在御榻上，古句。榻上庭前屹相向。拗律句。至尊含笑催賜金，古句。圉人太僕皆惆悵。妙。第一字與第三字俱仄，遂成半律句調。弟子韓幹早入室，古句。亦能畫馬窮殊相。半律句，與「圉人」句同。幹惟畫肉不畫骨，古句。忍使驊騮氣凋喪。拗律句。將軍善畫蓋有神，古句。必逢佳士亦寫真。古句。即今飄泊干戈際，律句。屢貌尋常行路人。律句少拗。途窮反遭俗眼白，古句。世上未有如公貧。古句。但看古來盛名下，拗律句。終日坎壈纏其身。古句。

朱歆山曰：此篇凡六轉韻，八句一韻者四，四句一韻者二，前用四句而後八句。分五段看。一段出曹將軍丹青，二段畫功臣，三段畫馬，四段贊畫馬，五段寫畫人，慷慨作結。

語解

○自，由也，所從來也。又己也，躬親也。又獨也。

自是自是三千第一名。自知自知貪酒過春潮。自言自言歌舞長千載。自笑自笑不如湘浦雁。自謂自謂驕奢淩五侯。自愛自愛傾城色。自憐自憐彩筆驚人在〔一〕。獨自獨自狂夫不憶家。自有自有金筎引。本自本自玉爲人。各自各自東西去。我自我自拂衣秋色裏。自在江流大自在。自由徒步覺自由。自然自然金石奏。一自一自河梁携手後。自從真訣自從茅氏得。自來孤城轍跡自來稀。來自來自西天竺。自識浮雲何自識行藏。自非自非曠士懷。

○本，根本也，始也，末之對也。元，始也，首也。二字同用，本稍重。

本是自言本是京城女。本來大道本來無所染。元是馬卿元是漢詞宗。元來劉項元來不讀書。

○舊，久也。對「新」之稱。

舊事舊事仙人白兔公。舊來五原春色舊來遲。舊時舊時王謝堂前燕。

○還，返也，復也，迴也，歸也。

〔一〕在：底本脱，據《滄溟集》卷八補。

還從還從静中起。還是還是不容君。還來還來入帝城。還如還如仗節虜廷歸。還從還從林表微。還欲還欲廢禪聽。還共還共岩中鶴。

○復，重也，再也，又也。

復已黄河復已清。不復世事不復論。無復無復少年意。豈復豈復平生意。寧復談天寧復如燕市。復令復令識者久嗟嘆。時復時復寒燈落一花。復此復此涼風起。復何舍此復何之。曾復投簪曾復負平津。復誰五噫關外復誰同。今復寂寥今復問鄒枚。復見復見金輿出紫微。

○却，退也，止也。爲反辭。

却望却望并州是故鄉。却回無人遂却回。却來只畏却來遲。却是却是梅花無世態。

○翻，反也，覆也。

翻爲翻爲逝水悲。翻然翻然遠救朔方兵。翻疑翻疑柂樓底。翻從翻從王殿來。

○又，再也，更也。

又是明朝又是孤舟別。又得又得浮生半日閑。又恐又恐芭蕉不耐秋。

○更，再也，改也。

更欲更欲留深語。更有更有澄江銷客愁。更無月明南内更無人。更不一下漁舟更不歸。

○賸，餘也，益也，不啻也，又作剩。

賸欲尋經賸欲翻。賸生何處賸生愁。剩見剩見溪南幾尺山。

○亦，傍及之辭。

余亦余亦辭家西入秦。亦是蘼蕪亦是王孫草。我亦我亦東隨煙霧去。

○也，發語辭。

也自鏡水無風也自波。也有也有春愁鶴髮翁。也知也知合有抽簪日。也道也道酒如春水薄。

○必，定辭，專也。

何必何必鄴中作。未必未必秋香一夜衰。不必不必停車説姓名。

○果，決辭也，信驗也。

果得果得故人書。果何人間得喪果何憑。

○定，決也。

定是定是風光牽宿醉。定知定知行路春愁裏。

○會，要也，合也。

會須才子會須狂。會見會見立功勳。會是會是排風有毛質。會當會當淩絶頂。

○曾，嘗也。

曾此上皇曾此去泥舍。曾經此地曾經翠輦過。昔曾彩筆昔曾干氣象。未曾未曾經别離。曾無曾無一字補。曾不白足行花曾不染。

○嘗，曾也。

嘗無嘗無艸木煙。何嘗人事何嘗定。

○別，異也，離也。

別作別作深宮一段愁。別有別有尚玄人。

○特，獨也，專也，故也。

特此特此邀來客。特地特地引紅妝。

○殊，別也，又斷絶也。

殊有殊有鳳凰毛。殊不此翁殊不然。殊未羈人殊未安。殊非殊非遠別時。

○絶，斷也。

絶莫絶莫愛東山。絶無絶無刁斗至。

○最，勝也，極也。

最先孤客最先聞。最是最是梵宮俱泯滅。

○尤，甚也，最也。《説文》異也。

尤顛醉後語尤顛。尤多貔虎數尤多。

○偏，頗也，側也。

偏自晴花偏自犯春寒。偏驚偏驚物候新。

○及，至也，逮也，旁及也。

及此及此煙霞暮。不及芙蓉不及美人妝。及到及到怡情處。至今風流獨至今。

○獨，單也，孤也。

獨有獨有南山桂花發。豈獨豈獨汾河曲。

○唯，專辭。與「惟」同音相通。

唯見唯見長江天際流。唯有唯有薔薇在。

○但，徒也，任從也。

但看但看古來歌舞地。但令但令主人能醉客。

○只，起語辭。

只在只在此山中。只言只言啼鳥堪求侶。只道

祇應祇應與朋好。祇有盤中祇有水精鹽。

○祇，適也，但也。

○直，不曲也。

直欲直欲泛仙槎。直作直作鳥窺人。

○徒，但也，空也。

非徒非徒秣馬功。豈徒中誠豈徒說。

○空，罄也，虛也。

空復別離空復情。空自檻外長江空自流。

○皆，俱也，共也。

皆已百花皆已開。皆説皆説舊吾廬。

○都，總也。○總，聚束也，統合也。○渾，濁也。

都已都已遣沈冥。都入都入長楊作雨聲。總是總是寢園春。總爲總爲風塵去。渾如花氣渾如百花香。

○已，過事語辭，既已也。已然曰業。

早已早已戰場多。已是已是十餘年。已有已有求閑意。既無竹葉於人既無分。業成業成洙泗客。

○纔，暫也，始也，僅也。○僅，略能也，少也，餘也，纔也。

纔數家。纔三户。僅聞信。僅容膝。

○正，當也。

正是正是千山雪漲溪。正當三月正當三十日。

○端，首也，始也，正也。○的，明也，實也，又端的也。

端合夢中求。的是的是輸得官家足。

○恰，適當之辭。

恰似恩情恰似殘花片。恰好恰好逍遥遣宦情。

○宛，坐見貌。

宛是宛是馬卿卿。宛似宛似陪康樂。

○將，欲然也。一曰，有漸之辭，又以也。

自將自將往何處。且將且將棋度日。更將更將絃管醉東籬。還將還將明月送君回。將來將來擬照建水清。

○使，役之也。○令，使也。○教，使之爲也。

使人煙波江上使人愁。莫使莫使行人照客鬢。令人令人發深省。不教不教胡馬度陰山。

○遣，縱也，送也。

誰遣誰遣有高情。莫遣莫遣沙場匹馬還。

○任，用也，所負也。

任意東風任意吹。一任風生一任飄。信任信任往來風。任是任是無情也動人。

○從，相聽也。

從今從今又幾年。從是從是不須開。從何從何得道懷惆悵。祇從枉道祇從入。

○縱，放縱也，雖也，通作「總」。

縱是縱是無情也動人。縱使縱使榴花能一醉。縱令縱令然諾暫相許。縱然縱然滿眼添歸志。縱饒縱饒奪得林胡塞。縱遣縱遣柴門閉。縱許縱許干將在。

○雖，設兩之辭。

雖有門前雖有徑。雖然雖然行李別。

○向，對也，趣也。

向上潯陽向上不通潮。向老向老多悲恨。向來向來一一是人家。向傳。向阻。

○於，語辭，與「于」同。

紅於霜葉紅於二月花。于今于今腐艸無螢火。

○比，近也。○頃，俄頃也。

比聞比聞朝端名〔一〕。比來比來天地一閒人。頃來頃來目擊信有徵。比年比年病酒開涓滴。

○因，緣也，由也。○緣，因也，循也。

無因歸雲蕭散會無因。不緣不緣樓上月。自緣自緣今日人心別。因説因説元戎能破敵。

○由，從也，因也。通作「繇」。

無由無由睹雄略。何由兵在見何由。由來玉几由來天北極。

○爲，所以也，緣也，助也，與也。

爲問爲問門前客。爲報爲報延州來聽樂。應爲應爲別離多。不爲不爲覓封侯。且爲且爲駐殘春。

○堪，任也，勝也，可也。○耐，任也，又能也。

〔一〕比：底本訛作「頃」，據《杼山集》卷一改。

不堪不堪秋氣入金瘡。豈堪豈堪秋色滿漁陽。不耐禪徒不耐煩。耐可耐可機心息。

○忍，忍耐也。○勝，堪也，任也。○禁，力所勝也。

不忍不忍看秋月。何忍何忍獨爲醒。不勝菱歌清唱不勝春〔一〕。不禁冷蕊疎枝半不禁。

○真，實也。誠，信也。信，純也。良、諒，同信也。

真爲真爲野人居。誠知誠知客夢煙波裏。真成真成浪出遊。信是信是閒中得趣多。良可扈遊良可賦。

○幾，問多少之辭。

幾許幾許傷心事。幾多幾多幽意寄琵琶。幾回幾回傷往事。幾度幾度承恩對白花。

○何，曷也，奚也，胡也，惡也，烏也，那也，安也，孰也。

何以何以報皇天。何太焚燒何太頻。何能浮生擾擾竟何能。何因。何緣。何物。何人。何處。何日。何時。何來。何在。何爲。何事。何似。如何。奈何。何奈。

○那，何也。○胡，何也。○曷，何也。○詎，何也。○底，何也。

那堪那堪羈旅情。阿那君家阿那邊。胡然胡然泊湘岸。胡爲胡爲困衣食。曷由曷由開此襟。詎有詎有丹砂井。詎可詎可見支離。底事十年成底事。底處雲從底處來。緣底不知緣底背斜陽。

○寧，願辭，蓋取可不可而歸一之辭。

〔一〕唱：底本訛作「娼」，據《李太白文集》卷十九改。

寧須寧須千日醉。寧可寧可老山林。寧知寧知四十九年非。寧復寧復畏潮波。

○誰，孰也，何也。○孰，誰也。

誰共憂來誰共語。誰復誰復可爲媒。誰道誰道君王行路難。誰爲。向誰。有誰。誰是。誰堪。誰有。誰人。孰知孰知方寸違。

○豈，非然之辭。

豈是豈是世中情。豈知豈知書劍老。豈其苗而不秀豈其天。豈堪豈堪秋色滿漁陽。豈須。豈有。豈應。

○敢，進取也，犯也，忍爲也。○肯，可也。

不敢不敢分明語。敢論敢論松竹久荒蕪。敢謂。敢負。豈敢。不肯深情不肯道。肯要肯要爲鄰者。

○争，鬪也，競也。

争道争道名家有鳳毛。争發。争聚。争得争得鷓鴣來往著。此轉爲不可争之義。争若争若醉醇醪。

○可，否之對也，許也。

可憐可憐夜半虚前席。可惜可惜年年明月夜。

○當，理合如是也，又期辭。○合，會也。

當令當令外國懼。只合只合終身作卧龍。

○應，當也，又料度之辭。

自應自應春色滿江南。還應濁酒還應與爾携。

〇須，待也，用也。

須是須是古壇秋霽後。還須半夜還須載酒來。

〇宜，適理也，又得其所也。

豈宜豈宜重問後庭花。

〇好，佳也。

好去好去張公子。好來好來投轄未須疑。

〇聊，且略之辭。〇且，未定之辭。

聊且聊且寄前期。聊暫衡星聊暫拔。且復且復伶俜去。且看且看欲盡花經眼。且未秋盡東行且未回。

〇暫，不久也。

暫時暫時相賞莫相違。暫借問。暫掩扉。

〇漸，稍也，次也，進也。〇稍，小也，亦漸也，又猶略也。

漸次漸次入吳音。漸至漸至重門外。稍似稍似宮中閑夜時。稍稍稍稍曙光開。稍待稍待秋風涼冷後。

〇較，不等也。〇差，不相值也。

較遲春寒花較遲。差可差可扁舟問獨醒。

〇似，象也，類也。

相似枕帶還相似。似是江聲似是秋。恰似恩情恰似殘花片。不似不似與山相對眼。似聞似聞胡騎走。

○如，似也，若也。○若，似也，如也。

不如不如緘口過殘春。若爲音信若爲通。若教若教月下乘舟去。自如。自若。如道。

○儻，或然之辭，又希望也。

儻若儻若無知者。儻許儻許留京兆。

○頓，遽也。

頓使頓使別離難。頓覺頓覺寒消竹葉杯。

○俄，須臾也。○須臾○斯須

俄頃俄頃逐輕鷗。須臾須臾鶴髮亂如絲。斯須斯須九重真龍出〔一〕。

○莫，無也，勿也，不可也。○勿，無也，禁止之辭。

莫是莫是槁砧歸。莫將莫將孤月對猿愁。莫道莫道巴陵湖水闊。莫謂風流莫謂飄零盡。莫言。莫論。

莫恨。莫怪。莫訝。莫説。莫問。莫嗟。莫辭。　勿云。勿争。勿淹滯。

○休，息止也。

休言休言馬上得天下。休説休説劉家李廣孫。

〔一〕重：底本訛作「里」，據《九家集注杜詩》卷八改。

○與，從也，爲相從之辭。

與誰絶境與誰同。相與落花相與恨。留與留與他人樂少年。付與付與東流水。説與説與旁人都未信。

○道，言也。

道是道是無情還有情。莫道莫道絃歌愁遠謫。説道説道平生隱在兹。傳道傳道五原烽火急。報道報道春光出郭殘。解道解道無人解道取涼州。

○伊，維也。

伊人伊人期遠大。伊子伊子戰苦勝。伊昔。豈伊。

○乃，辭之緩也。○即，就也，今也。○則，即也。

無乃無乃聖躬勞。乃知乃知昔人由志誠。即爲乘興即爲家。即此靈符即此應時巡。即是即是此生長别離。旱則爲霖水則舟。漢水至清泥則濁。

○便，即也，近便也。○輒，每事即然也。

便是便是晝遊歸。便應便應黄髮老漁樵。便須。輒無領郡輒無色。輒自無錢輒自安。○載，則也。

○謾，且也，又無標的之辭。

莫謾莫謾愁沽酒。謾嗟謾嗟仙客散梁園。

○被，蒙也。

多被功勳多被黜。又被又被鐘聲催著衣。

○得，獲也。

贏得贏得鬢成絲。記得記得雲間第一名。

○況，矧也，益也，加而擬之也。

況乃況乃未休兵。況是況是客中過。況復。何況。

○幸，非所可得而得也。○賴，恃也，幸也，利也。

幸得幸得過清朝。何幸一官何幸得同時。賴有賴有無心雲。賴是賴是春風不是秋。無賴春色還無賴。

○預，早也，先也。

預期來往預期程。預知預知漢將宣威日。

○剗，削平也。

剗却剗却君山好。剗地剗地多添一夜寒。

○取，獲也，收也。

留取留取老桂枝。看取看取蓮華浄。呼取。收取。

○叨，忝也。○濫，叨濫也。

叨逢叨逢罪己日。濫陪濫陪聖主遊。

○枉，屈也。

枉作枉作風塵客。忽枉。枉到。

○恐，懼也。○怕，懼也。

但恐但恐天河落。怕有怕有帛書天外至。生怕生怕雷霆號澗底。只恐。又恐。

○憑，依託也。

憑君憑君傳語報平安。憑誰死去憑誰報。

○却，止也。

遺却遺却珊瑚鞭。閑却閑却采菱船。看却看却被風吹。減却一片花飛減却春。老却老却陶潛菊。

○殺，害也。

妒殺紅裙妒殺石榴花。惱殺惱殺禪僧未證心。愁殺風起楊花愁殺人。笑殺笑殺山翁醉如泥。醉殺醉殺休論官不調。思殺石上青苔思殺人。

○矣，决辭，助語辭也。○焉，决辭也。矣意直，焉意揚。

久矣久矣吾悲庾信篇。行矣行矣慎風波。終焉吾道卜終焉。兹焉兹焉期退休。

○教，用不管之辭。

放教放教歸去卧群峰。任教任教遊子笑。儘教儘教飛舞出宫墻。從教從教下鳳凰。

○遮莫遮莫鄰鷄報五更。○從它路傍少年從它問。

○大都大都秋雁少。○大抵大抵冥鴻心自遠。

○隨意隨意坐莓苔。○任意東風任意吹。

○借問借問不知名。

○多謝多謝東林月。○寄謝寄謝悠悠世上兒。

○寄語寄語洛陽風日道。○寄言寄言全盛紅顔子。

○側聞側聞魯恭化秉德。○側見側見雙翠鳥。

○聞道聞道黄花戍。○聞説聞説梅花早。

○無端無端更唱關山曲。無端詩思忽然生。

○今來今來數行淚而今而今憶共歸。於今於今客散平原館。如今如今社日遠看人。只今只今惟有鷓鴣飛。祇今祇今誰數貳師功。方今方今可得攀。即今即今病借青雲起。凡今凡今誰是出群雄。

○此中此中一悟心。就中就中與君心莫逆〔一〕。

○慇勤，又作殷勤。殷勤望城市。殷勤聽漁唱。

○斟酌斟酌紅顔改。○思量思量名利孰如身。

○惆悵惆悵無由見范蠡。

○慚愧慚愧石尤風。慚愧流鶯相厚意。

○瞥見瞥見鐘山瞥見慶雲從。○貪看貪看絶島孤。

〔一〕心：底本脱，據《李太白文集》卷十一補。

○約略春來約略保殘身。
○每個每個白玉芙蓉開。
○轉覺轉覺愁隨客。轉迷山靄蒼蒼望轉迷。
○太劇白鷺群飛太劇乾。何太燈火何太喜。
○苦高秋心苦悲。○酷酷憐風月爲多情。
○終古終古垂楊有暮鴉。終日終日昏昏醉夢間。
○畢竟畢竟是誰春。至竟至竟終須合天理。
○遂得遂得邀迎聖主遊。遂不林鶯遂不歌。
○了無浮客了無定。了自了自不相顧。
○是時。是處。不是。傳是。疑是。知是。
○從此。秪此。更此。到此。此行。此來。
○從兹。自兹。兹焉。
○自爾。爾時。
○尋常吟嘯是尋常。
○强來强來前殿看歌舞。
○試問請君試問東流水。

○緬想緬想山中人。緬懷緬懷經世謀。○緬遠也。

○何妨。何限。無限。不妨。

○生憎生憎柳絮白於綿。赤憎赤憎輕薄遮人懷。

○個裏。此際。

○子細醉把茱萸子細看。

○匹如

○一，均也，同也，初也。唯一無他之辭。

一望平湖一望水連天。一作一作山中客。一爲一爲遷客去長沙。一半一半是秦聲。一樣人家一樣垂楊柳。

一道銀漢星回一道通。一合一合相思淚。一倍愁心一倍長離憂。咸動一沉吟。回首一茫茫〔一〕。

○等閒，安也，散也，不自檢束也。瀟湘何事等閑回。

○盡，竭也，悉也。

盡是青山盡是朱旗繞。盡日與君盡日閑臨水。

○蓋，大凡也。將軍書畫蓋有神。

○剛，强斷也。

〔一〕茫茫：底本訛作「范范」，據《杜詩詳註》卷五改。

剛有剛有峨眉念。剛道今霄剛道別。

○擬，揣度而待也。

未擬並馬今朝未擬回。擬擒可汗先開幕。

○杳，深廣也。川原杳何極。生死杳難思。乘興杳然迷出處。

纂話

○《劉公嘉話》云：賈島初赴舉京師，一日於驢上得句云「鳥宿池邊樹，僧敲月下門。」始欲著「推」字，又欲著「敲」字，煉之未定，遂於驢上吟哦，時時引手作推敲之勢。時韓愈吏部權京兆，島不覺沖至第三節。左右擁至尹前，島具對所得詩句云云。韓立馬良久，謂島曰：「作『敲』字佳矣。」遂與並轡歸。留連論詩，與爲布衣之交。自此名著。後世「推敲」之語蓋始於此。

○李賀未始立題然後爲詩，如他人牽合程課者。每旦出，小奚奴背古錦囊。遇所得，書投囊中。及暮歸足成之。本傳

詩人之詩，唐云李杜，宋云蘇黄。蘇似李，黄似杜。蘇李之詩，子列子之御風，無待乎舟車也。黄杜之詩，靈均之乘桂舟駕玉車，有待而未始有待也。無待者，神於詩歟。有待而未嘗有待者，聖於詩歟。楊誠齋

《六經》之後便有司馬遷，《三百篇》之後便有杜子美。《六經》不可學亦不須學，故作文當學司

馬遷，作詩當學杜子美。二書亦須常讀，所謂「不可一日無此君」。唐子西語録

東坡曰：書之美者莫如顔魯公，然書法之壞自魯公始。詩之美者莫如韓退之，然詩格之變自退之始。

○沈括存中、吕惠卿吉甫、王存正仲、李常公擇，治平中同在館下談詩。存中曰：「韓退之詩乃押韻之文耳，雖健美富贍而格不近詩。」吉甫曰：「詩正當如是。我謂詩人以來未有如退之者。」正仲是存中，公擇是吉甫。四人交相詰難，久而不決云云。隱居詩話

○李太白一斗，百篇援筆立成。杜子美改罷長吟，一字不苟。二公蓋亦互相譏嘲。太白贈子美云「借問因何太瘦生，只爲從前作詩苦」。「苦」之一辭，譏其困瑚鐫也。子美寄太白云「何時一尊酒，重與細論文」。「細」之一字，譏其欠縝密也。

○詩用助語字，貴帖妥。如杜少陵云「古人彌逝矣，吾道卜終焉」，又云「去矣英雄事，荒哉割據心」，山谷云「且然聊爾耳，得也自知之」，韓子蒼云「曲檻以南青嶂合，高堂其上白雲深」，皆渾然帖妥。

○趙昌父曰：古人以學爲詩，今人以詩爲學。夫以詩爲學，自唐以來則然。如嘔出心肝，掐擢胃腎，此生精力盡於詩者，是誠弊精神於無用矣。乃若古人，亦何嘗以學爲詩哉？今觀《國風》，間出於小夫賤隸、婦人女子之口，未必皆學也。而其言優柔諄切，忠厚雅正。後之經生學士，雖窮年畢世，未必能措一辭。正使以後世之學爲詩，其胸中之不醇不正，必有不能掩者矣。雖貪者賦

廉詩，仕者賦隱逸詩，亦豈能逃識者之眼哉？如白樂天之詩曠達閒適，意輕軒冕，孰不信之？然朱文公猶謂：「樂天多説其清高，其實愛官職。詩中於富貴處，皆説得口津津地涎出。」可謂能窺見其微矣。嗟夫！樂天之言且不可盡信，況餘人乎？揚誠齋曰：「古人之詩，天也；後世之詩，人焉而已矣。」此論得之。

○《國風》曰「豈無膏沐，誰適爲容」，又曰：「予髮曲局，薄言歸沐」。蓋古之婦人，夫不在家，則不爲容飾也。其遠嫌防微至於如此。杜少陵《新昏别》云：「自嗟貧家女，久致羅襦裳。羅襦不復施，對君洗紅妝。」尤可悲矣。《國風》之後，唯杜少陵不可及者，此類是也。

○詩有一句疊三字者。如吴融《秋樹》詩「一聲南雁已先紅，摵摵淒淒葉葉同」。有一句連三字者，劉駕詩「樹樹樹梢啼曉鶯」「夜夜夜深聞子規」。有兩句連三字者，白樂天詩「新詩三十軸，軸軸金玉聲」。有三聯疊字者，古詩云「青青河畔草，鬱鬱園中柳。盈盈樓上女，皎皎當窗牖。娥娥紅粉妝，纖纖出素手」。有七聯疊字者，韓昌黎《南山》詩云「延延離又屬，夬夬叛還構。喁喁魚闖萍，落落月經宿。誾誾樹墻垣，巘巘架庫廄。參參削劍戟，焕焕銜瑩琇。敷敷花披萼，闟闟屋摧霤。悠悠舒而安，兀兀狂似狃。超超出猶奔，蠢蠢駭不懋」。

○杜詩有反言之者。如云「久拚野鶴如雙鬢」，若正言之，當言「雙鬢如野鶴」也。又云「黄鵠高於五尺童，化爲白鳧似老翁」，若正言之，當云「五尺童時似黄鵠，化爲老翁似白鳧」也。他如「紅豆啄殘鸚鵡粒，碧梧棲老鳳凰枝」亦然。

○作詩必以巧進，以拙成。故作字惟拙筆最難，作詩惟拙句最難。至於拙則渾然天全，工巧不足言矣。杜少陵曰「用拙存吾道」，夫拙之所在，道之所存也。詩文獨外是乎？

○朱文公於當世之文獨取周益公，於當世之詩獨取陸放翁。蓋二公詩文氣質渾厚故也。以上鶴林玉露

○《文選》詩有五韻七韻者，李德裕所謂「意盡而止，成篇不拘於隻偶」也。

○或曰，詩有大家，有名家。大家不嫌麤雜，名家必選字酌句。余道作者自命當作名家，而使後人置我于大家之中。不可自命爲大家面，轉使後人屏我于名家之外。

○熊掌豹胎，食之至珍貴者也。生呑活剥，不如一蔬一筍矣。牡丹芍藥〔一〕，花之至富麗者也。剪彩爲之，不如野蓼山葵矣。味欲其鮮，趣欲其真。人必知此，而後可與論詩。

○改詩難於作詩，何也？作詩興會所至，容易成篇。改詩則興會已過，大局思定，有一二字於心不安，千力萬氣求易不得，竟有隔一兩月于無意中得之者。劉彦和所謂「富於萬篇，窘於一字」，真甘苦之言。

○詩境最寬。有學士大夫讀破萬卷，窮老盡氣而不能得其閫奥者。有婦人女子、村氓淺學偶

〔一〕牡：底本訛作「杜」，據《隨園詩話》卷一改。

有一二句，雖李杜復生必爲低首者〔一〕。此詩所以爲大也。作詩者必知此二義，而後能求詩於書中，得詩於書外。

○凡事不能無弊，學詩亦然。學漢魏《文選》者，其弊常流於假。學李杜韓蘇者，其弊常失于粗。學王孟韋柳者，其弊常流於弱。學元白放翁者，其弊常失於淺。學温李冬郎者，其弊常失於纖。人能吸諸家之精華，而吐其糟粕，則諸弊盡捐。大概杜韓以學力勝，學之刻鵠不成猶類鶩也。太白東坡以天分勝，學之畫虎不成反類狗也。

○人有鄉黨自好之士，詩亦有鄉黨自好之詩。桓寬《鹽鐵論》「鄙儒不如都士」，信矣。佛云「學我者死」，無佛之聰明而學佛，自然死矣。

○詩宜朴，不宜巧，然必須大巧之朴。詩宜澹，不宜濃，然必須濃後之澹。譬如大貴人，功成宦就，散髮解簪，便是名士風流。若少年紈絝爲此態，便當笞責。富家雕金琢玉有規模，然後竹几籐床，非村夫貧相。

○欲作佳詩，先選好韻。凡其音涉啞滯者、晦僻者，便宜棄舍。葩即花也，而「葩」字不亮。芳即香也，而「芳」字不響。以此類推，不一而足。宋唐之分，亦從此起。李杜大家，不用僻韻。非不能用，乃不屑用也。

○周櫟園論詩云：「學古人者，只可與之夢中神合，不可使其白晝現形。」至哉言乎。

〔一〕復生：底本訛作「二義」，據《隨園詩話》卷三改。

○詩難其真也，有性情而後真，否則敷衍成文矣。詩難其雅也，有學問而後雅，否則俚鄙率意矣。太白斗酒詩百篇，東坡嬉笑怒駡皆成文章，不過一時興到語，不可以詞害意。

○高青邱笑古人作詩今人描詩。描詩者像生花之類，所謂優孟衣冠，詩中之鄉願也。譬如學杜而竟如杜，學韓而竟如韓，人何不觀真杜真韓之詩，而肯觀僞杜僞韓之詩乎？孔子學周公，不如王莽之似也。孟子學孔子，不如王通之似也。王通著《文中子》。唐義山、香山、牧之、昌黎同學杜者，今其詩集都是别樹一旗。杜所服膺者庾鮑兩家，而集中亦絶不相似。

○《漫齋語録》曰：「詩用意要精深，下字要平淡。」余愛其言。每作一詩，往往改至三五日，或過時而又改，何也？求其精深是一半工夫，求其平淡又是一半工夫。以上抄録隨園詩話

○緣情以爲詩。詩之所由作，其情之不容已者乎？夫感春而思，遇秋而悲，藴於中者深，斯出之也善。長言之不見其多，約言之不見其不足。情之摯者，詩未有不工者也。後之稱詩者，或漫無所感於中，取古人之聲律字句而規仿之，必求其合。好奇之士，則又務離乎古人，以自鳴其異。均之爲詩未有無情之言可以傳後者也。惟本乎自得者，其詩乃可傳焉。蓋古人多矣，吾辭之工者，未有不合乎古人，非先求合古人而後工也。朱竹坨文集

○詩以言志者也。中有欲言，縱吾意言之，連章累牘而不厭其多。無可言，則經年逾月置而勿作焉也可。《詩》三百有五，爲嘉爲美，爲規爲刺，爲誨爲戒，皆出乎人心，有不容已于言者言之，非有强之者而後言也。後世君臣燕游，輒命賦詩記事。于心本無欲言，但迫於制詔爲之，故其辭

多近于强勉。若學士大夫用之贈酬餞送，則以代儀物而已。甚至以之置科目取士，限之以韻，其所言者初未嘗出乎中心所欲，而又衡得失于中，冀逢迎人之所好，以是而稱之曰詩，未見其可矣。同

○詩之爲道，格調欲雄放，意思欲含蓄，神韻欲閒遠，骨采欲蒼堅，波瀾欲頓挫，境界欲如深山大澤，章法欲清空一氣。杜少陵云「讀書破萬卷，下筆如有神」，不讀萬卷，豈易言清？不破萬卷，豈易言空哉？侯雪苑

○對句，語對爲先，字對次之。故語雖對而字不對者間有之，字雖對而語不對者不得爲對。是體用虛實之相當與不當也。大典

○詩語於文語，有字同而義同，「唯」「既」之類是也。有字同而義異，「雖然」「雖是」之類是也。有字異而義同，文之「則」詩之「自」是也。有字異而義異，「好是」「聞道」之類是也。同

○大抵詩家所用，率爲魏晉以來語，間涉俚言。然古詩、唐詩體異語別，初心學詩，唐體爲最。同

○柴栗山《淇園詩話序》云：余嘉時人稍知惡明人王李七子王世貞、李攀龍、梁有譽、謝榛、徐中行、吴國倫、宗臣之輕佻牽强焉，病其纖弱鄙細日趨於衰晚之氣也。夫王李數人所得于於唐者，獨結構字句之間而已。其神韻風情，無復所容力，則謾作支離散涣不了之語以當之。時陸梁誇詡、强張氣勢以作大欺人，輕薄之徒從而影附風靡。末流之弊，殆至於有不成語者。職七子遺

禍也。

〇詩有以巧勝者，有以力勝者。夫鏤肝鉥腎，冥搜而出之，會幽眇之旨，寓纏綿之思，争奇於片辭隻韻者，以巧勝也。資材必博，汰其砂礫，采其菁華，閎其中而肆其外，長矣而不覺其冗，多矣而益見其遒者，以力勝也。而争奇於片辭隻韻空疎淺薄者，猶可能焉。長而不冗多而益遒者，非博物君子則決不能也。弘菴文抄

〇詩之有唐，猶如書之有晋，文之有漢，禮樂之有周。不學焉則已，學焉則舍是無所得師也。且宋元近世之詩，亦孰不出於唐者？今飲其流而忘其源，見其適有不善學者遂並棄之，甚者詬病隨之，是何異於以子孫之不肖追罪父祖，人誰信之？况其身亦爲雲仍昆來者乎？拙堂星巖集序

〇期於詩之巧者，患於詩常不巧。而詩之巧，顧歸於不期巧者。然不期巧者，固無能巧者。但期巧於落筆之前，此期巧之至也。鶴梁佛山詩鈔序

〇詩道亦廣矣。《三百篇》有《國風》《雅》《頌》之别，《楚騷》、漢謡爲體亦各不同。猶如楂梨橘柚，同實而不同味也。而近世詩人喜甘而忌辛，愛酸而憎鹹。學韋柳者斥韓蘇之體爲有韻之文，奉李杜者貶王孟之流爲無根之語。或主張王李，或尸祝范陸。交相齮齕，視如仇讎。豈意温柔敦厚之教，變爲輕薄苛酷之資。可耶？

明清以來及國朝諸公，著詩話者不少。其中警戒之語，大率出於一途，不及盡録，且以紙數有限也。讀者請察焉。

詩法詳論卷下終

梧園詩話

细川十洲

《梧園詩話》二卷，細川十洲（一八三四—一九二三）撰。據昭和二年（一九二七）東京築地活版製造所《十洲全集》本校。

按：細川十洲（ほそかわじっしゅう HOSOKAWA JISSHU），明治、大正時代漢學家、法律家、思想家、男爵。土佐（今屬高知縣）人。名潤次郎，元，號十洲，細川清齋之次子。初學於家，安政元年（一八五四）遊學長崎習蘭學（注：西洋學説），後赴江户師事高島秋帆，於海軍操練所修航海術，業成返高知藩任藩校教授。明治維新後，起草各類法規條例，任開成學校譯局教授、民部權少丞、貴族院副議長、女子高等師範學校（今御茶水女子大學）校長、樞密顧問官兼華族女子學校（今學習院女子中高等科）校長、神宫皇學館（今皇學館大學）教監、學習院長心得（注：代理院長）等，獲文學博士號，從一位（注：從一品）。天保五年生，大正十二年七月二十日歿，享年九十歲。

其著作有：《論語講義》一册、《天文版論語考》一卷、《十二支考》一册、《秋帆高島先生年譜》二册、《野中兼山傳》一册、《新法須知》一册、《掌中四表》一折、《歲計預算論》一册、《近世畫史》一册、《瓶花插法》一卷，并且《十洲全集》中收录《細川賴之補傳》二卷、《山内夫人傳》一卷、《入宋三僧傳》一卷、《梧園隨筆》三卷、同續編三卷、同後編三卷、同餘編三卷、同賸編四卷、《十洲文鈔》四卷、《十洲詩鈔》二十八卷、《隱逸全傳》二卷、《梧園歌集》二卷、《梧園文集》二卷、《梧園詩話》二卷、《梧園書畫》二卷、《梧園畫話》二卷、《峽程記》一卷、《新國紀行》二卷、

《采訪餘録》一卷、《日光紀遊》一卷、《近遊日録》一卷、《無名草》一卷、《養生新論》一卷、同拾遺一卷、《無名草》(《ななしぐさ》)二卷、《梧園食單》一卷、《養生日程》一卷、《考古日本》一卷、《祝祭日講話》一卷、《萬石騷動》一卷、《新撰婚禮式》、《明治年中儀式》一卷、《修身要領》、《婦女心得》、《春日局補傳》一卷、《養蘭須知》一卷等。

梧園詩話卷上

詩賦之始

《日本書紀》曰：「詩賦之興，自大津始也。」紀淑望《古今倭歌集序》又曰：「大津皇子始作詩賦。」《古今著聞集》亦有此事。蓋古人所傳率如此。按《懷風藻》載大友皇子詩二首，《侍宴》曰：「皇明光日月，帝德載天地。三才并泰昌，萬國表臣義。」《述懷》曰：「道德承天訓，鹽梅寄真宰。羞無監撫術，安能臨四海？」且載其小傳曰：「皇太子者，淡海帝之長子也。博學多通，有文武材幹。群下畏服，莫不肅然。年廿三立爲皇太子，廣延學士沙宅紹明、塔本春初、吉大尚、許率母、木素貴子等，以爲賓客。太子天性明悟，雅愛博古，下筆成章，出言爲論。時議者嘆其洪學。未幾，文藻日新。會壬申之亂，天命不遂，時年廿五。」如此則不可謂詩賦自大津始。《今昔物語》亦謂詩賦始於大友皇子。想二皇子雖有前後，大抵同時，俱好文學能詩賦，易致混淆，故有此二説已。林子謂：「國史於大友事多所隱諱，并不載其作詩事。」抑亦大友子孫不傳諸世，而淑望輩未之見耶？又謂《懷風藻》撰者不可知，然序末曰「天平勝寶三年」，則疑淡海三船所撰。三船之父曰池邊王，池邊之父曰葛野王，王即大友之子也。三船以文學與石上宅嗣齊名，恐作此書。揭大友文字以遺子孫，而猶不欲公其姓名，故唯記年月，使後人想而得之矣。余曩論本邦詩賦之始，載在《吾園隨筆》中。今重録出，而更詳之。又按《朝野群載》載《詩境記》，謂我朝詩賦起於弘仁承和，則不知前此有二皇子也。

大津皇子

《日本書紀》謂：「十月己巳，皇子大津謀反發覺，庚午賜死於譯語田舍，時年二十四。妃皇女山邊被髮徒跣奔赴殉焉。見者皆歔欷。皇子大津，天武第三子也。容止墻岸，言辭俊朗，爲天智所愛。及長，有才學，尤愛文筆。詩賦之興自大津始也。」《懷風藻》則曰：「皇子者，天武長子也。幼年好學博覽，能屬文。及壯多力能擊劍。性頗放蕩，不拘法度。降節禮士，由是人多附託。時有新羅僧行心，解天文卜筮，語皇子曰：『太子骨法，不是人臣之相。以此久在下位，恐不全身。』因進逆謀，遂謀不軌，以戮辱自終。古人慎交游之深意哉。」按大友、大津二皇子俱有才學，傳爲本邦詩賦之始，共不令終，年亦相若，可謂異矣。

歷朝詩風

本邦古詩，如《懷風藻》所載，氣象敦樸，有西土漢魏六朝之風。及白詩傳于我，則上下靡然以此爲宗，不獨菅家也。北條氏時，禪僧與西土人相往來，而五山之僧好誦《聯珠詩格》《律髓》《三體詩》，是以其詩有宋元人風。迨德川氏之世，名儒輩出，模倣唐詩，不無可觀。而蘐園諸子又尚李王之風，陳陳相因，人漸厭之，宋詩之風漸盛，新奇可喜，其弊近俗。近日又好清詩，變爲綺靡，要非大雅。洵可嘆也。

空海

僧空海入唐，受唐人口訣，又得諸家詩格及詩集而歸，其功於詩也多矣。弘仁三年六月二十七日，獻《劉希夷集》併上王昌齡《詩格》《貞元英傑六言詩》。事見《性靈集》。半江暇筆曰：「空海入唐，獲崔融《新唐詩格》王昌齡《詩格》元兢《腦髓》皓然《詩議》等而歸，後著《文鏡秘府論》六卷，唐人巵言盡在其中。」

文鏡秘府論

《文鏡秘府論》六卷，僧空海所著。自序曰：「摠有一十五種類，謂聲譜、調聲、八種韻、四聲論、十七勢、十四例、六義、十體、八階、六志、二十九對文、三十種病累、十種疾，論大意論對屬等是也。」本邦論詩文之書，莫古於此，又莫備於此。學者不可不考焉。但其大要襲六朝之餘弊，詳駢儷之格律，非識者之所尚也。然論大意處頗多名言，因録其數則於左。

曰，凡文章皆不難，又不辛苦。如《文選》詩云「朝入譙郡界，左右望我軍」，皆不難不辛苦也。

曰，夫作文章，但多立意，令左穿右穴，苦心竭智，必須忘身，不可拘束。思若不來，即須放情卻寬之令境生，然後以境照之，思則便來，來即作文。如其境思不來，不可作也。

曰，凡屬文之人，常須作意，凝心天海之外，用思元氣之前。巧運言詞，精練意魄。所作詞句，莫用古語及今爛字舊意。改他舊語，移頭換尾，如此之人終不長進。無自性，不能專心苦思，致見不成。

曰，凡作詩之人，皆自抄古今詩語精妙之處，爲隨身卷子，以防苦思。作文興若不來，即須看隨身卷子以發興也。

曰，詩有傑起險作，左穿右穴，如「古墓犁爲田，松柏摧爲薪」「馬毛縮如蝟，角弓不可張」「鑿井北陵隈，百丈不及泉」，又「去時三十萬，獨自返長安。不信沙塲苦，君看刀箭瘢」，此爲例也。

曰，詩有平意興來作者，「願子勵風規，歸來振羽儀。嗟余今老病，此別恐長辭」，蓋無比興，一時之能也。

曰，凡神不安，令人不暢無興，無興即任睡，睡大養神。常須夜停燈任自覺，不許强起，强起即惛迷，所覽無益。紙筆墨常須隨身，興來即録。下略

曰，或曰「詩不要苦思，苦思則喪於天真」，此甚不然。固須繹慮於險中，採奇於象外，狀飛動之句，寫冥奧之思。夫希世之珠必出驪龍之頷，况通幽含變之哉。但貴成章以後有其易貌，若不思而得也。下略

余前著《吾園隨筆》，亦載此書事。學者宜併考焉。

聲病

古人論聲病太嚴，唐人承六朝餘習而不能改。韓愈既試於吏部，乃謂退自取所試讀之，乃類於俳優者之辭，顏忸怩而心不寧者數月。當時課試之文可想見已。本邦人在唐者又傳其風，《文鏡秘府論》舉聲病之目，如平頭、上尾、鶴膝、蜂腰等，至數十種之多，蓋亦唐代之陋習也。《本朝文粹》載省試詩論，蓋長德中學生大江時棟所獻詩，有「寰中唯守禮，海外都無怨」之句，式部少輔兼文章博士大江匡衡以爲中選，而大内記紀齊名以爲犯蜂腰病，并摘他瑕疵而退之。匡衡抗疏引舊例辨其非病累，而齊名争之，遂至累天裁。嘻！其甚矣哉。

平他

平他者，平仄之謂也。古人記平仄用平他語，如空海《性靈集》中四六句，下注此二字。《作文大體》曰：「凡調聲者，能調平他聲之義也。平聲之外，上去入總謂之他聲。」又有《平他字類抄》二卷，字書之以平仄分字者也。

敕選詩集

嵯峨淳和之朝，天皇好詩，群臣傚之，於是歌衰而詩盛，敕選《淩雲集》《文華秀麗集》《經國集》三書。《淩雲集》者，起于延曆元年，終於弘仁五年，詩九十首合爲一卷，小野岑守與菅原清公、勇山連文繼、賀陽豐年議而定之。《文華秀麗集》者，仲雄王與菅原清公、勇山連文繼、滋野貞主、桑原公腹赤等輯詩之不入《淩雲集》者，及弘仁五年以後之詩百四十八首爲三卷。《經國集》者，天長四年，良峰安世、滋野貞主等所輯，自慶雲四年至天長四年詩若干首，凡二十卷。此書之成在《淩雲》《文華秀麗》之後，而集中所收乃有《淩雲》《文華秀麗》以前之詩，可見採摭之廣也。

古詩人及詩集

《二中歷》所載詩人，帝王則曰弘仁，曰淳和，曰延喜，曰天曆，曰寬弘，曰後三條。親王則曰大津皇子天武天皇第三皇子，曰阿保親王恒武天皇第十二皇子，曰惟喬親王文德天皇第一皇子，曰貞真親王貞觀天皇親王，曰延喜親王小倉親王前中書王兼明，曰天曆親王六條宮後中書王具平。公卿則曰忠仁公良房，曰贈太政大臣時平，曰大納言良峰安世，曰清慎公小野宮實賴，曰權大納言仲平枇杷，曰儀同三司伊周，曰勘解相公有國，曰四條大納言，曰土御門右府師房。儒者公卿則曰菅清公右京大夫兼文章博士，曰春澄善綱參議，曰菅相公是善刑部卿，曰江相公音人右衛門督阿保親王男，曰橘贈納言廣相，曰菅贈大相國，曰紀納言長谷雄，曰善相公清行宮内卿，曰後江相公朝綱，曰紀納言維時，曰菅三品文時式部大輔，曰菅相公輔正式部大輔，曰江相公齊光式部大輔，曰藤相公廣業，曰藤贈相公義忠，曰日野三位資業，曰藤大貳宰相實政，曰江大府中納言匡房。諸大夫則曰桑原腹赤大學頭文章博士，曰都良香文章博士本名道言，曰滋野良幹式部大輔，曰高丘五常從五下，曰物部安興從五下，曰三統理平式部大輔，曰小野美材大内記，曰橘公材右京大夫，曰橘公統從四下，曰江千古伊與權守音人子，曰藤博文文章博士，曰善文江式部權大輔，曰菅淳茂右中辨文章博士，曰菅在躬勘解由長官，曰紀在昌式部大輔，曰橘直幹式部大輔，曰江澄明兵部少丞，曰藤後生文章博士，曰藤雅材右少將，曰善道統文章博士，曰藤公方文章博士，曰藤惟成左中將右衛門權佐，曰菅輔昭大内記文時一男，曰慶保胤大内記内記入道，曰江匡衡式部大輔，曰江定基五位，曰紀齊名式部權大輔，曰江以言式部權大輔文章博士，曰菅宣義文章博士，曰高積善民部大輔，曰菅爲基，曰江通直，曰善爲政，曰江舉周。文章生公卿則曰野相公左大將，曰滋野貞主參議宮内卿，曰源保光式部大輔桃園中納言，曰橘好古大納言權帥，曰藤文範中納言民部卿，曰橘澄清中納言。諸大夫則曰惟良春道，曰鳴田忠臣美濃介，曰三善清風備前權椽，曰橘澄清從四上信乃守，曰春淵良規越中介，曰藤有述太宰少貳，曰尾張言鑒安木守，曰菅野名明勘解由次官，曰藤雅量右小辨，曰藤國風太宰大貳從四下，曰菅庶幾大監物，曰菅雅規山城守，曰清原仲山筑後守，曰平佐幹參川守，曰平行王山城守，曰藤篤茂圖書頭，曰藤全茂因幡守，曰源順能登守，曰菅理詮丹波守，曰菅惟熙諸陵助，曰藏行葛散位，曰橘倚平日向守，曰藤季孝播磨守，曰橘正通宮内丞，曰高丘相如飛驒守，曰菅原緝熙散位方時三男，曰源相方左中辨，曰源國盛播磨權守，曰源爲憲伊賀守，曰源孝道越後守，曰源爲時越前守，曰藤敦信山城守，曰藤輔尹木工頭，曰源道濟筑前守，曰舉貞如正，曰江時棟。非成業則曰小野岑守，曰高丘末高，曰巨勢識人，曰仲雄王大舍人頭信乃守，曰布瑠高庭，曰多治清貞，曰紀諸綱，曰善宗，曰菅原高視文章得業生正六位下，曰源訪順弟，曰都在中越前權椽，曰清原滋藤陸奥軍監，曰源英明左近中將，曰橘在列彈正少弼，曰藤義孝左近少將，曰藤清平，曰源相規山城守，曰源致方右大將。僧徒則曰弘法大師。女則曰有智内親王嵯峨御子，曰日本樔采女。按此諸人，詩集之見本朝書籍目録者六十餘種，今多不傳。而塙氏收入《群書類從》者可二十卷。

渤海人唱和

天慶六年，渤海人入覲使裴頲等一百五人至加賀，明年存問兼領客使大藏善行、高階茂範，引入覲大使裴頲等入京師。右衛門大尉坂上茂樹、文章得業生紀長谷雄等爲掌客使，式部少輔菅原道真權行治部大輔事，美濃介島田忠臣權行玄蕃頭事。大使裴頲上國書信物於朝堂。明日，天皇御豐樂殿，賜宴於渤海使。親王參議以上侍殿上，五位以上侍顯陽堂，大使以下二十人侍承歡堂，百官六位以下相分侍歡德、明義兩堂。授大使文籍院少監裴頲從三位、副使高用正四位下，其餘授位有差，并賜朝服。使人拜舞而出，著朝服入昇堂，敕賜供御枇杷子一銀碗。重午，天皇御武德殿覽騎射，召裴頲等見之，賜録事以上續命縷。裴頲高才有風儀，遣中使賜御衣一襲。菅原道真就鴻臚館與頲唱和，頲援筆立成，道真稱其戈藻。寛平七年，頲又入覲。按菅裴唱和，傳爲文苑佳話。而裴頲等事遂無可考，乃如其詩亦失傳。可惜也。

菅相菊詩

昌泰二年重陽宴，以《菊散一叢金》爲題，紀長谷雄有「廉士路中疑不拾，道家煙裏誤應燒」之句，三善清行有「酈縣村閭皆潤屋，陶家兒子不垂堂」之句，妃青儷白，争巧於文字之末。而菅相詩乃曰：「不是秋江鍊白沙，黄金化出滿叢花。微臣采得籯中滿，豈若一經遺在家。」儒家本色自然流露。先此又有賦菊詩一聯曰「謙德晚開秋月杪，勁心寒立曉霜前」，爲時人所傳誦。

菅家家集

昌泰三年八月十六日，菅右相上狀，奏進家集於醍醐天皇。《菅家集》六卷，清公所著。《菅相公集》十卷，是善所著。《菅家文草》十卷，右相所著。計二十八卷。天皇賜詩褒之，有「更有菅家勝白樣，從兹抛卻匣塵深」之句，時人榮之。先此渤海大使裴頲見右相詩，謂酷似樂天。御製所謂「白樣」，蓋指此事也。今日《文草》獨存，而清公、是善二人之集不傳。可惜也。

小野篁

小野篁，參議岑守長子也。《文德實録》曰：「太宰鴻臚館有唐人沈道古者，聞篁有才思，數以詩賦唱之。每視其和，常美艷藻。」又曰：「以捍詔除爲庶人，配流隱岐國。在路賦《謫行吟》七言十韻，文章奇藻，興味優遠。知文之輩，莫不吟誦，凡當時文章天下無雙。」《江談抄》又載嵯峨天皇幸河陽館御製一聯曰「閉閣唯聞朝暮鼓，登樓遥望往來船」，時白氏文集新來本邦，秘府一本，他人未得見，而天皇獨閲之。用白詩一聯入詩，召篁示之，篁曰：「若改遥字作空，更佳。」天皇大驚曰：「此樂天句也。朕改空作遥，以試卿耳。卿言如此，亦樂天也。」

有智子内親王

有智子内親王，嵯峨天皇皇女也。《續日本後紀》：「承和十四年十月戊午，二品有智子内親王薨，遺言薄葬，兼不受葬使。内親王者，先太上天皇幸姬王氏所誕育也。頗涉《史》《漢》，兼善屬文。元爲賀茂齋院。弘仁十四年春二月，天皇幸齋院花宴，俾文人賦《春日山莊》詩，各探勒韻。公主探得塘光行蒼，即瀝筆曰：『寂寂幽莊山樹裏，仙輿一降一池塘。栖林孤鳥識春澤，隱澗寒花見日光。泉聲近報初雷響，山色高晴暮雨行。從此更知恩顧渥，生涯何以答穹蒼。』天皇嘆之，授三品。于時年十七。是日天皇書懷賜公主曰：『忝以文章著邦家，莫將榮樂負煙霞。即今永負幽貞意，無事終須遺歲華。』尋賜召文人料封百户。天長十年，叙二品。性貞潔，居于嵯峨西莊。薨時春秋四十一。」按《二中歷》列記古詩人，而閨秀則不過内親王及本槺采女二人，《本朝一人一首》引《奉和太上天皇巫山高》，且謂親王作，見《經國》殘篇者數首，又《雜言奉和聖製江上落花詞》二十句傳于世。更按《春日山莊》詩中「行」字，當用之於雁行、鵷鷺行之類，而暮雨行則庚韻非陽韻，未免爲白璧微瑕。然當時韻學未精，未可以此議之。

高倉天皇

高倉天皇治承二年六月十七日，召太政大臣師長、左大將實定、中宫大夫隆季、中納言資長、權中納言實綱、右宰相中將實高、式部大輔永範、左大辨俊經、中將雅長通親、權右中辨親宗、藏人左少辨兼光、藏人勘解由次官基親、藏人右衛門佐藤原家實於中殿，賦詩奏樂，題曰《禁庭催勝游》。御製中有「追延久跡」之語，詳見《著聞集》。延久者，後三條天皇年號也。後三條英明好學，力抑攝家之權，志未遂而崩。高倉之時，清盛擅權，平氏跋扈，甚於藤原氏。天皇擁虚器，垂拱無爲，其修延久故事者，豈無意於繼紹後三條遺志乎？詩會之外，别無可考，則天皇之志不可得知，唯天皇之好文學可知已。

句題

西土之詩用句爲題者，多是課試之作。而本邦朝廷宴會之作，率用句爲題。試閲古人詩集，半是句題之詩也。《作文大體》謂唐家詩隨物言志，曾無句題。我朝貞觀以往，又多如此。而中古以來好用句題者，就五言七言詩中取其適時宜者，又出新題。按中古詩人專事雕琢，易陷纖巧，間有佳句而完璧太罕，則句題之弊也。

無題詩

西土人詩曰《無題》者多香奩體。《元詩體要》曰：「無題之詩起唐李商隱，多言閨情及宫事，故隱諱不名而曰《無題》是也。」本邦無題詩不與之同。蓋無題者，對句題之語。詩之非句題者，皆謂之無題詩。《作文大體》謂無題詩多有勒韻，而句題亦有勒韻。如菅家《春淺帶輕寒》題，勒「初餘魚虚」是也。無題、句題并舉，可見無題者，對句題之語也。乃如本朝無題詩分爲行幸、宴賀、天象、時節之類，而行幸則有行幸平等院之詩，宴賀則有賀大極殿新成之詩，天象則有賦月之詩，時節則有賦早涼之詩，無無題之詩。而句題之詩一首不見。

格詩

《白氏文集後序》曰「前三年，元微之爲予編次文集而叙之。凡五帙，每帙十卷。起長慶二年冬，號《白氏長慶集》。邇來復有格詩、律詩、碑誌序記表贊，以類相附，合爲卷軸」云云，又曰「格詩、歌行、雜體凡五十七首」。按《中右記》論此事，謂格詩古調詩也，律詩新調詩也。格詩之語，他無所見。

唐律

楊誠齋集中數用「唐律」語，如《和虞使君易簡字知能所寄唐律二首》《益公新作三層百尺新樓，署曰圜山觀，賀以唐律》《與長孺共讀東坡詩前用唐律後用進退格》之類。而其所謂唐律者，不異今日之律。蓋以律體整齊者爲唐律也。虎關《濟北集》分其詩爲古律詩及唐律，而又收絶句於唐律中。據之，則古律詩者古詩之流，而唐律者今體之詩矣。

童蒙頌韻

《童蒙頌韻》者，天仁二年，三善爲康應藤員外次將囑而所作。平聲每韻四字爲句，以便暗誦，且令易記憶。句中文字取義相近者，又有成義理者。如東韻「霿蒙朦朧」一句，則義相近者也。如字文》之上矣。

「童聰翁聾」，則成義理者也。要其體裁，粗似《千字文》。然皆是同韻之字，序次之難，夐出於《千

朝衡

《全唐詩》曰：「朝衡，字巨卿，日本人。開元初，日本王聖武遣其臣粟田副仲滿來朝，請從諸儒授經。仲滿慕華不肯去，易其姓名曰朝衡。歷左補闕。久之歸國。上元中，擢散騎常侍。有《銜命還國作》一首曰：『銜命將辭國，非才忝侍臣。天中戀明主，海外憶慈親。伏奏違金闕，騑驂去玉津。蓬萊鄉路遠，若木故園鄰《全唐詩》「鄰」作「林」，今改之。西望懷恩日，東歸感義辰。平生一寶劍，留贈結交人。』」按朝衡又作晁衡，即阿倍仲麻吕也。仲麻吕入唐，久之不還，受彼官爵。後人譏其忘本國負君親。然仲麻吕非終不還國者，見此詩可知也。《全唐詩》載李白《哭晁卿》詩曰：「日本晁卿辭帝都，征帆一片繞蓬壺。明月不歸沈碧海，白雲愁色滿蒼梧。」則其在途而卒，亦可知也。

長屋

《全唐詩》曰：「長屋，日本相國也。有《繡袈裟衣緣》詩一首曰：『山川異域，風月同天。寄諸佛子，共結來緣。』注云：『明皇時，長屋嘗造千袈裟，繡偈於衣緣，來施中華。真公困泛海至彼國傳法

焉。』」接長屋事見《續日本紀》〔一〕，曰：「天平元年二月辛未，左京人從七位下漆部造君足、无位中臣宮處連東人等告密，稱左大臣正二位長屋王私學左道，欲傾國家。癸酉，令王自盡。其室二品吉備内親王及男從四位下膳夫王、無位桑田王、葛木王、鉤取王等亦縊。」王之著作不傳，而僅僅十六字存於海外之書，則奇矣。

詩國詩帝詩敵詩戰

江吏部集《九月盡日同賦送秋筆硯中應製詩序》起手曰「夫本朝者，詩國也。文章昌則主壽，禮樂興則世治」云云，又其《餞越州刺史赴任》詩有「越州便是本詩國」之句。按「詩國」語見白樂天詩曰「境牽吟詠真詩國，興入笙歌好醉鄉」，吏部或本之。田氏家集有「曾在昌齡成帝號」之句，自注曰：「玄宗立王昌齡爲詩帝。」按此事不詳出於何書，然《唐才子傳》昌齡稱「詩家天子」，豈謂此事耶？《江談抄》曰：「公任、齊信，可謂詩敵。」按杜甫詩曰「白也詩無敵」，「詩敵」語或本之。《空華日工集》曰：「貞治元年三月大喜，寄賀書記以八句偈，建長、圓覺寺諸公皆和，余獨和建長諸友偈二十七首而答之。蓋向之所謂詩戰也。」「詩戰」語蓋亦有所本。

〔一〕接：似當作「按」。

圓載上人

皮日休《送圓載上人歸日本國》詩曰：「講殿談餘著賜衣，椰帆卻返舊禪扉。貝多紙上經文動，如意瓶中佛爪飛。颶母影邊持戒宿，波神宫裏受齋歸。家山到日將何入一作日，白象新秋十二圍。」《重送》曰：「雲濤萬里最東頭，射馬臺深玉署秋射馬臺即今王城也。無限屬城爲裸國，幾多分界是亶州州在會稽，海外傳是徐福之裔。取經海底開龍藏，誦咒空中散蜃樓。不奈此時貧且病，乘桴直欲伴師游。」陸龜蒙《和襲美重送圓載上人歸日本國》詩曰：「老思東極舊巖扉，卻待秋風泛舶歸。曉梵陽烏當石磬，夜禪陰火照田衣。見翻經論多盈篋，親植松杉大幾圍。遥想到時思魏闕，只應遥拜望斜暉。」又曰：「九流三藏一時傾，萬軸光凌渤澥聲。從此舊編東去後，卻應荒外有諸生。」顔萱《送圓載上人》詩曰：「師來一世恣經行，卻泛滄波問去程。心静已能防渴鹿，鼙喧時爲駭長鯨師云舟人遇鯨則鳴鼓以恐之。禪林幾結金桃重日本金桃實重一斤，梵室重修鐵瓦輕以鐵爲瓦輕于陶者。料得還鄉無別利，只應先見日華生。」按圓載事見《本朝高僧傳》，其略曰：「圓載，不詳氏族，和州人。幼隨最澄學梵典，旁通儒書。承和初入唐，叡山諸師作臺教疑問五十科，付載寄天臺山碩德，乃以疑問呈廣脩、維蠲二開士，就學教觀。開成五年，答釋已成，維蠲獻書於朝議郎中台州刺史滕邁，以乞公憑，邁乃與之。其文曰：『圓載闍黎是東國至人，洞西竺妙理。梯山航海，以月繫時。涉百餘萬道途之勤，歷三大千世界之遠。經文翻於貝葉，鄉路出於扶桑。破後學之昏迷，爲空門之標表。

遍禮白足，淹留赤城。遊巡既周，巾錫將返。懇求印信，以爲公憑。行業衆知，須允其請。邁白。」載將還，名官諸士苦留之。載使同行僧好仁持答釋還。宣宗聞載名，敕住西明寺。尋召載講經，宣宗大悦，賜紫袍衣，恩遇日渥。好仁再入唐，仁明天皇附好仁，賜黄金二百兩於載。載歷訪諸師，研精顯密法。大中九年，與本邦僧圓珍，共浴胎藏界灌頂水，入金剛界大曼荼羅，稟蘇悉地法及諸密軌。乾符四年冬十月，齎釋典儒書數千卷，駕李延孝船出洋。遇風濤大起，舳艫皆碎，與延孝等溺死。載在唐，日與諸儒爲方外交。皮日休、陸龜蒙、顏萱等皆有送行之什。」

日本使日本聘使褚山人金文學金吾侍御

徐凝《送日本使還》詩曰：「絶國將無外，扶桑更有東。來朝逢聖日，歸去及秋風。夜泛潮迴際，晨征蒼茫中。鯨波騰水府，蜃氣壯仙宫。天眷何期遠，王文久已同。相望杳不見，離恨托飛鴻。」劉長卿《同崔載華贈日本聘使》詩曰：「憐君異域朝周遠，積水連天何處通。遥指來從初日外，始知更有扶桑東。」林寬《送人歸日東》詩曰：「滄溟西畔望，一望一心摧。地即同正朔，天教阻往來。波翻夜作電，鯨吼晝爲雷。門外人葠徑，到時花幾開？」賈島《送褚山人歸日本一作東》詩曰：「懸帆待秋水一作色，去入杳冥間。東海幾年别，中華此日還。岸遥生白髮，波盡露青山。隔水相思在，無書也是閑。」梁鍠《送金文學還日東》詩曰：「君家東海東，君去因秋風。漫漫指鄉路，悠悠如夢中。煙霧積孤島，波濤連太空。冒險應不懼，皇恩措爾躬。」許棠《送金吾侍御奉使日東》詩曰：「還鄉兼作使，到日倍榮親。向化雖多國，如公有幾人？孤山無返照，積水合蒼旻。膝下知難住，金章已繫身。」所謂日本使、日本聘使、赭山人、金文學、金吾侍御之類，今不可考焉。

日本國詩

《龍威秘書》九集《譯史紀餘》載日本國詩。釋全俊全俊姓神氏秀崖，日本國高井縣人，詩見宋學士集中《和宋學士贈詩》曰：「一回錯買離鄉船，抹過鯨波萬里間。震旦扶桑無異土，參方飽看浙西山。」貢使失名《詠柳》曰：「湧金門外柳如金，二日不來成緑蔭。折取一枝城裏去，教人知道是春深。」普福使臣《在途有感》曰：「來遊上國看中原，細嚼青松咽冷泉。慈母在堂年八十，孤兒爲客路三千。心懷北闕浮雲外，身在西山返照邊。處處朱門花柳巷，不知何日是歸年。」釋天祥以下三人見沐景顒《滄海遺珠集》《寄南珍》曰：「上人居處僻，心與石泉清。道在從違俗，身閒不用名。空階松子落，雨徑蘚花生。怪得稀相見，年來嬾到城。」《贈李生》曰：「異域無親友，孤懷苦別離。雨中春盡日，朔外客歸時。花落青山路，鶯啼緑樹枝。從今分手後，兩地可相思。」《送僧歸重慶》曰：「東西千萬里，來去一身輕。碧鳳山前別，黄梅雨裏行。江長巴子國，地入夜郎城。昔我經過處，因君動遠情。」《哭宋士熙》曰：「衆山摇落日，那忍哭先生。老眼非無淚，深交最有情。人皆惜才調，天可厭聰明。書法并詩律，空留後世名。」《夢裏湖山爲孫懷王作》曰：「杭城一别已多年，夢裏湖山尚宛然。三竺樓臺晴似畫，六橋楊柳晚如煙。青雲鶴下梅邊墓，白髮僧談石上緣。殘睡驚來倍惆悵，可堪身世老南滇。」釋機先《挽逯光古先生》曰〔一〕：「昨日來過我，今朝去哭君。那堪談笑際，便作死生分。曠達陶徵士，蕭條鄭廣文。猶憐埋骨處，西北有孤雲。」釋大用《挽逯古光》曰：「氣宇自豪邁，孤超傲世時。冥鴻冲漢志，野鶴出塵姿。筆勢雲煙起，詩名草木知。論交三十載，死別抱長悲。」嗐哩嘛哈使臣《荅大明高皇帝問日本風俗洪武二十年》曰：「國比中原國，人同上古人。衣冠唐制度，禮樂漢君臣。銀甕篘新酒，金刀膾錦鱗。年年二三月，桃李一般春。」荅里麻使臣，或云即嗐哩嘛蛤《西湖》曰：「一株楊柳一株花，原是唐朝賣酒家。惟有吾邦風土異，春深無處不桑麻。」釋左省《口號呈沈潤卿》曰：「二月天和乍雪晴，見君似見祝先生。醉中不覺虛簷滴，吟作燈前細雨聲。」以上詩又見《全浙兵制》中《日本風土紀》，少有異同。《明詩綜》又載嗐哩嘛哈、普福二詩，別有使臣中心叟《吊郭璞墓》詩曰：「遺音寂寂鎖龍門，此日青囊竟不聞〔二〕。水底有天行日月，墓前無地拜兒孫。秋風野寺施香飯，夜月漁燈照斷魂。我有誄歌招不返，停船空見白鷗群。」

〔一〕古：底本訛作「谷」，據《譯史紀餘》卷二改。
〔二〕聞：底本訛作「開」，據《明詩綜》卷九十五改。

琉球國詩[一]

《譯史紀餘》載琉球國詩。貢使失名《過西湖口號》曰:「昔年曾見此湖圖,不信人間有此無。今日得從湖上過,畫工還似缺工夫。」無名氏下三首相傳爲琉球國人所作,出《廣記》《題春雪》曰:「昨夜東風勝北風,釀成春雪滿長空。梨花樹上白加白,桃杏枝頭紅不紅。鶯問幾時能出谷,燕愁何日得泥融。寒冰鎖卻鞦韆架,路阻行人去不通。」《游育王寺》曰:「偶來覽勝鄮峰境,山路行行雪作堆。風攪空林饑虎嘯,雲埋老樹斷猿哀。擡頭東塔又西塔,摇步前臺更後臺。正是如來真境界,臘天香散一枝梅。」《詠萍》曰:「錦鱗密砌不容針,只爲根兒做不深。曾與白雲争水面,豈容明月下波心。幾番浪打因難滅,數陣風吹不復沈。多小魚龍藏在底,漁翁無處下鈎尋。」此等詩又見《日本風土記》,爲日本人所作。

虎關詩話

《虎關詩話》見《濟北集》中,恐爲本邦詩話之始。只惜僅僅二十餘則,未足盡此老底藴。然其説可取者不少,今節録如左。杜詩《題己上人茅齋》,歐陽修曰「僧齊己也」。然齊己唐末人,爲鄭

〔一〕琉:底本訛作「疏」,據《譯史紀餘》卷二改。

谷詩友，去老杜時殆百歲。已上人絶非齊己也。老杜《别贊上人》詩「楊枝晨在手，豆子雨已熟」，注楊枝者，引《梵網經》而不及下句。以豆子爲青豆，則可笑。豆子，藻豆也。藻豆亦梵網十八種之一。老杜《夔府詠懷》「身許雙峰寺，門求七祖禪」，注家以七佛爲七祖，可笑。神秀之嗣有普寂者，居嵩山，游長安、洛都，士庶多歸，因以神秀爲六祖，自稱七祖。工部蓋指此僧也。曹溪門人菏澤亦受七祖謚〔一〕，然事在貞元中，工部既死久矣。工部所謂七祖，非七佛，又非菏澤。

三重韻

本邦韻書有《詩苑韻纂》《季綱切韻》《古文切韻》《孝韻》《東宮切韻》等諸書。僧虎關多考韻切之書，類聚熟字分爲十二門，題曰《聚分韻略》，爲當時詩家必携之書。《葛原詩話》引蕉中師説曰：「虎關原本《聚分韻略》分爲四欄，以列平上去入四聲之字。今本分爲三欄，以填平上去三聲之字，别以入聲字附卷末。因有『三重韻』之稱，蓋僞撰也。」然大内板《聚分韻略跋》有「三韻一覽」之語，則與今本體裁相似。蕉中師之説非是。余又謂平聲三十、上聲二十九、去聲三十，而入聲則只十七。每層列三聲之字，而附入聲字於卷末，於體爲得，未可以此謂之僞撰也。虎關之著又有《海藏韻略》，作聯句者便之。此人嘗著《元亨釋書》，寔桑門之遷固，而其緒餘之業亦復如是，功於詩學

〔一〕曹：底本訛作「麻」，據《濟北詩話》改。

不尠。余閲其《濟北集》中詩，疵類猶多，蓋此老學問淹博，著作之才有餘而精煉工夫猶未足也。

僧寂室

僧寂室，名允光，寂室其字，謚圓應禪師。爲江州永源寺開山祖。文保四年，與然可翁俊鈍菴，航海訪中峰於天目山。又遍參名宿，以嘉曆元年歸。如師鍊、夢窗諸名緇，爲其道友。天資超邁，又善偈頌。有《寂室集》四卷，今録數首如左。《書金藏山壁二首》曰：「借此閑房恰一年，嶺雲溪月伴枯禪。明朝欲下巖前路，又向何山石上眠。」「風攪飛泉送冷聲，前峰月上竹窗明。老來殊覺山中好，死在巖根骨也清。」《贈椿上人游方》曰：「禪人來討贈行篇，暗把枯腸苦搜索。渾無一句可呈君，月照空山秋寂寞。」《重陽》曰：「凌晨掃葉立庭際，籬落西風露濕裳。時有山童來採菊，報言今日是重陽。」《送調上人之京》曰：「八月九月風月好，一聲兩聲雁聲寒。公驗分明須進步，元來大道透長安。」《戊子姑洗之末，出遊而歸，忽覩北巖侍者見寄佳什，依韻寫懷》曰：「青鞋踏遍幾春山，病翼倦飛今已還。慣待宿雲分半榻，日昏猶未掩柴關。」《贈宏上人》曰：「白雲深處掩茅茨，慚愧禪人問舊知。相送出門兩無語，長松影裏立多時。」《示僧》曰：「箇事明明呈似君，不須特地策功勳。風和日暖黄鸝囀，春在花梢已十分。」《偶作》曰：「平生渾不愛玄談，多懶所須唯黑甜。老鼠偷咬牀脚響，日穿疎竹照西簷。」《書西明寺壁》曰：「去春此地尋花到，今日又看黄葉秋。嶺上白雲凝不動，自慚衰朽好閑游。」《三月盡》曰：「無限風光已索然，殘花尚自舞庭前。春歸定有重來日，人老何曾復少年。幻跡多留青障裏，幽懷〔一〕常在白雲邊。閑窗晝永如經歲，課罷楞嚴隱几眠。」《贈清公上人歸省西禪和尚》曰：「鳥啼花笑興悠哉，知識門庭破草鞋。百衲如君無半箇，孤筇過我已三回。道情應是清秋水，世慮何其冷死灰。莫袖一雙窮相手，令師背上放光來。」

漆桶萬里

漆桶萬里，詩僧也。反俗後占籍美濃，其別號曰梅花無盡藏，因又命其集曰《梅花無盡藏》，鈔本四卷傳世。平生嗜蘇黄詩，枕藉二家之集，頗有所悟，遂作之注。蘇詩之注曰《天下白》，黄詩之注曰《帳中香》。《天下白》全書不傳，而其説散見于《四河入海》中。《帳中香》以鈔本若活字板行，計二十卷。

四河入海

建長寺僧笑雲子法座主，集四詩僧説，以爲東坡詩注，名曰《四河入海》。佛語「四河入溟俱名爲海」，蓋取於此。書都百卷，以活字印行，近世此書絶少。所謂四詩僧説者：一曰《翰苑遺芳》，僧大岳所著也；一曰《天馬玉津沫》，僧江西所著也；一曰《脞説》，僧瑞溪所著也；一曰《天下白》，僧

〔一〕懷：底本訛作「壞」，據《大正藏》卷八十一《永源寂室和尚語》改。

萬里所著也。

三體詩

《三體詩》講説授受之序，見於《三體詩絶句抄》者如左。蓋講此集者，以中巖圓月爲嚆矢。圓月傳之於義堂周信，周信傳之於惟肖得岩、江西龍派二人。得岩之後無聞，而龍派則傳之於瑞岩龍惺、九淵龍睬、村菴靈彦三人。龍惺、龍睬二人之後無聞，而靈彦則傳之於正宗龍統及月舟二人。宇都宫遯菴《三體詩詳解》所載，與之略同而較詳。謂中巖入唐而歸，始講此集。觀中亦尋入唐而歸，又講此集。中巖傳之於義堂，觀中傳之於心田。而江西則於觀中、義堂二人之説，擇其善者而從之，蓋得諸義堂者爲多。惟肖亦得義堂之説者也。瑞岩、九淵、希世三人傳江西之説，而希世傳之於正宗，此爲正派。本地庵月心亦講此集，歸雲岱仰之作之抄。此外龜山之恕侍者、萬年之絶海阮南江、東福之東漸、桃源之專漸公，亦作之抄。又有嵩中山之抄梅菴之曉風集。按應仁中，後土御門天皇召壽桂、月舟二人，於禁中講《三體詩》。當時此集之盛行可知也。

錦繡段

建仁寺僧龍派，輯唐宋金元人絶句千餘首，號曰《新選集》，初學便之。龍派法弟龍攀，就唐宋金元人詩集更選絶句千餘首，號曰《新編集》，皆《新選集》所不載也。同寺僧龍澤，就此二書抄出三百餘首以爲小册，號曰《錦繡段》。龍澤之徒壽桂，又自二書中抄出三百餘首，以爲《續錦繡段》。錦繡段者，蓋《文選》中語，但「段」作「端」。先此宋人著述，亦有《錦繡段》。

古版

古版之書，佛書最多，次則經傳。而其關詩文者，則正中版《詩人玉屑》、至德版《韓文》、嘉慶版《柳文》、文明版《聚分韻略》、明應版《三體詩》，此外則無聞也。

唐宋聯珠詩格

宋人蔡正孫所選《聯珠詩格》，久傳于我邦。文化中，江户書肆請大窪天民校訂蔡氏原本，附諸剞劂。山本信有作之序，極力稱賞。當時詩人漸厭李王之風，信有輩又痛論僞唐詩之弊，而天民輩首唱宋詩之風，於是此書大行於世。蔡氏之選固多佳詩，然其所謂某某格者，則甚迂拘矣。

袁中郎集

《袁中郎集》已傳于我邦，當時李王詩風正盛，未有顧之者。深草僧元政得其梨雲館本，校刻行之，袁詩始顯於世。元政善詩，詩風與中郎相近。中郎詩文多雜佛説，元政之喜之亦宜矣。元政之後，井上純卿、村瀨通熙、山本信有、樫田伯恒等皆慕中郎風，然皆不及元政也。

細井廣澤詩

細井廣澤本是武人，又以書法名，而其著述關書法者爲多。然見其作《詩牌譜解義》，想當作詩之人，而其詩不多傳。《先哲叢談後編》載廣澤作新井白石壽詩事，而不載其詩。止載《贈堀部武庸》絶句曰：「結髮爲奇士，千金那足言。離別情無盡，膽心一劍存。」余家藏廣澤書《自讚歌》一卷，卷首有印，其文曰：「友人求假余書畫摹本，余未曾嗇焉。然至于淹滯不還，則大負老境之樂意。故作俚詩，自刻印于其首，以奉告諸友：斯翁努力知何事，爲樂殘年爲遺兒。君子求假奚足惜，荷恩還璧莫遲遲。壬寅秋，廣澤釣徒書，時年六十又五。」

閒居三十首

友人示一册，題曰《閒居三十首》，荒木伯遷所作。伯遷字廷喬，號松山，不詳何許人。此册首有自序，末有中井竹山跋。蓋竹山密友也。余憫其有詩才而其名不顯，録而傳之如左。其一《擬杜甫》曰：「魯鈍應吾分，幽棲水竹村。花開仍苦雨，鳥返復黄昏。自得田夫道，誰承國士恩。香醪充藥餌，一病鎖柴門。」其二《擬李白》曰：「明月中天出，蕭然彈我琴。不眠多古意，兀坐豁幽襟。露下芙蓉渚，風生桂樹林。故人若相問，清夜玉壺吟。」其三《擬王維》曰：「田園人境近，車馬到來稀。茅舍依花塢，茶煙上翠微。行携青竹杖，回掩白雲扉。牀上琴書在，柴桑思不違。」其四《擬孟浩然》曰：「草舍青山下，居然忘是非。歲時風物換，丘壑道情微。樵徑乘晴去，漁舟帶雨歸。簪紳余不起，已製芰荷衣。」其五《擬高適》曰：「州縣勞何限，徒然都匪才。不期豪吏到，但望故人來。籬菊尊中馥，紅梅瓶裏開。暮年甘伏櫪，誰復向燕臺。」其六《擬岑參》曰：「繡軛都門道，煙蓑野水限。金魚何敢戀，白鳥莫相猜。草色乘春出，花陰蹈月回。長安車馬客，那問釣徒來。」其七《擬錢起》曰：「幸閒須滅跡，天地有清真。流水幽人意，青山太古春。仙雲生枕席，彩翠濕衣巾。耽著滄州趣，元非戀主身。」其八《擬劉長卿》曰：「舊隱長無倦，猶怡幽趣新。露花煙裏曙，瑶草雨餘春。上界唯聞磬，中林不見人。衡門風自啓，疑是好鵝賓。」其九《擬皇甫冉》曰：「野墅沈冥跡，天朝供奉班。誰騎驄馬去，當解綬章還。風日棲花鳥，煙霞臨水山。逢人何所説，塵事不相關。」其十《擬司空曙》曰：「僻處人多静，深居事總閒。時求林果往，或摘野蔬還。片雨僧留錫，陰雲猿叩關。寂寥曾不厭，江上有青山。」其十一《擬韓愈》曰：「林館無公事，池塘亦静虚。苔含芳潤媆，花入緑蔭疎。野處長云得，衷襟誰與舒。虞卿唯著作，奚必鄴侯書。」其十二《擬白居易》曰：「遠隔青雲路，閑棲緑竹廬。每朝祇服藥，無日不觀書。期友留春酒，充飧釣夜魚。應須來遣興，風月在吾居。」其十三《擬賈島》曰：「此生長好静，不媿草堂靈。華髮忘年至，滄州惜夢醒。苔埋題石句，花纈汲泉瓶。載酒誰能問，一牀揚子經。」其十四《擬姚合》曰：「稍得林丘趣，幽莊思獨醒。泉明魚繞石，蘚静鳥過庭。詩任閑吟就，酒因多病停。山中無甲子，不復愧驢齡。」其十五《擬許用晦》曰：「故園書劍返，世路倦周旋。客况慚前事，家居勝舊年。苔香花下露，雲冷石間泉。雖失桑蓬志，乾坤獨晏然。」其十六《擬李商隱》曰：「竊荷明時澤，那言野外賢。浮生疇自得，幽跡獨翛然。書几多隨竹，茶爐卻在船。因詩堪避世，寧比謝臨川。」其十七《擬周元公》曰：「聖世斯文重，胡言吾道深。淑人依汗簡，會友賴鳴禽。雀乳新篁徑，蓮開剩水潯。明廷君子滿，孰合話胸襟。」其十八《擬林逋》曰：「羸馬曾游郭，幽人還入林。決然安坐卧，不復問浮沉。鶴共鄰僧聽，梅隨牧豎尋。從佗詩句僻，祗是費微吟。」其十九《擬歐陽修》曰：「林麓稀賢友，琴觴且遣憂。山嵐含樹起，野水帶花流。遵道須無愧，虛心何所求。讀書時睡著，夢與古人游。」其二十《擬蘇軾》曰：「郭外仙田懇，叨言榮故侯。東坡時喜雨，西圃可期秋。栽樹人應笑，經綸志自休。刈藜猶製杖，欲挂百錢游。」其二十一《擬黃庭堅》曰：「蕪穢陳蕃室，彷徨范冉車。讀書時感激，安命豈咨嗟。携儷春挑菜，招僧雪煮茶。錦鯖吾不羨，乖隔五侯家。」其二十二《擬陳無己》曰：「山霽雲含翠，江清水見沙。貧居仍自適，榮禄莫相誇。聽雨開茶社，期晴向酒家。聖朝真棄物，詎用謝黃麻。」其二十三《擬陸游》曰：「浸梅和麴蘖，劚筍試苞蘆。既拓三條徑，曾無二仲徒。晚行將犬子，晨起弄鷄雛。一氣龍潛窟，深居虎負隅。」其二十四《擬翁靈舒》曰：「那尋丹穴去，虛館即玄都。買石苔銜字，栽花蝶造圖。鄙生如蠛蠓，塵路避夔魖。世故過初定，唯安野性愚。」其二十五《擬高啓》曰：「匹馬歸家後，冥棲不負期。春風花底酒，夜雨竹間棊。蹇劣寧應世，文章誰得時。當年慷慨志，但有二毛知。」其二十六《擬林鴻》曰：「長憑烏几嘯，自得白雲期。清夢風塵表，芳洲煙月時。秋蘭行紉佩，春草坐題詩。韜晦求真侶，寂寥瓊樹枝。」其二十七《擬李夢陽》曰：「吾自從吾命，蹉跎笑此躬。燕金違宿志，晋竹趁高風。花徑軒裳外，茅堂水石中。不知年少日，一氣爲誰雄。」其二十八《擬何景明》曰：「麟閣丹青古，雲臺氣象雄。聖圖千載壯，德澤四方同。嚴子垂綸客，龐公採藥翁。倘知隱顯理，天地玉壺中。」其二十九《擬李攀龍》曰：「濁酒堪閑酌，吾曹無宦情。雲霄終吏事，湖海自詩名。高枕青山出，開軒夜月明。傲然天地外，一笑見浮生。」其三十《擬王世貞》曰：「潛夫宜偃蹇，薦疏是浮名。人怪墻東隱，吾忘柱下情。才寧餘二斗，價不抵連城。經業尤慷慨，升沈閔穆生。」其三十一《擬袁宏道》曰：「白社尋幽徑，青帘望故城。人評賢從事，僧禮古先生。處世如逃世，隳名或得名。耽詩兼嗜茗，儘剩陸盧情。」其三十二《擬李漁》曰：「不被人間笑，烏知林下情。忙唯書畫癖，閑是布韋榮。歲月花三畝，風煙水一泓。疎慵惟曠達，恐惹晋賢名。」前曰三十首，而實多二首，蓋舉大數也。

容奇都紀詩

源白石《榮奇》詩曰：「曾下瓊鉾初試雪，紛紛五節舞容閑。一痕明月茅渟里，幾片落花滋賀山。提劍膳臣尋虎跡，捲簾清氏對龍顔。盆梅剪盡能留客，濟得隆冬無限艱。」賴杏坪傚之作《都紀》詩曰：「日域日華原自多，秋洲秋月亦如何。影鮮貢馬關前路，光閃放魚池面波。誰慰客心游更級，好將謫恨住須磨。今宵不但惜良夜，明旦復教秋半過。」人皆以此等詩爲變體，余甚怪之。本邦人詩用本邦故事，固是當然之事。且如其題目初作《雪》《月》，何不可之有？但《容奇》則他人所命之題，非白石所自命，則須别論耳。杏坪又有《佐久良婆奈》詩，全是詠櫻花者，故用假字爲題，則惑矣。

論詩絶句

《養新録》曰：「元遺山《論詩絶句》，效少陵『庾信文章老更成』諸篇而作也，王貽上仿其體，一時争效之。厥後宋牧仲、朱錫鬯之論畫，厲太鴻之論詞、論印，遞相祖述，而七絶中又别啓一户牖矣。」近世賴山陽亦論本邦之詩，蓋又效遺山也。

梧園詩話卷下

細川潤潤叟　著

和韻

古人賡和，答其來意，不必和其韻。而和韻則始於元稹、白居易、劉禹錫輩，稹《上令狐相公書》曰：「某與同門生白居易友善，居易雅能作詩，就中愛驅駕文字，窮極聲韻，或爲千言或爲五百言律詩，以相投寄。小生自審不能有以過之，往往戲排舊韻，別創新詞，名爲次韻。蓋欲以難相挑耳。」然林氏《一人一首》，舉大津首和藤原太政《游吉野川》韻詩，謂本邦唱和始於此時。考其年代，在元白劉唱和之前。其詩曰：「地是幽居宅，山唯帝者仁。潺湲浸石浪，雜沓應琴鱗〔一〕。靈懷對林野，陶性在風煙。欲知歡宴曲，滿酌自忘塵。」題下注曰：「仍用前韻。」其爲次韻可知也。《懷風藻》載此詩，而不載原作。又載葛井廣成和藤原太政《佳野作》詩，亦注曰：「仍用前韻。」按《詩轍》引《續文章緣起》曰：「和詩，梁武帝同王均和太子懺悔詩，始爲押韻。」則六朝已有次韻，而大津

〔一〕沓：似當作「沓」。

首、葛井廣成傚其體者耶?

探韻

探韻,事見《源氏物語》花宴條。據《花鳥餘情》所言,則儒者獻題,次書韻字,盛中垸置庭中文臺上。近衛次將先探御料韻二字,置筥蓋,升自御前階獻之。次公卿堪屬文者、文人等,各進文臺頭探一字見之,奏官姓名及所探字。按古人寫詩懷紙,如題曰「春日同賦春夜翫櫻花各分一字應制詩」,且注曰「以某爲韻」,或曰「探得某字」之類,皆謂探韻也。

勒韻

中古詩集多有勒韻,或曰勒某某字,或單曰勒。如《菅家文草》有《霜夜對月》詩,注曰「勒泥迷啼西」;《詩友會飲同賦鶯聲誘引來花下》詩,注曰「勒花車遮賒斜家」;《賦葉落庭柯空》詩,注曰「勒冬從龍松容封農重縫鋒蹤逢峰春慵蜂攻鐘衝濃」。《明月記》曰,詩題《春日山寺即事》,注曰「勒新春人塵」。如此皆是。《續日本後紀》又有「探勒」語。蓋探得韻字,依序押之者也。按《談唐詩選》引《唐詩紀》,王灣麗正殿賜宴,同勒「天前煙年」四韻應制詩,謂古人詩多有勒韻。邦人勒韻,蓋傚李唐之風也。

掩韻

古人有掩韻之戲。《西宫記》宸宴條，延喜二年七月十七日有此戲。蓋掩古人集中韻字，令人射覆，中者爲勝。掩韻一名韻塞，訓爲「爲牟不多義」，又爲「爲不多義」。此事又見《源氏物語》及《枕草子》。《中務集》有堀河中宫韻塞歌，曰「奈都也麻能之藝利遠和計天奈久之加遠伊加傳止茂能能比止多豆奴良牟」。

詩宴

中宫詩會，又謂之詩宴。《日本紀略》，延長四年九月三十日，於清涼殿前翫菊有詩宴，題云《籬菊有殘花》。寛弘四年四月二十五日辛卯，於一條院命詩宴，題云《所貴是賢才》。《百練抄》，長久三年八月二十日設詩宴於中殿，同年閏九月九日中殿詩宴，永承六年九月九日於冷泉院法皇詩宴，延久三年十二月六日於中殿有詩宴。此類是也。

詩會

本邦詩會，自古有之。但如詩會儀式懷紙寸法，則始終昌泰、延喜之際。《北山抄》《朝野群載》《臺記》《續世繼》等諸書具載此事，可考焉。如歌會儀式，則蓋傚詩會者也。

五山詩會

五山僧徒結社賦詩，其式長老以下相會一堂，早飯供粥。僧臘長者各書一題，互相商議，定爲一題，稱曰題評。題評已畢，片紙書題貼於上席之壁。坐客相題構思，各有筆硯筆架水滴及檀紙短册三枚。初稿已成，坐客傳見，互相品評。品評已畢，方始浄寫，置短册於座右文臺。五山之僧交出吟誦，五山聲調各異。吟誦已畢，置酒縱談，入夜而止。人稱此會曰短册切，見《老人雜話》。

改詩

延喜中内宴，群臣賦《菊散一叢金》。善相公詩曰「酈縣村閭皆富貨，陶家兒子不垂堂」意爲菅公所賞，而公止美紀納言句。宴罷，共出至建春門外，相公問公：「此句何如？」公曰：「『富貨』二字盍改作『潤屋』？」相公欣然從之。大江以言賦《秋未出詩境》一聯曰「文峰按轡駒過影，詞海艤舟葉落聲」，具平親王見之曰：「駒上宜有白字。」乃改爲白駒影、紅葉聲。二事俱出《江談抄》。源英明作《夏日》詩曰「池冷水無三伏夏，松高風有一聲秋」，菅文時爲改之曰「水冷池無三伏夏，風高松有一聲秋」，一座嘆賞，以爲文時老於詩學者也。文時又嘗見源爲憲詩，爲改「鶴閑翅刷千年雪，僧老眉垂八字霜」曰「翅閑鶴刷千年雪，眉老僧垂八字霜」，卻不如原作之勝。

鬬詩

鬬詩謂之詩合。天德三年八月十六日，於清涼殿行鬬詩儀。主上出御，有判者，有講讀師。群臣善詩者分左右班侍坐。菅原文時在左，橘直幹在右。左右各出題目，其詳見《日本紀略》《西宫記》及《鬬詩行事略記》，輯其詩者曰《天德鬬詩》。後數有此事，如永承侍臣詩合、天喜殿上詩合是也。蓋寬平、延喜之際始有歌合，而鬬詩之儀傚之也。嘉應以後，又有詩歌合之儀，元久、建保之際多行此儀，大抵與鬬詩之儀同。

聯句

聯句又稱聯詩，合作之詩也。古人謂此體恐本連歌。大津皇子有《述志》作二首，而後人續之，其詩見《懷風藻》，言聯句者以之爲祖，猶聯歌之始乎日本武皇子也。按《玉海》，文治三年三月二十七日，御書所作文條曰：「先例連句，不過五韻。天永以往，多者有二十餘韻。後世遂有五十韻、百韻、百五十韻，而其尤長者則有千句、三千句、九千句。五山詩僧頗慣此技。聯句之法不與西土聯句同。起首每用隔句對，而非隔句對者稱爲獨句。其他格法繁瑣，非言志之具也。」藤原忠通賦連句，其一聯曰：「詞苑久爲銷日戲，文亭只作送宵游。」僧義堂聯句詩序曰：「今之青衿，抽黄對白，比月聯風，所以不既成乎一體，姑取其資一時杯酌之侑而已。可笑也。」二人之言誠是。聯句之類，又有和漢連句、漢和連句，詩歌合作之謂也。

詩板

黑板書詩，鎸畢填粉，上施鐵鈎，挂諸楣間，稱曰詩板。本邦古刹如東漸寺、慈恩寺俱有此物，蓋傚西土之風者矣。《全唐詩話》：「蜀路有飛泉亭，中詩板百餘篇。後薛能佐李福於蜀道，過此題云：『賈掾曾空去〔一〕，題詩豈易哉？』悉去諸板，惟留李端《巫山高》一篇而已。」張祜詩「寂寞空門支道林，滿堂詩板舊知音」，鄭谷詩「勝地昔年詩板在，清歌幾處郡筵開」，可見詩板自唐時有之。近日日清之役，我兵有得彼地詩板而歸者，余曾觀其一二。

東漸寺詩板

東漸寺詩板中所載詩四十八首，賦詩者四十六人，曰無學元，曰福山一寧，曰桃溪，曰無外慧芳，曰約翁德儉，曰慧沖，曰不退德温，曰景芳，曰無聞自聰，曰明窗宗鑒，曰可庵若進，曰林叟德瓊，曰無及德詮，曰無絃德韶，曰了欽，曰歇堂素心，曰巨山志源，曰春谷德熙，曰知義，曰獨照祖輝，曰白雲惠宗，曰慧日，曰千峰本立，曰衆先文□，曰常□，曰大川道通，曰竺芳，曰可遵，曰祖淵，

〔一〕掾：底本訛作「椽」，據《佩文韻府》卷二十四引《全唐詩話》改。

曰芝景，曰覺元，曰德輔，曰元規，曰悦堂聰賀，曰鐵庵道生，曰雲屋慧輪，曰素燦，曰南山士雲，曰鰲峰德存，曰玉山德璇，曰靈岩至昭，曰見山沖已，曰□祥，曰乾峰士曇，曰德惠，曰敏泰。題有「弘安六年」云云之語。本邦當時與元構難，寇氛未熄，而武相之地，詩僧之多如此。蓋祖元一寧等航海歸化，禪餘之暇，翰墨遊戲，與其徒唱和，方外之詩從此而盛矣。

詩牌

余嘗閲細井知慎所著《新鐫詩牌譜》，蓋本《續説郛》所載王良樞詩牌譜，訂訛補闕，作之解義，鍥梓行世者。顧其書流傳已少，恐人不知，因作詩牌詩以傳其事，然未遑作牌。近日有以詩牌一筐來示者，併譜求售。牌以木造，平字填石緑，仄字填粉。譜則抄本。或是知慎遺物，否則後人傚而作之。因購之以備詩家掌故。按詩牌之語見於書中者，率謂寫詩之牌，非遊戲之具。而排牌集字以成詩句者，亦稱爲詩牌。《樊榭山房集》有賦詩牌，和嶰谷詩曰：「誰將平水韻，刻竹縱横呈。集韻以爲詩，詩牌所由成。如伯玉妻盤，盤中辨形聲。其難各一字韓詩：六字常語一字難，其數逾百名儀禮：百名以上書于策。注，名書文字也。今謂之字。區分忽陣合，星列俄雲行。束縛窘意匠，淩亂鬬心兵。韓豪不得逞，李捷那可并。諦視經營始，落落疑殘枰。脱簡類酒誥，補亡待由庚。耐險劇登棧，須滿呀填阬。得雋亦偶爾，取鬧真無情。頃之目光到，手敏緣思精。棄取判瑠玉，虚實歸權衡。音通柳卯讀，意協猗那賡。澀體篠驂亞，餘韻瘀絮争。泥塗弄明月，枯枿擢芝英。君家詩神王，筆掉橫海鯨。勺涔出變化，一一敵皆劾。分曹破往例，遞送同踐更。復製詩牌詩，用以堅齊盟。我媿才力薄，壁上觀峥嶸。身世等格五，科第任投瓊。惟此文字戲，見獵心猶傾。和詩傳故事，奚事鍾嶸評。」更按，詩牌本以牙造，如余所藏乃以木造。而據此詩，則又以竹造。不必拘焉。

講詩式

講詩之式，六位讀官姓名，五位讀官名，四位讀名朝臣，三位以上讀官姓朝臣，親王讀官親王，最後撤親王及群臣詩，安御製於筥上，讀題及韻字。事見《二中歷》。按，和語《圓機活法》亦載唱懷紙法，此儀與和歌講式略相似，則詩家蓋仿之也。

寫詩式

《孝經樓詩話》曰：「寫詩式見《夜鶴抄》、布川知恒《可成談》、平維章《不問談》《年山紀聞》等書。《南留別志》又曰：『絶句三行三字，律詩五行三字。』」此書式蓋五山僧徒擬寫歌式而作也。《岡屋關白記》載《夏日同賦〈聖恩覃草木〉應制》律詩，初一行九字，次三行皆八字，次二行皆九字，末一行五字。元長卿日記載《耕於東郊各分一字詩》，三行各八字，末一行四字。又載内裏御會《春日同賦〈官梅動〉》蓋省「詩興」二字也詩，三行各九字，末一行一字。和語《圓機活法》亦載懷紙色紙短册書式，少有異同，可就而考焉。余按寫歌式題及姓名俱用真字，末三字亦用真字，蓋本寫詩式而歌人擬之也。

寫詩雜式

《朝野群載》載寫詩雜式曰：「寫題之式，初揭時令，次揭事由，次曰同賦某題，次曰應製詩一首。」注曰：「以某爲韻並序。」如曰「《九日侍宴同賦〈寒菊戴霜抽〉應製詩》一首以某爲韻有序」。若侍太上天皇，則曰「侍太上天皇仙洞」或曰「同賦某題應太上天皇製」，法皇則曰「太上法皇」，太子後宮則曰「應令」，親王公卿則曰「應教」。署名之式，曰官位姓朝臣名上，太上天皇及太子后宮則曰官位姓朝臣名上，親王公卿則曰官姓朝臣名，在釋奠則曰官位姓朝臣名，而在文章院御書所等則曰官姓名。

闕字式

凡字當闕者，在題則不闕，在詩則闕。其字若在一行之首，則又不闕也。此事見公清公記、藤原公賢之説也。

唐人應制詩多用對句

律詩，二聯之外大抵不對。而唐人應制之詩，則多用對句。有六句對者，有八句皆對者。余偶閲唐人雪詩，因就其詩示例如左，而其他不遑悉舉也。沈佺期《奉和洛陽玩雪應制》詩曰：「周王甲子旦，漢后德陽宫。灑瑞天庭裏，驚春御苑中。氛氲生浩氣，颯踏舞迴風。宸藻光盈尺，賡歌樂歲豐。」李適《游禁苑幸臨渭亭遇雪應制》詩曰：「長樂喜春歸，披香愛雪霏。花從銀閣度，絮繞玉窗飛。寫曜銜天藻，呈祥拂御衣。上材紛可望，無處不光輝。」徐彦伯《遊禁苑幸臨渭亭遇雪應制》詩曰：「玉律藏冰候，彤階飛雪時。日寒消不盡，風定舞還遲。瓊樹留宸矚，璇花入睿詞。懸知穆天子，黄竹謾言詩。」如此則六句對者也。上官儀《詠雪應制》詩曰：「禁園凝朔氣，瑞雪掩晨曦。花明棲鳳閣，珠散影娥池。飄素迎歌上，翻光向舞移。幸因千里映，還繞萬年枝。」李嶠《從禁苑幸臨渭亭遇雪應制》詩曰：「同雲接野煙，飛雪暗長天。拂樹添梅色，過樓助粉妍。光含班女扇，韻入楚王絃。六出迎仙藻，千箱答瑞年。」李乂《陪幸臨渭亭遇雪應制》詩曰：「青陽御紫微，白雪下彤闈。浹壤流天霈，綿區灑帝輝。水如銀度燭，雲似玉披衣。爲得因風起，還來就日飛。」如此則八句皆對者也。如絶句亦多用對句。李嶠《游苑遇雪應制》詩曰：「散漫祥雲逐聖回，飄飖瑞雪繞天來。不能落後争飛絮，故欲迎前綻早梅。」劉憲《人日玩雪應制》詩曰：「勝日登臨雲葉起，芳風摇蕩雪花飛。呈暉幸得乘金鏡，飏粉還將奏玉衣。」如此則四句皆對者。而首二句對者末二句對者不少。蓋多用對句則文字典麗，聲調和諧，賦應制詩者不可不知。

唐人詩連用三字

唐人劉象詩僅十首，而七絶四首，共於末句連用三字。《春夜》二首曰：「幾處兵戈阻路岐，憶山心切與山違。時難何處披懷抱，日日日斜空醉歸。」「一別杜陵歸未期，祇憑魂夢接親知。近來欲睡兼難睡，夜夜夜深聞子規。」《曉登迎春閣》曰：「未櫛憑欄眺錦城，煙籠萬井二江明。香風滿閣花盈户一作滿樹，樹樹樹梢啼曉鶯。」《鄴中感舊》曰：「頃年曾住此中來，今日重游事可哀。憶得幾家歡宴處，家家家業盡成灰。」余詩前有連用三字者，友人病其過奇，勸余改之。當時余不知有此句法，友人亦未知也。按《春夜》二首或以爲劉駕作。

唐人多用同句法

唐人崔櫓詩僅十六首，而同句法數見。《春晚岳陽言懷》七律起句曰「翠煙如鈿柳如環」，《過蠻溪渡》七律起句亦曰「緑楊如髮雨如煙」。《華清宫》七絶結句曰「濕雲如夢雨如塵」，《題雲夢亭》七絶起句亦曰「薄煙如夢雨如塵」。又有「不見人歸見燕歸」「何年今日伴何人」「醉時顛蹶醒時羞」「銀河漾漾月暉暉」「多在青苔少在枝」等句，皆一句中述二事若二物。此等句法，他人亦每用之，而此人殊多。

胡蘆韻轆轤體及進退格

《事文類聚》引《湘素雜記》曰：「鄭谷與僧齊己、黄損等共定今體詩格。曰凡詩用韻有數格：一曰胡蘆，一曰轆轤，一曰進退。胡蘆韻者，先二後四；轆轤韻者，雙出雙入；進退韻者，一進一退。失之則謬矣。」《冰川詩式》曰：「胡蘆韻謂前少後多，前二後四。」今録太白詩一首以備，未知然否。齊己等定此等格，未之有詩。《詩轍》引李商隱《茂陵》詩曰：「漢家天馬出蒲梢，苜蓿榴花徧近郊。内苑只知銜鳳觜，屬車無復插鷄翹。玉桃偷得憐方朔，金屋裝成貯阿嬌。誰料蘇卿老歸國，茂陵松柏雨蕭蕭。」二句用肴韻，六句用蕭，詩蓋所謂前少後多者。而轆轤韻之雙出雙入，進退格之一進一退，亦當有别。然見楊誠齋詩，所謂轆轤體、進退格，大略相似，無甚分别。因録其詩，以令學者有所考焉。《城上野步》曰：「初勁無遺暖，晴行失老懷。葉飛楓骨立，萍盡沼奩開。路好仍回首，泥殘敢放鞋。登臨不須盡，留眼要重來。」《中秋病中不飲》曰：「無風無雨并無雲，今歲中秋儘十分。畢竟冰輪誰爲轉，碾穿玉宇不生痕。坐看兒輩紛然醉，也遣先生半欲醺。自是清樽負明月，不關明月負清樽。」《碧落堂暮景》曰：「碧落堂中夕眺餘，一聲哀角裂晴虚。滿城煙靄忽然合，隔水人家恰似無。坐看荷山沉半脊，急歸道院了殘書。意行花底尋燈處，失脚偏嗔小吏扶。」以上皆所謂轆轤體也。《明發道經生米市，隨喜西林寺留題》曰：「貪睡能無起，挑燈强未殘。春聲忙野店，月色澹柴門。又踏黄塵路，前追紅葉村。秋衣那敢薄，病骨自難温。」《小憩上坊鎮新店》曰：

「下轎逢新店〔一〕，排門得小軒。中間一椉几，相對兩蒲團。椽竹青留節，簷茅白帶根。明窗有遺恨，接處紙痕班〔二〕。」《與長孺共讀東坡詩》詩曰：「枉看平生多少書，分明便是蠹書魚。萬籤過眼還休去，一字經心恰似無。急讀何如徐讀妙，共看更勝獨看渠。麴生冷笑仍相勸，惜取殘零覓句鬚。」《嘲淮風》曰：「絮帽貂裘莫出船，北窗最緊且深關。顛風無賴知何故，做雪不成空自寒。不去掃清天北霧，只來捲起浪頭山。便能吹倒僧伽塔，未值先生一笑看。」《過淮陰縣題韓信廟》曰：「鴻溝祇道萬人雄，雲夢何銷武士功。九死不分天下鼎，一生還負室前鐘。古來犬斃愁無蓋，此后禽空悔作弓。冰火荒遺非舊廟，三間破屋兩株松。」《題龜山塔》曰：「舊歲新年來往頻，孤標數面便多情。獨將白髮三千丈，上到瑤臺十二層。萬里海風吹不動，半輪淮月爲誰明。東坡舊跡無尋處，試問龕中錦帽僧。」以上皆所謂進退格也。按此等格非可常用者，然一韻中字之可用者不足，則用他韻，亦出於不得已也。

七律拗體

《甌北詩話》曰：「拗體七律，如『鄭縣亭子澗之濱』『獨立縹緲之飛樓』之類，杜少陵集最多。乃

〔一〕轎：底本訛作「橋」，據《誠齋集》卷二十五改。

〔二〕痕班：底本脱訛作「□痕」，據《誠齋集》卷二十五改。

專用古體，不諧平仄。中唐以後則李商隱、趙嘏輩創爲一種，以第三第五字平仄互易，如『溪雲初起日沉閣，山雨欲來風滿樓』『殘星幾點雁横塞，長笛一聲人倚樓』之類，别有擊撞波折之致。至元遺山又創一種，拗在第五六字。」因舉其例，然猶未多。余暇日閱遺山詩集，録其拗者如左，謂大抵盡於此矣。「門堪羅雀仍未害，釜欲生魚當奈何」「未能免俗私自笑，豈不懷歸官有程」「村墟帶晚鴉噪合，林壑得霜煙景分」「昂藏自有林壑態，飲啄暫隨塵土緣」「東門太傅多祖道，北闕詩人休上書」「青山歷歷鄉國夢，黄葉瀟瀟風雨秋」「來時珥筆論健訟，去日攀車餘淚痕」「太行秀發眉宇見，老阮亡來樽俎間」「鷄豚鄉社相勞苦，花木禪房時往還」「肺腸未潰猶可活，灰土已寒寧復然」「無錢正坐詩作祟，識字重爲時所讐」「市聲浩浩如欲沸，世路悠悠殊未涯」「鮮明獨向霜露見，爛漫卻隨蒿艾生」「萬金良藥移造化，老眼天公誰耦畸」「冷猿挂夢山月暝，老雁叫群江渚深」「春沙淡淡沙鳥没，野色荒荒煙樹平」「青山兩岸多古木，平地數峰如畫屏」「種松千載如種德，教子一經今教孫」「霜林染出雲錦爛，春色併歸風露秋」「虎頭食肉無不可，鼠目求官空自忙」「承平人物天未絶，耆舊風流今復誰」，此外又有上句末三字悉仄聲，而下句末三字平仄平者，今不悉録。本邦人未有多用此體者，屬對之際偶得佳字，而平仄不諧者，用此體亦未爲不可也。

全韻詩

一韻中文字，可用於詩者大抵有限。古人率用其可用者，而不用其不可用者，如此而足矣。

後人乃有全韻之詩，好奇鬭險，互相誇尚，非言志之具，學者不必傚而可。今録一篇，以具一體。《忠雅堂集》《羅旭莊前輩既移庖厨于書室，遂葺舊庖屋爲舫齋，要同人賦全韻詩落成，予得十賄六十韻》詩曰：「移居等置棋，趨吉比求賄。安或就湫隘，危或避爽塏。門閭互啓閉，經路數遷改。相宅古有經，發室豈爲詒。先生學道者，寂處觀自在。隨寓足安樂，掩關謝尤悔。守舊知有常，革故亦復乃。檢帙帥詩婢，徙薪督膳宰。如轉粟就民，如挾岱超海。陵谷本相替，幽喬成對待。書林換珍厨，經笥易食檑。携來短檠鐙，負去太羹鼐。掃墻滌舊污，塈壁受新采。簾紋水差差，砌石玉璀璀。棋局阡田田，硯山岫嵬嵬。畫叉依茗爐，琴拂承劍錞。爐香坐椒蘭，屏卉列喬隗。縣圖看海嶽，澎濞帶巋巊。山鳥若鳴春，池竹欲舒篬。談塵飄離披，酒具簇碨磥。風光一室聚，文史百川匯。岸舟與陸舫，取適自閑頠。差同濠濮游，底用波流浼。主人招要頻，數子過從每。耽吟賢乎已，好客敬勝怠。小史調琴笙，中饋出脯醢。闥題蜥隱盂，聯句珠綴琲。老輩擅詞場，公才故十倍。筆鋒摧四軍，心花吐千蕾。奇情動膽魄，妙理解頤頦。幽含秋蕭寥，秀發春蕩駘。鼓吻餐繁英，漱齒嚼細蓓〔一〕。赤幟驅百靈，華搆結萬彩。取譬嚴附會，數典卻腐餒。豈惟振衰靡，實可起萎腇。從朝或至昃，自卯輒逾亥。掌握一寸鐵，力舉百鈞礧。十手未搴旗，三矢已奏凱。豪奪曹景宗，雄壓慕容廆。獨提鴉兒軍，似著獅子鎧。能令萬馬卻，不畏衆石磈。橫馳莫與抗，絶叫誰敢

〔一〕蓓：底本訛作「蔀」。按，蔀乃有韻，蓓乃賄韻，蓋形似而訛。

款〔一〕。當公偏師來，令我壯氣灌。以此固壘守，數以疑兵紿。自維郊島儔，濫與鄒枚寀。孤棲惜羽毛，獨酌平礧磈。如鳥驚褵褷，如竹枯㮰㰆。如獸走躑躅，如木病魁瘣。繁優繭絲抽，雜感髮覆鬊。顧影形傴僂，看鏡面痱癗。舉杯醉司命，似見鬢絲皠。已知白守黑，不望盧變彩。紛紜壓薄俗，跌宕想綿載。可憐懷抱盡，逐令容顔僞。久齋道人心，罷鍊健兒骸。退鷁難强進，飢鷹故先餒。降旗爲公倒，應諒岌岌殆。鑄詞笑贅附，命意誠鄙猥。投詩抵含璧，庶贖逋逃罪。幸從君子室，永以佩蘭茝。」又别有全韻詩，《道古堂集》中有《全韻梅花詩》，其序曰：「寅夏，主講邗上安定書塾。公暇偶詠，得全韻梅詩。雖不能爲名花寫照，而頗有層見叠出之致，因録存之。」其詩七言絶句三十首，平韻自東至咸；五言絶句七十六首，仄韻自董至洽。合計一百六首，而平仄韻盡矣。今不録也。本邦人未見有傚之者，而用平聲全韻者則往往有之。

入道

道士、道者，皆指道家流。而入道，亦言新奉道教。本邦稱入道者，皆言奉佛教者。東西入道名同而實異。柳宗元《送婁圖南秀才游淮南將入道序》曰：「若苟焉以圖壽爲道，又非吾之所謂道也。」又曰：「今將以呼噓爲食，咀嚼爲神，無事爲閑，不死爲生。則深山之木石，大澤之龜蛇，皆老

〔一〕款：寘韻。似當作「欸」，賄韻。亦形似而訛。

而久，其於道何如也？」唐項斯《送宫人入道》詩曰：「願從仙女董雙成，王母前頭作伴行。初戴玉冠多誤拜，欲辭金殿别稱名。將敲碧落新齋磬，卻進昭陽舊賜筝。旦暮燒香繞壇上，步虚猶作按歌聲。」又按，道人亦與道士道者同。徐玉泉《賜終南道人》詩曰：「占得中原第一山，功名長揖謝人間。晝眠松壑雲窩暖，夜漱芝田石子寒。曲按宫商吹玉笛，火添文武煉金丹。采榮未必非翁意，自是皇冠真好閑。」

杜常華清宫詩

《三體詩》首載杜常《華清宫》詩曰：「行盡江南數十程，曉風殘月入華清。朝元閣上西風急，都入長楊作雨聲。」蓋以杜常爲唐人。《全唐詩》又以爲唐末人，收此詩一首，但改「風」爲「星」。《焦氏筆談》《文體明辨》等書亦然。然《宋史》有《杜常傳》，《宋詩紀事》又以爲宋人，載其詩四首，其第一首即題《華清宫》者，但首二句則曰「東别家山十六程，曉來和月到華清」。《河上楮談》載杜詡跋曰：「臨潼驪山，華清宫温泉在焉。中有華玉屏，皆宋元及今人詩刻。内杜常四篇，前題『權發遣秦凰等路提點刑獄公事太常寺杜常』，後跋云：『正甫太守自河北移使泰凰，元豐三年九月二十七日過華清宫，有詩四首。詞意高遠，氣格清古。邑人曹端儀既親且舊，因請副本勒諸方石，以垂不朽。閏九月初一日，潁川杜詡記。』」《居易録》亦曰，杜常北宋人，今唐詩多誤收之。《説郛》引《古今印史》，以此詩爲杜牧作，且云：「連用二『風』字，讀者不知其誤。曏見一善本，作『曉乘殘月入華清』，易此一字，殊覺意味深長。」《香祖筆記》又曰：「常爲昭憲皇后族孫，第進士，歷官工部尚書。而《霏雪録》以爲杜牧詩，誤矣。」《孝經樓詩話》論此事更詳。又按《宋金元詩選》亦收此詩，以爲宋人。

笭箵

笭箵，漁具。笭並音靈，又音令；箵音省，又音星。韻書收入梗韻，而古人多作平聲用。字典，《元結傳》自釋語「能帶笭箵，全獨而保生；能學聱齖，保宗而全家」，按，語皆協韻，故韻音平聲，與「生」相協。又蘇舜欽《松江觀漁》詩：「嗚榔莫觸蛟龍睡，舉網時聞魚鱉腥。我實宦遊無况者，擬來隨爾帶笭箵。」又陸游、黄庭堅、秦觀、陶宗儀詩，笭箵皆作平聲，入九青韻。接《葛原詩話》引《苕溪漁隱叢話》曰：蘇子美、黄魯直、秦少游「皆于『青』字韻中押，真誤也。」《詩轍》亦舉蘇詩以爲失韻。蓋《廣韻》《集韻》，笭箵俱收入迥韻，則仄用爲正。然古人韻譜各有乖互，各處方音又各不同，唐以來諸家所用或平或仄，未必以平用爲誤也。又按《頻羅庵集》曰：「笭箵，今韻上一字平仄兩收，箵字不入青韻。唯《廣韻》箵字注：笭箵，小籠。或平從青，仄從省。一字兩寫，未可知也。接唐元魯山、蘇舜卿，宋陸放翁、黄山谷、秦少游皆押作平〔一〕，則箵字自有平聲可知也。本朝邵子湘《古今韻略》又云當有兩讀，而載入叶韻，未免騎墻之見。獨元《陶南村集》濯足五律一首押作陽韻，最

〔一〕接：據上下文，似當作「按」。

奇。詩末自注云：『元結自釋音郎當。』按自釋『能帶笭箵，全獨而保生；能學聱齖，保宗而全家』，上二句是以庚通青。唐人庚青本通，非以陽通庚也。南村不知何所據而云然。下略。」

盆樹盆石

盆樹盆石之供玩好，未詳始于何時。想北條氏足利氏之際，禪僧多有材藝，又喜風流，因玩花木奇石，俗人傚之，相沿成風者矣。《濟北集》有盆荷盆蓮詩，又有盆石詩及賦；《寂室集》有《長州逸上人袖出塊石，兩峽對峙，恰如擘青玉，中夾條白直下，若懸飛泉，凡寒巖空洞幽趣餘態，使人殊增丘壑之志，仍賦一絶贈之》之詩；《絶海集》亦有盆松盆蘆詩。當時禪家好尚可見也。

剪彩花

剪彩、剪勝、花勝、彩勝、像生花、彩花、假花，共是人造之花。其用紙者曰紙花，用蠟者曰蠟花，用絹者曰羅絹花，又有春花之稱。黄山谷有《次韻楊君全史彦昇送春花》二絶，其詩云：「化工能斡大鈞回，不得東君花不開。誰道纖纖緑窗手，磨金翦彩喚春來。」「千林摇落照秋空，忽散穠花在眼中。蝶繞蜂隨俱入座，君家女手化春風。」可見其非尋常春花也。本邦古人又名爲新成花。《古今集》載大納言忠家《翫新成櫻花歌》曰：「左久良婆奈於里天美之仁毛加波良奴仁知良奴婆加里曾之留之奈里計留。」《蕉堅稿》有《造牡丹》詩曰：「剪彩裁英工足誇，豪家春在梵王家。未明天地同根旨，淺紫深紅眼裏花。」

紙衣

紙衣之事，再見於《吾園隨筆》，其所援引，不過本邦故事。偶閲《全唐詩》，始知西土僧亦有用紙衣者，因録如左。殷堯藩《贈惟儼師》詩曰：「涣然文采照青春，一策江湖自在身。雲鎖木龕聊息影，雪香紙襖不生塵。談禪早續燈無盡，護法重編論有神〔一〕。擬掃緑陰浮佛寺，桫欏高樹結爲鄰。」第四句即紙衣也。若夫紙張紙被之類，見於西土之書者，固不遑數也。

日本裘

《葛原詩話》曰：「李白詩『身著日本裘』，注曰：『裘，晁卿所贈也。』」因以爲古人用皮裘之證。余按此句見《送王屋山人魏萬還王屋》詩注曰「裘則朝卿所贈，日本布爲之」，然則裘非皮服也。晁卿蓋贈裘於魏萬，而白用其事入詩。

〔一〕論：底本脱，據《全唐詩》卷四百九十二補。

請

本邦俗語多用請字，讀如受。按字書本有受義。然西土諸書，大抵爲求、爲謁、爲問、爲祈，而爲受義者殆少。偶閲白居易集，有《廣宣上人以應制詩見示，因以贈之。詔許上人居安國寺紅樓院，以詩供奉》之詩，詩曰：「道林談論惠休詩，一到人天一作間便作師。香積筵承紫泥詔，昭陽歌唱碧雲詞。紅樓許住請平銀鑰，翠輦陪行踏玉墀。惆悵甘泉曾侍從，與君前後不同時。」又《和令公問劉賓客歸來稱意無之作》詩曰：「水南秋一半，風景未蕭條。皂蓋迴沙苑，籃轝上洛橋。閑嘗黄菊酒，醉唱紫芝謡。稱意那勞問，請平錢不早朝。」如此等「請」字，當是受義。

宿泊

旅次於陸則曰宿，於水則曰泊。而俗語則宿泊互用，亦非無所本。皮日休有《西塞山泊漁家》詩，譚用之有《秋宿湘江遇雨》詩，在今人則當曰宿漁家、泊湘江，而唐人如此。又賈島《黎陽寄姚合》詩曰「魏都城裏曾游熟，才子齋中止泊多」，白居易《舟中晚起》詩曰「泊處或依沽酒店，宿時多伴釣魚舟」，《山路偶興》詩有「捫蘿上煙嶺，蹋石穿雲壑」等句，而其下乃有「遇勝時停泊」句，可見唐人互用宿泊，而邦人傚之也。

湯殿

俗稱浴室爲湯殿，蓋本指貴人浴室，後轉爲浴室總稱。唐詩亦有此語。唐王建《華清宫感舊》詩曰：「聞道朝元天使急，千官夜發六龍迴。輦前月照羅衣淚，馬上風吹蠟炬灰。公主妝樓金鎖澀，貴妃湯殿玉蓮開。有時雲外聞天樂，疑是先皇沐浴來。」

格外

俗語格外，與分外同義。蓋本漢語《通俗編》。《南史·王綸之傳》，袁粲曰：「格外之官，便今日爲重。」《北史·河若弼傳》「已蒙格外重賞，今還格外望活」。僧尚顔《寄方干處士》詩有「格外綴清詩，詩名獨得知」之句，楊誠齋集有《和周元吉省中新竹》詩曰：「青士何年下大荒，羽儀禁省立如墻。錦繃生脱娟娟玉，粉節新塗拂拂霜。帶雨小酣三日後，出林忽喜一梢長。今年秋閏防多暑，剩供先生格外涼。」考其義，全與俗語同。

頓著

俗語不頓著，謂不關心，本是西土俗語。《葛原詩話》引楊萬里《紫翠樓》詩曰：「『秀嶺西頭鳳嶺東，周遭略數一千峰。商量没頓新樓處，頓著穠藍釅紫中。』如此處頓著，是安頓安置之義，俗語承之，而其義則不同。」余按，俗語不頓著，謂不以其事放在心上，即是不安頓安置者，則其義未嘗不同。或曰「俗語頓著，佛語貪著之誤」，未是。

夏景

本邦詩人用夏景字，蓋指夏日景色，與春景秋景等同義。偶閱皮日休詩，有《夏景無事，因憶章來二上人》一律曰：「澹景微陰正送梅，幽人逃暑癭楠杯。水花移得和魚子，山蕨收時帶竹胎。嘯館大都偏見月，醉鄉終竟不聞雷。更無一事唯留客，卻被高僧怕不來。」此處夏景若作景色解，與無事字不相屬。當是夏日夏晝之義。又按日休有《夏景沖澹偶然作》，而陸龜蒙和之，二人之詩皆述閒適之意，亦似非景色之義。

晚景

俗語晚景，日夕之義，非日夕之景色。西土亦有此用法。簡文帝有《晚景納涼》詩曰：「日移涼氣散，懷抱信悠哉。珠簾影空捲，桂户向池開。烏棲星欲見，河净月應來。横階入細筍，蔽地濕青苔。草化飛爲火，蚊聲合似雷。於兹静聞見，自此歇氛埃。」庾信有《和人日晚景宴昆明池》詩曰：「春餘足光景，趙李舊經過。上林柳腰細，新豐酒徑多。小船行釣鯉，新盤待摘荷。蘭皋徒稅駕，何處有凌波。」

新樹

和歌題所用新樹，全是新緑之義，而詩家用者卻少。鮑泉《奉和湘東王春日》詩曰「新花滿新樹，新月麗新暉」，如此新樹，固非新緑之義。白居易《玩新庭樹因詠所懷》詩曰「靄靄四月初，新樹葉成陰。動摇風景麗，蓋覆庭院深」云云，玩詩意，新樹與新緑之義相近，然題曰「新庭樹」，則當是庭樹新栽者也。

禁裏

俗稱宫禁曰禁裏，不必俗語。王維《酬郭給事》詩曰：「洞門高閣靄餘暉，桃李陰陰柳絮飛。禁裏疎鐘官舍晚，省中啼鳥吏人稀。晨摇玉佩趨金殿，夕奉天書拜瑣闈。强欲從君無那老，將因卧病解朝衣。」徐鉉《送鄧王二十弟牧宣城》詩曰：「禁裏秋光似水清，林煙池影共離情。暫離黄閣只三載，卻望紫垣都數程。滿座清風天子送，隨車甘雨路人迎。彤霞閣上題詩在，從此還應有頌聲。」

種齒

本邦種齒之法，不知其始於何時，然當在德川氏中世以後。陸游詩曰「卜塚治棺輸我快，染鬚種齒笑人癡」，自注「近聞有醫以補墮齒爲業者」。據之，則西土南宋時已有此法。

煨柹

柹子生啖，未有煨而食之者。《濟北集》有《煨柹》詩曰：「靈液涌流石蜜温，頳虬卵子裂龜文。嚴霜累夜猶留澀，微火片時甜十分。」蓋柹未全熟味帶微澀者，煨而食之。聞僻陋之地，今猶有用此法者。

枇杷葉湯

夏日人多飲枇杷葉湯，以爲治暍之藥。按《群芳譜》等書，皆曰葉治肺胃病。取其下氣，氣下則火降痰順，而逆嘔咳渴皆愈。唐司空曙有《衛明府寄枇杷葉以詩答之》詩曰：「頃筐呈緑葉，重疊色何鮮。詎是秋風裏，猶如曉露前。仙方當見重，消疾本應便。全勝甘蕉贈，空投謝氏篇。」可見唐人已以葉爲藥也。

木冰

壬寅一月八日，曉雨忽晴，起見庭樹結冰，如花映日晶瑩，平生所未覯也。急急絶句數首以紀之。因考諸書，録其説如左。《春秋》「春王正月，雨木冰」，《公羊傳》「雨而木冰也」。劉向《五行傳》「冰者陰之盛而水滯者也，陰氣脅木，木先寒，故得雨而冰也」。《五行志》「長老名木冰爲木介，介者，兵象也」。蘇軾詩「晨興木冰滿庭前，枯榆老柳變精妍」。又按，木冰又謂之凌，凌冰也。《風俗通》「積冰曰凌」。魏禧《〈凌記〉跋》曰：「石潮道人在天峰寺，雨中遣侍者持《凌記》示余，且曰：『二記不知凌於人間爲害，獨寫其變幻之狀，亦可怪也。』按木冰曰樹介，亦曰木稼。介，若草木衣甲冑。稼，不知何義，豈以其撕裂凌雜若穀穗耶？古諺曰『木若稼，達官怕』。予居金精第一峰頂，變幻之狀，裂竹折樹聲與此無異。時同彭躬庵季弟和公躡屐游，目光驚摇，人人不知有身云云。」本邦蓋亦有此事，然書中無所見。唯《五山堂詩話》載大窪詩佛《木冰》七律曰：「凝不成花異霧淞，著來物物各殊容。柳條脆滑蓴油膩，松葉晶瑩蛛網封。冰柱四檐垂皺角，真珠萬點結裘茸。詩人何管休徵事，奇景看驚至老逢。」此詩係文政丙戌元日事，或曰嘉永中江都有此事，月日不詳。又按霧淞亦木冰之類，但其成冰有雨與霧之異耳。曾鞏《冬夜即事》詩注「齊寒甚，夜氣如霧，凝于木上，旦起視之如雪。齊人謂之霜淞」。其詩有「清香一榻氍毹暖，月淡千門霧淞寒」之句。又《詠霧淞》曰：「園林初日浄無風，霧淞開花樹樹同。記得集賢深殿裏，舞人齊插玉瓏璁。」楊慎《詠霧淞》詩曰：「怪得天鷄誤曉光，青腰玉女試銀裝。瓊敷綴葉齊如剪，瑞樹開花冷不香。月白詎迷三里霧，雲黄先兆萬家箱。貧兒飯甕歌聲好，六出何須賀謝莊。」諺曰「霜淞重霧淞，窮漢置飯甕」，楊詩末二句蓋本于此。本邦古人亦有賦霜淞者，賴杏坪《在郡晨視霜淞喜賦》詩曰：「政無全牛陳大邱，邑多竹馬郭細侯。前哲遐蹤雖難追，黽勉勸農已十秋。遽然身衰霜滿鑷，兀坐彷佛老禪衲。

縱比彈琴不下堂，安得戴星日出入。倦官頻驚□月移，穫稻復及播麥時。滿閭弦歌豈不願，終年撫字但救飢。已喜四野凝寒霜，又見霜淞打霧淞。料斷明年亦豐稔，先教我家設飯甕。」余嘗寓相州湯河原，時方隆冬，朝朝望函根山上樹樹帶白，疑是微雪。問之土人，則曰：「非雪也，冰也。」當是霧淞若霜淞。蓋高寒之地多有此事，而木冰不常有，故詳録之。

梧園詩話卷下畢

明治詩話

籾山衣洲

《明治詩話》二卷，籾山衣洲（一八五五—一九一九）撰。明治二十八年（一八九五）刊行。據日本國立國會圖書館藏青木嵩山堂明治二十八年刊單行本校。

按：籾山逸也（もみやま いつや MOMIYAMA ITSUYA），三河（愛知縣）人，字季才，號衣洲、櫻雨草堂主人，臺灣《日日新報》漢文主任。

其著作有：《明治詩話》一卷（明治二十八年十月）、《桂社詩冬字集》（共著，大正六年）、《支那骨董叢説》（一九一七年一月）、《桂社詩》（共著，大正五年）、《書畫落款式》（一九一四年十月）、《支那商業尺牘講習録》（籾山逸也口授，近藤吉太郎筆記，一九一一年）《穆如吟社集》（編輯，一九〇〇年二月）等。

序

辭有餘而情不足，不可以爲詩矣；情有而餘辭不足，亦不可以爲詩矣。辭情已足，運以神韻，始可與言詩已矣。然神韻者縹緲恍惚，孰能指示而口授？王漁洋曰「神韻猶龍也」。夫神韻如龍，辭情如風雲。非風雲無以神其龍，非神韻安能悉詩境之妙？嗚呼！難矣哉！話詩也，宋元以下争著詩話，其書汗牛充棟，皆易言之者也。是以或博而寡要，或擇而不精，彼襲此傚，屋上架屋，獨《全唐詩話》《湖海詩傳》《唐宋詩醇》别出一機軸，不倚人門墻，可謂佳書矣。吾邦詩道四開四敗。寧樂、平安之盛，詩文在公卿，家誦《文選》，户諷白氏文集，專學四六騈體，骫骳不振。鐮倉、室町之時，舉委諸浮屠氏舊習，污染未除，加以蔬筍氣，而斯道終衰矣。及德川氏致治，文學大振，士人家以不藏詩書爲愧，農商兒尚且識平仄，其盛可知也。明治中興，即臺閣公卿以至草野小人皆能賦詩，然模擬剽剿，大率止近體小律。若夫縱横變化，發爲長篇巨作者，寥寥如晨星，豈非似盛而實衰、似興而實亡乎？友人籾山季才著《明治詩話》，奮起挽回之。問序余，余固不解詩，然嘗把古人詩集讀之，古體十居七八，即知昔人用力長篇歌行也。季才以詩名於世，最推服漁洋，其詩神韻縹緲，辭情兼至。此篇取則《全唐詩話》，方今詩人小傳逸事，記載靡遺，加以詩眼最高，所擇而取如龍如風雲，肺然勃然〔一〕，誰敢當之？誦其詩知其人，於是乎可觀矣。故余慫慂付之剞劂，並序以告讀此篇者。

明治二十八年歲在乙未四月。恕軒信夫粲撰。

〔一〕肺然勃然：似當作「沛然浡然」。出《孟子·梁惠王上》「沛然下雨，則苗浡然興之矣。其如是，誰能禦之」。

例言

一、古來詩話不遑僂指，體裁亦異，是編每項揭出名字，並收逸事小傳，粗仿《全唐詩話》。

一、凡係明治年間者，不論存歿，隨得隨録，要無遺珠。

一、寄贈之什，一家多及數十首，今節録數首，不免偏於所好，亦只「舉爾所知」之義耳。若夫評語是一家言，非定論也。

一、明治中興，詩人輩出，是編未及其什一，方擬逐編録之。

一、編次之序，一從寄稿前後，不置優劣於其間。

乙未八月，籾山逸識。

明治詩話卷一

岡本黄石

黄石翁以彦藩元老，當國家多事之日，拮據經營，未嘗少寧處。明治中興，退隱芹川莊。莊在彦根城之西，花木扶疎，亭榭雅潔，殆疑非塵境。翁日會詩徒，嘯傲風月，放浪山水，不復説世事。癸未挈家入都，縉紳貴顯争先延接。後買宅於麴坊貝阪之上，名曰麴坊吟社。海内詩人多執贄，推爲詞壇泰斗。壬辰七月十五日暴雨驟至，雷震其厨房，翁倚柱吟詠自若，幾有夏侯元、諸葛誕之概。知人門生贈詩者數百人，裒然作册，亦文壇一佳話也。明治甲午三月大婚二十五年慶典，翁恭賦五言排律一章，夫人三千子畫梅花，裝潢雙幅，以獻闕下，天皇嘉賞焉。蓋翁齡八十有四，夫人七十有九，伉儷方六十年，世幾無其匹云。著有《黄石齋集》十數卷風行海内，今録其未入集者數首。《慶應乙丑十一月赴藝州途中》云：「奔走年年不可寬，半生真作磨牛看。一朝跨馬又西下，慘澹海風吹面寒。」「自嘆老來未能休，兩鬢蕭蕭歲景流。落日海天風雪路，征驂嘶斷暮潮愁。」《慶應丁卯十二月二十八夜下澱江》云：「寒雨連江夕未晴，孤舟有底又宵征。六年作客經多難，雙鬢如絲剩一生。群鶩排空風勢急，暗潮拍岸旅魂驚。歲云暮矣仍奔走，老大徒悲負素情。」《明治戊辰四月芹水莊》云：「芹水之南湖水東，野莊元占地十弓。一簪白髮歸來了，萬叠青山氣色同。煙弟霞兄如舊約，禽聲鳥語互相通。光陰自是爲吾有，前路何須問碧翁。」《偶感》云：「龍蛇深入窟，歲路又峥嶸。欲雪遥山暮，其風遠浪鳴。未知天意定，奚得物情平。只待變寒律，江湖春色生。」《書懷》云：「頻年凋落舊新知，鬼伯於我偶脱遺。無事每朝唯自喜，彼天常數復奚疑。梅癯鐵骨神仍健，鶴老仙容相亦奇。歲歲春風可人意，朱門白屋一般吹。」翁之嗣子宣猷，字公熙，號黄竹，又善於詩。明治丙戌以病終東京，詩自有家法。《嘉永六癸丑八月廿日大風雨》云：「黑雲捲雨四山濛，天外陰陰起怒風。石走沙飛翻大地，蛇騰龍躍現遥空。聲如萬馬赴軍壘，勢似波濤湧海中。耕人夜半北窗旋寂寞，草間啾唧咽寒蟲。」《與北川賴古游芹水莊》云：「暮色生墟落，浮煙抹遠峰。耕人已歸盡。野寺一聲鐘。」《明治己巳三月初七聖上再幸東京，藩侯率兵前驅，恭記盛事》云：「天門曉闢旭光明，駘蕩春風閃錦旗〔一〕。仰見山川多瑞氣，鳳凰輦發落陽城。」《黄石齋雅集》云：「百般人事一宵抛，閑酌清吟心拔茅。滿坐群英皆鸑鷟，持家不肖類蟰蛸。落花如夢鵑聲度，新樹成陰月影交。莫道寒厨乏供給，高談便當大官肴。」宛然小黄石也。使之長年，其所到不可測也。惜夫！

〔一〕旗：失韻。似當作「旌」。

附宇津木静區

天保年間，浪華有大鹽後素之變，其門人宇津木静區守節不屈死，世傳爲美譚。静區名竣，字東昱，爲黄石翁伯兄，幼出爲一向僧某義子。學問該博，兼善於詩。年十七慨然云：「丈夫生士大夫家，不能自激昂以馳騁於一世，而碌碌終於浮屠氏耶？」乃蓄髮入京師，從賴山陽、中島棕隱諸老游，後入浪華大鹽後素門。後素平生高自標置，於人不苟許可，獨於君待以朋友。居數月，漫遊四方，遂留長崎，垂帷授徒。無幾，省親於江州，復寓後素家。時天下凶歉，餓孚充途〔一〕，後素將屠豪户而恤之。謀諸君，君諫曰：「不圖先生而出此言也。夫救災恤民，官自有其人，況屠豪户濟之？是其所以救民者，即所以災民也。其不爲亂民者幾希。」竣言不聽，請絶師弟之誼，辭氣凜然。後素知其不可移，温言謝之，而暗有殺意。君亦知不免，即援筆作書，使門弟達之鄉里，且曰：「今事至此，固亦辨一死矣。」翌，後素果使人刺之，年僅二十九，真有古烈士之風。其《海樓》云：「茫茫千萬里，豪氣箇中横。山向中原斷，潮通異域平。生涯佩一劍，海内任孤征。天地容微物，吟風耻聖明。」《歸五峰》云：「滿溪緑樹合，雲深不見寺。巖泉聞漸近，暗湫澆草履。暮林有歸樵，徐擔新月去。」一雄健，一幽雅。《得慈母書並見寄暑衣》云：「家信何妨或後期，感恩只覺易歔欷。

〔一〕孚：疑「殍」之形訛。

南州原是多殘暑，恰好秋來著紵衣。」可見至性。《謁小楠公墓》云：「含淚慇勤辭紫闕，誓將一死空中原。箕裘未繼多年恨，茅土長懷往日恩。老樹幾枝從北朽，殘碑半面向南存。但憐寂寞秋山裏，無復捷書聞至尊。」《宿原田驛》云：「疎星落落帶松杉，露氣侵牀暗濕衫。水碓終宵鄰草屋，村砧幾處度雲巖。自甘久客同王粲，誰恤孤貧似阮咸。早識聰朋翻誤己〔一〕，賈生惟合不逢讒。」一結似暗爲其識者。余近屢謁黄石翁，談偶及之，翁嗚咽不能言，余亦爲之慘然。

岡本隨軒

岡本隨軒名宣成，字有孚，黄石先生之令孫也。性温厚沈静，與此對晤，不裘而暖。詩才慧敏，咄嗟成章。客歲，同人胥謀創詩社，名曰穆如，每月一次，例設小醼，席上鬪詩，君每制其勝。《明治二十二年二月十一日記事》云：「肅肅威儀武衛森，鳳凰如舞六龍臨。雙懸日月輝中外，再造乾坤整古今。鼓樂延慶民億兆，雲霞表瑞岳千尋。懷恩不異歸慈母，萬世應安赤子心。」極爲莊重。《紙鳶》云：「剡膚湘骨自難持，忽借風威空際馳。豈有飛騰同獨鶴，卻憐牽制委群兒。聲傳薄霧翠楊陌，影度斜陽芳草陂。匹似世間乘勢者，安危只在一條絲。」《詠洪鍾贈田邊政之》云：「太古造此物，則有飛龍氏。内空受氣多，蒼黑外非美。一撞山寺樓，夜度空江水。大音是希聲，聽者真

〔一〕朋：疑「明」之訛。

鮮矣。安眠高枕時,警破天下耳。」二首皆善于托寄。其《過中川古關》云:「浄掃塵寰熱,容與物外遊。深葭多宿鳥,健櫓急歸舟。成敗空無跡,沙堆自作洲。津頭古松在,暮色已含秋。」有物外逍遥之致。

小野湖山

湖山翁資性闊達,不拘小節,而憂國之念甚切。嘗有詩云:「静坐自期參古佛,依然煩惱亂如塵。情耽花月性憂國,我是人間造業人。」其志可知矣。明治十六年七月,敕賜翁御硯一匣、京絹一匹。先是,翁使男正弘獻所著《艱民圖卷詩》,上嘉賞,殊有此賚也。翁感泣不措,乃賦《賜研記恩》詩三首云:「紫石瑛瑛異彩浮,餘輝照映古牀頭。只言林下世榮薄,豈料天邊恩露優。静壽之稱非一日,貞堅其質自千秋。從今藝園添佳話,野老新營賜研樓。」「賜研池深浄且寬,摩挲一日一長嗟〔一〕。要教鸞鳳爲翔翥,或是蛟龍所蟄蟠。玉德金聲皆自具,紫雲碧草豈重刊。卻思窮苦著書日,墨斗墨乾成字難。」「何年仙洞鑿雲根,鏡樣磨來玉樣温。昭代文華今益盛,中書清秘昔尤尊。只期至寶家傳久,猶見高人手澤存。起草明光非我事,漫拈枯筆記殊恩。」當時和者數十人,世傳以爲美談。聞翁壯時嘗訪藤田東湖,東湖以氣節高自標置,見翁戲曰:「能詩何益?盍與吾

〔一〕嗟:似當作「嘆」。

角力？」翁心頗憤之，歸途過友人曰：「東湖無禮，豈以余爲尋常詩人乎？」辭色激厲，聲淚共迸，蓋所自期不在詩也。然有所感，絶意仕途。後徙居京師，優遊詩酒，如不知世事者。余嘗謁翁於浪越，後雁魚沈斷，從不見其詩。頃某新聞紙載翁《咏香》詩，清麗可愛，想是近作，乃録此云：「輕煙不斷繞書牀，小院人稀春晝長。憶得唐賢臺閣體，篇篇説及御爐香。」「繆篆誰知朝暮薰，篩檀搗麝法空聞。坡翁有句天然妙，能結風中縹緲雲。」「誰將仙術教兒孫，一瓣拈來幻影存。父母高曾宛然見，豈唯招得美人魂。」「如有如無絶復生，餘芬滿袖藹然清。和歌巧勝唐詩巧，寫盡纏綿裊娜情。」「遠鍾聲絶月初沈，鎮得塵几浮躁心。一夜栴檀香裏坐，自知清浄佛緣深。」今年八十二，矍鑠猶四五十人，宜矣其詩之有力如此。翁名長願，字侗翁，近江人。

門田朴齋

門田朴齋夙以詩著，而有氣概可傳者。聞翁不嗜酒，衣服儉素，不喜百戲玩，好讀書作詩。其講書極精，且事關氣節，輒音吐洪壯，聞者悚然。晚講《易》至《剥》卦而病，曰：「吾不起矣。」日使兒孫讀書，在褥聽之。病革，賦詩言志曰：「父母教吾學仲尼，忍看天下化爲夷。病而不死亦良苦，待盡青山埋骨時。」書畢，溘焉瞑目。蓋翁志在攘夷，其憂國之誠死而不變也，其《偶興》云：「孤吟待月步庭陰，未見清輝生遠岑。小院無人螢獨照，數竿幽竹夜沈沈。」《村夜》云：「寒林月上鹿窺園，曲巷人行犬吠門。礱穀有聲宵將半，風燈明滅隔溪村。」《初夏新晴》云：「蛙聲帶喜水盈田，槐葉成陰樹引煙。新霽無寒復無暑，可人風日夏初天。」皆眼前光景摇曳出之，尤有不盡之妙。又《客夜聽鵑》一首著想殊奇，云：「枕上孤燈照夜闌，杜鵑啼徹峡雲間。如何只勸人歸去，不許安眠夢故山。」山陽翁嘗讀此詩，激賞不措，竊以爲後生可畏。翁諱重鄰，字堯佐，舊福山藩儒員。嗣子杉東嘗約余寄其遺詩，以其遼遠，猶未接手，惜不能具載耳。杉東名重長，嘗受業安積艮齋、藤森天山諸老，現在鄉里福山授徒中學校。其《初春散策》云：「開歳風日麗，佳游憶斜川。相携兩三侶，閒步郭外田。極目平疇麥，青青似鋪氈。四望山與水，靄靄拖翠煙。野梅傳幽馥，澗流動微漣。草生沙路狹，鶯囀柳絲懸。滿目皆陽和，無物不欣然。團坐幽樹蔭，披榼夕陽前。漫吟陶公句，難繼陶公賢。」詩不太刻琢，反見身分，惜不使乃翁讀之。

依田學海

學海翁名朝宗，以字行。下總佐倉藩士，爲權大參事。藩廢入朝，任史館編修，遷文部書記官，在官十一年罷。翁孤峭峻節，不與世俯仰。初事藤森天山學文章，頗好侯魏。詩善五古，又好讀和漢稗史小説戲曲，間自爲之，多傳於世。平素耽山水之遊，海内勝地莫不跋涉眺覽焉。年六十一作自祭文及生輓詩，其豪放如此。《蒿里曲》云：「墓道秋瘦吹淒雨，草如衰髮殘風苦。嗚乎何人葬此間，苔花爛斑古血殷。先君之骸，何忍發掘？寸斷五臟，按撿秘密。是邪非邪？恍乎髣髴。美人魂斷傷芙蓉，露啼風咽秋雲中。長安客，眼如漆。夜濛濛，煙漠漠。」《苦雨行》云：「淅瀝徹昨夜，淋漓連今朝。天翁有何愁，涕淚乃爾饒？黄金煌煌六千圓，數日費盡張盛筵。苞苴公行官不問，人間最貴無如錢。長袖善舞，多錢善賈。天乃有淚，何感凶豎？淋漓淅瀝無休時，賄賂白日天人知。」二首皆有所指，而其詞參差錯落，舒促離合，殆不可方物。《澧上初夏述懷》云：「爲有愛花癖，反作落花愁。至竟乾坤間，有喜乃有憂。百花浄盡後，緑陰滿林邱。偶來在澧上，朗霽逢麥秋。静念觀物化，天地入寸眸。春往何處去，歲月挽不留。今朝閲新報，妖雲壓海陬。偏恐争得失，紛然弄戈矛。廟堂多才賢，輔弼富良謀。緩急應事宜，豈敢謬懷柔。吾儕復何言，浩蕩馴白鷗。」亦佳作也。其《自祭文》曰：「維明治二十六年月日，依田百川逢還曆之生辰。昔者晋陶淵明有《自祭文》，乃傚之自祭曰：嗚乎百川，可以死矣。百川，天保癸巳歲生堀田侯八丁堀邸。其明年春，江户大災，延及邸宅。先考自扶祖妣，先妣襁負余從之，終夜步走。時至親戚，始解襁，則氣息如縷，急求醫藥乃蘇。嗚乎！是一可死矣，而未死也。五歲，性懊弱，戲先妣側，俄眩暈而絶。先妣大驚，又急求醫藥乃蘇。嗚乎！是二可死矣，而未死也。年稍長多病，又患眼，翳其左，二十歲以後始復健康。游學藤森天山先生數年，館駒井氏，教授其子弟。安政乙卯冬，江户大震。適授經就寓，變起，排屋背逃，後見大石墮塞門。嗚乎！是三可死矣，而未死也。元治甲子夏，浮浪横行常總，適以公事過船橋驛，憩旗亭，有浮浪二十四人繫馬大飲。吾屬吏笑其御馬無法，浮浪大怒，按劍欲鬪。百川單身入座，説以利害，乃止。嗚呼！是四可死矣，而未死也。明治戊辰春有伏水變，百川與藩老倉次重亨欲赴京師，爲前將軍乞命。遇征討軍於吉田驛，官兵圍余等，舉槍擬之。一言稍差，將亂刃齊下，百川進辨解乃免。嗚乎！是五可死矣，而未死也。嗚乎！百川幸遭聖明，罷官家居，優遊林下，以文字爲樂。身有餘暇，家無宿債。雖不得鼎食之榮，而不乏鷄黍之膳；不建濟世之業，而不爲背德之行。壽過耳順不爲夭，位辱六品不爲賤。嗚乎！百川可以死矣。兹以賣文餘資備清酌嘉蔬，自醉自飽，不敢煩他人。嗚乎樂哉獨自亨！」其求人輓詩作，文長今不具録。

杉浦梅潭

杉浦誠，字求之，號梅潭，本姓久須美氏，幕府勘定奉行佐渡守祐明孫，冒杉浦氏。擢監察，板倉勝静爲老中，翁爲其所識拔，然忠直剛正，不苟阿附。慶應末，内外多事，屢貶屢起，與勝静同出處，最後爲函館奉行。王室中興，乃奉前將軍旨，録簿籍，交付長官。致命去，無幾，徵爲開拓判官。人或勸買地新疆，萬金可致，翁不肯曰：「爲官圖利，吾不爲也。」數年而罷。翁家居嗜詩，嘗受業大沼枕山，兼善諸體，最工七言律絶，刻意鍛練，一字不苟。清新雋逸，瓣香蘇黄。嘗曰：「巧句不若巧章，巧章不若巧意。」其《讀吴梅村集》云：「愧將衰眼閲滄桑，不似虞山意氣揚。當代名流推二老，大家詩格溯三唐。孤城殘日舊歡盡，落木秋風新感長。鷄犬原無仙術巧，昇天安得伴淮王。」抑揚並妙。《春寒》云：「天陰黯淡暮鐘撞，祇合閑愁借酒降。料峭奇寒如北海，曹騰一醉倚東窗。未嘗林下連藜榻，要待花期酌玉缸。昨夜分明孤館夢，櫓枝截水度春江。」《初夏雨中》云：「蓬門斷絶古人書，消遣閒愁計不疎。禍福何論翁失馬，迂愚未必木求魚。殘脂剩粉落花後，幼緑老青陰雨初。莫笑先生只愛睡，又擲卷册入華胥。」皆佳作也。又《我昔》一首，頗見其爲人云：「我昔念功名，十五就學日。冒晨叩師門，風梳又雨櫛。意氣中年豪，不異駿馬逸。棟梁非其材，蒲柳奈此質。堪笑四十年，顯晦其揆一。」

園田鷹城

園田朝業，號鷹城，豐後人，宜園之隽也。嘗掌教彦根中學校，居數年，以病亡。篇什頗富，《伏水逢家兄》云：「悲喜相交欲語遲，客中兄弟對牀時。寸心未盡西州信，東道明朝又別離。」《湖亭》云：「渡頭揚柳未毵毵，春色雖微情暗含。一枕水雲樓上客，夢和煙雨到湖南。」淒婉多致。又巧於詠物，《老馬》云：「枉與蹇駑老僻鄉，多年伏櫪感空長。涼州人醉葡萄酒，胡塞秋嘶苜蓿香。曾有雄姿逢伯樂，今無俊骨伴王良。刀痕矢跡依然在，青海黄河夢一場。」《詠眼》云：「破賊何人復帝城，軍壇最著獨龍名。紫知桓子有雄志，青説阮生多曠情。南國蹙時王中箭，東門懸處越行兵。老來應悟少陵句，霧裏看花茫不明。」皆似寓身世之感。著有《稱好齋詩鈔》三卷，友人横山櫻溪鈔存之，余因得借覽，世不多傳。

藤崎長洲

藤崎光靈，字祚卿，號長洲，一號松筠，江州日野人。性温厚寡言，不濫與人交，獨與余相得最歡。其《對月》云:「究竟人生五十年,何如天上月長圓。砧聲山郭寒驚夢,雁語江城莽墮煙。對此坐疑醫病骨,照來渾好聳吟肩。平生慣見佳山水,轉到今宵别樣妍。」《汽車中所見》云:「風光入眼送迎繁,乍過山腰又海門。自笑出都心已曠,轉忻帶醉興猶存。流雲斷續樹梢寺,遥火依微江上村。更有月娥長伴我,車窗百里役吟魂。」《美人倦繡圖》云:「玉指停鍼苦日長,春衣慵復繡鴛鴦。東風無限傷心事,遊子不歸花自香。」穩麗可誦。壬辰新秋,祚卿將還其國,來告别,余醉後書其扇云:「琵琶風月近新秋,屈指曾游十换裘。只好今宵題扇句,隨君明日入江州。」祚卿推爲絶唱,余笑曰:「君何少所見而多所怪耶?」

藤崎桐陽

藤崎桐陽,名光照,字長訓,祚卿之叔父也。天資英敏,處事中窾,又性嗜文事,最妙書法。詩非其所長,然亦有可誦者。《江村》云:「雙雙涼雁語陂塘,隔水青山淡夕陽。漁叟獲魚何處去,酒家門外蓼花香。」頗似漁洋《真州絶句》。年僅三十,以病歿於上州鬼石。

釋天真

釋天真,字獨朗,號竹軒,肥前一向僧也。年甫弱冠,游江之日溪,就瑕丘宗興師學顯密教旨二十餘年,勤行甚苦,初欲以雲水終生。年四十,有故爲日野晴明寺主,蓋非其志也。僧雛名真了，竹軒愛之甚至，入京就學。明治壬辰業就而歸，竹軒喜曰：「吾事畢矣。」其十一月，頓入寂焉，年五十三。平生作詩未太刻琢，從不留稿。祚卿爲寄數首，今録《次野田鴽橋韻》一首云：「柴門寂寞鎖藤蘿，獨坐終朝罕客過。矮屋臨溪秋氣早，老松當砌夏陰多。啄苔仙鶴昂昂立，隔岸樵夫得得歌。少壯只耽螢雪業，不知平地有風波。」頗有超脱之趣。

釋大俊

釋大俊，幼名岩次郎，尾張中島郡人。幼而闊達，好談古今英雄事迹，議論踔厲。後爲僧，更名大俊，號碧窗，入三緣山學寮，專精覃思，學業大進。時王室中興，人心疑懼，大俊深憂之。一日訪米澤儒士中川雪堂，大論時事，悲憤慷慨，語與淚下，雪堂心偉之。先是，雲井龍雄入集議院，議不合而去，爲刺客所狙太急，雪堂知大俊有義氣，使龍雄避難其密雲寮。龍雄初不肯曰：「大丈夫豈借浮屠氏之力耶？」已見大俊，深服其爲人，遂爲刎頸交。龍雄竊謀恢復幕府，大俊約説鄉中子弟爲之應援，龍雄大喜，賦詩送別，中云：「君今去向東海道，到處山河感多少。荒城殘壘趙耶韓，勝敗有跡猶可討。駿之山兮參之水，英雄起處地形好。知君至此氣慨然，當悟大丈夫不可空老。」亡何龍雄就縛，大俊亦捕於勢州四日市，幽囚數年，遇赦而出，再居三緣山和光室，後掌教大教院。明治戊寅一月，病肺而亡，年僅三十三，可惜也。詩雖緒餘，亦有頗足傳者。《感寓》云：「風雲觸眼淚潸然，憶起英雄割據年。我武無揚我文廢，胡塵十丈欲衝天。」《留别桂香逸龍雄》云：「丈夫有素志，堅忍要大成。碌碌林下卧，堪見歲序更。决然投袂起，天地一身輕。貝葉易陰符，禪寂换縱横。縱横師鬼谷，願將行大兵。良治學蕭相，願將安群氓。别君今日酒，許國他年盟。慇勤中原事，綢繆盡精誠。春雨蘇芳草，春風囀新鶯。薄言省吾母，兒戲慰老情。忠孝苟兩全，鴻毛比此生。」可以見憂國之志矣。而間有清雅幽婉者，《蘆雁圖》云：「十里江雲雁字斜，早傳秋信自天涯。逗宿年年爪痕在，蘆洲恰似故人家。」《蠶婦》云：「終身不著綺羅香，辛苦蠶桑供御裳。聞説長安金屋女，畫眉傅粉侍君王。」《和歌題夏更衣》云：「戲蝶狂花日不空，青衫染盡欲成紅。忽然驚破三更夢，白紵衣輕紫楝風。」浮屠憂國者，前有月照，後有大俊，雖其所主不同，亦奇人物也。

井户春耕

井户春耕，名才太，下野茂木人，學詩中村城山。其《展墓》云「風霜亦似憐孤獨，剩得寒花供墓前」，《記成島柳北翁傷女》詩云「誰料今年手栽菊，一枝爲汝供墳前」，可謂異曲同工。又《偶感》云：「鬼怒川頭幾往來，悔將筆硯委塵埃。當年斷織曾違訓，今日垂帷奈不才。任重身如封雪竹，俸輕妻似耐寒梅。三餘時伴兒童戲，把得芝蘭籬畔栽。」詩佳如此。「才太」宜改稱「才多」也。

釋清癡

釋清癡，名宗興，字玄風，尾州中島郡人，主江之木津村即住寺，尤邃釋氏學。詩稿一卷，嘗在藤崎無礙家，爲回禄所災，殊爲可惜。有遺詩數首，《無題》云：「日月飛丸似，春光忽一空。子規山館夕，啼破落花風。」年六十六寂。性温厚清儉，以興隆佛法爲己任。有著述數十種，皆行於世。

山崎鯢山

山崎鯢山《過不孝嶺》詩久膾炙人口，東奥之地，兒童走卒亦能誦之。其詩云：「身落丹波丹後間，飄零何日慰慈顔。二千里外漫天雪，蓑笠啼過不孝山。」鯢山名吉謙，陸中津輕石人。年甫十七出江户，受業安積艮齋、佐藤一齋諸老。後去游京師，學詩梁星巖，與小野湖山、大沼枕山有「梁門三山」之目。當時梅田雲濱、賴三樹等專唱「勤王攘夷」之説，糾合同志，翁亦與焉。安政中，爲南部侯所聘，遂爲侍講，名聲大著。今年齡七十三，猶垂帷授徒，諄諄不倦云。其《平泉懷古》云：「珠樓雕閣跡茫然，落落茅簷接黍田。誰識藤家隆盛日，二州大府是平泉。」「杖屨徘徊只惘然，金鷄山下鶴池邊。村翁亦有滄桑感，説盡繁華九十年。」「果見藤家忽毁墮，盍將奥羽托牛兒。二郎若聽三郎諫，取代鎌倉未可知。」何其痛切。《送小田愛崖校長轉任北海道》云：「壯君此去試豪遊，誰以飛鵬擬泛鷗。萬里長程三日達，多年宿志一朝酬。欲編山海經餘史，更踏蜻蜓尾外州。蠖屈嗟吾伸不得，空過七十二春秋。」有老馬蹀躞之概。而《偶成》一首，殆使人有同病相憐之感，云：「少達多窮文士常，室如懸罄亦何傷。老妻苦訴米鹽盡，攪人吟思絮絮長。」蓋仲蔚之亞也。

湯川清齋

湯川新，號清齋，紀州新宫人，嘗受業齋藤拙堂、野田笛浦諸老。年僅弱冠，爲大鹽後素所聘，監其家塾。偶有議不合，蹶然還國。蕃主水野侯愛其才，擢充儒員。無幾後素叛亂，門下士多死之，人稱其先見云。《咏紙鳶》云：「吾骨可扶老，吾膚可學書。群兒爲玩具，抛卻委泥淤。」所謂咏物詩，必要有寄託者也。又《玉井洞》詩云：「秋峽水平舟可停，孤蓬半捲坐玻璃。汀邊亂石虎斑古，洞口濕雲龍氣腥。山有鹿麋須結侶，地無桃李亦成蹊。瑩然玉井潔於玉，一笑土人呼作泥土俗呼洞爲泥。」清冷可誦。聞玉井洞在南紀牟婁郡，頗爲絶勝。

平松東靄

平松篤，字竹馬，號東靄，三河寶飯郡人。學詩曾我耐軒，至老不倦。其《送友人還讚》一聯云「王孫墓上多情柳，舞妓灣頭薄命花」，宛然十七八女郎口吻也。又《贈清狂師》云：「醉蹶吟顛了一生，何關富貴與功名。芒鞋日蹈虚無地，不獨青山隔世情。」能寫清狂二字。

平松小靄

東靄之子名貞，字士龍，號小靄，又善詩。其《晚春》摘句云「一枕殘燈芳草夢，半簾疎雨落花聲」「春如流水已無跡，人向東風空復情」。《豐橋雜詩》摘句云：「無賴花粘游子屐，多情絮逐美人裙」「暮笳吹破新營月，疎磬敲殘古寺雲」「二分明月樓千載酒樓名千載，十里春風園百華有園名百華」。皆不媿才人吐囑。

渡井夢南

渡井任，字遠卿，號夢南，舊水藩儒士也。初受業會澤憩齋、藤田東湖諸老，後從游林鶴梁翁。性廉潔有雅度，最邃經史。安政初，烈公蒙譴幕府，幽駒込邸。翁以小納户役侍之，頗得公知遇。慶應中，公子昭武在京師。當時藩党分立，志士多就刑死，其黨可四五百人。從公子在京師，自稱禁闕守衛，不敢還國。敵人忌之殊甚，終欲絶其資以陷死地。翁憂嘆不措，竊訪會藩公用人柏崎某，使其説幕府，事得寢。儕輩之免死者，蓋翁之力也。其他效力國事，指不勝屈。然謙沖不敢居功，亦未嘗語人，是以人益欽慕之。辛巳秋，訪素園主人，座有一老翁，偉貌豐軀。主人曰：「是夢南翁。」余驚而避席，從此訂交，時以詩贈答。翁專以實學爲主，詩出緒餘，不事繪章琢句。其《入水户》云：「十年潦倒一迂儒，入境先詢舊典謨。貌陋性尨鄉俗是，衣香扇影市風殊。已無哲士憂邦瘁，空止學碑奈道孤。四海今逢太平日，九原誰起老東湖。」山川草木觸目傷心，憂國之誠溢於紙表矣。

大村桐陽

大村斐，號桐陽，作州津山人。今兹甲午年七十八，猶不廢吟哦。其《爲石州人野田某寄題斷魚溪》云：「泉石風煙形勝全，危橋一架可通仙。篠深不礙數條水，澗闊似敷千丈氈。特地峨洋天弄巧，四方題詠筆争權。近來幸值君披摘，神秘鬼藏寰宇傳。」能言所欲言。《壽川田甕江華甲》摘句云：「博學洽聞才不盡，行雲流水筆無窮」「壽杯白映梅花雪，綺席緑摇楊柳風」「君居輦下名尤著，我在山中鬢已皤」，皆有行雲流水之趣。其他有《祝伊達春山公一百歲》七律，叠韻一百五十首，使少年才子揭降旗，可謂詞壇馬將軍矣。

淺野醒堂

淺野哲夫，字成城，號醒堂，尾之熱田人。嘗受經佐藤牧山，學詩草場船山，並有造詣。而轗軻沉淪，名不甚著。余在鄉時亦失之交臂，殊爲可愧。《春日漫成》云：「清明時節尚輕寒，春服未成詩興闌。曉雨簾櫳鶯語濕，手風庭院蝶衣乾。偶邀鄰僧繙花曆，且就老農看藥欄。偏喜近來塵事遠，胸中添得幾分寬。」《初夏寄友》云：「不叩柴門近半年，雙魚時有置郵傳。驚人語自窮愁得，耐久交因冷淡全。新柳雛鶯春可畫，疎梅殘雪夜難眠。西郊從此風光好，與汝相期琶水邊。」風流蘊藉，可想見其爲人。又《震後所見》云：「風景依稀寒食天，江村亭午少炊煙。漁翁漁媪無家住，半聚陂塘半釣船。」「村巷無人敗瓦堆，刼餘風物最堪哀。菊花不解人間事，猶向東籬幽處開。」眼前光景使人悽然，其佗古體亦多佳作。

阿部湖村

阿部湖村，名金太，下毛足利人。《偶感》云：「渾將得喪付悠悠，只解心閑境亦幽。詩國風雲宜結社，醉鄉歲月足銷愁。蚤知富貴同春夢，誰悟功名等海漚。到處江山吾領略，布衣何敢讓王侯。」曠達可喜。

土居香國

土居通豫，字子順，號香國，土佐人。幼而英敏，有神童稱。年十三，好學擊劍，人有爲議者曰：「文之與武猶鳥之雙翼，君能得以片翼飛揚乎？」香國翻然悟，乃入奥宫慥齋門，修陽明學，傍學詩文。明治乙亥負笈入都，就官元老院，無幾遷高知縣，在德島支廳。香國年少玉貌，縣人侮之，一夜大書廳門曰：「土居某乳臭兒，一國休戚豈得與知？盍解官去？」香國聞之笑曰：「吾一小吏耳，而縣人議其進退，亦榮矣。」操筆賦詩云：「君不見子房顔色類婦人，博浪一擊倒强秦。又不見項羽能拔山蓋世，烏江一敗騅不逝。雄姿弱質何足評，精神到處乃忠誠。男兒事業在少壯，堅忍甘受俗兒謗。」居半年，縣治大舉，譏者皆服。後歷任諸官，現主名古屋郵便電信局。詩才雋邁，千言立就。《函館雜詩》云：「老熊吼處雪山高，七十五灣翻怒濤。誰坐北洋孤島上，一竿百尺釣鯨鼇。」「感慨有人行且停，五稜郭下水泠泠。龍争虎鬭空陳跡，一抹春煙暮月青。」《陸羽紀行中錦木塚》云：「纖手織毛併織愁，蕭郎遺恨淚河流。可憐錦木無人問，風雨空山土一邱。」《小野小町芍藥塚》云：「艷名千載跡空存，一片明珠紅淚痕。郤憶將離花焯約，春風吹返美人魂。」婀娜剛健可以並觀。《壽和田淡齋、高柳快堂二翁古稀》云：「鬚眉雪白顏桃紅，地行之仙此兩翁。快翁筆快雲煙湧，快堂善畫。澹翁心澹文清沖。淡齋能詩。玲瓏胸宇無塵穢，同在人間七十歲。由來文墨好養生，寫取萬象乾坤内。春風三月緑楊城，浩蕩能馴鷗鷺盟。瑪瑙陸離盛瓊液，祝壽詩篇玉樣明。舞鶴塢接蓬萊島，梅花淺水新月好。三山五嶽何迢迢，香雪軒中春不老。寒葩片片撲琴徽，清香薰破鶴氅衣。雙雙頹玉嵬峨在，如此高會古來稀。」巧雅遒麗，殆壓倒前人。甲午三月入都，余與素園主人謀，觴于驪山望嶽亭，有聯句二首，併録于左：「垂楊山郭雨餘煙，逸友一二三吟袖聯。來往梅花香雪路，豫參差茅屋午鳩天。水聲穿竹不妨鬧，逸草色映衣殊覺妍。滿月春光如此好，豫尋詩還到酒旗前。逸」其二云：「天末芙蓉帶彩霞，豫闌干倚遍夕陽斜。山村煙雨抽新筍，逸野店東風未落花。紅袖侑杯顏一破，豫白頭敲句手重叉。香國四十，頭髮皆白。此間宜作終焉計，逸酒地詩天不憶家。豫」

結城凡鳥

凡鳥，一奇士也。與土居香國交善，香國爲立其傳，其略云：「凡鳥，予莫逆友也。初名琢磨，字子猷，年甫十三入鄉黌，嶄然露頭角。好作韻語，夙有七步八叉之才。後入東京，遊共立學舍，暇則散金結交，友道大開。淪落殊甚，寄食人家，間或不食者累日，意晏如也，人目以狂。乙亥歲予游東京，爲寄其家人所托數丁金。凡鳥揮霍三日而盡。是歲四月，舉陸軍軍吏試補，從福原大佐航清國。其發前一日，囊盛數百金，訪往所寄食，或十金，或二三十金，照其厚薄贈之，人皆呆然。凡鳥語予曰：『漂母一飯，今而得報，亦一快事矣。』凡鳥一夜與友人飲酒樓，會失火，其友倉皇來曰：『咄咄！火將焚子屋。』凡鳥曰：『天矣，有何？』益談笑自若。嘗在清國時所購古書畫珍器爲蕩然。罷官之日，邀友聘妓，詩酒優游，曰：『人生貴適意，何問貧富？』資財消散，落魄如舊，妓阿鳴憫之，寄食其家。阿鳴，蓼莪坊妓也。襟度洒落，頗有俠氣，無幾從良。凡鳥再就官陸軍省，於是嬌心正行自警，大書米櫃以代佩絃曰『一粥一飯當思來處不易』，蓋朱文公之語也。」余讀之慨然曰：「噫！凡鳥反非凡矣。」其放曠闊達固不易及，而嬌正心行是最不易及也。惜年僅二十九病肺而亡，天何奪才之速也！著有《橋北十七名花譜》《逆水四時雜誌》《濟勝志適》《花月緣話》及詩文集若干卷。香國爲寄遺詩數首，《石上》云：「石上題名緑蘚穿，何須辛苦畫淩煙。偶吟詩句嘲風月，時拜歌姬乞酒錢。遺世心存仙佛外，尋花夢落水樓邊。江湖回首誰知己，我是都門貧少年。」

《牡丹》云：「艷骨豐肌壓一場，公然自稱百花王。勾欄暖護東風色，瑶圃輕飄羅袖香。有酒爲君終日醉，凝妝使我半生狂。芳根移托魏家後，開口偏慵評紫黄。」可見才氣非凡矣。

赤松半古

赤松巖，字公恕，號半古，茨城豐田郡人。其弟東九郎爲陸軍少尉，西南之役，從三好少將討薩賊於肥後，被銃傷而死。半古聞訃慟哭，乃作《歸田詞》以寓其哀，句云「鴿原有訃半疑夢，家祭吞聲多戚容」「還鄉豈是錦衣客，處世終爲裘褐人」。餘皆一字一淚，不忍卒讀。其《谷將軍歌》雄偉可喜，惜篇長難具録。

大澤東軒

栃木廣瀨檒岡，郵寄其從兄大澤東野詩曰：「東野，名榮之進，下毛足利人。幼而穎悟，受業伯父大澤謙齋，後入足利學校，專攻文章，無幾擢爲助教。中興之後校廢，乃挈家入都，管某學校。居四年以病亡，年僅二十六。初其養病大學醫院也，父老子弟追隨不去，同學之士亦頒俸資醫藥，固辭不受。有遺稿三卷，文居其七八，詩則不過十餘首。幸煩君撰定。」余讀之，詩不甚流暢，而一片真氣溢於行間，乃知東野性情至篤，自與輕薄才子異。其《咏櫻花》云：「淡艷中藏風骨雄，扶桑士氣本相同。一從芳野得君寵，南面于今朝萬紅。」可謂爲櫻花吐氣者。檒園名謙吉，亦嗜詩。

土屋鳳洲

土屋弘，字伯毅，號鳳洲，泉州岸和田人，夙以經學文章名。詩善古體，其《陪小牧知縣游南都明瑟園》云：「境静絶塵喧，日落雲侵席。佳招陪盛宴，今夕是何夕。山海列珍羞，引滿舉太白。酒意已闌珊，詩情亦絡繹。鹿鳴山更幽，夜深月吐魄。不借絲與竹，高談心暢適。尤喜文字交，應酬無阻隔。願與永聯歡，且追古人跡。」《遊寶塚》云：「大巖對峙形似門，懸崖奔湍飛雪翻。過此前行數百步，寶塚靈泉兹發源。溪山繚繞列翠幕，中嵌月樓與雲閣。一塵不到景物清，漁唱樵歌自歡樂。我來此日方解裝，浴罷振衣納新涼。神和情適消萬慮，恍疑身在仙人鄉。」寫景言情，自有氣魄。又《贈福島中佐》云：「功名元是男兒志，事業須爲天下先。冒險或窺饞虎窟，排危時踰絶崖巔。五洲英俊避三舍，萬里江山歸一鞭。如此遠征應少匹，自今誰復説張騫。」余客浪華日，君在寧樂掌教中學，頃遷官東京，足跡相隨而未得把晤，何其緣慳乎？

小林溪水

浪越野村浩齋，遥寄其友小林溪水詩，請余存録。其《宿猿橋》二絶云：「溪聲近枕夜蕭蕭，細數遊踪魂欲消。莫是風光似巴峽，杜鵑時節滯猿橋。」「心似閒雲跡似萍，飄飄書劍幾時停。無端憶起碧城句，始信前身是客星。」客中淒苦，令人意惻。浩齊名正復，字子寬，浪越人，後徙山梨。

明治己卯以病亡，年三十九。

奥谷渟蘇

奥谷宏，字渟蘇，秋田人。其《泔江晚眺》云：「笛聲吹滿夕陽洲，楓冷荷枯水國秋。何處漁翁沽酒去，閒鷗獨自護虛舟。」所謂有聲畫也。佳句猶多，不暇具録。

板橋雲山

板橋雲山，名静好，字正卿，奥州角田人。學詩大槻盤溪，其《和清客王漆園韻》云：「落落才高李杜流，春風許我共登樓。搔來白髮添羈恨，挑盡青燈活客愁。題壁應遺蓬島跡，銷魂忍上柳橋頭。前途爲有風光好，飄忽吟鞍去不留。」頗有情味，只不免過哀耳。

佐野竹軒

日野藤崎祚卿問詩于余，一日在座，時方暮春，庭前紫藤花盛開，祚卿爲余誦其鄉佐野竹軒詩曰：「紫藤花映小柴門，盡日曾無車馬喧。一枕黑甜鄉裏夢，醒來槐影落西軒。」余笑曰：「何酷似吾輩身世耶？」祚卿黯然曰：「竹翁名玄庵，豐後人，嘗受業賴山陽，後以醫仕市橋侯。中興後流寓日野，賣藥爲活，米鹽屢空，晏如也。一切憂愁都寓於詩。明治十三年以病亡，齡七十三。詩篇散逸，世鮮知其名者。零篇賸墨，幸得賴君以傳，翁亦可瞑矣。」次日郵送遺詩數首，其五絶云：「鄰舍庭前樹，花開數朵新。春風不相隔，吹做兩家春。」七絶云：「隱見孤村三兩家，誰從籬落認横斜。黄昏疑是春星落，倒蘸溪流數點花。」皆佳作也。餘瑕不揜瑜，今不具録。

釋蘭谷

近時浮圖善詩者寥寥罕聞，獨有吾鄉渡邊蘭谷。其《遠明堂集》既行於世，題某氏别莊云：「庭上何瀟洒，堪看處士風。梧桐三四葉，落在帚痕中。」《春曉》云：「梅蕊返芳魂，幽香不知處。黄鶯忽一聲，叫破春山曙。」意境極佳。《散步近郊》云：「課餘移步去，野緑未深中。避石筍斜出，穿林路僅通。諸村分遠近，一水劃西東。多賀誠何處，松梢認梵宫。」又有「樓高雲壓座，窗破月當筵」「秋聲争古樹，暮色領荒村」「蜂銜園老樹，蝶路入殘花」句，皆奇。明治戊寅游支那，與諸名士唱和，詩境益進。《春江掉月》云：「申江春月朗如秋，碧玉壺中載酒游。景比西湖猶不讓，興逾赤壁復何求。銀燈華燭吴商市，清唱嬌歌越女舟。水鳥驚眠掠篙去，一聲叫破緑楊洲。」《咏燈》云：「日落煙消早掩扃，金檠先照短長亭。吟邊春雨孤星淡，客裏秋風一穗青。映牖美人呈半面，舞刀俠士隱全形。深更誰鑿鄰家壁，兩眼如鷹讀六經。」《梅窗覓句》云：「玲瓏春色上簾來，玉骨冰魂取次開。一硯香風詩未就，吟情懸在半窗梅。」其他古體亦佳，惜篇長不能録。師三河碧海郡人，年甫十八入豐後廣瀨青村門，宜園中夙有雋才之目。後擢爲其都講，而顯密教旨亦靡不通曉，現爲真宗大谷派學師。

釋伏堂

江州日野僧長島伏堂，名淳心，《春晚幽居》詩云：「一年春盡雨聲中，遮莫愁腸詩缺工。杜宇一聲人在夢，水晶簾外落花風。」其妙如此，豈曰「缺工」？其弟駕橋，名宣，亦嗜詩。《春晚夏初作》云：「鶯語餞春隨處囀，鵑聲迎夏有時聞。落花三寸紅埋砌，修竹千竿緑拂雲。」塤篪唱和，怡怡可想。

津田聿水

津田貞，號聿水，高知人。性倜儻不羈，極有才幹。年甫弱冠，以藩命抵横濱，購銃器於外人。幕府不輒許可，乃欲竊航海外。百方經營，事垂成而藩議罪以怠慢，削其士籍。嗣流離東西，僅以文墨自給。有一權貴劇憐其才，將大擢用之，又被人中傷而止。其轗軻不遇率如此。明治癸巳，余在浪華，會飲北里酒樓，一見如舊。後去客越前，無幾以病亡。悲夫！詩篇散佚，無由收拾，友人某僅藏數首。其《春詞》云：「一枝梅影是天真，淡雲微月妝點春。堪笑世間多俗眼，擬將桃李品佳人。」大抵以才行，不太刻琢。其《讀水滸傳》一聯云「三千世界不平事，百八人中得意人」，亦奇想也。

奥田丘村

奥田丘村，名鶴來，肥後八代郡人，嗜詩如命。其《游本妙寺》聯云「適離穢土心愈潔，參得深禪悟自寬」，《贈清客蒲雪鴻》聯云「世味豈如詩味好，新知卻勝舊知歡」，皆佳對也。

瀧川菊浦

瀧川濟，字仲信，號菊浦，磐城菊田郡人。性酷愛石，所蓄以百數。嘗過勿來關，獲一奇石，見箭鏃射入其中者三，蓋數百年前物也。岡鹿門見而奇之，名曰「飲羽石」，贈以古體一篇，菊浦愛玩如拱璧。其《春日偶成》云：「回頭世事百皆非，不若悠然與俗違。日午偶推窗牖望，真鳶翻避紙鳶飛。」亦妙于寄托。

筒井秋水

筒井秋水，名載，字元卿，三河西尾人。性孤峭，不與人苟合。余少時就受句讀，訓誨甚嚴，稍有倦色則叱咤退之，以故子弟往往逃去不敢近，獨余與浮屠石窗晨夕受業，十年如一日。翁深慕水户西山、備前方烈諸公爲人，有客談及之，乃起而盥漱，下席聞之，其謹嚴率類此。詩思清苦，一首往往踰月而成。神韻縹緲，有不盡之妙。甲戌之春，余將入都，翁送别云：「瑽琤簷滴幾時休，二月江天風雨愁。莫是深泥行不易，故人今日向東州。」《雨日與管千齡話詩》云：「不談人事只談詩，檐滴疎疎聽自宜。消受浮世閑半日，杏花春雨薄寒時。」《野步》云：「後先相逐燕差池，行傍田家短竹籬。一路入林人語寂，落花吹亂古神祠。」《湖上春景》云：「滿湖春水緑浮天，湖裏流通湖外田。一夜東風吹暝雨，幾家門繫釣魚船。」皆爲絶唱。又《桶峽懷古》云：「戰破招亡初志非，英魂終古果何依。煙横荒峽茫無際，鳥掠平蕪鳴且飛。一代威名青史記，千秋遺恨碧山圍。斜陽照我經過跡，滿目蒼涼草自肥。」《縱筆》云：「才盡争期筆有神，墨場祠苑易逡巡。眼前惟酒能娱我，天下何花獨擅春。造物附來疎懶性，閑雲讓與自由身。枉將狂放酬清世，説道風流一輩人。」翁尤喜漁洋絶句，抄出其會心者若干首，朝暮吟諷不絶，以故其詩髣髴相似。又妙文章，極愛魏叔子云。翁今年八十，矍鑠善飲，此可殊喜。唯恨石窗早夭，詩亦散逸，無由拾收。白玉樓中若讀此書，當嗔余疎懶耳。

明治詩話卷二

尾原君山

尾原缺，字大成，號君山，石州邑智郡人。《詣柹本祠》句云：「萬壑煙雲催落木，一天風雨漲平川。」詩概尚朴真，不喜嬌飾。明治六年以病亡。著有《石見風土記》十卷、《石見軍記》三卷。其嗣子逸齋，字子德，號杏陰，其《過一谷》云：「松陰滿地午風清，行客東西沽麵行〔一〕。一帶平沙三尺墓，王孫埋骨不埋名。」平淡中能寓感慨。《石見瀉晚眺》云：「夕陽沙嘴人孤立，帆自青空盡處回。」畫手不如。君山下世未一年而歿。著有《杏陰詩鈔》三卷。

尾原晴洋

杏陰之子正憲，號晴洋，詩可與父祖頡頏。其《登青杉山》云：「三峰聳天鬱巍巍，屏山當面似藩籬。誰據此險佐和某，三百兵拒二萬師。觀應之元秋八月，大霧埋山月没時。咫尺不分敵軍

〔一〕麵：似當作「麪」。

至，猪鹿驚吼忽奔馳。我兵逐之方四散，萬刃突擊終不支。逝水滔滔青石瀨，古壘老樹杜鵑悲。吾來弔古獨回首，風雲慘憺日月移。飛瀑鳴爲鼓鼙響，枯茅戰似白羽麾。君不見，武庫川頭二賊斃，謂師直兄弟。孰與君臣守節死相隨。松風颯颯瀧原里，夕陽摩苔讀殘碑。」自注云：「青杉山在石州邑智郡築瀨村，與丸屋、鼓崎二山鼎立。往昔，佐和善四郎據以唱勤王大義，正平五年，賊將高師泰率兵二萬來襲，事詳于《太平記》。」

杉山千和

嘗訪柳北翁於墨上村莊，座有一老翁童顔鶴髮，宛然商山四皓中人也。柳翁謂余曰：「千和翁棋手高於一世，子好詩過人，他日當能如翁於棋否？」從此訂交，今二十年矣。翁少受業添川仲穎，詩真率酷似其人。《竹下幽棋》云：「竹下幽棋供老娱，不須争刼決羸輸。手低難辨中原事，休笑區區守片隅。」《蘇江所見》云：「暮風吹盡滿江秋，煙樹糢糊月未浮。咿軋櫓聲人不見，篝燈點處認漁舟。」言情如話，寫景如畫。又《養老瀑布》五律，頗有憑虚縹緲之韻，云：「帝傾雲漢水，瀉向老山中。結構非人作，天然似鬼工。銀旗懸絶壁，玉屑散虚空。直下三千丈，萬峰起烈風。」翁幼嗜棋，十二上初段，三十進五段，客歲達七段，殆天下無敵手矣。翁，美濃神户人，今年七十五，矍鑠猶少壯。

末廣雙竹

末廣鐵腸，以政治文章著名海内，其乃尊雙竹翁，名重舒，字思道，性卓犖有膽勇。嘗腰間發瘍，痛甚，醫曰：「是極難治，非割肉刮骨然後敷藥不可。但恐其不能堪耳。」翁笑曰：「昔關壯穆敲棋療創，我則敲詩以代之。」既而曰：「此瘍三旬必愈，我當拈平聲三十韻，日敲一詩。」届期詩成，果如其言，瘍亦從愈。性極嗜酒，日邀同人對酌數斗。時赴醮席，亦必極飲大醉。途上遇人，不問有素與否，必相挈而歸復飲，閭里以「醉仙」目之。然勤勉公事，雖大風暴雨，未嘗一日廢也。晚卜築城南某邑，峰巒攢簇，水竹清瑟，扁曰「洗心書屋」，朝吟暮哦，不復問世事。其《岐蘇途上》云：「行行人語異，客路入蘇山。飛瀑危梁上，奇花怪石間。秋深饑猿簇，郭近暮禽還。一霎何來雨，雲埋福島關。」《江上楓》云：「映水紅楓淡又濃，匹如嬌女醉餘容。可憐霜後衰無力，紛落江村薄暮鐘。」《寄長尾恕齋》云：「別來獨酌又孤吟，東役記曾交斷金。一病聞君似張籍，縱令盲目不盲心。」並有奇氣。其義子靜園主人亦嗜詩，其退後詩草自序云：「竹溪散人名静，字成侯，幼爲伯舅雙竹君所養。君早捐館舍，散人既自識才學譾劣，不當襲家職，然二弟皆幼，欲讓而不得。年四十始得辭官，乃補葺洗心書屋居之，更稱静古園。性愛淵明爲人，不談時事，不營産業，囊無餘財，而亦不甚貧，每與親戚故舊置酒陶然。嗣子重恭，實義父第二子也。幼好讀書，今既成家，不肖散人，亦足藉以償過矣。山人賴有先人遺書數百卷，閑繙以自樂。興到則吟嘯諷詠，不知老之將至，是散人之夙志也。」其胸襟洒脱如此。《閑適》云：「流落人間四十年，浮沉榮辱付茫然。初心未報首陽志，晚節欲追彭澤賢。遯世枕高閑日月，繙書眼放舊林泉。休言恬退乖時好，境静山中一洞天。」其志可知。

末廣鐵腸

往年《朝野新聞》之盛，有「下户局長」「上户局長」之目，下户即謂墨上漁史，上户即謂鐵腸居士。當時漁史專主雜録，居士專主論説，並稱雄絶，海内新聞殆無出于其右者。居士名重恭，字子倹，伊豫宇和島人。弱冠入京師，入春日潛庵門，修陽明學。性倜儻不羈，議論侃諤，不屈權貴。中年多病節酒，然與同人讌飲，故態頓發，不可抑止。時乃以酒澆之，有阮籍風度。平生好讀東坡集，故其古體有頗相類者。《登釜山古城》云：「曠原亘數里，一山突崚嶒。薄暮獨下馬，崎嶇歷榛荆。墻壁半頹圮，蔓草斷碑横。剔蘚讀題字，知是釜山城。緬懷小西公，揮劍叱長鯨。艨艟連絶海，海風捲飛旌。韓兵群羊耳，敢與猛虎争。暗噁屋瓦震〔一〕，堅城一夕傾。長驅入平壤，豪膽吞朱明。惜被豎子誤，中途俄息兵。不然高勾麗，於今屬東瀛。功過互相償，千載有公評。低徊不能去，百感胸中盈。秋風撼林木，猶疑鼓鼙聲。」《仁川》云：「往夢只須問海鷗，看來世事幾沈浮。

〔一〕暗噁：底本訛作「暗啞」。按此出《史記·淮陰侯列傳》「項王暗噁叱咤，千人皆廢」。據改。

雲開月尾青螺現，潮退江華白練流。鷁首龍旗横大舶，蜃窗蠣壁列層樓。當年星使曾呼渡，滿目蕭蕭蘆荻秋。」盤鬱之氣自然形見。《白河船中》云：「白河之水何蜿蜒，九十九曲灣復灣。蘆岸已過沙岸出，水波拍拍船盤旋。蓼花深處繫小艇，人家住在楊柳間。不知天津何處在，日低平野青連天。中流回顧來時路，蒲帆幾片林梢懸。」宛然倪雲林水墨山水圖也。而小詩亦有風調可喜者，《刀根川舟中》云：「江流依舊自縈回，一世雄圖付刼灰。崖樹森森人不見，冷風寒月過鴻臺。」余嘗有《送居士經浦港游清韓二國》詩四首，今録其二云：「鬱勃胸中宇宙吞，乘風絶域氣軒軒。海門波浪千帆集，沙塞煙塵萬馬屯。略地東方何策在，修交鄰國有謀存。他年鐵路通全陸，應似人間開一元。」「一肩行李短長程，路入天津百感生。八月風濤超渤海，九秋雲霧度長城。黔黎唯重蠅頭利，冠蓋徒誇榜上名。獨有老筌能處變，不教大厦一朝傾。」居士中年學洋籍，頗有心得，而於稗史雜著亦涉獵殆遍。嘗著小説《雪中梅》，洛紙爲貴，其他《花間鶯》《南洋波瀾》《北征録》等，皆行于世。然居士全副心腸足以經綸一世，不可目以文學家也。

釋居龍

釋居龍，字成器，號珠堂，美濃武儀郡人，好作韻語。《秋日散步》云：「石徑霜楓處處黄，停車擬續牧之狂。若王永觀秋方好，去向南禪欲夕陽。」其《贈錫蘭人曇摩鉢羅》詩二十餘韻載在《傳道會雜誌》，其友善連三英留學印度，重譯以載其國雜誌，名聲頓著。其他贈米人雄氏及加藤惠澄、内田圓壽等作，皆及數十韻，多慷慨激切之音，亦僧中汗血也。

松本晚香

松本清通，號晚香，櫪木人。家世農，晴耕雨讀，無復他志。其《幽居雜感》云「迂拙常招才子笑，疎狂不受貴人憐」「白水汪洋奔曠野，青山重疊擁孤樓」，皆佳對也。又《古河途上》云：「寒空月落曙光分，十里長隄隔凍雲。清世曾無關鎖警，鷄聲三國一時聞。」又妙。

關川葭涯

嘗有關川葭涯者，屢寄詩於國會社。每見評點滿紙，未讀而心已厭焉。北總成田人石川昌三聞余編詩話，抄寄其友關川豐義詩數篇，紙尾書曰：「豐義，字厲志，號葭涯，下總成田人，世爲商估。學詩大沼枕山。」乃知葭涯詩固出于緒餘，其評點蓋戲爲之，非有意誇耀也。《不忍池所見》云：「悵望湖光秋已殘，淒風度水起微瀾。衰荷疲柳同酸態，添得祠邊夕照寒。」宜入《蓮塘集》中。

釋日應

但馬朝來郡竹田村觀音寺僧塚原日應，《述懷》詩云：「歲月堂堂隙駟過，幽窗獨坐感如何。浮雲變幻朝還暮，似學人間翻覆多。」余愛其無蔬筍之氣。

池上清醒

池上清醒，名斌，常好讀古今人詩，每到會心處，乃操筆抄録，積至巨册。其所作詩輕婉可愛，《觀楓》二絶云：「杖策來敲古寺扉，通天橋上恰斜暉。紅楓雜得松杉緑，倒蘸溪流似錦機。」「秋光又到梵王宫，一半輕黄一半紅。擬與山僧謀小醉，木魚聲隔錦雲中。」景致宛然。

勝部五松

勝部五松，名静男，伯耆人，少好讀書擊劍，亦頗有才幹。明治戊辰，王師北征，君監藩兵，入出羽、三崎之役，與賊隔林相持，飛丸雨下，君挺進不懼，遂拔其壘。總督有棲川親王，賞賜鞍馬。中興之後，出官于司法。居二年，赴任名古屋，無幾以母疾東歸，僑居澀之寺島村。時成島柳北、依田學海諸老創白鷗詩社，君亦與焉，詩筆清麗，有可傳者。其《殘月啼鵑》云：「緬懷德大寺，追感天津橋。不是思歸客，此時魂也消。」可謂此題絶唱。《水樓晚涼》云：「踈雨渡江去，斷虹忽有無。暮潮吞莎岸，分碧入野渠。香山又熱海，豪遊固可娱。有此家江好，寧若愛吾廬。涼月不期到，煙外水鷄呼。吟坐冷然善，冰心在玉壺。」詩亦冷然而善。明治癸巳六月以病亡，年四十三。友人杉山三郊作碑文，其末段云：「君性孝友，多才藝，詩文國風及圍棋點茶謡曲末技無不旁通。而謙退不伐，見先輩有德者，俯首受教，後生有一善，稱道不容口。成島柳北夙有聲名，使酒漫駡，多否少可，獨推君爲難企及。君歿未半歲，柳北亦逝。余於二君並辱忘年之交，今不可復見，哀夫！」真非空言貢諛者矣。

松林古陵

松林薰，號古陵，武州松山人。《落花》句云「鏡裏容華憐瘦損，風前孤笛怨黄昏」「北里賣花歌一闋，南朝聽雨曲三彈」，意境自佳。其他有《春雪》《春露》《蓮露》等詩，皆極細緻。又《秋晚雜詩》云：「吟衫冷透半簾風，爐火將消一點紅。宿雁有聲蘆白處，夜山如夢月明中。村砧斷續霜盈瓦，籬菊瓓珊露滴空。燈影依微孤枕悄，今宵又減壁間蟲。」此韻叠至三十首。

北澤乾堂

北澤正誠，字子進，號乾堂，别號瑶溪冠嶽，信州松代藩士。幼有遠志，弱冠受業佐久間象山。元治元年，扈藩主入京都，因周覽紀淡海口，賦詩云：「爲值邦家危急秋，征衣冒雨作南遊。海門歷遍要衝地，孤劍今朝入紀州。」時海内多事，藩主擢君爲江户邸留守，於是多締交當代名士，盡力國事。明治初任權少參事，會藩兵從北征者恃功强暴，藩主命君鎮之。君直縛其巨魁，且諭餘黨以大義，衆懾伏乃止，人深德之云。後出爲左院中議生，累遷五等議官、三等修撰，現爲小笠原島司。臨其將發，副島樞密贈以一聯曰：「按星象遥拱北辰，航海洋遠撿南島。」蓋以君通天文星象之學也。其《送古香秋月君遊信越》云：「劉家昔日興，南面帝漢土。寶祚四百歲，德澤流千古。乘槎來住扶桑東，將門出將有遺風。雄武久鎮九州地，君家威望何隆隆。運啓維新受特旨，參贊廟謨立綱紀。學術文章世争推，名聲早已著遐邇。詞壇追隨既十年，昌和翩翩邁前賢。肥遯一朝辭臺閣，孤鶴閑雲去寥廓。漫遊將向信越間，遍訪名山窮巖壑。行路不似世路難，信山高兮越海翻。嗚呼！信山高兮，孰與君氣象之磊落；越海翻兮，孰與君文章之波瀾。」《笠島書懷》云：「慷慨誰追伊達公，倚鞍草檄畫邊功。天垂北斗星辰壯，地入南荒形勢雄。六國連衡運將盡，一王政策日恒中。雲間指點濠洲路，欲趁扶摇萬里風。」《感遇》云：「半生只恨無知己，騏驥駑駘一例看。少小自期天下士，何心十載守微官。」各體並佳。其他，與鶴梁、敬宇、甕江、小舟、學海諸老唱和頗多，今不具録。君性謙恭，每作一詩，就余商量，余深服其虚懷也。

西島城山

西島周道，字如砥，號城山，晚號睡庵，東京人。以儒爲業，經史百家靡不貫通，性又能詩。清國公使隨員沈梅史深于詩，公務之餘，集我近古諸家作，迄見翁詩，贊嘆不已。因序其集云：「先生之父蘭溪翁爲日下大儒，其著書遠傳于海外，而先生亦篤行力學。諸生多負笈執經，戚畹藤原公以師禮事之。高坐設醴，如古穆生於魯王。其詩獨追宗晚唐，佳處廣大樸厚似魏晋，予慨然而三復之云云。」明治十三年八月以病歿，年七十五，遺著等身，皆藏於家，有《四時田園雜興》十二首，今録其二云：「貪此春眠美，不知夜雨晴。殘棋迎客覆，古帖喚兒評。翎重蝶難舞，喉圓鶯弄聲。落花紅滿地，吟屐久停行。」「不同時俗好，何種石榴花。客土疎移菊，梅天再焙茶。初星臨薄夜，落日刷殘霞。出浴風軒立，無心數暮鴉。」又《秋水芙蓉》云：「自識幽姿難獨持，敢於桃李不争時。畢生顔色無人管，落日西風秋一池。」渢渢乎唐音矣。

西島梅所

西島梅所，名醇，字子粹，睡庵翁之子也。夙受家學，專攻文章，餘事作詩，頗有乃翁口吻。《墨水秋遊》云：「一抹輕煙落日東，江樓處處酒旗風。蘆花白盡無人見，付與鷺鷀閒睡中。」《江村雜詠》云：「蹄輪塵十丈，未到我柴扉。沽酒村童至，覆棋野僧歸。白鷺看難認，蘆雪滿釣磯。」辛卯春，余訪孫君巽於霞關嚶鳴館，坐有一客，謂君巽曰：「頃讀籾山衣洲《星岡小記》者，首載君叙，未知衣洲何人。」君巽笑指余曰：「此是也。」因大笑，乃各告姓名，於是始知梅所。嗣後數年，君巽投海而死，嚶鳴館亦歸他人，而君與余阻隔風塵，不復數相見。歡會難期，歲月易磨，豈不重嘆。

永井禾原

禾原散人與余交二十年，性篤交友，不以窮達渝其交。嘗爲其亡友林櫟窗開薦筵於湖上長蛇亭，同人畢集。席上次曼陀道人韻云：「春風幾度記曾經，燈影依微湖上亭。參社少年頭帶白，照人新柳眼抛青。曲翻舊譜魂先斷，夢隔前塵酒欲醒。一别何期爲永别，滿簾夜雨不堪聽。」芊綿凄惻，令人黯然魂消。如其《壽奥田大觀翁七十》云：「恰是天家大慶辰，聖時祥瑞出斯民。下帷授業三千子，舉案齊眉五十春。醉裏哦詩真氣骨，老來畫竹益精神。人間多福如君少，偕壽高齡正七旬。」散人名久一郎，號禾原，别號來青，尾州愛知郡人。幼受業青木樹堂，弱冠入都，專攻洋學。後以藩命留學米國，業成而歸。歷官文部内務諸省，頗以才幹稱。平生不甚作詩，然觸景感懷，偶然拈出，壓倒作家。有弟曰三橋，冒阪本氏，爲岡山縣佐。亦有詩名，與余交善。

林櫟窗

林櫟窗，名信，尾張熱田人，入都仕官。後致仕，開書肆。爲人口辨，交遊最廣。明治癸巳，歿于浪華來青散人處。有遺詩數首，其《瀧川觀楓》云：「夕陽何處好停車，一帶寒川蘸晚霞。醉殺多情狂杜牧，白雲黄葉美人家。」《春愁曲》云：「芳草萋萋人未還，懶偎菱鑑櫳仙鬟。無端一夜相思夢，恍落雲癡雨膩間。」《湖上旗亭寄哭德堂》云：「誰家楚管送餘哀，一去魂兮竟不回。湖面荷花湖上柳，月前猶似望歸來。」皆見才情。櫟窗與先人善，嘗屢來晤談，戲謔百出。余隔障聞之，不覺噴飯。今猶恍見其音容也。

福井學圃

福井學圃年少才鋭，平生枕藉漢魏諸家集，故其詩尤善于五言。其《亡弟一週忌辰》云：「朔風姜被冷，誰復對牀眠？永訣仍疑夢，傷心又一年。可堪荆樹折，空見雁行違〔一〕。掃墓莊嚴寺，愁雲淡日前。」哀挹之情盡乎此矣。客歲探勝晃山，獲古今體數十首，今録其二三。《劍峰眺般若方等二瀑》云：「劍峰平如掌，直北森層嶠。林壑紛縈抱，地靈協久要。俯臨百尺淵，雙瀑破蘿蔦。蜒蜿雌雄龍，飛躍挂山竅。方等玲瓏姿，般若雄健貌。流沫吹冰霰，奔衝奇石陗。一潭匯紺碧，澎湃厓下繞。瞻佇野店前，短長吟古調。」《華嚴瀑》云：「久耳華嚴勝，今來大瀑前。奔飛七十丈，噴薄幾千年。五彩照危壁，萬雷轟絶淵。乾坤相震蕩，日月共盤旋。目眩虹精現，魂驚劍刃懸。天風吹不斷，星漢落還連。濺沫非關雨，跳珠半是煙。差池石燕舞，窈窕巖花妍。陰洞凝瓊液，陽崖甃寶甎。化工真壯矣，神骨自冷然。鄉導詑奇觀，吾曹了因緣。能詩無白也，調笑奈蘇仙。」五色眩曜，使人不敢迫視。又如近體《湖心亭穆社雅集》云：「瀟洒亭臺枕水涯，秋風相值話襟懷。文章千古推諸老，衣鉢他年在我儕。萸紫菊香重九近，山青湖緑夕陽佳。滿筵和氣交情厚，厓岸何妨與世乖。」懷抱可知。學圃名繁，字公簡，東京人。

〔一〕違：失韻。似當作「連」。

末松青萍

青萍博士，姓末松，名謙澄，身列清班，學兼漢洋，又工詞章。嘗有客曰：「博士滿身皆才也。」癸巳杪秋，余初會博士于湖心亭。酒兩三行，博士操筆賦七古一篇，頃刻而成，一座傾靡，東坡所謂「文如萬斛泉源，不擇地而出」者非耶？頃讀其著漫遊雜詩，《讀出雲史》七首殊爲超妙，今摘録其三云：「神代何悠邈，天壤無際涯。莽莽豐葦原，坤柱未定基。堂堂大國主，乃能經營之。偉功比日月，萬世有光輝。君不見，巍然大社高千尺，宇迦山光終古碧。」「天馬出雲地，卓立霜風起。稜骨何權奇，一日走千里。牽至北闕下，天顔咫尺喜。群僚牽相賀，遽以祥瑞擬。獨有臣藤房，以爲甚非矣。一馬换名臣，忠言果忤耳。君不見，四海一朝沸如湯，鼎湖未乾天馬僵。」「城固不可拔，乃爲持久謀。圍之以大兵，處處築譙樓。首將年方壯，氣韻頗風流。宵宵弄長笛，觀月在樓頭。雁影横遥塞，露氣報高秋。何物無情漢，敢學穿窬儔。鞠躬攀林薄，張弦控箭鏃。君不見，殘星幾點夜將老，飛羽應聲首將倒。」蒼古簡練，殆忘爲押韻之文矣。又如七律《春濤翁輓詩》云：「暮雨如絲濕碧苔，空山落木鳥啼哀。畢生遺愛留其句，一代名流葬此才。魂魄安歸雲漸合，音容不見月空來。傷心最是春風近，怕見花前蝴蝶回。」翁辭世詩云：「兒孫若問三生事，蝴蝶花前蝴蝶飛。」酷似樊榭。其他，《西京雜吟》云：「何來神女笑相招，玉露金風奈此宵。三十六峰明月好，有人高閣坐吹簫。」最膾炙人口。

成島柳北

柳北翁風流文采照映一世，而其氣節事業亦有絶于人者。翁諱弘，字保民，江户人，世爲幕府奥儒者。年甫十八，嗣家爲侍講。嘗嘆幕政陵夷，諸吏因循，作詩嘲之，遂以獲罪。後出爲騎兵頭，更遷外國奉行勘走奉行，議論剴切，不與時合，乃謝病去。無幾又擢爲會計副總裁，班列參政。戊辰之春，上國兵起，東軍敗歸，翁慨然與執政議論得失，皆斥不用。因嘆曰：「大事去矣，吾復何言？」乃賣劍買牛，退隱墨水之湄，徵辟不就。其從本願寺法主周遊歐米歸也，《朝野新聞》社延爲之長，翁日草雜録數百言，其文縱横自在，變化百出，令人忽笑忽泣。而規世諷俗，寓意隱然，言者無罪，聽者足戒，蓋是也。性好爲狹斜遊，日酣飲香圍粉陣間，如留連忘歸者，蓋胸中鬱勃之氣無由發露，聊藉以自慰耳。明治甲申十一月卒墨水草廬。余夙辱其知遇，且私慕之，嘗傚其著《新柳情譜》作《衣浦情譜》，翁采入《花月新誌》。嘗在鄉時，有一僧詆翁者，余怒不可抑，托事招之，預大書一聯曰：「無學無才漫詆俗；蓄妻食肉况貪財。」僧不覺赧然，慚謝乃止。翁詩多行世，頃又有刻遺稿者，遺珠甚希，兹録一二存胸臆者。《憶家》云：「簾外秋風殘柳斜，客愁轉與暮寒加。關情何特蓴鱸味，每點寒燈便憶家。」《哭女》云：「花間露似淚漣漣，秋慘東籬日暮天。誰料今年手栽菊，一枝爲汝供墳前。」《墨上夜歸》云：「花香柳影夢依稀，隄畔紛紛木葉飛。隔水綺樓燈一點，醒人薄夜踏霜歸。」皆有一種性情。嘗著《鴨東新誌》，判華量月，裁紅暈碧，幾可與《北里》《妝樓》諸書併傳。中有《東山吟》，余常愛誦，云：「東山暮送霏微雨，絲絲度水濺衡宇。東山朝起靉靆雲，來我榻前翩翩舞。東山何意遇我深，暮雨未歇朝雲吐。仿佛巫山十二峰，楚王情事足千古。伏水北去地形蹙，東道導我入小甑。山郛到處食無魚，粉面膠髻徒媚嫵。季鷹豈獨思蓴鱸，故園松菊戀舊主。唯爲東山遇我深，十旬滯留西京府。」明治戊寅，翁與依田學海、瓜生梅村諸老創詩社於墨上，名曰白鷗，余亦與焉。時沖君九皋寓墨上，爲幹其事。嘗設盛讌，令妓侑飲。翁醉態淋漓，賦俳體一首云：「藝者澤山燒鳥旨，始知幹事限先生。」一座噴飲。惜今忘其半。蓋翁俳體，南畝以後無復替人云。其《聞新橋歌妓千代與情郎溺死墨水弔之》云：「想彼臨終覺悟宜，今生雖苦後生嬉。隅田川水深何丈，流得浮名無盡時。」「誰道仇波寄又還，一沈不復戾人間。二時鐘告無常度，月白風青死出山。」皆膾炙人口。

關根癡堂

中島棕陰以《鴨東四時雜詞》，關根癡堂以《豐橋四時雜詠》並著名一時。蓋棕陰與癡堂其性相近，而其才相若也。癡堂名柔，三河豐橋人，詩才慧敏。小野湖山翁嘗謂小原鐵心曰：「君見吾藩才子乎？」才子即指癡堂也。豐橋舊名吉田，俚謠云：「薄暮行過吉田驛，麑斑長袖倚欄招。」癡堂之著一出，豐橋紅袖，更覺一出色矣。中興復入都仕官，亡何罷。間居養病，又著《東京新詞》，寫其風俗人情，極微極細，妙解人頤，使棕陰復生，恐瞠乎擲筆也。《墨上雜詩》云：「舊日朱陳猶有村，依然花月别乾坤。此間風物真堪畫，鄰叟催詩夜叩門。」「寓樓曾與金龍對，落枕鐘聲春靄靄。昨夜燈前殘夢中，猶疑一一來花外。」「村園幽處尤宜夏，個個亭臺太瀟灑。别有紅妝樣可憐，與他花竹秀而野。」「衣襟不著汗珠紅，豈信城中等釜中。大暑此間無酷吏，故人隨處有清風。」「芟卻野蒿鋤緑苔，寬纔數畝可徘徊。涉園成趣從今始，四季花繞三徑開。」「幽居漫道紅塵隔，未絶門前車馬跡。應被他閒風月嗤，人衣不及蝶衣白。」「散策乘涼繞渚田，花間小立曉風前。詩人大有佳人致，匝地香生步步蓮。」命意新警，措詞幽雅，柳翁采入《花月新誌》，謂使灤上詩伴辟易乞降。又《鎌倉懷古》云：「形勝依然控八州，鎌臺霸氣已千秋。菱華買夢徒多智，棣萼争春豈老謀。金碧寺荒僧獨住，綺羅人去水空流。登臨無限興亡恨，落日青山共一樓。」庚寅之秋，余著《鬢絲懺話》，癡堂題詩其後云：「投間久已謝塵紛，儘策詩勳仍酒勳。識面楊家紅拂妓，論心蓮幕舊將軍謂成島柳北。星岡夜雨淋零淚，衣洲嘗著《星岡小記》。衣浦春風縹緲雲。衣洲嘗著《衣浦情譜》。花月千場留夢影，誰收佳話入新聞。」「有才難免是情癡，多病多愁爲善詩。人面桃花春片夢，茶煙禪榻鬢雙絲。若非心裏玲瓏徹，安得豪端磊落奇。好向月殘風曉底，吊將柳七唱君詞。」刻成，余爲持贈，癡堂笑曰：「八旬老嫗隨少女後，時得人目送，亦可幸矣。」余曰：「詎敢然？少女病羸，難於獨步，反扶老嫗之肩耳。」大笑而别。時清客陳衡山在霞關使署，讀癡堂詩，欲見其人。余爲具鷄黍，折簡招之，偶以事不來。越二日，忽有人報曰：「癡堂以暴疾亡。」余始未信，繼接其家人書，黯然神傷，爲之數日食不甘味，實明治廿三年九月廿二日也。癡堂年僅五十，早爲白玉樓中人，悲夫！遺藁數卷在湖山翁處，未暇借覽，僅録筐中所存者，恨未以足盡癡堂也。

吉田静海

甲午夏，久旱無雨，炎熱困人，静海主人要余泛舟墨水，時方陰曆六月十五夜也。涼月當天，金波滉漾，繫纜於白鬚祠下，風露離離，衣衫爲濕。時菰蒲中微聞蟲聲，盛夏風氣如八九月時。主人有詩云：「金龍影落水中央，鼓棹娟娟亂月光。何處參差船笛起，白蘋花發不勝涼。」妍妙可愛。主人名正春，字和成，一字俶載，高知人，幼以神童稱。藩主容堂頗嗜詩文，嘗召少年才子設題賦詩。主人年甫十二，從容口吟曰：「春寒恰似昨年寒，黄鳥不啼詩思寬。只怕梅花容易老，一枝仔細插瓶看。」公驚嘆曰：「是奇才也。只『昨』字未妥，宜改『客』字。」從此其名頓噪。往年游波斯國，州督哈瑪督侯特延之官舍，貺以廄馬，主人即作《胡馬引》謝之。詩云：「君不見，漢武自通西域使，世間説將駿馬開互市。黷武窮兵由來非，豈獨星槎探源水。茫茫大漠海又海，孰識行程幾萬里。空傳衛鶴動，地志不補龍門史。大漠南距古大宛，駿馬多出苜蓿裏。拆海阻山波斯州，移殖繁鬣與黄耳。胡人慣騎如在座，左右馳射多絶技。方貢不傳東西途，漢武以來自我始。建鉞南都王之伯，憐我跋涉入窮僻。邈若墜雨説前期，鳴絃照燭永今夕。仳别慅慅表交誼，傳令殿吏餞遠客。牽來後廄卷毛驄，騎之能可度荒磧。八尺龍脊貼連錢，三尋銀蹄白生煙。霜戾秋登眼如電，紅暈衝口欲躍天。遥想奉世在當時，裝得金纆豹皮韉。唯完使事賴此物，上鞍顧盼氣昂然。卻撫膺門試寄語，至竟榮辱奈何汝。王廩常貯生民膏，燃燒繼晷換寶炬。王廄金粟積如山，飽汝多事因牧圉。一朝誤仿昭君嫁，枯蓊殘荳伴羈旅。炎風熱沙汗血乾，羸瘦他日看似鼠。馬兮長嘶如解心，生遇知己彼何阻。王廄雖好倦思眠，叱鞭時同駑駘侶。出廄舉頭乾坤闊，上霄下壤擅超距。噫嗟人生適意有幾許，孅離徒被羈靮累。雲螭月駟久無聞，英雄濺盡櫪下淚。一杯甘露不增壽，神仙秘訣唯須醉。跨汝直上崑崙巔，俯觀人世小兒戲。」長袖善舞，多錢善賈。使人擲筆而嘆不及也。而如近體，《秋燕》云：「棲托雕梁近繡幃，無情北雁勸南歸。明年王謝知無恙，相顧遲遲出屋飛。」《秋扇》云：「撲螢輕步玉階叢，掩月嬌羞水殿風。婕妤何憂恩愛絶，將忘猶在未忘中。」辭情並美。主人博覽强記，尤邃經史，於詩不多費力，每謂余曰：「詩，吟詠性情也。情動乎中，不容已於言而後作。故千載之下，誦之猶接鬚眉。若今之詩家，刻苦彫繪，不復問性情爲何物，蓋不讀書之罪也已。」其《贈川北梅山翁論詩》一首，足窺平生持論云：「天地有經緯，森然盡是文。吾人生斯裏，性情成繪紋。有形物既晰，無形聲輒聞。發真以托假，猶花吐奇芬。時流漫擬古，好尚各雖分。綺靡無辭理，測力負山蟁。腐木巧彫鏤，沾沾互自欣。心腸何所適，虛構率爾云。乖情又反性，傀儡著舞裙。畫餠難充食，剪彩艷不薫。文運關世運，昭代筆奏勳。誰能警輕佻，超然獨排群。理應則天地，辭應象風雲。大雅始嗣響，漢魏徒紛紛。捧杯跪而進，世上唯問君。」

信夫恕軒

恕軒翁以文章著名一時，嘗自撰墓銘曰：「粲，字文則，號恕軒，晚更天倪。信夫氏，世仕因幡守池田侯。考諱正淳，母某氏，天保六年某月某日，生於江户邸。生二歲喪怙恃，又無雁行。幼好學，長作文，狷直不容乎世。明治中興，三仕三罷，家居教授，一世不遇知己，千歲豈保不朽？然至其守節不屈，則質諸鬼神而不疑也。乃買石自銘曰：貌陋性介，屯如邅如。犯世清議，欠鄉曲譽。寸心千古，白首蠹魚。人雖不用，天其舍諸。窮愁以死，噫命也夫。」所謂「擁孤襟以畢歲，謝良價於朝市」者歟？詩于古體，殊有獨得之妙。其《源語歌牌》云：「歌牌美於源公美，五采爛然裝片紙。嬌女團欒春服新，誰似當年紫式部。彤管豈唯文字腴，婦德偏在貞操殊。袈裟清節静女静，五十四帖色欲無。」《宫娥鬪雪圖》云：「碎雪斜飛圍宫苑，寒聲細細打畫闌。美人曉起禈裳衣，手擲玉塊勇而婉。漢家女軍吴宫兵，羅紈吹雪冷腳清。嬌鬪宛似劉項戰，中有虞氏泣行營。」華麗茂實，色色具見。其《新居雜詠》五首樸素可喜，云：「新營昌黎屋，辛苦擲錢囊。花竹巧照應，苔石更倒裝。結構何所取，漢魏小文章。」「傲骨不容世，半生醉沈沈。曉夢和春雨，覺來感懷深。户庭無人到，唯聞好鳥音。」「吾愛蒼筤竹，清陰次第濃。錦綳纔半解，碧簪脱輕鬆。灑灑風窗下，三伏宛三冬。」「近年甚頹唐，晨昏唯樂只。携兒拜先塋，追賽探花市。客來談功名，哂答風月美。」「五株不栽柳，兩三栽芭蕉。風來飄翠翳，雨戰碧珠跳。有時題短句，豈唯遣無聊。」其他諸作概披露胸臆，絶無齪齪之態，蓋可謂之真情真詩也已。往年著文話，川田甕江序之曰：「恕軒信夫君，洽聞多才，好文章，欲舉一世以納之於其所好之域。嘗聚生徒講《文章軌範》，雄辨懸河，一坐傾聽。余讀君文，奔放恢奇，才思横逸，不肯墨守一家法。」又依田百川序其文集曰：「吾友信夫文則，以文名都下。文則之文馳聘縱横〔一〕，奇思泉湧，間有涉嘲謔者。文則識見卓犖，樹立一家，不欲倚他人門墻。蓋以嬉笑怒駡爲文章者也，以聖賢爲法者也。」二翁之言如此，其人可知矣。

青木樹堂

嗚呼！樹堂先生，余豈忍言哉？明治丁丑，余入某試場，榜出不第，無所依倚。先生爲經營，因以得留都。後數年，又爲狡奴所欺，奇禍荐臻，先生慨然爲出資斧助之，其義蓋有厚於至親者焉。而先生既歸道山，余亦鬢髮蕭疎，碌碌未成一事。每念及此，五内爲裂。先生素志於經國之學，詩雖緒餘，而細大洪纖無施不可。《送人自江州歸尋之三州》云：「湖山風月倦優遊，知子中心認首丘。猶有蕙幬猿鶴契，白雲流水入三州。」《宿秋葉山》云：「古殿崔嵬倚翠微，滿窗雲氣濕羅衣。殘燈明滅悄無夢，樹杪怪風天狗飛。」《送人之芳山》云：「一笛江樓客夢驚，吟騎款段弄新晴。若於日域論雙絶，人是南朝花是櫻。」《京寓雜詩》云：「三十六峰春似煙，祇園長樂緑相連。可憐多

〔一〕聘：疑「騁」之訛。

少貔貅骨，便與詩人分墓田。」《池亭小集》云：「斷雲拖雨過，湖色入秋晴。疎柳樓三面，殘荷水半城。酒邊人語細，鷺外夕陽明。誰弔將軍墓，蕭條落木聲。」《舟下澱江》云：「樓樓紅燭映清流，舟過長橋岸始幽。高下水天秋一色，平分鷗鷺夢雙洲。邐迤城郭龍蟠失，綿亘山川星象收。萬古澱臺遺恨在，荻蘆風戰浪花愁。」又如古體《夜叉搗餅圖》尤諧而奇，云：「搗餅者夜叉，翻餅者閻魔。裁之者釋迦，滚之者彌陀。此餅原有小臭氣，鬼臭佛臭商量費。縱嚼横咬幾多年，没滋味處有滋味。雖然鬼佛同一源，不許吐崑崙，又吞崑崙。」先生名可笑，字孟純。僧時名祖方，字陽春，爲尾州愛知郡大高村長壽寺主席。中興之後，蓄髮出仕大藏省，以清白强幹稱。明治十四年四月以病亡。著有《江户外史》十五卷、《皇漢金石文字一覽》一卷。鷲津毅堂翁嘗撰碑文，其略云：「嗚呼！青木君樹堂之墓，非余銘之而誰與？元治甲子之歲，余自江户歸省鄉里，途留名古屋數日。君介逆旅主人，以其所著《德川氏史稿》四卷爲贄乞謁，乃命延之。圓顱方袍，舉止安詳。坐定，與之談古今得失，娓娓可聽，遂訂交。既而余應聘來督藩學，兼參政務。君時過從，情好益密。爲人沈實寡言，可以托重事。于書靡所不窺，最志於經國之學。明治元年之春，王師東征，藩與江户同宗也。將發間，使説以恭順，而憚耳目，難其人。余謂藩老成瀨正肥曰：『堪此任者，吾客樹堂也。』正肥然之。君乃奉命，單身東赴，周旋竭力。居五十餘日，宗子納城邑。而朝廷更賜駿遠參三國，奉先祀，君與有力焉。然謙沖不敢居功，亦未嘗語人，是以世識之者鮮矣。」毅堂以老儒聞，其言如此，先生之爲人可知也。

神波即山

神波即山，名桓，初名圓桓，尾張甚目寺僧也。詩書並工。中興初，當丹羽花南執藩政，大擢用文士，翁亦蓄髮就官。無幾入都，坎坷不遇。後出仕太政官，在官十餘年，明治庚寅以病亡，詩稿散佚，流傳太罕。余多方搜羅，僅得數首。《元旦次張船山韻》云：「五十纔過鬢已華，悠悠心跡送殘涯。可無詩夢尋春草，未使朝衫付酒家。老後功名如古曆，醉來顏色似唐花。東風料峭天街遠，力疾還登下澤車。」《叠韻》云：「屋角春旗閃日華，長貧慣得滯天涯。埋頭簿領徒稱吏，名世文章孰作家。新釀酒拖棼尾緑，舊栽梅孕滿身花。門童大笑傳奇事，陋巷時過賀客車。」《水亭排悶》云：「湖上花殘衆緑堆，公餘聊倚小亭臺。柔荷弄影細風動，躍鯉有聲微雨來。休對青山掻白髮，欲邀紅袖侑瓊杯。唐賢佳句君知否，一月人生笑幾回。」《月下探梅》云：「月明如水樹無聲，身落林香漠漠中。咫尺相逢忽相失，美人通體玉玲瓏。」《花月吟》云：「傷心月下了迷因，刻意花前證幻塵。月易虧殘花易散，就中易老看花人。」《題岡本黄石翁泛游集》云：「放浪何須學謝公，天將清福付斯翁。世間榮辱離心久，老後文章得意工。橋市夕歸垂柳雨，寺樓春倚落花風。夢魂能記幽棲地，華頂山前鴨水東。」詩極嫻雅而不落纖麗，優入古人之域。聞翁爲僧時，嘗冬曉寒甚，不忍離褥，乃竊移木魚於床上，擁衾敲之。僧雛上堂，求師不得，而魚聲斷續起自隔壁。驚以爲怪，走告諸鄰僧。鄰僧遽至，則翁已鼾然矣。其不拘於物概此類。

日下部鳴鶴

天下有耳者，鼎鐺之小，亦能知鳴鶴翁之善書，而余尤服其書論之精。嘗游支那，搢紳巨豪争先乞書，户外屨常滿，詩殊流麗。其《金陵雜詩》云：「寒煙沙月夜凄其，滿地荒凉劇可悲。今日秦淮河上路，何人重唱牧之詩。」「玉樹金蓮逝水流，臙脂井涸翠煙愁。六朝歌舞豪華盡，滿月江山繞帝邱。」《自蘇州至杭州舟中》云：「一路吴江十幅蒲，半川煙柳隔姑蘇。撑篷坐覺詩思闊，寶帶橋西是太湖。」「十日篷窗十日閑，夢魂每落翠微間。遥青一抹好眉樣，知是西施湖上山。」風調皆佳，可以上歌喉。有客曰：「支那地名太好，倘使僕遊其地，恐所作亦不減之。」後客遊西京而還，讀其諸作皆笨拙不足觀，余笑曰：「嵐山鳧水，琶湖漢江，皆不好地名乎？子詩何爾粗惡。」客赧然而退。翁名東作，彦根人。

大沼枕山

枕山翁名厚，字子壽，幼字捨吉，江户人。少時在尾張鷲津益齋塾，偶森春濤翁亦來學。二人嗜詩甚於色食，行止起卧，口不絶吟哦。一日同塾者相集，曝書庭中，使春翁護之。翁擁膝思詩，不知雨至，書帙盡濕。枕翁亦吟行郊外，偶失足墜溝，衣塗泥土，同塾因相戲曰：「捨吉帶水，浩甫漂書。」浩甫，春翁幼字也。後枕翁還江都，春翁寓浪越，東西角立，詩名大噪。枕翁跌宕詩酒，氣韻高尚，前後及門之士殆以千數。明治廿四年以病亡，聞者嘆云：「詩道從此衰矣。」其爲世所推重如此。詩集十餘卷及遺稿一卷既行於世，今録一二存胸臆者。《李杜合圖》云：「飯顆漫説太瘦生，樽酒相逢此時情。杜公沈吟李公醉，玉山欲傾猶未傾。認郭汾陽何明智，救房太尉何高義。須知慷慨百年心，豈啻文章千古事。」《金澤》云：「樓下雙橋列小虹，醉吟快受早秋風。晴村牧笛涼聲白，暗浦漁篝暮色紅。鷗鳥招來詩眼際，鱸魚葬在酒腸中。緣湖游賞連宿成，千古香山約略同。」《阿累歌》云：「手中之鎌明如月，頭顱帶血江底落。怨恨飛出魚腹裂，天陰雨濕夜蕭索。燐火碧然枯荻洲，隔雲何物哭啾啾。鬢髮鬖髿形太瘦，鬼也一目見人羞。絹水東流跡不泯，惡緣千刧磨難盡。高岸今挂如鎌月，髑髏無聲泥裏没。」皆係晚年作。

鷲津毅堂

我尾出文士殊多，而博學洽聞兼善詩文者，余私推毅堂翁。翁名宣光，字重光，尾之丹羽郡人。慶應乙丑應聘爲藩督學，公授館於新馬埒，待遇一如先儒細井平洲故事。明治中興，出令登米縣，頗有治績。後遷司法，在官幾二十年而歿。嘗有《次平洲感懷韻》詩八首，一時喧傳。今節録其四云：「公館呼爲晝錦堂，府城咫尺接家鄉。刧餘志業猶攻玉，歸去頭顱未戴霜。正值多材趨濟濟，何須獨行嘆涼涼。吾曹也似山梁雉，飲啄隨時便集翔。」「金臺雲物恰初陽，此地將開選佛場。雪片呈祥盈天白，梅花回暖滿園香。育英欲學胡中舍，較德唯慚韓武岡。買骨千金應有意，喋然休議濫恩光。」「奎光一道映金城，遭遇雄藩治教明。席帽離身新學士，襴衫刮目舊書生。春風花護烏衣巷，暮雨苔封馬鬣塋。祖德如今人不省，街衢漫艷晝歸榮。」「遺經果勝滿籯金，平步葦公跡可尋。顧己身輕言責重，就官日淺國恩深。翠微峰隱魏冰叔，紅藥徑捿葉水心。卻恐名賢伏原野，觀星又到夜鐘沈。」《過風花僧正房》云：「梵音窈眇隔花聞，春影離離欲夕曛。人與金仙分半座，聯吟一霎住香雲。」《詠史》云：「楠公進死藤公隱，易地皆然奈二忠。其咎歸誰悔何及，行宫春老落花風。」《竹院尋僧》云：「一榻茶煙彈可參〔一〕，偷閒暫住寶陀龕。竹光映帶毫光白，僧影丈餘横半潭。」《白川關舊趾》云：「官程既入奥毛間，行覺丁夫語帶蠻。二十三山青未了，秋風秋雨白河關。」皆爲絶調。聞其曾祖幽林君與平洲論學術不合，遂絶意仕途。題「帶雪松枝挂薜蘿」句于學館壁去，隱居授徒。王父松陰君乃尊益齋君，相繼承家學，徒每以百數。累葉文雅，殊足欽慕也。

〔一〕彈：疑「禪」之訛。

參訂古詩平仄論

森槐南參訂

《參訂古詩平仄論》一卷，森槐南（一八六三——一九一一）參訂。據明治二十七年（一八九四）東京新進堂刊本校。是書本名《王文簡公七言古詩平仄論》，本漁洋王士禎後人及門生所輯漁洋舊説，翁方綱作序及按語。森槐南按語多所辨正，即一新創作也。姑收録之。

按：森槐南（もり かいなん MORI KAINAN），明治時代漢詩人。名公泰，字大來，世稱「泰二郎」，號槐南、秋波禪侶、菊如澹人等。森春濤之子，出生於名古屋。初從父學詩，從清人金嘉穗習漢學。上京後師事鷲津毅堂與三島中洲。明治十四年（一八八一），十九歲出仕司法省，遂轉入修史館從事歷史編纂，歷任太政官、樞密院屬圖書寮編集官、式部官、東京帝國大學文科講師（講授中國文學）。標榜承繼其父之清詩，才氣横溢，詩風絢爛，明治二十三年（一八九〇）與辦「星社」，明治三十七年（一九〇四）創立「隨鷗吟社」，君臨詩壇。因蒙三條實美、伊藤博文等明治政府要人之愛顧，明治四十二年（一九〇九）十月出任伊藤博文之秘書官，辭任東京大學講師，隨伊藤博文赴哈爾濱一同遇難而負槍傷，兩年後去世。文久三年十一月十六日生，明治四十四年三月七日殁，享年四十八歲。

其著作有：《槐南集》八册、《中國詩學概説——森槐南遺稿》（森槐南著，神田喜一郎編）、《補春天傳奇》、《唐詩選釋》等，參訂《古詩平仄論》（翁方綱原本）及其父所編《新新文詩》（第一——十五集）。

序

王阮亭《古詩平仄論》，經大興翁方綱手訂，剖白詳明，無微不著，今復取而申之，毋乃太繁乎？蓋本邦諸家作古體，概皆藉口于袁子才，謂古詩「到恰好處，自成音節」，何必斤斤於句讀之末，瑣瑣於平仄之微？於是任情率意，混施亂用，以致義理雖通，音節全乖，甚則艱澀扭揶，自命爲得古作者之風。殊不知《詩三百篇》發諸情性，諧於律吕，降而爲《離騷》，爲樂府，皆莫不以聲調鏗鏘爲美。乃今耳食之徒，未窺阮亭溯源及流之旨，而徒眩子才狡獪瞞人之言，亦何異於迂儒尊奉紫陽新註，而毛傳鄭箋一概付之不問者？是大來所不得不句櫛字比、刋挈扚量也。夫子才固一代奇才，觀其所作古體，皆遵守阮亭之説，而出以變化，則知其譏阮亭爲「杞國伯姬」者，亦不過佛家駡祖手段，語相戾而理實相該。後人遂不能經營乎匠心，領略乎妙諦。妄信皮相之論，以訾議阮亭，螳臂當車，真可發一笑。大來嘗咀嚼阮亭言詩大指，而知其江河萬古，滔滔不廢。苟欲作古體追蹤先賢者，未有可舍此而别求津逮者。然其論簡古質直，猶毛公《傳》，非解人難求奥義。翁方綱亦猶鄭氏《箋》，雖考究精嚴，竟有可取，有不可取。今若不剔抉淵源、剖析底理，誠恐開卷茫然、覿面差過。爰細行參訂而授之梓，閲者亦當諒其勞矣。袁子才有言「孔穎達真鄭康成之應聲蟲也」，大來得爲翁方綱之應聲蟲，固幸甚。若謂付王阮亭之功臣，則豈敢豈敢。明治癸未三月，森大來公泰氏，識于茉莉巷凹處。

小傳

王士正，字貽上，號阮亭，山東新城人。順治十二年進士，官至刑部尚書，謚文簡。有《帶經堂集》。

士正談詩，大抵源出嚴羽，以神韻爲主。當康熙中，其聲望奔走天下，惟吴喬目爲「清秀李于鱗」，汪琬亦戒人勿效其喜用僻事新字，而趙執信作《談龍録》排詆尤甚。平心而論，當我朝開國之初，人皆厭明代王李之膚廓，鍾譚之纖仄，於是談詩者競尚宋元。既而宋詩質直，流爲有韻之語録；元詩縟艶，流爲對句之小詞。於是士正等以清新俊逸之才，範水模山，批風抹月，倡天下以「不著一字，盡得風流」之説，天下遂翕然應之。然所稱者盛唐，而古詩惟宗王孟，上及於謝朓而止〔一〕，較以《十九首》之「驚心動魄一字千金」，則有天工人巧之分矣。近體多近錢郎，上及乎李頎而止，律以杜甫之忠厚纏綿沈欝頓挫，則有浮聲切響之異矣。故國朝之有士正，亦如宋有蘇軾、元有虞集、明有高啓，而尊之者必躋諸古人之上，激而反唇，異論遂漸生焉。此傳其説者之過，非士正之過也。是《録》具存，其造詣淺深可以覆案，一切黨同伐異之見，置之不議可矣。四庫全書提要

〔一〕朓：底本訛作「眺」，據《四庫全書總目提要》卷一七三改。

阮亭先生詩，同時譽之者固多，身後毁之者亦不少。推其致毁，蓋有兩端：一則標舉神韻，易流爲空調；一則過求典雅，易掩却性靈。然合全集觀之，入蜀後，詩骨愈蒼，詩境愈熟，濡染大筆，積健爲勇，直同香象渡河，豈獨羚羊挂角？識曲聽真，要當分别觀之。聽松廬詩話

翁方綱，字正三，號覃溪，順天大興人。乾隆十七年進士，官内閣學士，左遷鴻臚寺卿。有《復初齋集》。

覃溪年甫及冠，已入詞垣，而精心績學，宏覽多聞，所著《兩漢金石記》剖析毫芒，參以《説文》正義，幾欲駕洪文惠而上之。近年研精經術，嘉慶己未，予入京師，見其方考《禹貢》《顧命》兩篇，諸儒同異，相與辨難，齗齗竟日。詩宗江西派，出入山谷、誠齋間。雖嘗仿趙秋谷《聲調譜》，取唐宋諸大家古詩，審其音節，刊示學者，然自作亦不能盡合也。書法初學顔平原，繼學歐陽率更，隸法史晨、韓勑諸碑。生平雙鈎摹勒舊帖數十本，北方求書碑版者畢歸之。湖海詩傳

自漁洋先生取嚴滄浪以禪喻詩，謂「詩有别才，非關學也」，於是格調流於空踈，神韻淪于寥闃矣。吾友覃溪，蓋純乎以學爲詩者歟？自諸經傳疏，以及史傳之考訂，金石文字之爬梳，皆貫徹洋溢於其詩，雖所服膺在少陵，瓣香在東坡，而初不以一家執也。陸廷樞撰復初齋詩集序

覃溪先生生平論詩，謂漁洋拈「神韻」二字固爲超妙，但其弊恐流爲空調，故特拈「肌理」二字，蓋欲以實救虚也。《復初齋集》中詩，幾於言言徵實，使閲者如入寶山，心摇目眩。聽松廬文鈔

張篤慶，字歷友，號厚齋，山東淄川人。貢生。有《崑崙山房集》。

篤慶才藻富有，洋洋纚纚，動輒千言，風發泉湧，不可節制。四庫全書提要

歷友學殖淹博，諸前輩稱爲冠世之才。著《八代詩選》《班范肪截》《五代史肪截》等書，皆卓然可傳。清詩别裁

張實居，字賓公，號蕭亭，山東鄒平人。有《蕭亭詩選》。

王士正《序》稱其古今詩盈千首，樂府古選尤有神解，爲擇其最者三百餘篇〔一〕。四庫全書提要

〔一〕三：或曰「五」。《四庫全書存目叢書·集部》第二百三十四册王士禎《蕭亭詩選序》作「古今詩千餘首，樂府古選尤有神解，爲擇其最者五百餘篇，别爲選集」。

古詩平仄論目次

古詩平仄論

清翁方綱原本，日本森大來參訂

新城縣新刊，王文簡古詩平仄論

方綱序曰：詩家爲古詩，無弗諧平仄者，無弗諧則無所事論已。古詩平仄之有論也，自漁洋先生始也。夫詩有家數焉，有體格焉，有音節焉，是三者常相因也而不可泥也，相通也而不可紊也。先生之論古詩，蓋爲失諧者言之也。紊亦失也，泥亦失也。紊斯理之，泥斯通之。夫言豈一端而已，言固各有當也。方綱束髮學爲詩，得聞先生緒論于吾邑黄詹事，因得先生所爲《古詩聲調譜》者〔一〕。既又見江南屢有刊本，或詳或略，又有所謂《詩問》《詩則》者，其論閒有揞拄，亦大同小異。今見新城此刻，抑亦不同。或遂疑其有贗，方綱蓋嘗熟復先生言詩之旨，而知其不相悖也。夫張王元白之雅操，不可以例杜韓；山谷之逆筆，不可以概歐梅。吾惡知先生當日有所爲而言之之爲桓司馬耶〔二〕？爲南宫敬叔耶？其知者則曰：「舉一以反三也。」其不知者則曰：「舉一而廢百

〔一〕古詩：底本脱，據《清詩話》上編《王文簡古詩平仄論》補。

〔二〕所：底本脱，據《清詩話》上編《王文簡古詩平仄論》補。

也。」今日高才嗜古者，稍有所得，輒往往訕薄先生，漸且加甚矣。其墨守先生之論者，尚知聞謦咳而愛慕之，得其片紙隻詞以爲拱璧。方綱若不爲之剔抉原委，俾讀者知其立言之所以然，其于甘辛丹素經緯浮沉之界，所關非細。故因新城學官之請，而爲之序如此。乾隆五十七年二月朔。

七古平韻到底〔一〕

謝太傅問王子猷曰：「云何七言詩？」對曰：「昂昂若千里之駒，泛泛若水中之鳧。」此命名所自也。大來按：《漁洋詩話》云：「二語已盡歌行之妙。是時七言作者未盛，子猷又不以詩名，而其言如此。」七言古自有平仄，若平韻到底者，斷不可雜以律句，其要在第五字必平，如韓詩。大來按：第五字必平，曰對句也，以下第四字第二字皆倣之。

謁衡嶽廟遂宿嶽寺題門樓

五嶽祭秩皆三公，四方環鎮嵩當中。火維地荒足妖怪，天假神柄專其雄。噴雲泄霧藏半腹，雖有絶頂誰能窮？我來正逢秋雨節，陰氣晦昧無清風。潛心默禱若有應，豈非正直能感通！須臾静掃衆峰出，仰見突兀撑青空。紫蓋連延接天柱，石廩騰擲堆祝融。森然魄動下馬拜，松柏一逕趨靈宮。粉墻丹柱動光彩，鬼物圖畫填青紅。升階傴僂薦脯酒，欲以菲薄明其衷。廟令老人識

〔一〕底本脱，據目録補。下《七古不韻到底》《七古换韻》皆同。

神意，睢盱偵伺能鞠躬。手持杯珓導我擲，云此最吉餘難同。竄逐蠻荒幸不死，衣食才足甘長終。侯王將相望久絶，神縱欲福難爲功。夜投佛寺上高閣，星月掩映雲朣朧。猿鳴鐘動不知曙，杲杲寒日生於東。大來按：此詩音節飛揚，平仄諧叶，不啻對句第五字可爲模範，第四字、第二字、出句第五字等皆可學也。

第五字既平，第四字又必仄，如歐陽詩。

啼鳥

窮山候至陽氣生，百物如與時節争。官居荒凉草樹密，撩亂紅紫開繁英。花深葉暗耀朝日，日暖衆鳥皆嚶鳴。鳥言我豈解爾意，綿蠻但愛聲可聽。南窗睡多春正美，百舌未曉天催明。黄鸝顔色已可愛，舌端啞咤如嬌嬰。竹林静啼青竹笋，深處不見惟聞聲。陂田繞郭白水滿，戴勝穀穀催春耕。誰謂鳴鳩拙無用，雄雌各自知陰晴。雨聲蕭蕭泥滑滑，草深苔緑無人行。獨有花上提葫蘆，勸我沽酒花前傾。其餘百種各嘲哳，異鄉殊俗難知名。我遭讒口身落此，每聞巧舌宜可憎。春到人間苦寂寞，把盞常恨無娉婷。花開鳥語輒自醉，醉與花鳥爲交朋。花能嫣然顧我笑，鳥勸我飲非無情。身閑酒美惜光景，唯恐鳥散花飄零。可笑靈均楚澤畔，離騷憔悴愁獨醒。

第四字第五字平仄既合，第二字可平可仄，然不如平之諧也，古人多用平，如蘇詩。大來按：落句第二字用仄聲方爲諧叶，此云「不如平之諧」，誤矣。翁方綱以爲「必非先生之言」，其或然。然古人中用平者亦實不尠，余别有説附於後。

武昌西山

春江緑漲蒲萄醅，武昌官柳知誰栽。憶從樊口載春酒，步上西山尋野梅。西山一上十五里，風駕兩腋飛崔嵬。同遊困卧九曲嶺，褰衣獨到吴王臺。中原北望在何許，但見落日低黄埃。歸來解劍亭前路，蒼崖半入雲濤堆。浪翁醉處今尚在，石臼杯飲無樽罍。爾來古意誰復嗣，公有妙語留山隈。至今好事除草棘，常恐野火燒蒼苔。當時相望不可見，玉堂正對金鑾開。豈知白首同夜直，卧看椽燭高花摧。江邊曉夢忽驚斷，銅環玉鎖鳴春雷。山人帳空猿鶴怨，江湖水生鴻雁來。請公作詩寄父老，往和萬壑松風哀。

右詩第二字用仄者才六句耳。

方綱按：此條云「第二字用仄者才六句耳」，此語有誤。「往和」，「和」字去聲，非平聲也，今以○記之，知非先生手稿原本也。即「卧看」，「看」字可平可仄，然此處亦作仄，非作平也。必無一連四句第二字皆平之理耳。此首凡十四韻，而對句之第二字用平者六，用仄者八，則此條所云「古人多用平」者，失其實矣。借使先生當日偶爾援及此詩，亦不爲定論耳。

又按：此條所云第二字「多用平」者，指對句言耳。然對句第二字，古人初無多用平聲之説。即以此卷内先生所舉諸篇言之。如《衡嶽廟》一首凡十六韻，而其對句第二字用平者才三句。《石鼓》一首凡三十三韻，而其對句第二字用平者才八句，八句之内，「其年始改稱元和」句，「年」字則因上句第七字以平聲，另提其勢，與他句不同。而末句「嗚呼」，「呼」字，是正收通篇音節，亦與他句不同。除此二句外，其第二字用平者才六句耳，惡見所謂「第二字多用平」者耶？蓋出句第五字多用仄，是以第二字多用平也。若對句，則第五六七字既皆多用平，而第二字又多用平，毋乃不均乎？此條必非先生之言，所不得不辨者也。

大來按：此説洵是定論，確不可易，即第二字非仄不諧。原本蓋有傳寫之訛也。然古人間有用平聲者，似未可爲定格。殊不知自非其出於變體者，必第六字用一仄字以救之。此説前人所未道破，且照之于古人作例中未必盡然，而愚竊自信以爲不謬者也。家君嘗謂，大抵七古平仄可以爲初學標準者，莫過李太白「問余何意棲碧山」一絶。今試就此一首而言之，結二句自是正格，出句「桃花」花字平，故「杳然」杳字必仄。對句「别有」有字、「天地」地字皆仄，故「非人間」三字必皆平，所謂「二五關捩」者，此則無論已。至起二句，第二字既平，第五字亦用平，若無一字救之，則音節有揚而無抑矣。故第六字用一「碧」字一「自」字必仄，方爲頓挫有致，如此則衍到數千言，亦無一失調也。然此理變幻異常，無庸膠柱。此條内所引《武昌》一篇中，如「歸來解劍亭前路」一句是律句，「步上西山尋野梅」「江湖水生鴻雁來」等，皆第四字用平，似失阮亭之旨，而其實未嘗一相背戾。凡此等處唯可神會，不可口傳。學者宜就此書所載諸作，彼此參證，然後句仿字模，則雖近拘泥，庶不失本真耳。

至其出句，第五字多用仄。如間有用平者，則第六字多仄，如蘇詩。

自金山放船至焦山

金山樓觀何耽耽，撞鐘擊鼓聞淮南。焦山何有有修竹，采薪汲水僧兩三。雲霾浪打人跡絶，時有沙户祈春蠶。我來金山更留宿，而此不到心懷慚。同遊盡返決獨往，賦命窮薄輕江潭。清晨無風浪自湧，中流歌嘯倚半酣。老僧下山驚客至，迎笑喜作巴人談。自言久客忘鄉井，只有彌勒爲同龕。困眠得就紙帳暖，飽食未厭山蔬甘。山林飢卧古亦有，無田不退寧非貪。展禽雖未三見黜，叔夜自知七不堪。行當投劾謝簪組〔一〕，爲我佳處留茅庵。大來按：此首特爲出句引之，而對句亦皆正式可法，只「中流歌嘯倚半酣」「叔夜自知七不堪」兩句是係變例，妙在「倚」字仄，而出句「清晨無風」四字皆平，「七不」七字仄，「知」字孤平，而出句「三見」三字平，「未」字孤仄，此阮亭之所云「别律句」，而方綱之所以爲不必泥也。以愚觀之，作者或出偶然，後人則不得不辨。況此天地間一種自然音節，非解人雖欲辨不可得，固難以粗跡求之也。且本邦土音既異，審聲尤難，若不細施注釋，殆暗室無燈，有眼如盲。是以不厭絮煩爲之提出如此，庶一覽可悉，無模糊之病矣。

至出句之第二字又多用平，如蘇詩。

答吕梁仲屯田

亂山合沓圍彭門，官居獨在懸水村。居民蕭條雜麋鹿，小市冷落無鷄豚。黄河西來初不覺，但訝清泗奔流渾。夜聞沙岸鳴甕盎，曉看雪浪浮鵬鯤。吕梁自古喉吻地，萬頃一抹何由吞。坐觀入市卷閭井〔二〕，吏民走盡餘王尊。計窮路斷欲安適，吟詩破屋愁鳶蹲。歲寒霜重水歸壑，但見屋瓦留沙痕。入城相對如夢寐，我亦僅免爲魚黿。旋聞歌舞雜詼笑，不惜飲釂空瓶盆。念君官舍冰雪冷，新詩美酒聊相温。人生如寄何不樂，任使絳蠟燒黄昏。宣房未築淮泗滿，故道堙滅瘡痍存。

〔一〕劾：底本訛作「刻」，據《清詩話》上編《王文簡古詩平仄論》改。
〔二〕入：底本訛作「人」，據《蘇軾詩集》卷十五改。

明年勞苦應更甚，我當畚鍤先黥髡。付君萬指伐頑石，千錘雷動蒼山根。高城如鐵洪口快，談笑却掃看崩奔。農夫掉臂免狼顧，秋穀布野如雲屯。還須更置軟腳酒〔一〕，爲君擊鼓行金樽。

總之，出句第二字平，第五字仄，其餘四仄五仄亦諧。落句第五字平，第四字仄，上有三仄四仄，亦皆古詩正式。如蘇詩。大來按：前云「落句第二字可平可仄，然不如平之諧」，此處卻無一語及之，但云「上有三仄四仄亦皆古詩正式」，明係矛盾。方綱前言之不誣，可以見矣。〇又按：「上有三仄四仄」之下，當補「下有三平」一句看。

遊徑山大來按：此首内，説已見前者，另不付〇●。但以出句四仄五仄、對句三仄四仄三平者特標識之，閲者著眼。

衆峰來自天目山，勢若駿馬奔平川。中途勒破千里足〔二〕，金鞭玉鐙相回旋。人言山住水亦住，下有萬古蛟龍淵。道人天眼識王氣，結茅宴坐荒山巔。精誠貫山石爲裂，天女下試顔如蓮。寒窗暖足來樸渥，夜鉢咒水降蜿蜒。雪眉老人朝叩門，大來按：此句第七字用平，出句別體，説詳後卷。願爲弟子長參禪。爾來廢興三百歲，奔走吴會輸金錢。飛樓湧殿壓山破，朝鐘暮鼓驚龍眠。晴空偶見浮海蜃，落日下數投村鳶。有生共處覆載内，擾擾膏火同烹煎。近來愈覺世議隘，每到寬處差

〔一〕須：底本「須」右脱〇，據《清詩話》上編《王文簡古詩平仄論》補。
〔二〕勒：底本訛作「勤」，據《清詩話》上編《王文簡古詩平仄論》改。

安便。嗟余老矣百事廢，却尋舊學心茫然。問龍乞水歸洗眼，欲看細字銷殘年。

大來按：七古平仄正式，於是乎畢矣。正式者何？出句○○●●●○●，對句●●○●○○○是也。以下別律句、長短句等，變例雖多，要皆不離正式。初學者先以前數説爲根抵，一字不容出入，然後以後面仔細參酌，則根據既固，尚何事不可爲乎？或謂「古人從未有正變之目，死守一格，恐欠活動」，此不然矣，既有正式，乃可遵守，若不分別，何以爲法？翁方綱所謂「泥亦失也」一語，實爲紊亂詩格之本，竟至謂：「古來英雄猶能欺人，自我作古，亦何不可？」規格聲調一概措而不問，大謬無理，可謂亦甚矣。故愚更下一轉語曰：「寧失於泥，無失於紊。」看者諒之。

古大家亦有別律句者。方綱按：此句愚有説，詳於後。然出句終以二五爲憑，落句終以三平爲式，間有雜律句者，行乎不得不行，究亦小疵也。方綱按：既云「行乎不得不行」，則不得云「疵」矣。何以又云「究亦小疵」哉？先生豈有如此自相矛盾之語？愚別有説。如蘇詩。大來按：作者「行乎不得不行」固屬無妨，在學者則宜認爲「小疵」。不然，古詩平仄竟無一定期矣。阮亭之意，不過如此耳，方綱駁論却屬無謂。

送劉道原歸觀南康

晏嬰不滿六尺長，別律句○大來按：看者記清。律句者，○○●●●○○是也。上不必四仄，下不必三平，而自異於律句者，謂之別律句。高節萬仞凌首陽。青衫白髮不自嘆，富貴在天那得忙。別律句。十年閉户樂幽獨，百金購書收散亡。別律句。朅來東觀弄丹墨，聊借舊史誅姦强。孔融不肯下曹操，汲黯本自輕張湯。雖無尺箠與寸刃，口吻排擊含風霜。自言静中閲世俗，有似不飲觀酒狂。衣巾狼藉又屢舞，旁人大笑供千場。交朋翩翩去略盡，惟我與子猶彷徨。世人共去君獨厚，豈敢自愛恐子傷。別律句。定將文度置膝上，喜動鄰里烹豬羊。君歸爲我道姓字，幅巾他日容登堂。別律句。朝來告別驚何速，律句。歸意已逐征鴻翔。匡廬先生古君子，挂冠兩紀鬢未蒼。

方綱按：此首内，注出云「別律句」者凡六句，其實古人並非有意與律句相別也。且推其本言之，古詩之興也，在律詩之前。雖七言古詩大家多出於唐後，而六朝以上已具有之。豈其預知後世有律體，而先爲此體以別之耶？是古詩體無別律句之説審矣。即此卷開首一條云「平韻到底者，斷不可雜以律句」，此語亦似過泥耳。

大來按：「寧失於泥，無失於紊」，前已言之矣。方綱推本之説，未嘗不正論。而不知古詩平仄者，竟以公然籍口爲排擊阮亭之端，是愚所以不能已乎言也。蓋後世既有律詩，欲作古體，勢必淆亂，宜設一良法以分別之，是知所云「斷不可雜以律句」者，特嫌纖弱似律體句法耳，非謂唐以前之詩體皆如此也。假使阮亭生未有律體前，知其決無四仄三平之説也。我已生後世，欲一擬古體，則礙律體，衍爲數十言，亦皆靡弱可厭。纔有此一法，音節頓挫較與律體別，乃據以爲定式，是韓蘇以來不傳之秘。人人揣摩冥搜，百方苦求，而後得之，剖腹藏珠，不肯輕傳。至阮亭初漏洩天機，雖似可惜，實是千載一事，絶無而僅有者也。至如別律句，亦行乎不得不行，無可奈何之一著。方綱概以爲不必泥，其然豈其然，便看做隔壁話，亦何不可。

又如歐陽詩。

聖俞會飲時聖俞赴湖州

傾壺豈徒彊君飲，別律句。解帶且欲留君談。洛陽舊友一時散，十年會合無二三。京師旱久塵土熱，忽值晚雨涼纖纖。滑公井泉釀最美，赤泥印酒新開緘。更吟君句勝啖炙，杏花妍媚春酣酣。吾交豪俊天下選，誰得衆美如君兼。詩工鑱刻露天骨，將論縱横輕玉鈐。遺編最愛孫武説，往往曹杜遭夷芟。關西幕府不能辟，隴山敗將死可慚。别律句。嗟余身賤不敢薦，四十白髮猶青衫。吴興太守詩亦好，往奉玉琯和英咸。盃行到手莫辭醉，明日舉棹天東南。

方綱按：此首内，注出「别律句」者凡二句，皆屬對之句也。既是對句，自應合二句同讀之，乃見音節也。不特此也，古人一篇之中，句句字字皆是一片宫商，未有專舉其一句以見音節者，則焉有專於某句特有意别律句者乎？今即以此首論之，「關西幕府不能辟，隴山敗將死可慚」，此二句若依漁洋先生所講三平之法，則「隴山」句第四字既仄，自應五六皆平矣。今乃五六句皆仄者，何也？蓋此篇十二韻，對句皆三平之調，只前半第四句「無二三」，略於第六字間入一仄字耳。至第七韻「詩工鑱刻露天骨，將論縱横輕玉鈐」，此聯對偶，乃於對句第四字用平，第五字又用平，而第六字用仄，此在通篇中爲稍變矣。則此下豈得不再有一略變之句，以配應之？所以「關西」二句又作對聯，「隴山」句第四字既仄，則疑於三平之不變者矣，故特將五六用仄，非以示其嬌變，正以拍其諧合也。試取此上下對偶之數句，按節吟之，而後知愚説不妄也。而豈得專於隴西句注云「别律句」耶？至若此篇起句亦注云「别律句」，則更不然矣。此理甚微，請細論之。「傾壺豈徒强君飲，解帶且欲留君談。洛陽舊友一時散，十年會合無二三。京師旱久塵土熱，忽值晚雨涼纖纖。滑公井泉釀最美，赤泥印酒新開緘。更吟君句勝啖炙，杏花妍媚春酣酣。」昔年讀此詩時，有友人在旁，疑上下數句相去不遠，「凉纖纖」「春酣酣」，似嫌複者。愚曰：不然。歐陽公自注云：「君詩有『春風酣酣杏正妍』之句。」蓋此句是引用梅聖俞詩語，與上句「凉纖纖」本不相犯，此一説也。尚有不盡此者。此篇「强君飲」一層，「留君談」又一層，「吟君句」又一層，此三層若參差鼎峙遥相配者，則「凉纖纖」之實景，與「春酣酣」之虚景，又豈不可參差若相配乎？在古人原出以無意，而其實天然之節奏，皆於無意中拍合之，未有特出有心别乎律句，以爲古詩者也。即如下篇先生所舉之韓《石鼓歌》起首四句，第一句末三字「石鼓文」，第二句末三字「石鼓歌」，第四句末三字「石鼓何」，正是同聲相應之理。東坡《安州老人食蜜歌》結四句云「因君寄與雙龍餅，鏡空一照雙龍影。三吴六月水如湯，老人心似雙龍井」，即是三疊相應之法也。歐陽詩之「强君飲」「留君談」「吟君句」，又是一種吸應之法。文章千變萬化，如碧空之雲，無一同者，無一複者，而無一處不自成章法，不可泥也。此下條於《石鼓歌》起句既注云「别律句」，又云「妙在『石』字入聲」，似尚未喻此理。愚謂此等處。恐是先生偶然語及，而門弟子輒筆之於册，似皆非先生定論耳。

大來按：愚每讀到此，未嘗不折服翁先生眼光如炬，然而先生誤矣。蓋此論本合鄙懷，嘗謂變幻異常，唯可神會，不可口傳者，正言此也。但果如翁先生之所説，則字字有心，句句不苟，不得云「出以無意」也，先生誤矣。若又使作者真不出有心，何妨雜一二律句，以見縱横變化之妙？試問此一首中，何以終無一律句？又豈當時有意而别之者非耶？且此編本爲談格律之書，至於結構佈置，針線起伏，猶有待焉。翁先生則于「凉纖纖」「春酣酣」等處反復論辯，雖中窾要，未免背一部體例。何苦浪簸弄筆墨，使讀者有五里霧中之想，先生誤矣。凡談格律，須有一定之法，使後學子弟以作標據，况此理至極至微，雖不可泥，而不可紊。既不可紊，則謂之泥固宜。因泥而至不泥，亦猶由勉强而臻自然。如翁先生所講之《石鼓歌》起首四句，《食蜜歌》結末四句，皆用古辭「魚戲蓮葉東」句法，蓋遵守成法之化境，才如韓蘇而後可知，未可容易與後學言也。先生乃一味以「不可泥也」四字爲主，只此四字，害人實不少，何復呶呶爲？嗚呼！先生誤矣。而其美則不可没，如云「文章千變萬化，如碧空之雲，無一同者，無一複者，而無一處不自成章」，洵如先生之言。然後學而悟到此，亦覺難之難也。故愚再三致意於「泥」一字者，亦非創爲曲説，特爲後學而言耳。

又如韓詩。

石鼓歌

張生手持石鼓文，別律句。勸我試作石鼓歌。別律句。少陵無人謫仙死，才薄將奈石鼓何。別律句，又妙在「石」字入聲。周綱陵遲四海沸，宣王憤起揮天戈。大開明堂受朝賀，諸侯劍佩鳴相磨。蒐于岐陽騁雄俊，萬里禽獸相遮羅。鐫功勒成告萬世[一]，鑿石作鼓隳嵯峨。從臣才藝皆第一，揀選撰刻留山阿。雨淋日炙野火燎，鬼物守護煩撝呵。公從何處得紙本，毫髮盡備無差訛。辭嚴義密讀難曉，字體不類隸與蝌。別律句〇大來按：此句原本不注，今補之。年深豈免有缺畫，快劍斫斷生蛟鼉。鸞翔鳳翥衆仙下，珊瑚碧樹交枝柯。金繩鐵索鎖紐壯，古鼎躍水龍騰梭。陋儒編詩不收入，

[一] 勒：底本訛作「勤」，據《王文簡古詩平仄論》改。

二雅褊迫無委蛇。方綱按：委，平聲，音逶，今作●，誤。孔子西行不到秦，掎摭星宿遺羲娥。嗟余好古生苦晚，對此涕淚雙滂沱。憶昔初蒙博士徵，其年始改稱元和。別律句。〇方綱按：此句原刻有誤，今改正。〇大來按：此句「稱元和」三字俱平，即合漁洋三平之格。今注云「別律句」者，傳寫致誤耳。故人從軍在右輔，爲我量度掘臼科。別律句。濯冠沐浴告祭酒，如此至寶存豈多。氈苞席裹可立致，十鼓祇載數駱駝。別律句。薦諸太廟比郜鼎，光價豈止百倍過。別律句。聖恩若許留太學，諸生講解得切磋。別律句。觀經鴻都尚填咽，坐見舉國來奔波。剜苔剔蘚露節角，安置妥帖平不頗。大厦深簷與蓋覆，經歷久遠期無他。中朝大官老於事，詎肯感激徒媕婀。方綱按：媕音諳，今作●，誤。牧童敲火牛礪角，誰復著手爲摩挲。方綱按：此「爲」字去聲，今作〇，誤，趙飴山《續譜》亦誤作平。〇大來按：依方綱說，此句便是別律句，然「爲」字語勢，在此段平仄兩通，讀作平亦無妨。日銷月鑠就埋没，六年西顧空吟哦。羲之俗書趁姿媚，數紙尚可博白鵝。別律句。繼周八代争戰罷，無人收拾理則那。別律句。方今太平日無事，柄任儒術崇邱軻。別律句。〇大來按：此亦是正式，注云「別律句」，誤也。安能以此上論列，願借辯口如懸河。石鼓之歌止於此，嗚呼吾意其蹉跎。

方綱按：此首内，注出「別律句」者凡十一處，大來按：其中「其年始改稱元和」「柄任儒術崇丘軻」二句是誤，「字體不類隸與蝌」一句是脱，乃通計十處耳。皆不必泥也。説已見前。

大來按：此首起處，石鼓三叠是音節之變，妙在「石」字入聲，蓋入聲當讀作平聲，其理極微，非邦人之所能解，故姑置焉。其餘，出句正式，第二字用平，第五字用仄，若平，則第六字用仄者，凡廿七句。對句正式，第二字用仄若平，第五六七字俱用平，若第六字用仄者，凡廿四句。初句稍屬變體者二，全屬變體者二，對句屬別律句者僅八，可以悟正變之理矣。而「孔子西行不到秦」「憶昔初蒙博士徵」二句皆是出句，而第七字用平，明是變體。或疑其大似律句，不知此亦行乎不得不行者。何則？「秦」字本當用仄，今不得已而用平，故第二字孔子「子」字殊用仄聲以救之。雖似律句，竟無可奈何。乃更下「憶昔」一句，遥遥相對，經營到此，可謂匠心獨苦矣。然出句第七字用平之例，亦不唯限此一體，詳見後卷。至於方綱泥不泥之論，亦説已見前，不必辨也。下篇效之。

又如蘇詩。

和蔣夔寄茶

我生百事常隨緣，四方水陸無不便。扁舟渡江適吴越，三年飲食窮芳鮮。金虀玉膾飯炊雪，海螯江柱初脱泉。臨風飽食甘寢罷，一甌花乳浮輕圓。自從舍舟入東武，沃野便到桑麻川。翦毛胡羊大如馬，誰記鹿角腥盤筵。厨中蒸粟埋飯甕，大杓更取酸生涎。柘羅銅碾棄不用，脂麻白土須盆研。故人猶作舊眼看，謂我好尚如當年。沙溪北苑强分別，水腳一線争誰先。清詩兩幅寄千里，紫金百餅費萬錢。別律句。吟哦烹嘗兩奇絶，只恐偷乞煩封纏。老妻稚子不知愛，一半已入薑鹽煎。人生所遇無不可，南北嗜好知誰賢。死生禍福久不擇，更論甘苦争媸妍。知君窮旅不自釋，因詩寄謝聊相鐫。

方綱按：此首内，注出「別律句」者只一句，實不必也。篇内○●皆是正式，但以爲有意別於律句，則非。

大來按：方綱别律句之説，自是音節之至理。然皆言最上一乘，如阿難指月，迦葉拈花，難與尋常優婆夷、優婆塞談矣。且本邦作家，於音節二字殊是茫然，不知此理玄之又玄，愈出愈奇。或當平而用仄，或當仄而用平。在我似失諧，而在彼實諧。我之諧者，未必不彼之失諧也。然其中亦自有至定不可易者，一字之訛，相去河漢，若非有意别之，竟至錯雜不可救，若是乎音節之不易談也。愚謂此書一出，高明自能類推，誠恐後學覓途不得，問津無人，動輒半途而廢，雖是屬精力之不足，豈非可惜耶？愚勉與方綱發難者，正爲此耳。

七古仄韻到底

若仄韻到底，間似律句無妨。以用仄韻半非近體，其平仄抑揚，多以第二字第五字爲關捩。如蘇詩。

石鼓

冬十二月歲辛丑，我初從政見魯叟。舊聞石鼓今見之，文字鬱律蛟蛇走。細觀初以指畫肚，欲讀嗟如箝在口。韓公好古生已遲，我今況又百年後。强尋偏旁推點畫，時得一二遺八九。我車既攻馬亦同，其魚維鱮貫之柳。古器縱横猶識鼎，衆星錯落僅名斗。模糊半已似瘢胝，詰曲猶能辨跟肘。娟娟缺月隱雲霧，濯濯嘉禾秀莨莠。漂流百戰偶然存，獨立千載誰與友。上追軒頡相唯諾，下揖冰斯同鷇鷇。憶昔周宣歌鴻雁，當時籀史變蝌蚪。厭亂人方思聖賢，中興天爲生耇耇。東征徐夷闞虓虎，北伐犬戎隨指嗾。象胥雜遝貢狼鹿，方召聯翩賜圭卣。遂因鼓鼙思將帥，豈爲考擊煩矇瞍。何人作頌比崧高，萬古斯文齊峋嶁。勳勞至大不矜伐，文武未遠猶忠厚。欲尋年歲無甲乙，豈有名字記誰某。自從周衰更七國，竟使秦人有九有。掃除詩書誦法律，投棄俎豆陳鞭杻。當年何人佐祖龍，上蔡公子牽黃狗。登山刻石頌功烈，後者無繼前無偶。皆云皇帝巡四國，烹滅彊暴救黔首。六經既已委灰塵，此鼓亦當遭擊剖。傳聞九鼎淪泗上，欲使萬夫沈水取。暴君縱欲窮人力，神物義不汙秦垢。是時石鼓何處避，無乃天公令鬼守。興亡百變物自閑，富貴一朝名不朽。細思物理坐嘆息，人生安得如汝壽。

大來按：七古仄韻到底，平仄較寬于平韻到底。蓋合二句以作音節，非如平韻到底，一句中必以二五爲關捩也。大抵仄韻音節貴嬌健。嬌健者，言對句第五字多用仄也。對句第五字既用仄，出句第五字自然當用平，是一定之理。如「韓公好古生已遲，我今况又百年後」「古器縱橫猶識鼎，衆星錯落僅名斗」是也。至如第二字，出句平則對句仄，出句仄則對句平，變換錯綜，不必拘泥，或兩句皆平，亦無不諧也。而此首則反之，多用意於第二字，至於對句第五字用仄者，僅不過寥寥數句，無乃不諧乎？此不然矣。何則？此首出句第七字多用仄，既係變體，故對句第五字多用平，以見變化耳。雖非正式，亦非不正式也。然可以知其寬矣。不特此一例，又有一種救應之法，「我車既攻馬亦同，其魚維鱮貫之柳」，此段用石鼓原文，雖不合格，苦無可换，不得已而用救應之法，「車」字救「馬」字，「魚」字應「貫」字，一句中相對，而兩句相照，以爲頓挫。有意耶？無意耶？吾不得而知之。只不離不即中自能合拍，可不謂天然之節奏哉？然此理太易見，是以阮亭不多費解，方綱亦絶無一言。竊恐讀者或未能明了，故特及之。

又如韓詩。

寒食日出遊贈張十一院長

李花初發君始病，我往看君花轉盛。走馬城西惆悵歸，不見千株雪相映。爾來又見桃與梨，交開紅白如争競。大來按：出句「桃」字既平，對句「如」字亦用平，句法似涉纖弱，所云「間似律句無妨」者是也，正不可取以爲法耳。可憐物色阻携手，空展霜縑吟九詠。紛紛落盡泥與塵，不共新妝比端正。桐華最晚今已繁，君不强起時難更。關山遠別固其理，寸步難見始知命。憶昔與君同貶官，夜渡洞庭看斗柄。豈料生還得一處，引袖拭淚悲且慶。各言生死兩追隨，直置心親無貌敬。念君又置南荒吏，路指鬼門幽且夐。三公盡是知音人，曷不薦賢陛下聖。囊空甑倒誰救之，我今一食日還併。自然憂氣損天和，安得康强保天性。斷鶴兩翅鳴何哀，縶驥四足氣空横。今朝寒食行野外，緑葉兩岸蒲生迸。大來按：此句是律句，遥應前「交開」一句，其理與韓退之「孔子西行不到秦，憶昔初蒙博士徵」同。宋玉庭邊不見人，輕浪參差魚動鏡。自嗟孤賤足瑕疵，特見放縱荷寛政。飲酒寧嫌艬底深，題詩尚倚筆鋒勁。明宵故欲相就醉，有月莫愁當火令。

大來按：前云對句第五字必用仄，是特其一端耳。此首内「走馬城西惆悵歸，不見千株雪相映」「紛紛落盡泥與塵，不共新妝比端正」「憶昔與君同貶官，夜渡洞庭看斗柄」「囊空甑倒誰救之，我今一食日還併」「斷鶴兩翅鳴何哀，縶驥四足氣空横」數句，是第五字正式，餘皆以第二字爲關捩〔一〕，蓋以出句落字多用仄也。其間又多雜律句，

〔一〕關：底本訛作「開」。據上下文改。

律句中又有正式，有變例，如「宋玉庭邊不見人，輕浪參差魚動鏡」兩句俱是律句，而「不」字仄、「魚」字平，仍以第五字爲抑揚，是其正式也。他如「我往看君花轉盛」「空展霜縑吟九詠」「直置心親無貌敬」「路指鬼門幽且夐」等，雖間有出入，亦仍頓挫在第二字，皆不失爲正式。出其變例者，則「交開紅白如争競」「緑楊兩岸蒲生迸」二句，第二字第五字俱平，而出句亦復然。凡此等變例，古人一大作中必有兩三處。多用之固非，全不用之亦不可。學者斟其變而量其正，則得諧叶自然矣。

又如歐陽詩。

讀張李二生文贈石先生

先生二十來東魯，能使魯人皆好學。其間張續與李常，剖琢珉石得天璞。大圭雖不假雕琢，但未磨礱出圭角。二生固是天下寶，豈與先生私褚橐。先生示我何矜誇，手攜文編謂新作。得之數日未暇讀，意欲百事先屏却。夜歸獨坐南窗下，寒燭青熒如熠爚。病眸昏澀乍開緘，燦若月星明錯落。辭嚴意正質非俚，古味雖淡醇不薄。千年佛老賊中國，禍福依憑群黨惡。拔根掘窟期必盡，有勇無前力何犖。乃知二子果可用，非獨詞堅由志確。朝廷清明天子聖，陽德彙進群陰剥。大烹養賢有列鼎，豈久師門共藜藿。予慚職諫未能薦，有酒且慰先生酌。

大來按：總之，仄韻到底，對句第五字仄，出句第五字平。對句第二字仄若平，出句第二字平若仄。間雜律句，餘不多拘，其變换之理則略具於前。然亦未盡此，請細論之。出句落字本自可平可仄，用平正式也，用仄變例也。一首中正變錯綜，此爲合作。但正者宜用三平之調，變者宜對句第五字必平。蓋此字本當必仄，而出句既用變例，故特變换一字以救之也。至於第四字，出句必仄，對句又必平。第二字，則奇正雜陳，變幻自在，或以上去入三聲一連排比，互作抑揚，亦無不可也。前所引之韓歐蘇三公詩皆屬變例，出句落字用平者殊是寥寥，故更就《漁洋集》中擇其合格者摘録于左，以例其餘。人或疑愚何以不採録唐宋諸大家，而特引證近古人之作？蓋唐宋諸家非不合格，然率皆離奇變化以縱其才力。近古人則遵守正式者居多，今單引之者，亦欲一見便解，不須費許多尋思耳。

黄子久王叔明合作山水圖

有客示我七尺練，云是黄王之合作。粉墨駁蝕神淋漓，巖谷高深氣盤礴。長林巨壑來畏佳，飛鳥流雲去寥廓。空堂白晝生風霆，飛瀑千尋競噴薄。老松撑突夜叉臂，怪石縱横鵰鶚啄。石稜松鬣若入聲無路，忽面青冥得入聲樓閣。峭壁無梯猿臂絶，天外孤茅誰所縛。滿堂動色神悄然，題字依稀辨黄鶴。吴興清遠鷗波亭，家法賢甥宛如昨。意匠慘澹經營成，范緩倪迂大張拓。富春老人年九十，煙雲供養窮三樂。扁舟訪舊霅川來，偶從縑素論邱壑。爲添樵徑螺髻旋，遠峰一角空中落。遠人無目樹無枝，妙解通靈失糟粕。吴興富春幾百年，此意天然殊斧鑿。山人癖如阮宣子，蠟屐猶堪代芒屩。惜無劉尹買山錢，苦向畫圖耽寂寞。此中三日容坐卧，便擬拂衣永棲託。明年借爾春晝閑，梅老無花竹生籜。

大來按：此首内，又有正、有變，有正中有變、變中有正者，有正之正、變之變者。要之，須分做兩大段，起首至「題字依稀辨黄鶴」一連十六句是前大段，全用正式，而起句「有客示我七尺練」七字皆仄。「長林巨壑來畏佳，飛鳥流雲去寥廓」，「畏佳」佳字，醉癸反，既爲仄聲，乃宜對句第五字必平，而「去寥廓」去字却是用仄。「石稜松鬣若無路，忽面青冥得樓閣」，「若」字「得」字皆是入聲，正所以救一「路」字。凡此數處，是正中有變者。而「空堂白晝生風霆，飛瀑千尋競噴薄」「滿堂動色神悄然，題字依稀辨黄鶴」等，第二四五字步步關捩、步步對照，是所謂正之正者也。「吴興清遠鷗波亭」以下至「苦向畫圖耽寂寞」一連十八句是後大段，全用變例，而「吴興、家法」二句仍是正式。蓋自「題字依稀」句一氣而下，勢不得不然。「意匠慘澹經營成，范緩倪迂大張拓」，「匠」字「緩」字連用仄字，故「富春老人年九十」以下六句，第二字皆平，正所以救「匠、緩」兩字。凡此數處，是變中有正者。而「遠人無目樹無枝」以下八句，有律句有別律句，有合格者有不合格者，點次錯落。直至「惜無劉尹買山錢，苦向畫圖耽寂寞」出句對句俱用律句而止，是又變之變者也。結末「此中三日容坐卧，便擬拂衣永棲託」，「卧」字仄，則「永」字當平，今用仄，仍屬變例。所以結「吴興」以下十八句。「明年借爾春晝閑，梅老無花竹生籜」則純乎正式，又所以結起首十六句。變换有法，配應自然，可謂極抑揚頓挫之致矣。

七古换韻

若换韻者，已非近體，用律句無妨。大約首尾腰腹，須銖兩匀稱爲正。如王右丞詩。

桃源行

漁舟逐水愛山春，兩岸桃花夾去津。坐看紅樹不知遠，行盡青溪不見人。山口潛行始隈隩，山開曠望旋平陸。遥看一處攢雲樹，近入千家散花竹。樵客初傳漢姓名，居人未改秦衣服。居人共住武陵源，還從物外起田園。月明松下房櫳静，日出雲中鷄犬喧。驚聞俗客争來集，競引還家問都邑。平明閭巷掃花開，薄暮漁舟乘水入。初因避地去人間，及至成仙遂不還。峽裏誰知有人事，世中遥望空雲山。不疑靈境難聞見，塵心未盡思鄉縣。出洞無論隔山水，辭家終擬長遊衍。自謂經過舊不迷，安知峰壑今來變。當時只記入山深，青溪幾曲到雲林。春來遍是桃花水，不辨仙源何處尋。

方綱按：此篇凡七换韻，惟第二段第六段是六句，餘皆四句。若以第二字第四字上下粘聯之格論之，第一段「坐看」，第四段「平明」，第六段「塵心」「出洞」「自謂」，凡五句皆不黏也。蓋至第五段「世中遥望空雲山」，放出三平之調。所以第六段竟至全不用黏。此亦勢所必然，不假安排者也。末段仍用粘，則與前半亦略相配應。此則其時尚去初唐未遠，不比後來换韻者，多以不黏爲正格耳。

大來按：此首内，以○●標出者，皆是律句，蓋示間用律句無妨耳，非云古詩换韻格悉皆如此也。然亦須以用不黏之律句爲正式。何曰不黏？如第一段「坐看紅樹不知遠」，若用黏聯之平仄，宜「●●○○○●●」。今用「○○●●●○●」，與上「兩岸」句不黏，猶絶句中拗體。王右丞「渭城朝雨」一首，上二句與下二句平仄相拗，是不黏也。因此而推，無論「坐看」「平明」「塵心」「出洞」「自謂」五句是不黏，「居人共住武陵源，還從物外起田園」「當時只記入山深，青溪幾曲到雲林」，上下平仄皆用「○○●●●○○」，亦不得云非不黏也。方綱只論其大概，一時不算及。乃此首用不黏之格者凡七句，是爲换韻之正式。餘或用黏聯之格，或用三平之調，其理一如方綱所説，是爲换韻之變例。段落時有多寡，正變間容出入，亦須匀停有法，一絲不紊，即是漁洋所云「首尾腰腹銖兩匀稱」者。就以下所引諸作，以其段落井然、平仄遞用處仔細商酌，自能了然矣。

又如歐陽詩。

千葉紅梨花

紅梨千葉愛者誰，白髮郎官心好奇。徘徊繞樹不忍折，「徘徊繞樹」四字與上句不黏。一日千匝看無時。夷陵寂寞千山裏，地遠氣偏時節異。愁煙苦霧少芳菲，不黏。野卉蠻花鬭紅紫。可憐此樹生此處，「可憐此樹」四字與下句不黏。高枝絶艷無人顧。春風吹落復吹開，山鳥飛來自飛去。根盤樹老幾經春，真賞今纔遇使君。風輕絳雪尊前舞，不黏。日暖繁香露下聞。從來奇物産天涯，安得移根植帝家。猶勝張騫爲漢使，辛勤西域徙榴花。

方綱按：此篇惟「一日千匝看無時」一句是三平之調，餘皆不黏。末四句則用黏聯結之，此則非稍變不能結也。黏者，不黏之變也。○大約唐宋已後大家，爲七古之正調，凡换韻者，總以不黏爲正。此一語可當發凡矣。

大來按：七古换韻，章有章法，句有句法。章法要段落分明，句法要平仄不黏。此篇凡五段。首段用三平，末段用黏聯。是知以變例起，須仍以變例結，不然則嫌頭重脚輕。故曰「非稍變不能結也」。中間三段皆是不黏之正式。此處原書本不加細注，殊恐看者囫圇閲過，故今一一爲之補出。婆舌太繁，婆心良苦，要於體製不無微益。勿云討厭可也。

大來又按：换韻句法，尤宜用屬對。如蘇陸諸大家專以排偶取工，趙甌北以爲「非此不足以肆其辨博，侈其藻繪」，斯語得之。如前《桃源行》，除起結及每段首二句，餘皆屬對，亦可以窺一斑矣。至其全用單行、絶無偶句者，杜韓又往往有之。蓋一洗初唐綺靡之習，出以沈摯頓挫，此另是一體，自當别論。

又如杜詩。

丹青引贈曹將軍霸

將軍魏武之子孫，於今爲庶爲清門。英雄割據雖已矣，文彩風流猶尚存。學書初學衛夫人，但恨無過王右軍。丹青不知老將至，富貴於我如浮雲。開元之中常引見，承恩數上南薰殿。凌煙功臣少顏色，將軍下筆開生面。良相頭上進賢冠，猛將腰間大羽箭。褒公鄂公顏色動，英姿颯爽來酣戰。先帝天馬玉花驄，畫工如山貌不同。是日牽來赤墀下，迴立閶闔生長風。詔謂將軍拂絹素，意匠慘澹經營中。斯須九重真龍出，一洗萬古凡馬空。玉花却在御榻上，榻上庭前屹相向。至尊含笑催賜金，圉人太僕皆惆悵。弟子韓幹早入室，亦能畫馬窮殊相。幹惟畫肉不畫骨，忍使驊騮氣凋喪。將軍畫善蓋有神，必逢佳士亦寫真。即今飄泊干戈際，屢貌尋常行路人。途窮反遭俗眼白，世上未有如公貧。但看古來盛名下，終日坎壈纏其身。

方綱按：此篇凡五段。中間雖亦有一二句近似黏聯者，然如此氣勢充盛之大篇，古今七言詩第一壓卷之作，豈復可以尋常粘調目之？直謂通首不黏可矣。〇以愚意，若以「换韻銖兩匀稱」言之，則此篇每段八句，似亦可以拈出作式。然第以换韻作式，則終覺崑崙洞庭元氣混茫，遽以位置於盆山溪沼之間，愚竊未敢也。

大來按：此首五段凡四十句，中間用律句者僅六句，餘皆爲後世一韻到底之平仄，不得以黏不黏論之也。蓋初唐一時風氣，多尚流麗宛轉，六朝金粉未全能消除。李杜二公慧眼看破，一以才氣豪邁，一以思力沈厚，直於千載後上接《風》《雅》。然太白專用力於古樂府，不爲格律之所縛。且古樂府之與古詩，其體迥然自别，此不具論。

少陵則刻劃精警，氣魄完全，句中煉字，字中煉句，另出機軸，以一洗結習。時雖古今之體稍别，未有古句、律句、黏、不黏之目。至是換韻之格大變面目，其一韻到底，尚隨手抑揚，有定而無定。至韓退之體例略備，專以不雜律句爲主。祖述少陵變化者更創一格，以爲定式，説略具於前卷。其换韻者，仍依初唐體例，故用律句無妨。而末派或涉纖弱，竟至排列數首絶句以作一長篇，於是乎乃有不黏之説。可見少陵换韻之音節，即後來一韻到底平仄之正式也。今漁洋先生於换韻正式中特引及之者，正以通首勻稱絶無參差耳。若依方綱説，把每段八句拈出爲式，則後面東坡《富陽新城》詩每段二句，亦當拈出矣。要看方綱偶然饒舌或是有功，有意操戈未爲無罪。而愚尚呶呶不止者，正所以羽翼王翁兩家。識者自有明鑒，後學尤不可不辨。

又如蘇詩。

往富陽新城李節推先行三日留風水洞見待

春山磔磔鳴春禽，此間不可無我吟。吟路漫漫傍江浦，此間不可無君語。金鯽池邊不見君，追君直過定山村。路人皆言君未遠，騎馬少年清且婉。風巖水穴舊聞名，只隔山溪夜不行。溪橋曉溜浮梅蕚，知君繫馬巖花落。出城三日尚逶遲，妻孥怪罵歸何時。世上小兒誇疾走，如君相待今安有。

方綱按：此篇八换韻，每段二句，皆作不黏論。

大來按：通首皆是不黏，只「出城三日」句稍與上句黏。此非少變無跌落之致，蓋起首「春山磔磔鳴春禽」一句是三平之調，故此段出句用黏格，對句用三平，前後吸應，毫髮不差，亦「銖兩勻稱」之一端也。

右詩换韻皆極勻稱。亦有不盡然者，如杜詩。

元都壇歌

故人昔隱東蒙峰，已佩含景蒼精龍。故人今居子午谷，獨在陰崖結茅屋。屋前太古元都壇，青石漠漠常風寒。子規夜啼山竹裂，王母晝下雲旗翻。知君此計成長往，芝草琅玕日應長。鐵鏁高垂不可攀，致身福地何蕭爽。

高都護驄馬行

安西都護胡西驄，聲價歘然來向東。此馬臨陣久無敵，與人一心成大功。功成惠養隨所致，飄飄遠自流沙至。雄姿未受伏櫪恩，猛氣猶思戰場利。腕促蹄高如踣鐵，交河幾蹴層冰裂。五花散作雲滿身，萬里方看汗流血。長安壯兒不敢騎，走過掣電傾城知。青絲絡頭爲君老，何由却出橫門道。

方綱按：以上二首皆换韻之正格，不知何以又於匀稱之外分别觀也。恐非先生定論。

大來按：《元都壇歌》四换韻，前半每段二句，後半每段四句，匀停配應，皆極抑揚諧暢之妙。《高都護驄馬行》亦尚與此相反，雖屬少變，其理則一，絶非參差也。以下方綱所論，於换韻章法一一中窾。若使前數説皆能如此，愚何人？斯肯不避席乎？但平仄之理猶覺未盡，是以不嫌煩冗，甘蹈蚍蜉撼樹之謗。博雅君子摘出而駁正之，何幸加焉。大抵此段所引杜詩三首、蘇詩二首，换平韻處，三平者居多，斷不可以黏不黏論之。愚前段所云「杜詩换韻之音節，即後來一韻到底之正式」者，此可證矣。其换仄韻者又間用黏聯，蓋天然音節，無意中與三平者相配，是反應也。如蘇詩則時一效之，固在不拘，但以「不黏」二字律之，便稍爲變體耳。恐漁洋先生當時别之於正式之外者，亦不過取乎初學易解，以平仄離奇，非精此理者不能看破也。然其手圈處皆是律句，如云「古詩换韻非律句不諧」者，此固是未定之論，或出門弟子之誤寫亦不可知。閲者須於其○●外細加商確，便知吾言之不妄矣。

石犀行

君不見秦時蜀太守，刻石立作三犀牛。自古雖有厭勝法，天生江水向東流。蜀人矜誇一千載，泛溢不近張儀樓。今年灌口損户口，此事或恐爲神羞。終藉隄防出衆力，高擁木石當清秋。先王作法皆正道，詭怪何得參人謀。嗟爾三年不經濟，缺訛只與長川逝。但見元氣常調和，自免洪濤恣凋瘵。安得壯士提天綱，再平水土犀奔忙。

方綱按：此篇凡三换韻。前六韻十二句，中三韻四句，末二韻二句，似乎多寡參差矣。然合拍吟之，只是以四句收束十二句，以二句收束四句。此理易明，絶非參差也。

大來按：此雖非參差，亦非不參差，只是參差得有法耳。參差得有法，仍不離乎正。初學若悟徹此「參差得有法」五字，便任你離奇不一，變化多端，皆如破竹矣。

又如蘇詩。

吴中田婦歌

今年粳稻熟苦遲，庶見霜風來幾時。霜風來時雨如瀉，杷頭出菌鎌生衣。眼枯淚盡雨不盡，忍看黄穗卧青泥。茅苫一月壟上宿，天晴護稻隨車歸。汗流肩頳載入市，價賤乞與如糠粞。賣牛納税拆屋炊，慮淺不及明年饑。官今要錢不要米，西北萬里招羌兒。龔黄滿朝人更苦，不如却作河伯婦。

方綱按：此篇前一韻，凡七韻十四句。後一韻，凡二韻二句。「苦」與「婦」不同部。蘇黄諸家古詩往往如此，非正也。此又當别論。而其前韻於第十一句插入一韻，以振其勢。大來按：「賣牛納税拆屋炊」句是也。此則一韻中隨手之變，其法與杜《石犀行》之中間换韻處相似而不同，要其以音節爲頓挫則一也。亦是正格，不得以參差異之。

大來按：一氣連用平韻，末二句忽换仄韻結之，此爲宋人創體。其音節一祖少陵，故平仄多以不雜律句爲主。然此篇本東坡和賈牧韻而作，則前段第十一句插入一韻，不過依原韻而填成之耳，不知果有意振起後段之勢乎否？但於章法，宜看做承上起下。猶换却一韻者，即起句至「價賤乞與如糠粞」凡十句一段，「賣牛」至「西北萬里招羌兒」凡四句一段，結末凡二句一段。四句吸收十句，二句吸收四句，與杜《石犀行》齊是參差得有法者。初學不可不知。

武昌銅劍歌

雨餘江清風卷沙，雷公躡雲捕江蛇。蛇行空中如枉矢，電光煜煜燒蛇尾。或投以塊鏗有聲，雷飛上天蛇入水。水上青山如削鐵，神物欲出山自裂。細看兩脅生碧花，猶是西江老蛟血。蘇子得之何所爲，蒯緱彈鋏詠新詩。君不見凌煙功臣長九尺，腰間玉具高拄頤。

方綱按：此篇换韻之格乍看似參差，而實整齊之至也。末一韻多一長句，故第一韻少二句以蓄其勢。第五句六句仍順承三四句之韻，則中間仍是四句一韻。前後伸縮，音節天然，豈得以參差異之？

大來按：結末有一長句，故第一段少二句以救之。此隨手之變，不放脱，不擒住，要雖不離乎正，不必看做整齊之至也。第二段三段仍是正式，共用不黏。方綱謂「不黏二字可以當發凡」，愚謂換韻詩非參差無吞吐抗墜之妙，只是要參差得有法，方纔音節天成。此數語即可當大綱領。

右换韻多寡不一。雖是古法。不可爲常也。

方綱按：以上於换韻匀稱之外，又舉杜詩三首、蘇詩二首。其杜詩前二首，仍與换韻匀稱者無異，不必言矣。其杜詩後一首及蘇詩二首，則皆變而不離於正，細論之亦元非變耳。右軍之書，勢似欹而反正，焉有筆筆必取匀整以爲正格者哉？乃此刻本載先生手記，於後三詩，止圈記其似律之二語，亦於换韻之法無所關係。蓋此本直是先生當日偶對門弟子，匆匆語次，以筆麤記一二之大略。又未知當日語次，口講指畫，更有何等微妙之談。今但存此手記之跡，後人遂以爲先生之定論而刊之，以印定學人眼目，其去刻舟膠柱者幾何矣。此方綱所以不得不辨也。〇此刻諸詩内，先生手圈處，亦尚有偶然隨筆略記一二，而未及合前後審定者。今既因其爲先生手跡，而具仍之，故附述於此。

大來按：以上换韻格，王翁兩家之論非不精該，但平仄法與作法相混，一時難於分別，此所以大來不得不更加審定也。此書本題曰《古詩平仄論》，可見平仄是其尤吃緊處，作法自當别論，斷不可淆亂。漁洋先生略記大概，遺漏固多。方綱則單論作法，絶不及平仄。且先生手圈處一仿原稿，不少改定。雖免乎青蠅點汙之譏，未能無隔靴搔癢之感，知非先生初心矣。今細加參訂，其屬偶然遺漏者則補之，全係罣誤者則一一辨正，以省後學究尋之煩。知我罪我，世自有定論云。

又有長短句者，唐惟李太白多有之，然不必學。如：

蜀道難

噫吁嚱，危乎高哉！蜀道之難，難於上青天。蠶叢及魚鳧，開國何茫然。爾來四萬八千歲，不與秦塞通人煙[一]。西當太白有鳥道，可以橫絶峨眉巔。地崩山摧壯士死，然後天梯石棧相鉤連。上有六龍回日之高標，下有沖波逆折之回川。黄鶴之飛尚不得過，猿猱欲度愁攀緣。青泥何盤盤，百步九折縈巖巒。捫參歷井仰脅息，以手撫膺坐長嘆。問君西遊何時還，畏途巉巖不可攀。但看悲鳥號古木，雄飛呼雌繞林間。又聞子規啼夜月愁空山，使人聽此凋朱顔。連峰去天不盈尺，枯松倒挂倚絶壁。飛湍瀑流争喧豗，砅崖轉石萬壑雷。其險也如此，嗟爾遠道之人胡爲乎來哉？劍閣峥嶸而崔嵬，一夫當關，萬夫莫開。所守或匪親，化爲狼與豺。朝避猛虎，夕避長蛇。磨牙吮血，殺人如麻。錦城雖云樂，不如早還家。蜀道之難，難於上青天，側身西望長咨嗟。

效之而無其才，洵難免滄溟「英雄欺人」之誚。

方綱按：漁洋先生答郎梅溪問云：「七言長短句，惟李太白多有之。滄溟謂『英雄欺人』是也。或有句雜騷體者，總不必學，乃爲大雅。」今此本則云：「效之而無其才，難免斯誚。」語較平允矣。然先生《五七言詩鈔》於太白此等篇皆已入選。則此云不必學者，究非定論也。

〔一〕塞：底本訛作「寨」，據《清詩話》上編《王文簡古詩平仄論》改。

大來按：柳下惠則可，吾則不可，是太白長短句之定案，滄溟「英雄欺人」一語非篤論也。太白天才豪放不羈，前無古人，後無來者。效之而無其才，則豪放之極動涉叫囂，率句累句層見叠出，此雖欲學不能耳，不可以「不必學」三字一筆抹倒也。初學者才思鬱勃，無可發抒，時一效之，實在不妨，豈莊容矜持如魯男子，而乃謂之善學者哉？且世論太白詩者，必以不拘格律爲定評。不知此篇抑揚頓挫，音節自然，以漁洋三平之調言之，皆是合格。於其換平韻處，熟讀吟玩自知，此不必言矣。便以方綱「多寡勻停」之説論之，仍不失爲合格。蓋前後無數長短句皆用平韻，中間忽然插仄韻二句以攝收之。雖是變化之極，實齊整之至也。豈控前絶後之一大作非耶？學人若認得此理，然後效之，尚何不可之有？則先生此説，方綱以爲究非定論，斯得之矣。

方綱按：古詩平仄，似無一定，而實有至定者。既經元明以來，爲古體者間有出入失諧之弊。今若不加剖説，則外間竟以爲古詩不論平仄矣。相傳漁洋先生論古詩平仄之書，蓋出於趙秋谷傳寫本。而此則先生裔孫新城縣學生王允熙，出其家藏一册刊行。云是先生原稿，與秋谷所傳不同。秋谷之本久已行於南北，此刻乍見，必有疑者，况其中亦實有先生未定之論。方綱細加審訂，此本實在秋谷本之上，其爲先生的筆無疑。是以不得不稍加辨析，具列如右。壬子九月二十五日記於小石帆亭。

大來按：古詩平仄之理變幻不一，要在音節自然。苟執以爲式，則盡成死法矣。但所云「自然之音節」，亦唯由勉强而臻，則平仄亦非遵守一格，不能見變化之妙。可知漁洋特有此論者，固是音節之至理，非獨創異説也。從來邦人作古詩，概皆不拘平仄，任意用字，不自知其爲失諧，雖古大家亦所不免。愚乃以「寧失於泥，無失於紊」一語諄復言之，其能免時俗之駭怪乎？或譏以拘泥，或嘲以迂腐，含血噴人，適足以汙其口，真笑斷人腸矣。然漁洋此論，非特本邦之所曾無，在彼邦亦傾動一時，故影撰太多，真本太少。如趙秋谷《聲調譜》等書，雖極穿鑿，然於正變之理殊無發明，仍是一含糊不了之書，何以爲後學準繩？只此刻是出於漁洋真筆，確然可據。其中亦間有一二未定之論，且尤用意於七古平韻到底，餘如换韻長短句亦未盡此。今將嗣此有二篇三篇之刻，專駁正秋谷《聲調譜》，旁及五古長短句每句韻等之平仄，故兹不具論云。明治癸未仲春，森大來識於寶書閣。

附録漁洋詩問十三條

方綱按：此皆當日偶相答問之詞，後人遂刻之以爲定本。今姑就其論古詩平仄者附於卷内。其有愚所已辨於前卷者，兹亦不悉辨也。

大來按：《漁洋詩問》之書凡二種。一係郎梅溪問，一係劉大勤問。而其係郎梅溪問者，漁洋之外，又别有張歷友、張蕭亭所答，旁證曲引，議論適確，於詩學洵爲有益。今方綱就其中特摘出論古詩平仄者十三則，以爲附録，與本卷内所論互相發明。間有小異，亦一時口頭語，筆之於書，則生揞拄耳，不必煩縷述也。惟方綱偶然摘録，特示一斑，其説亦未盡於此。看者若欲窺全豹，則待愚續刻請教。

郎廷槐問：七言平韻仄韻，句法同否？

漁洋答：七言古平仄相間，换韻者多用對仗，間似律句無妨〔一〕。若平韻到底者，斷不可雜以律句。大抵通篇平韻貴飛揚，通篇仄韻貴嬌健。皆要頓挫，切忌平衍。

般陽張篤慶歷友答：七古平韻，上句第五字宜用仄字以抑之也，下句第五字宜用平字以揚之也。仄韻，上句第五字宜用平字以揚之也，下句第五字宜用仄字以抑之也。七言古，大約以第五

〔一〕似：底本作「以」，據《清詩話》上編《師友詩傳録》改。

字爲關捩，猶五言古大約以第三字爲關捩。彼俗所云「一三五不論」，不唯不可以言近體，而亦不可以言古體也。安可謂古詩不拘平仄而任意用字乎？故愚謂古詩尤不可一字輕下也。

問：七古换韻法。

漁洋答：此法起於陳隋，初唐四傑輩沿之，盛唐王右丞、高常侍、李東川尚然，李杜始大變其格。大約首尾腰腹須銖兩匀稱，勿頭重脚輕、脚重頭輕乃善。

歷友答：初唐或用八句一换韻，或用四句一换韻，然四句换韻其正也。此自從《三百篇》來，亦非始于唐人。若一韻到底，則盛唐以後騣多矣。四句换韻，更以四平四仄相間爲正。平韻换平，仄韻换仄，必不叶也。

鄒平張實居蕭亭答：或八句一韻，或四句一韻，或兩句一韻，必多寡匀停、平仄遞用方爲體。亦有平仍换平、仄仍换仄者，古人實不盡拘。亦有通篇一韻，末二句獨换一韻者。雖是古法，宋人尤多。

問：五古亦可换韻否？如可换韻，其法何如？

漁洋答：五言古亦可换韻，如古《西洲曲》之類。唐李太白頗有之。

歷友答：五古换韻，《十九首》中已有。然四句一换韻者，當以《西洲曲》爲宗。此曲係梁祖蕭衍所作，而《詩歸》誤入晋無名氏，不知何據也。

蕭亭答：《十九首》「行行重行行」「冉冉孤生竹」「生年不滿百」皆换韻。魏文帝雜詩「棄置勿復陳」「客子常畏人」，曹子健「去去勿復道」「沈憂令人老」，皆末一句換韻，不勝屈指。一韻氣雖嬌健，換韻意方委曲。有轉句即換者，有承句方換者，水到渠成，無定法也。要之，用過韻不宜重用，嫌韻不宜聯用也。

長山劉大勤問：古詩以音節爲頓挫，此語屢聞命矣。終未得其解。

漁洋答：此須神會，難以粗跡求之。如一連二句皆用韻，則文勢排宕。即此可以類推。熟子美、子瞻二家，自了然矣。專爲七言而發。

問：蕭亭先生曰：「所云以音節爲頓挫者，此爲第三第五等句而言耳。蓋字有抑有揚。如平聲爲揚，入聲爲抑。去聲爲揚，上聲爲抑。凡單句住腳字，必錯綜用之，方有音節。如以入聲爲韻，第三句或用平聲，第五句或用上聲，第七句或用去聲。大約用平聲者多，然亦不可泥，須相其音節變換用之。但不可於入聲韻單句中，再用入聲字住腳耳。」此説足盡音節頓挫之旨否？

漁洋答：此説是也。然其義不盡於此，此亦其一端耳。且此語專爲七言古詩而發。當取唐杜岑韓三家、宋歐蘇黄陸四家七古諸大篇，日吟諷之，自得其解。

問：又曰：「每句之間亦必平仄均匀，讀之始響亮。」古詩既異於律，其用平仄之法於無定式之中，亦有定式否？

漁洋答：毋論古律正體拗體，皆有天然音節，所謂天籟也。唐宋元明諸大家，無一字不諧。明何李邊徐王李輩亦然，袁中郎之流便不了了矣。

問：七言古用仄韻，用平韻，其法度不同何如？

漁洋答：七言古，凡一韻到底者，其法度悉同。惟仄韻詩，單句末一字可平仄間用。平韻詩，單句末一字忌用平聲。若換韻者，則當别論。

方綱按：此條謂平韻七古上句，末字忌平。此語亦不可泥。

大來按：此條所謂「單句」，即出句也。出句落字原當用仄，其用平者固屬變例，自當另備一格。如前卷内東坡《啼鳥》詩之「獨有花上提葫蘆」，《遊徑山》詩之「雪眉老人朝扣門」，音節之變極矣，其平仄仍宜用對句之式。則「獨有」句純平三平之調，「雪眉」句亦第五字用平，全脱去出句之常格。蓋變到此，索生變到底也。或又問有用「○○●●●●○」者，變化之理，無數無量無邊，不可説，不可思議。在初學，則泥亦可，不泥亦可，但切不可混用耳。

問：古詩换韻之法應何如？

漁洋答：五言换韻，如「折梅下西洲」一篇可以爲法，太白最長於此。七古則初唐王楊盧駱是一體，杜子美又是一體。若仿初唐體，則用排偶律句不妨也。

如雲詩話

森如雲

《如雲詩話》一卷，森如雲（生卒年不詳）撰，據日本中津市歷史民俗資料館藏明治三十七年（一九〇四）抄本校。

按：森如雲，自號如雲學人，姓名事跡不詳。據詩話自序，則知其爲村孟端之門生。「村上姑南（むらかみ こなん MURAKAMI KONAN），一八一八—一八九〇年，江户時代幕末—明治中期儒者。豐前下毛郡（今屬大分縣）人。名肇，字孟端，世稱「愼次」，號姑南。師從廣瀨淡窻。亦習醫學，於鄉里開業。慶應四年（一八六八），應豐後森藩（今屬大分縣）招請登用爲藩儒。文政元年六月一日生，明治二十三年六月二十一日歿。」並與户早春村、村上我石、鈴木香雪、三井龍洲、加藤豐山、松崗癡仙、峰中九山等人倡起扇城吟社，創作吟詠日本漢詩。

如雲詩話序

村孟端先生，淡窗門下之秀才也。學博識高，弱冠擢爲督講，教授子弟，人以爲異數云。學宗紫陽，能詩文，好誘後進之士，人皆悦服，執贄者前後數十人。先生與家嚴友善，予亦從學焉。先生閒居則論詩談文，花晨月夕未嘗一日廢焉也。今玆明治庚子之秋，予凭几而睡，先生温容仿佛乎而入夢來。使有諄諄乎其言，便便乎其腹，轉侍于講筵之想，醒而不堪疇昔之感者久焉矣。因纂緝所其嘗見聞之者及先師宇津南豐所著《修静齋訓蒙》《愛琴閣詩話》《淇園詩話》等成一小册子，題曰《如雲詩話》，欲聊記師恩之萬一耳。仲秋前三日如雲學人識於煙溪書屋

《淇園詩話》曰：三百篇固詩之源也，然孔門之教以詩爲先者，其意本非尚夫田畯紅女之謡也。詩者，蓋聖人採其民所謳歌之辭，因纂緝以次序之，編列以先後之，而於其纂緝編列之間，因以言天下所宜志之志，因以立天下所宜道之道者也。是故所謂温柔敦厚者，亦唯稱於夫所立之道与所言之志，而初非稱其辭氣文彩也已。後之論作詩者昧乎斯義，動輒引《禮記》、口《風雅》而不置。然而彼且連篇累章，月鍛日鍊，曷嘗見有益於其爲人也？於虖誣矣！雖然，吟情詠性，哦風弄月，人所必有之事，而其既有辭之，則安得不又文之哉？其既已辭之，則必五言七言；其已文之，則必體裁格調。舍此數者，詩不詩矣。則不以足託情感於吟諷，而寄興趣於百載也。且吉甫不有「清風」之頌乎？夫子不有「龜山」之操乎？蓋有暇而學，有感而作，君子未必譏之。抑又後進小子速習於文字，莫善學作詩，蓋數其用文以通其情故也。是故余不敢以今歌詩儕之三百篇者，而以吟情詠性，則又未欲其輒廢之也。

村孟端先生云：古之所謂詩人者至誠，貫天地感鬼神通人情，以故其詩千載之後琅琅乎有餘響，切關世道之安危。偉哉！古之詩人乎！今也則不然，以詩爲彫蟲之小技，佳句好辭是練磨，徒學蝸牛角上之争，宜哉無雄篇大作，感一世動百代者也。

本邦中古文運太盛，一仿唐制，海内彬彬賢俊，踵興樂天之詩風，尤賞玩焉。菅原道實、小野篁夫、大江匡房、都良香、栗田左大臣、藤原賴長、憲通及大友皇子等，才華煥發，殆比其隆於開天矣。蓋數百年下，北條、足利二氏之時，五山僧徒等航宋元明修佛學儒，師練、寂室搴宋格，絶海、江山做明風，稍與一代之學風爲消長盛衰。然足利氏之末業，天下鼎沸，群雄割據，又無顧之者。德川家康及平定海内，率先聘藤原惺窩講斯文，門人林羅山、細川三幽、木下長嘯，武人伊達政宗、新納武藏、直江山城等最能詩，而惺窩之學主宋，唱程朱理氣變化之説，惺窩、羅山各有詩文集若干，然不可謂至者也。方此時，石川丈山栖居京都一乘寺村，專攻詩學，頗有造詣，擬三十六歌仙，創立詩仙堂。此人有詩眼，有詩識，詠其富岳句曰「白扇倒懸東海天」，喜王朝之風，學白樂天，雖平易而近人，絶無氣魄格調可見者。深草元政者，日宗之僧也，亦似丈山。其後黄檗山僧百拙海雲等頗有盛名，其詩格調皆備，當時未見其比也。元禄之時，林鳳岡奉家學爲幕府儒官。其門人秋玉山尤有名，其詩雖未脱中唐之窠臼，不敢拘泥其學派，又可謂識見矣。伊藤仁齋初唱古學，盛攻擊程朱之説，經學大進，謂「聖賢之道，治國平天下耳，如詩文不足甚重焉」。孔夫子既曰：「修辭立其誠。」方此時，一大偉人生焉，木下順庵是也。順庵始唱詩學，詩風勃興，喻之陳子昂于唐，歐陽修于宋，元好問於元，劉基於明，開通一代之詩運，可謂其功績偉大。徂徠評曰：「錦里先生出，扶桑之詩始有法度。」南郭曰：「錦里先生，斯文之嚆矢也。」其門人新井白石、室鳩巢、祇南海等雋俊多，就中白石、南海尤秀。白石詩精萃宏贍，南海詩瑰奇雄麗，二家共規撫唐調，通三唐采其英。南海天質慧敏，年甫十四《邊馬詩》曰：「遠從將軍度雪山，九州大漠劍花間。」白石見之嘆曰：「他日建赤幟於文壇者，夫此人乎！」一夜作百首，不一踏襲前言。白石仕幕府，居要職，精通國家典籍，經濟有用之材也。徂徠亦唱復古學，出一機軸，宗李于麟、王世貞，詩溯開天，文及西漢，規模極大，氣魄高遠，盛唐則李杜二家，初唐則陳子昂、張九齡，不採中唐，尚窺漢魏，極詩道蘊奥，排斥平易淺率。門人太宰春臺、安藤東野、山縣周南、服部南郭等，蘐園派之巨擘也。模擬一言一句於古，絶無神韻者。然遠淩駕于時流幾多，作家輩出焉，此徂徠之功也。梁田蛻巖對壘於復古派，唱宋詩，學陳簡齊、蘇陸，中仿袁中郎，喜新奇。至既及聞徂徠之説，脱冑而乞降於軍門，遂爲李王取其履。是享保、正德年間詩壇之形勢也。皆川淇園，頗有詩學，著《淇園詩話》，盛攻擊李王之徒，唱盛唐之調格。僧大典亦唱宋風，學范石湖、陸放翁、楊誠齋等，誹徂徠曰：「如俳優著衣冠，雖似王公貴人，無其實。凡人有性靈，發揮其性靈以爲雄篇大作，不可察焉也。」然不敢創見，袁隨園之徒嘗不慊焉。王阮亭、沈歸愚一派大掊擊之，則假用其説耳。菅茶山、賴杏坪、山本北山亦同其説。方此時，復古學稍衰，人皆復攻宋學，于此性靈説再興焉。寬政頃，柴野栗山、古賀精里、尾藤二洲三博士爲賢相樂翁公所賞識，相次爲幕府儒官，掌握天下之文權，盛唱程朱學，一世靡然從焉。精里最精詩學，屢與二洲論樂天。北山亦率五山天民等唱宋調。朝川善庵、市川寬齋唱折衷説。文化年中，賴山陽、梁川星巖、廣瀨淡窗相前後而出。山陽頗有氣概，憤士氣墮廢而都鄙皆喜瑣細纖弱之詩，無氣韻無氣格，用力懷古詠史，鼓舞一世，作抗爽勁健之詩。《播州途上作》《滎川吊楠公歌》《築後川吊菊池正觀公》《拜桓武天皇御陵》五古及詠史七律可謂絶唱，惜不詩學甚深，不稍免粗笨。星巖審查十二歷代詩道興廢，不敢限一代一家，聚衆美以大成焉。其詩秀整俊麗，格律風調共備，可謂詩壇之泰斗。淡窗夙開家塾曰「咸宜園」，學宋紫陽，其詩清麗古淡，神韻似王漁洋。門下多出俊英，與星翁東西相峙。而明治之詩運淵源于二家云爾。

詩有二體，曰今體曰古體，以唐代二分焉。古詩依字音舒促抑揚爲曲節。齊梁之比，沈約等諧四聲，類别漢字數萬爲二百六部韻，而唐初之詩皆主歌樂之用，甚重焉。二百六部韻中狹者不少，不免押韻苛細。因許敬宗等奏，定獨用、同用爲百七韻部，則今韻書也。

《淇園詩話》曰：「唐人聲律未甚嚴，而宋人已降拘束日甚。」殊不知古韻多三聲相通用，如宋禮部韻本非唐人之舊也，後世乃奉之殆如金科玉條，豈非可笑之甚。詩話載宋秦少游詩律極嚴，當時譏其入小石調，據此則宋人聲律尚未甚極其嚴。至明李攀龍輩苛刻嚴急不容細過，其意蓋恐人或指摘之也。殊不知詩本吟詠性情，格調聲律可歌則可矣。人或指摘其餘，要之彼人未達之故爾，本非己所傷也。李攀龍輩不知其當作如是觀，而拘束殆如小禪縛律，是以其詩不唯聲律嚴急，而辭氣亦促迫，此皆未究其本之過也。

凡學作詩，當先從七言長五言短作，長已熟則短自在其中矣。其於體，當先從絶句始，絶句用辭不多篇法易，習之已熟，則雖古詩、律體篇法，亦皆成於其中矣。

兩漢天質自然，魏稍加華贍而渾樸尚完焉，晋已下文益勝質而漸流綺靡。昔賢言古詩必推漢魏者，論固不可易已。雖然，李唐以後詩體既已一變，人無不習律絶，而其所以吟性詠情之道，辭已不便於法彼，而文亦固宜於守此。則當今之世，欲爲漢魏之古詩者，乃亦不達之尤者也。少陵一生不作擬古樂府，豈亦有見乎此者與？明李攀龍云：「唐無五言古詩。而其有古詩，陳子昂以其古詩爲古詩，不取也。」乃其集中自漢《鐃歌》已下無所不擬，而送别贈酬率倣漢魏，於是當時詩人慕尚爲風，《朱鷺》《上之回》必列於集中，送别贈酬必裝漢體，唯論巧拙於詭遇，而不知馳驅無範之可耻。古云「文章關時運」，則當時士風之輕佻，斯亦可以觀焉矣。

平仄分字音之舒促者也。平字平暢之音，而仄字疾促之音也。凡綴言語者，綜音聲而通意思已也。音聲之好惡於感人耳，優而能透徹己意思，有生千里之差者，不可不慎。故人皆不可不學修辭。韓退之曰：「言之長短與聲之高下皆宜。」學詩語，須撰有風韻而優美者，譬雖不意義明白，有長短，有緩急，有抑揚，因諷詠動言外之感興，令人不覺切齒扼腕，是謂詩歌之妙用。詩主諷詠，人或疑焉，夫樂府者正統，而至唐漸變，遷至宋，專主文辭之巧致，不問亦適諷詠否，創建詞曲詩餘之諸體，詩之正統至乎此絶。然《堯典》：「詩言志，歌永言，聲依永，律和音，八音克諧，罔相奪倫，神人目和。」説文云「詩者言志」，謂言志而舒意也。志者謂意念之發爲感興也。歌永餘音爲曲節，因詠。謂詠者，永言之二合字也。發志於詩，詠歌而調律吕以事神交人，是謂詩之功德也。古詩主聲調，可謂得宜矣。作今體者不察焉，故佶倔聱牙不勝讀者比比皆然，可嘆也哉。

聲調有正變，徒守正者千篇一律毫無妙味，能變化者初得千古之絶唱。變化有二，曰單拗，曰雙拗。《瀛奎律髓》云：「杜甫句『江山有巴蜀，棟宇自齊梁』爲拗字，『有』字不可易，因用『巴』之平字云。」是挾聲格爲拗句非常則，又有許渾丁卯句法「水聲東去市朝變，山勢北來宫殿高」「湘潭雲盡暮山出，巴蜀雪消春水來」。對句二四六無變動常，平仄隨意用之者，猶爲拗字而不言其拗字在何點。《甌北詩話》論拗體七律云：「中唐以後，則李商隱、趙嘏輩創一體，以第三字第五字平仄互易。『溪雲初起日沈閣，山雨欲來風滿樓』『殘星幾點雁横塞，長笛一聲人倚樓』之類，别有擊撞波折之致。」因之見之無變二四六之點，唯雖變三五之點亦爲拗句，一三五又無常則，未得辨其正拗。「江山有仄巴平蜀」是拗句，還元其三四，平平平仄仄是爲常則。「初平起日仄沈閣」「欲仄來風平滿樓」是拗句，還元其一三七言之三五，仄仄平平仄，平平仄仄平是爲常則。

平仄式不過四樣。出句，仄仄語尾平平語尾仄句尾，甲式也。平平語尾平仄語尾仄句尾，乙式也。句尾爲仄而抑，故關聯三爲平而揚，得此兩式。韻句反之，三五互易，即子丑式也。子式，平平語尾仄仄語尾平句尾韻；丑式，仄仄語尾仄平語尾平句尾韻。句尾爲韻而揚，故關聯三爲仄而抑，得此兩式爲此常則。有變格三種：甲，平仄平平仄；乙，仄平平仄仄；丑，平仄仄平平。五言體式不過此七樣變格。一三互易則爲拗句，有用七樣式而變化者二十樣式，以之杜李王孟陸蘇等皆各有其聲調，學者不可察焉。出句變第三字爲拗句，不過甲乙二樣式。甲，仄仄仄平仄雙拗；乙，平平仄平仄單拗。甲有此變化，對句亦變第三字以相偶，謂雙拗。乙三四互易而無對句變化，謂單拗。所謂挾聲格也。有韻句第三變化只子式耳，是謂救句。子，平平仄仄平原式，平平平仄平救句。丑，仄仄仄平平無變格亦拗句。謂救句者，於上下之句救危振之意也。配拗句有雙拗之稱，爲振聲調之要，句抑揚最可喜。甲，仄仄仄平仄，此平仄必配於子式，因雖得雙拗句之名，亦單拗而用之例稍有。

如挾聲、下三連忌之，然是不知聲調之所以因起者也。單拗句法即挾聲格，第三字仄則第四字平，一抑一揚以爲調，是謂三四互易，避下三連。紀曉嵐云：「三四互換，此單拗法，用出句不用對句。」若下三連互易三四下三平，猶可用此法乎？然未有此法。忌避孤平、三連爲正律，至拗句變化，對句二四作孤平，非常之變化也。兩拗句拗法之正格而有曲致，只使初學者禁做之耳。

單拗抑揚尤妙，唐詩用之傑作甚多，平平仄平仄乙式，此抑調而挾聲也。本及不得已許用之而已，然今人皆慣用之而不知其理也。甲第三字變化即雙拗，第四字平救之。自初唐用之，其例不暇枚舉。詩本以爲主聲調，考拗句作例，有故意爲變化者，江爲句「林表明霽色」，改「晴」字猶可；杜甫「花飛有底急」改「何急」「何有急」亦可，謂故意成之耳。用單拗句於常調中，其例甚多，詩錯拗句聲調有曲致。挾單拗於五絶者，孟浩然《宿建德江》：「移舟泊仄煙平渚，日暮客舟新。野曠天低樹，江清月近人。三句正」李白《見韋參軍量移東陽》：「潮平水還歸海，流人卻到吳。相逢問仄愁平苦，淚盡日南珠。正」七絶起韻句共平起耳，用於轉句，王之渙《涼州詞》：「黃河遠上白雲間，一片孤城萬仄仞平山。羌笛何須怨楊柳，春風不度玉門關。」王漁陽以爲唐詩壓卷一名作。劉禹錫《石頭城》：「山平圍故國周遭在，潮打空城寂寞回。淮水東邊舊仄時平月，夜仄深還過女墻來。」沈德潛云：「此首與李益『回樂峰前』、杜牧之『煙籠寒水』爲唐詩壓卷。」用之出句起句，其例較多。五言律句起爲單拗之例較少，蓋以平起也；用之結聯例甚多，是仄起而結句以揚聲調也。紀曉嵐云：「單拗互換二四平仄，用出句不用對句，無韻句互換三四之法。」初唐以來，單拗句用頷聯頸聯之例甚多。及中唐，拗體格一定焉，而一句之單拗以乏曲致，作者漸少，固不有所忌嫌也。課試之詩，格律嚴重，然單拗下三連每用焉。踏落起句爲單拗，七律其例少，唯杜甫一人耳。五言平起偏格，踏落起句而以爲單拗，乏好例。仄起正格爲結句單拗，五律其例多；七言對句爲單拗，雖有其例，不甚好也。

《淇園詩話》曰：「詩之有排律也，猶文之有賦也；有古詩也，猶文之有記序也。故古詩之作，亦不以記事則以叙事，是故古詩長篇，必專用起伏頓挫，抑揚開闔，然后成篇。排律成篇，亦雖有用此數法，然對偶排聯，其體所尚，是以言物貴有分域，成章貴有界段，如軍伍部署已定，不容復踰列而立。而古詩乃專以反覆照應成篇，此排律、古詩體裁之異也。」

排律本不得强作，唯視其所賦之事，當必用大篇雄辭，繁言縟稱，然後始得盡其物狀情態者，而后用此體賦之。其起語不宏壯，則其氣不以足貫穿其中間，數聯以成一篇，結語亦然。

排律篇長句多，而其開闔變化之法，雖亦難以一律定而要之，祇亦律絶同法，而不過其重疊之間手法有小異耳。

詠史者貴史眼如炬，正之倫常，察之人情，鑑之時勢，有成案而後始著筆，非嘗當其局者不能容易下筆也，不然豈又得免杜撰之誹乎？

歐陽永叔嘗云：「大凡作文者，要三多：做多、看多、商量多。」學詩者亦須服膺焉。

詩至景情兼備爲上乘，或有所重於情，或有所重於景，然情中亦有景，景中亦有情，學者不可不察焉。

藤井竹外詩曰：「古陵松柏吼天飆，山寺尋春春寂寥。眉雪老僧時輟帚，落花深處説南朝」。起句「松柏」暗示滿山無花，以應承句「天飆」二字，伏「落花」二字。「説」字承「輟」字，全篇緊切，毫無浮響，而字字句句皆活動，可謂景情兼有。宜悟入自此。

以五言第三字、七言第五字爲響字，一句死活之所緊也。杜甫句「返照入江翻石壁，歸雲擁樹失山村。」此一聯以「翻」「失」二字爲響字，此無則如不畫龍點睛。或云句之瑕疵，淡窗翁笑曰：「如此之人，一生雖學詩，不能得佳句。初學不迷而可也。」

詠物之詩尤難，自古能之者甚少，雲如山人姓遠山名澹《寒鐘》詩曰：「一吼華鯨響，何知呵手撞。冥冥和細雨，脈脈度寒江。疎葉時同下，驚禽不成雙。楓橋孤艇夕，餘韻觸漁釭。」敬香曰：「此詠《寒鐘》著題之作也，雲如之詩工鍊驚人。試以前二句、後二句爲絶句，五絶之名作也。是加對句，所以容易成五言律也。『華鯨』二字塡得自在，『何知』二字自側面著筆。一轉思『楓橋』『餘韻』二字響綿綿而不盡。『觸』『撞』二字相承應。『冥冥』重於『細雨』，故謂和；『脈脈』重於『寒江』，故謂『度』：不失權衡，謂『疎葉』故『時同下』，謂『驚禽』故『不成雙』。一寫静，一寫動。而韻三江。三肴猶可，江韻不可興。元來詠物難自詠史。枕山大沼子厚三溪菊池純沒後，又無著題之名家。」可謂得予意。

五律幽邃古淡，五絶寸鐵殺人。可菴姓中島名錫胤詩曰：「山程過客稀，孤杖趁斜暉。度嶠雲生屐，穿林葉拂衣。野花秋後發，澗水雨餘肥。羨彼幽棲者，先吾占翠微。」北渚姓松川字周山，中津人詩曰：「雨餘大葉舒，嫩緑影清寒。試寫新詩去，終朝墨不乾。」

張船山最巧，悼亡詩《冬日將謀乞假出齊化門哭四妹筠墓》：「我正東遊汝北征，五年前事尚分明。那知已是千秋別，猶悵難爲萬里行。日下重逢惟斷冢，人間謀面剩來生。繞墳不忍驅車去，無數昏鴉亂哭聲。」

謂剽竊，謂變化，其間唯一髮耳。鱸松塘句「萬家春盡雨聲中」，古句「春盡雨聲中」。共此旅遊春盡之作，而松塘在於京都之時，冠「萬家」二字爲自句，可見不泛設。鎌田醉石歷任高知地方裁判所長、司法權大書記、佐賀縣知事《一谷懷古》一律曰：「玉殿珠樓不可求，唯看古寺倚荒邱。匡山月暗魚龍夜，淝水人驚風鶴秋。僧夢不知千古恨，風聲如訴六宮愁。源平興廢須臾事，眼閲當年有海鷗。」此起承後聯正似吴穀人《瓜州》一律起承後聯，曰：「古戍蒼茫不可求，但看殘堞扼中流。淘來折戟猶腥血，吹起寒潮亦白頭。鷗夢那關千載事，樹色如訴六朝愁。祇休皂角林邊過，戰骨蕭蕭落日秋。」醉石粉本《瓜州》一律，此則所以得佳句，而可謂得變化之巧者。不知之者謂剽竊。得解變化亦不容易也。林和靖「疎影横斜水清淺，暗香浮動月黄昏」之句，膾炙人口久焉矣。江爲句云「竹影横斜水清淺，桂香浮動月黄昏」，君復改二字，其名色籍甚。朱竹垞以爲神化之妙，王阮亭以爲剽竊之甚。徵江爲之句，不足爲君復之名，如阮亭之言也。然林倚於江，江亦倚於林，寧左袒竹垞之「神化」之説者也。唯戒初學之傚之而已矣。

《愛琴閣詩話》云：「作詩者要工夫。第一，就《唐詩選》《三體詩》，朱點適意者五十首内外，閑則可諷誦。第二，宋元明大家中，撰其二三常可展讀。第三，不設課題，興到乃賦，必要不得二十八字爲絶，得五十六字爲律。第四，平聲三十韻中限一二韻，宜多用之。第五，不豫定起承轉結，得佳句而後從宜可配置。第六，先寫景，後叙情，要練熟于兼寫景情。第七，專一推敲。若不專一推敲，雖履行前六項，可曉知無利益矣。

明譚宗公《近體秋陽》，論詩疵病而切中肯綮，曰詩有篇病，有聯病，有句病，有字病。亡情强作，見韻率爾爲之，奮興而躓末，無比興之趣，前後不相屬，輒相矛盾，無層折，無次第，先搆中聯而以首尾襯帖成之，此篇病也。兩聯對法略同，讀之輒厭，如李群玉：「灘惡黄牛吼，城孤白帝秋。水寒巴字急，歌迴竹枝愁。」四句一法，又上聯以甲乙分對，而下聯單承甲或單承乙偏發。其一以虚對實，以客對主，「千」必偶「萬」，「似」必匹「如」，如羅隱「時來天地雖同力，運去英雄不自由」，「時來」「運去」駢俗到不了，此聯病也。語拙意庸俗，結選平直，本無意思而邂逅成言，過取切近使風情蟄墮，用古而爲古所拘牽，不能化裁斡運，此句病也。雙字單用，如燥燥、逢逢、霏霏、萋萋等字不可折取之類。白居易「鸚爲能言常剪翅」，李嘉祐「登艫一望倍含悽」，折用「鸚鵡」「舳艫」字，大爲疚病。單句犯曲韻，如盧綸「玉壺傾菊酒，一顧一淹留。彩筆徵枚叟，花筵舞莫愁」之類。本非連用成語字，而句尾兩字同韻，如韓翃「人家舊在白鷗洲」之類。若香山「共賒黄叟酒，同上莫愁樓」，則二病齊犯之矣。五言七言，二五字同韻。如高適「諸生日萬盈」、杜甫「風棱瘦骨成」之類。即七言五七字同韻，亦不好讀之，一字之筋力恒生一句之色，凡煉句皆然，此法少陵最工。即此一字不佳，一句索然矣，此字病也。學詩者，尤不可不知此等四病也。

絶律各有妙處，非神會之者不能得真詩。絶句好含蓄，可引而不發，雖意思有餘，詞不足則風韻拂地。然有自己之感情，執筆作詩不敢難也。鱸松塘喪幼兒詩：「寧知忽漫赴泉臺，泉路孤行且莫哀。地下有兄先汝在，可憐小妹逐蹤來。」一誦暗澹，再讀淚垂。

今於我邦善絶句者四家：曰春濤，曰聽秋，曰井井，曰石埭是也。春濤《岐阜竹枝》曰：「環郭皆山紫翠堆，夕陽人倚好樓臺。香魚欲上桃花落，三十六灣春水來。」宛然唐調，其本領在「麗」一字。聽秋《芳山懷古》曰：「從絶金鑾玉珮聲，游人漫説滿山櫻。潺湲依舊唯寒水，流向延元陵下行。」轉句有力，結句收得，而餘韻不盡似王漁洋，其本領在「清」一字。井井《楓橋雨夜》曰：「漁火欲沈江草外，客愁來聚酒杯前。荒煙冷雨寒山寺，人在楓橋半夜船。」純乎唐格，其本領在「高」一字。石埭絶句亞春濤，可謂春濤二世，《横濱竹枝》曰：「天女街頭二分月，佛郎館外一枝簫。繁華端合楊州比，十里珠簾十七橋。」諸作皆逼肖清人，兼有漁洋之聲清與隨園之思新。四家之外不有絶句爲一家者，可知以不其容易也。

世攻七律者，以老杜爲主眼，次之放翁、青丘是也。杜律中最噲炙人口者夔州作曰：「風急天高猿嘯哀，渚清沙白鳥飛迴。無邊落木蕭蕭下，不盡長江滚滚來。萬里悲秋常作客，百年多病獨登臺。艱難苦恨繁霜鬢，潦倒新停濁酒杯。」胡應麟曰：「五十六字如海底珊瑚，瘦勁難移，沉深莫測，而清光萬丈，力量萬鈞。通章章法、句法、字法前無昔人，後無來者，此當爲古今第一。」徐蓋山曰：「此八句全對體式，一篇八句作整對，四聯若字板句呆，何以成詩？是篇妙在句句貫串，一氣呵成，驟讀之首尾若未當有對者，若細繹之則屹然四聯對伏，排偶中有建瓴走阪之勢。」初歸成都作曰：「花近高樓傷客心，萬方多難此登臨。錦江春色來天地，玉壘浮雲變古今。北極朝廷遂不改，西山寇盜莫相侵。可憐後主還祠廟，日暮聊爲梁父吟。」徐蓋山曰：「此平起雄偉體式。凡詩中發端，氣勢森挺者，多係仄起。蓋其句調先有一抑一揚，易於振起，若平起則較難。須細玩此詩，悟其倒裝首句之法。此二律氣象高渾。世學杜者多，得入其神者不過百中一二，是老杜不易學也。故雖爲詩學讀之可，未知爲詩作學之可。不若師表放翁、青邱等易學者矣。」王元美曰：「五言律、七言歌行，子美神矣；七言律，子美聖矣。」湖山曰：「工部終難及，樂天我所推。」《曲江二律》之二：「朝回日日典春衣，每向江頭盡醉歸。酒債尋常行處有，人生七十古來稀。穿花蛺蝶深深見，點水蜻蜓款款飛。傳語風光共流轉，暫時相賞莫相違〔一〕。」葉夢得曰：「深深字若無穿字，款款字若無點字，亦無以見其精微。然讀之渾然矣，似未嘗用力，所以不礙氣格超勝。使晚唐人爲之，便涉『魚躍練川抛玉尺，鶯穿絲柳織金梭』矣。」其一曰「一片花飛減却春，風飄萬點正愁人。且看欲盡花經眼，莫厭傷多酒入脣。江上小堂巢翡翠，花園高塚卧麒麟。細推物理須行樂，何用浮名絆此身。」蔣弱六曰：「只將落花連寫三句，極反覆層折之妙，接入第四句，魂消欲絶，可見平易近人者

〔一〕賞：底本訛作「償」，據《九家集注杜詩》卷十九改。

易動人。」《聞官軍取河南河北作》曰：「劍外忽傳收薊北，初聞涕淚滿衣裳。却看妻子愁何在，漫卷詩書喜欲狂。白首放歌須縱酒，青春作伴好還鄉。即從巴峽穿巫峽，便下襄陽向洛陽。」王嗣奭曰：「一氣流注而曲折盡情，絶無妝點，愈樸愈真。他人決不能道。一氣流注者，世有其人；曲折盡情，亦有其人；絶無妝點，不易獲其人；愈樸愈真，其人鮮矣。」《南鄰》一律曰：「錦里先生烏角巾，園收芋栗不全貧。慣看賓客兒童喜，得食階除鳥雀馴。秋水纔深四五尺，野航恰受兩三人。白沙翠竹江村暮，相對柴門月色新。」是老杜之清平諧和之處也。樂天蓋做之〔一〕，變老杜之雄渾蒼勁而爲流麗安詳，不襲其面貌而得其神味者也。老杜殊用意結語。《夜》一律曰：「露下天高秋水清，空山獨夜旅魂驚。疎燈自照孤帆宿，新月猶懸雙杵鳴。南菊再逢人卧病，北書不至雁無情。步簷倚杖看牛斗，銀漢遥應接鳳城。」此結語藴蓄體式也。徐蓋山曰：「妙在後半。結二句但言看斗牛、接鳳城而已。其懷鄉戀國多少愁恨不露一字，使人思而得之。此真藴藏含蓄之極則也。」《見螢火》一律曰：「巫山秋夜螢火飛，珠簾巧入坐人衣。忽驚屋裏琴書冷，復亂簷前星宿稀。却繞井欄添箇箇，偶經花蕊弄輝輝。滄江白髮愁看汝，來歲如今歸未歸。」此結語雄偉體式也。徐蓋山曰：「試玩此詩，前衹是喁喁細響，至末忽洪鐘一扣，高韻鏗然，通體得力在此。今人作律用全力于對句，以嘗盡經營慘淡之苦，不免起結平板。要結句緊切，而兩聯十二分之力見。此二律甚用力於

〔一〕做：疑「仿」之訛。

結末，不思之而輕視之者，爭得老杜之神髓也哉！」

《四朝見聞録》云：放翁學詩於曾茶山，其後冰寒於水。嘗從張紫巖游，具知西北事。天質慷慨，喜任俠，常以據鞍草檄自任。游宦劍南，作爲歌詩，皆寄意恢復。孝宗見而韙之，嘗手批除公禮部郎。公早求退，往來若耶、雲門，以觴咏自娱。韓侂胄固欲其任，公勉爲之出。韓喜附己，至出所愛四夫人擘玩起舞，索公爲詞。公臨終以詩示兒云：「王師北定中原日，家祭無忘告乃翁。」公之心方暴白於易簀之時矣。

直齋陳氏云：「放翁初爲曾茶山所賞識，詩爲中興之冠，至萬餘篇，古今未有。」蓋宋南渡以後，實推放翁爲第一。當時稱大家者，曰蕭楊范陸。楊萬里尤稱蕭范陸，劉克莊曰：「放翁學士似杜甫。」又曰：「南渡而下，放翁故爲一代大宗。」朱子《與徐廣載書》曰：「放翁詩讀之爽然，近代惟見此人爲有詩人風致。今諸家詩具在，可與游匹者，誰也？」吴穀人《讀放翁集》一聯曰：「蘇黄以外無其匹，梁益之間老此生。」山雲如《讀陸詩》一聯曰：「意氣殊於梁益見，品題豈與范楊同。」可覩於放翁詩壇地位。老杜以後留心於放翁，青邱以前著眼於放翁者，雖一感放翁之忠節，要性情相近耳。《臨安春雨》一律曰：「世味年來薄似紗，誰令騎馬客京華。小樓一夜聽春雨，深巷明朝賣杏花。矮紙斜行閒作草，晴窗細乳戲分茶。素衣莫起風塵嘆，猶及清明可到家。」盧世漼曰：「三四有唐人風韻。」真然。世學放翁者，多自學李杜元白者，多自學明七才子者。然得其神髓者少，十中八九皆失之於形似。蓋以其境遇不同也。

《雪夜感舊》一律曰：「江月庭前華燭香，龍門閣上馱聲長。亂山古驛經三折，小市孤城宿兩當。晚歲猶思事鞍馬，當時那信老耕桑。綠沈金鎖俱塵委，雪灑寒燈淚數行。」吴喬曰：「放翁壯時有志經世，故有『晚歲猶思事鞍馬，當時那信老耕桑』之句。」《枕上作》曰：「蕭蕭白髮卧扁舟，死盡中朝舊輩流。萬里關河孤枕夢，五更風雨四山秋。鄭虔自笑窮耽酒，李廣何妨老不侯。猶有少年風味在，吴箋著句寫清愁。」是放翁得意之一也，可見其自任。「猶有少年風味在，吴箋著句寫清愁」之十四字，於此悽愴篇著色文字，而結法蓋得老杜之神髓者也。以不似其雄渾沉鬱，人或不知之安詳流麗得樂天者也。世學放翁者著眼於此，蓋有幾人乎？不用意絶句之承接、律語之結末者，未足共語詩也。代表宋詩者，爲蘇陸二家，而七律陸實優蘇。世稱放翁，非偶然也。

高青邱，明初第一之人，而亦一代之木鐸也。於七律送别詩殊絶妙，《詩醇》亦多撰焉。覓似長慶體者，《送徐山人還蜀山兼寄張静居》之一律曰：「我因解紱遠辭京，君爲修琴暫入城。偶爾相逢春酒熟，飄然忽去暮煙生。山頭學嘯猶聞響，世上留詩不寫名。西磵煩詢張静者，年來注《易》幾爻成。」《詠梅花》曰：「瓊姿只合在瑶臺，誰向江南處處栽。雪滿山中高士卧，月明林下美人來。寒依疎影蕭蕭竹，春掩殘香漠漠苔。自去何郎無好詠，東風愁寂幾回開。」與「竹外一枝斜更好」一句、「疎影横斜水清淺，暗香浮動月黄昏」一聯共爲傳神云。

趙甌北論曰：詩至南宋末年，纖薄已極，故元、明兩代詩人，又轉而學唐，此亦風氣循環往復，自然之勢也。元末明初，楊鐵崖最爲巨擘，然險怪仿昌谷，妖麗仿温李，以之自成一家則可，究非康莊大道。當時王常宗以「文妖」目之，未可爲後世取法也。惟高青邱才氣超邁，音節響亮，宗派唐人而自出新意，一涉筆即有博大昌明氣象，亦關有明一代文運。論者推爲開國詩人第一，信不虚也。

李志光作《高太史傳》，謂其詩「上窺建安，下逮開元，至大曆以後則藐之。」此亦非確論。今平心閲之：五古、五律則脱胎於漢魏六朝及初、盛唐；七古、七律，則參以中唐；七絶及晚唐。要其英爽絶人，故學唐而不爲唐所囿。後來學唐者：李、何輩襲其面貌，仿其聲調，而神理索然，則優孟衣冠矣；鍾、譚等又從一字一句標舉冷辟，以爲得味外味，則幽獨君之鬼語矣。獨青邱如天半朱霞映照下界，至今猶光景常新，則其天分不可及也。

星翁讀《青邱集》詩曰：「惟我有明高太史，欲排兩宋到開天。」甌北云：「蓋其用力全在使事典切，琢句渾成，而神韻又極高朗，此正是細膩風光，看是平易，實則洗鍊功深。觀唐以來詩家，有力厚而太過者，有氣弱而不及者；惟青邱適得詩境中恰好地步，固不必石破天驚，以奇傑取勝也。」可謂至言。

《如雲詩話》終　明治三十三年十月七日寫成